SEBASTIEN
DE CASTELL

SHADOWBLACK
KARTEN DES SCHICKSALS

Aus dem Englischen
von Katharina Orgaß und Gerald Jung

dtv

MIX
Papier aus verantwortungsvollen Quellen
FSC® C014496

Deutsche Erstausgabe
2020 dtv Verlagsgesellschaft mbH & Co. KG, München

Titel der englischen Originalausgabe: ›Shadowblack‹,
2018 erschienen bei HOT KEY BOOKS, an imprint of Bonnier Zaffre Ltd,
a Bonnier Publishing company, London

Gesetzt aus der Goudy
Satz: Fotosatz Amann, Memmingen
Druck und Bindung: GGP Media GmbH, Pößneck
Gedruckt auf säurefreiem, chlorfrei gebleichtem Papier
Printed in Germany · ISBN 978-3-423-76294-6

Für Dr. Sukanya Leecharoen vom
Royal Angkor International Hospital,
die dank ihrer Klugheit und Freundlichkeit das,
was als qualvolle Beschwerden begann,
in eine erstaunlich unterhaltsame Erfahrung verwandelte.

Der WEG des WASSERS

DER WEG DES WASSERS

Der Weg der Argosi ist der Weg des Wassers.

Wasser trachtet nicht danach, anderen ein Hindernis zu sein, noch lässt es sich selbst durch solche aufhalten. Es bewegt sich frei, umfließt all jene, die es einfangen wollen, und nimmt sich nichts, was ihm nicht gehört. Wer das vergisst, weicht vom rechten Weg ab, denn anders, als es gewisse Gerüchte behaupten, würde ein Argosi nie und nimmer stehlen.

1

Das Amulett

»Es ist kein Diebstahl!«, wiederholte ich energisch und ein bisschen zu laut, wenn man bedachte, dass mich lediglich eine knapp sechzig Zentimeter große Baumkatze hören konnte, die obendrein gerade damit beschäftigt war, das ausgeklügelte Schloss zu knacken, das uns vom Inhalt der Vitrine in der Pfandleihe trennte.

Reichis hielt das pelzige Ohr dicht an das Schloss, während er mit seinen geschickten Pfoten an den drei kleinen Messingscheiben drehte, und keckerte ärgerlich: »Geht's auch ein bisschen leiser? Ich muss mich nämlich konzentrieren!« Sein rundliches Hinterteil bebte vor Empörung.

Falls ihr noch nie eine Baumkatze gesehen habt, dann stellt euch einfach eine grimmig blickende Katze mit einem buschigen Schwanz und fellbewachsenen Flughäuten zwischen Vorder- und Hinterbeinen vor, mit deren Hilfe sie auf eine Weise durch die Luft segeln kann, die zugleich Furcht einflößend und lächerlich wirkt. Dazu die charakterlichen Eigenschaften eines Diebes, Erpressers und, wenn man Reichis' wüsten Geschichten glauben durfte, eines mehrfachen Mörders.

»Ich hab's gleich«, verkündete er.

Das behauptete er schon seit einer Stunde.

Durch die Ritzen in den hölzernen Läden vor dem Schaufenster und den Spalt unter der Tür krochen schon schmale Lichtstreifen. Bald würden draußen auf der Hauptstraße die ersten Leute auftauchen, ihre Geschäfte aufschließen oder vor der Bar herumlungern und sich den ersehnten ersten Drink des Tages hinter die Binde kippen. In den Grenzlanden lässt man sich gern schon vor dem Frühstück volllaufen – einer der Gründe dafür, dass die Leute hier Gewalt als Lösung für sämtliche Meinungsverschiedenheiten betrachten. Und auch einer der Gründe, weshalb meine Nerven blank lagen. »Wir hätten die blöde Vitrine einfach einschlagen und ihm ein bisschen Kleingeld für den zusätzlichen Schaden dalassen sollen«, sagte ich.

»*Einschlagen?*«. Reichis' Knurren verriet, was er davon hielt. »Amateur.« Er konzentrierte sich wieder auf das Schloss. »Immer ... mit ... der ... Ruhe ...«

Es machte *Klick!*, und im nächsten Augenblick schwenkte er stolz das geknackte Schloss in der Pfote. »Siehst du? So zieht man einen Einbruch durch!«

»Es ist *kein* Einbruch«, sagte ich ungefähr zum zwölften Mal, seit wir in der Nacht in die Pfandleihe eingedrungen waren. »Wir haben das Amulett *bezahlt*, schon vergessen? Der Typ hat uns übers Ohr gehauen!«

Reichis schnaubte verächtlich. »Und was hast du dagegen unternommen, Kellen? Du hast dagestanden wie ein Trottel, während er unser sauer verdientes Geld eingesackt hat!«

Soweit ich wusste, hatte Reichis in seinem ganzen Leben noch kein Geld verdient. »Hab dir ja gesagt, dass du ihm am besten gleich die Gurgel zerfetzt!«, fuhr er fort.

Baumkatzen lösen die meisten Probleme nämlich, indem sie irgendwem ein ordentliches Stück Fleisch aus der Kehle reißen, dass das Blut nur so spritzt.

Ich ließ ihm das letzte Wort und langte an ihm vorbei, um die Vitrine zu öffnen und die kleine Silberglocke herauszunehmen, die an einer dünnen, runden Metallscheibe befestigt war. Die in den Rand geritzten Glyphen schimmerten im Halbdunkel: ein Stillezauber der Jan'Tep. Ein *echter* Stillezauber. Damit konnte ich Magie wirken, ohne ein Echo zu hinterlassen, anhand dessen uns die Kopfgeldjäger verfolgen konnten. Seit wir aus dem Gebiet der Jan'Tep geflohen waren, hatte ich zum ersten Mal das Gefühl, beinahe - aber nur beinahe! - aufatmen zu können.

»Sag mal, Kellen ...« Reichis sprang auf den Tresen, um die Silberscheibe zu begutachten, »die Zeichen auf dem Amulett - die sind magisch, oder?«

»Sozusagen. Eigentlich sind sie eher ein Hilfsmittel, um den Zauber an das Amulett zu binden.« Misstrauisch fügte ich hinzu: »Seit wann interessierst du dich denn für Magie?«

Er hielt das Schloss wieder in die Höhe. »Seit das Ding hier angefangen hat zu leuchten.«

Drei der kunstvollen Symbole auf dem Messingzylinder schimmerten hellrot. Im nächsten Augenblick flog die Tür der Pfandleihe auf, helles Sonnenlicht flutete in den Raum und eine Gestalt, von der ich nur den Umriss erkennen konnte, stürmte herein. Sie warf mich zu Boden und bereitete unserem kühnen Raubzug, der rückblickend vielleicht doch etwas mehr Planung erfordert hätte, ein unrühmliches Ende.

Vier Monate in den Grenzlanden hatten mir eines unmissverständlich klargemacht: Als Vogelfreier war ich ein totaler Versager. Zum Jagen war ich nicht zu gebrauchen, ich verlief mich andauernd, und anscheinend war so gut wie jeder, dem ich begegnete, darauf aus, mich entweder zu bestehlen oder umzubringen.

Manchmal sogar beides.

2

Der Weg der Fäuste

So ein Schlag ins Gesicht ist schmerzhafter, als ihr euch das vielleicht vorstellt.

Wenn dir jemand mit der Faust voll gegen das Kinn boxt, fühlt es sich an, als wollten dir vier kleine Rammböcke die Visage zertrümmern. Deine Zähne wenden sich plötzlich gegen dich und bohren sich in deine Zunge, bis deine Mundhöhle voller Blut ist. Ach ja, und das komische Knacken, das dabei ertönt? Hört sich ziemlich genauso an, wie du dir das Geräusch brechender Knochen vorstellst – weshalb dein Kopf wahrscheinlich auch gerade eine Vierteldrehung vollführt, weil er dein Kinn einholen will, bevor es den Tatort verlässt.

Und das Allerschlimmste? Sobald du einigermaßen das Gleichgewicht wiedergefunden hast und die flatternden Augenlider aufreißt, erinnerst du dich wieder, dass der übermächtige Gegner, der dich gerade verdrischt, ja ein schmächtiger, sommersprossiger Junge von höchstens dreizehn Jahren ist.

»Hättest halt mein Amulett nicht klauen sollen!«, sagte Sommersprosse.

Er schob sich auf mich zu und ich wich instinktiv zurück. Mein Körper hatte sich offensichtlich dafür entschieden, lieber einfach zusammenzubrechen, als sich einen weiteren Hieb einzufangen. Ringsum erscholl das Gelächter der Stadtbewohner, die aus ihren Läden und Bars gekommen waren und schon Wetten auf den Sieger der Prügelei abschlossen.

Niemand setzte auf mich. Mein Volk brachte vielleicht die besten Magier auf dem Kontinent hervor, aber im Faustkampf waren wir absolute Nieten.

»Ich habe dir das Amulett bezahlt!«, entgegnete ich. »Außerdem habe ich es wieder zurückgelegt. Kein Grund, mich …«

Sommersprosses Daumen schnellte nach oben und deutete auf Reichis, der draußen auf dem hin und her schaukelnden Schild über der Tür der Pfandleihe hockte und frohgemut das Silberglöckchen an dem Amulett untersuchte. Jedes Mal, wenn mich Sommersprosse mit einem Hieb erwischte, ließ Reichis es klingeln. Baumkatzen finden so was lustig. »Glaubst du, ich hab mich die ganze Nacht mit diesem dämlichen Schloss abgeplagt, bloß damit du das Amulett zurückgibst?«, rief er mir zu.

»Du bist ein elender Dieb!«, erwiderte ich.

Sommersprosse lief noch röter an. Anscheinend dachte er, ich hätte ihn gemeint. Ich vergesse immer wieder, dass andere Leute nicht verstehen können, was Reichis sagt – für sie hört es sich bloß wie Keckern und Knurren an.

Sommersprosse stürzte sich mit Gebrüll auf mich. Im nächsten Augenblick lag ich japsend auf dem Boden und er saß auf mir drauf.

»Steh lieber wieder auf, Jungchen«, riet mir Ferius Parfax in ihrem breiten Grenzerdialekt. Sie lehnte lässig an dem Querbalken, an dem wir die Pferde angebunden hatten, ihren schwarzen Hut dabei so tief in die Stirn gezogen, als wollte sie ein Nickerchen machen. »Wenn man auf dem Rücken liegt, kann man schlecht ausweichen.«

»Quatsch nicht, hilf mir lieber!«, erwiderte ich unwirsch. Beziehungsweise hätte ich unwirsch erwidert, wenn ich noch genug Puste gehabt hätte.

Ferius war meine Mentorin in Sachen Argosi – das waren die geheimnisvollen, scharfzüngigen Kartenspieler, die durch die Lande zogen und ... tja, eigentlich hatte mir noch niemand so richtig erklärt, was sie eigentlich machten. Ferius jedenfalls sollte mir beibringen, wie ich als Vogelfreier überleben und den Kopfgeldmagiern entgehen konnte, die hinter mir her waren. Meistens beschränkte sie sich allerdings auf Weisheiten wie »Man kann schlecht ausweichen, wenn man auf dem Rücken liegt«. Was mich fast genauso ärgerte wie ihre Angewohnheit, mich »Jungchen« zu nennen.

»Ich hab dir gleich gesagt, dass du die Finger von dem Amulett lassen sollst«, setzte sie hinzu.

Womöglich hätte ich ihre Warnung sogar beherzigt, wenn sie nicht danach mit irgendeinem Argosi-Quatsch über »den Weg des Wassers« angefangen hätte, was mich so genervt hatte, dass ich stattdessen auf den Rat einer Baumkatze gehört hatte, deren Lösung für alle Probleme – wenn jemandem die Kehle zu zerfetzen keine Option war – auf Diebstahl hinauslief. Soll heißen, beide waren schuld daran, dass ich jetzt unter Sommersprosse auf dem Boden lag und er sein Bestes gab, mich k. o. zu schlagen.

Zum Thema nichtmagische Auseinandersetzungen hatte ich eines gelernt, nämlich dass man sein Gesicht schützen sollte – und genau das versuchte ich jetzt. Leider schlug mir mein Gegner jedes Mal die Hände weg und haute mir wieder eine rein. *Ihr Ahnen, wieso kann dieses Kind dermaßen hart zuschlagen?*

Sommersprosse rutschte ein Stück nach vorn, packte mein Handgelenk und schnappte sich mit der anderen Hand meinen Zeigefinger. »Jeder weiß, welche Strafe auf Klauen steht«, sagte er und bog den Finger genüsslich nach hinten um.

Noch vor dem Schmerz überkam mich die Panik. Alle Jan'Tep-Zauber erfordern präzise Gebärden. Mit gebrochenen Fingern kriegt man das nicht hin.

Ich bäumte mich auf, und die Verzweiflung verlieh mir die nötige Kraft, Sommersprosse abzuwerfen. Er landete mit dem Gesicht im Dreck. Ich rollte mich rasch herum und sprang auf, aber er war auch schon wieder auf den Beinen. »Das wirst du bereuen!«, fauchte er.

Ich bereute jetzt schon, dass ich überhaupt einen Fuß in dieses heiße, staubtrockene Drecksloch namens Seven Sands gesetzt hatte. Ein endloser Flickenteppich aus Wüste und noch mehr Wüste mit ein paar darübergestreuten Käffern, deren grobe, hinterhältige Bewohner nicht mal so taten, als wären sie auch nur ansatzweise zivilisiert. Wahrscheinlich hatten die meisten dieses Wort noch nie im Leben gehört.

Sommersprosse schien besorgt zu sein, dass ich ihn beim ersten Mal vielleicht nicht richtig verstanden hatte, denn er wiederholte noch einmal lauter: »Das wirst du bereuen, ich schwör's! Jetzt fließt Blut!«

Ich ließ die Hände sinken, ein Reflex aus meiner Ausbildung zum Magier. Körperliche Auseinandersetzungen sind nicht unser Ding, denn wer wie ein Barbar die Fäuste ballt, kann keinen Zauber wirken. Ich lockerte die Finger und ließ sie unauffällig in die Pulverbeutel an meinem Gürtel gleiten. Ich brauchte nur eine winzige Dosis: ein paar Krümel Rot und ein paar Körnchen Schwarz. Hochwerfen, die entsprechende Gebärde ausführen, die Einwortformel sprechen – und dann würde zur Abwechslung mal Sommersprosse einstecken müssen.

Den meisten Jan'Tep-Magiern stehen wirkungsvollere Zauber zur Verfügung als mir, aber diesen Mangel mache ich durch Geschicklichkeit wett. Ich bin das, was mein Volk abfällig einen *Spellslinger* nennt – ein Magier, der banale Küchenmagie mit allen möglichen Tricks kombiniert, um am Leben zu bleiben. In meinem Fall heißt das ein bisschen Atemmagie plus eine Prise Sprengpulver. Jedes für sich allein bewirkt nicht viel, bringt man jedoch beides zum richtigen Zeitpunkt zusammen, gibt es einen Rums, der eine dicke Eichentür wie nasses Papier zerreißt. Sommersprosse konnte sich also auf etwas gefasst machen.

»Keine Magie, Jungchen. Schon vergessen?«, meldete sich Ferius wieder zu Wort.

Ach so. Stimmt.

Deswegen war ich ja so scharf auf das Amulett gewesen – weil jedes Mal, wenn ich einen Zauber wirkte, eine Art übernatürliches Echo hervorgerufen wurde, das die Zauberjäger, also jene Magier, die sich darauf spezialisiert hatten, andere Magier aufzuspüren, auf unsere Fährte brachte. Ferius hatte darauf bestanden, dass ich das Zaubern bleiben ließ, damit ich nicht noch größeren Ärger bekam. Dummerweise ging Sommersprosse aber schon wieder mit erhobenen Fäusten auf mich los, fest entschlossen, mich zu meinen Ahnen zu schicken.

»Du hast gewonnen«, sagte ich rasch, hob die Hände und wich zurück. »Ich gebe dir das Amulett zurück, und das Geld kannst du auch behalten.« Wohl nicht mein ruhmreichster Moment.

»Ich nehm das Amulett und das Geld nehm ich auch«, entgegnete Sommersprosse und zeigte wieder zu Reichis hoch. »Und deinem Vieh da zieh ich das Fell über die Ohren und mach mir 'ne Mütze draus. Oder ich zünd es an und seh zu, wie es Luftsprünge macht.«

Bei dieser Ankündigung zog sich mein Magen zu einem kalten Knoten zusammen. Es war noch nicht lange her, dass ein Magier Reichis' Artgenossen mittels Glutmagie in Brand gesteckt hatte. Dieser grausige Anblick hatte sich mir unauslöschlich eingeprägt, ebenso wie das hämische Vergnügen des Mörders. Sommersprosses Gesichtsausdruck war ganz ähnlich.

Ferius behauptete immer, Furcht und Zorn seien zwei Seiten derselben Münze. Sommersprosse hatte meine Münze soeben umgedreht.

In meinem linken Auge braute sich ein bohrender Schmerz zusammen – wie Kopfweh, nur viel stärker. Ich wollte ihn wegblinzeln, aber er wurde immer heftiger. Die Morgensonne verblasste, nur die Schatten blieben und dehnten sich aus, während sich die Welt um mich herum verdunkelte, so wie wenn sich Träume in Albträume verwandeln. Nur dass ich hellwach war.

»Reiß dich zusammen, Jungchen!«, mahnte Ferius. Sie hatte mich schon so erlebt, doch ihre Warnung kam zu spät, denn ihre Stimme klang jetzt weit entfernt, wie die Erinnerung an jemanden, den ich einst gekannt hatte.

Im Gegensatz dazu dröhnte Sommersprosses Lachen in meinen Ohren immer lauter, auch sein Grinsen wurde breiter und verzerrte seine ganze Erscheinung. Wenn ich in diesem Zustand bin, sehe ich nur noch das Hässliche an den Leuten. Die miesen Seiten. Als würde ich Sommersprosse dabei zusehen, wie er sich in die schlimmste Version seiner selbst verwandelte – ein Mensch, dem es Freude bereitete, anderen wehzutun, der laut lachen würde, wenn er Reichis anzündete.

Mein Zorn wurde so überwältigend, dass ich den Schmerz in meinem Auge nicht mehr spürte und erst merkte, dass ich wieder in die Pulverbeutel an meinem Gürtel gegriffen hatte, als ich die roten und schwarzen Körnchen vor mir durch die Luft schweben sah. Kurz bevor sie aufeinandertrafen, vollführte ich die entsprechende Gebärde. Ich grub die kleinen Finger und Ringfinger beider Hände in die Handfläche, um den Zauber zu bändigen. Meine Zeige- und Mittelfinger zeigten nach vorn und gaben die Richtung an, und die Daumen wiesen himmelwärts, zum Zeichen für: »Bitte, liebe Ahnen, lasst nicht zu, dass ich mir die Hände wegsprenge!«

»*Carath!*«, sagte ich und artikulierte beide Silben klar und deutlich. Ein Feuerblitz entlud sich. Er war nicht tödlich, aber doch heftig genug, um meinem Gegner ordentlich eins überzubraten.

Die roten und schwarzen Flammen umwanden sich in der Luft wie zwei wütende Schlangen, schossen um Haaresbreite an Sommersprosses Schulter vorbei und versengten die Außenwand der Pfandleihe. Hätte ich das Ganze so beabsichtigt, wäre es eine eindrucksvolle Demonstration meiner Macht gewesen. Aber wie sich herausstellte, waren wiederholte Schläge gegen den Kopf der Treffsicherheit nicht gerade zuträglich.

Der Schmerz in meinem Auge verschwand sofort, und die finstere Vision, die mich heimgesucht hatte, verblasste. Nur die staubige Straße und die bestürzten Gesichter der Gaffer blieben. Die Anfälle kommen und gehen immer sehr schnell und lassen mich zittrig und benommen zurück – nicht unbedingt die beste Verfassung, um sich zu verteidigen.

Sommersprosse schien seinen Schreck schnell weggesteckt zu haben. Noch ehe ich die Arme schützend vors Gesicht reißen konnte, verpasste er mir eine harte Rechte auf die linke Wange. Als er die Faust zurückzog, war sie ein bisschen blutig, und seine selbstgefällige Miene verwandelte sich in blankes Erstaunen, als er Reste der hellbeigen Mesdet-Paste auf seinen Knöcheln entdeckte. Er musterte mich argwöhnisch. Offenbar fielen ihm jetzt auch die schwarzen Male auf, die sich wie Strudel aus reiner Finsternis um mein linkes Auge rankten.

»Schwarzschatten!«, entfuhr es ihm.

Das Wort breitete sich unter den Zuschauern aus wie ein Lauffeuer.

»Die Dämonenseuche!«, rief jemand.

Die meisten wichen entsetzt zurück, nur Sommersprosse war aus härterem Holz geschnitzt. Er hörte sich nicht mal ängstlich an, als er sagte: »Passt ja gut, dass ein Dieb den Teufelsfluch hat.«

Hätten sie mir Gelegenheit dazu gegeben, hätte ich die Leute darüber aufgeklärt, dass der Schwarzschatten weder eine Seuche noch ein Fluch war, sondern eine rätselhafte Erkrankung, die nur selten und nur bei meinem Volk auftrat und, soviel ich wusste, nicht ansteckend war. Ich hätte allerdings nicht erwähnt, dass sie einen nach und nach mit irren Visionen in den Wahnsinn treibt, bis die eigene Magie zur Gefahr für alle anderen wird, und dass jeder Jan'Tep-Magier, dessen Weg ich kreuzte, verpflichtet war, mich zu töten.

Doch das alles spielte sowieso keine Rolle mehr, denn Sommersprosse hatte mich schon mit beiden Händen am Hals gepackt. Ich zerrte verzweifelt an seinen Handgelenken, aber er war zu stark. Meine Kehle verkrampfte sich, ich rang nach Luft. Die Welt um mich herum schrumpfte zusammen. Mir schoss noch durch den Kopf, dass es bestimmt einen genialen Trick gab, mit dem man sich aus einem Würgegriff befreien konnte.

Diesen Trick sollte ich bei Gelegenheit mal lernen.

3

Der rote Preis

Ich war höchstens eine Sekunde weg, denn bevor mein Kopf auf dem Boden aufschlug, riss ich die Augen auf und bekam mit, wie Sommersprosse rücklings von mir wegflog. Erst dachte ich, ich hätte per Zufall einen neuartigen Zauber gewirkt, dann sah ich, dass Ferius meinen Gegner am Kragen gepackt hielt, und mir wurde klar, dass sie ihn von mir wegzerrte.

Schade eigentlich. Ich hätte ein bisschen zusätzliche Magie gut gebrauchen können.

Ich hustete röchelnd, dann lag mein Gegner ein paar Meter von mir entfernt auf dem Rücken, und Ferius stand zwischen mir und einem breitschultrigen Schlägertypen – wahrscheinlich einem nahen Verwandten von Sommersprosse, denn beide hatten denselben Teint und dieselben unhöflichen Umgangsformen.

»Verzieh dich, Weib!«, knurrte der Typ und kniff drohend die kleinen Augen zusammen. »Die Seele dieses Jungen gehört einem Teufel und ich werde ihn jetzt an den Dunklen Ort befördern.«

Der Dunkle Ort. In den Grenzlanden gibt es jede Menge solcher geschmackvollen spirituellen Ausdrücke.

»Hör mal, Freundchen«, gab Ferius zurück, »wir wollen uns doch wegen einem harmlosen Muttermal nicht gleich so aufregen.« Ihren folgenden Worten verlieh sie die perfekte Mischung aus Belustigung und ätzender Ironie. »Aufgeklärte und gebildete Leute wie ihr fallt doch nicht auf so einen abgedroschenen Aberglauben rein, oder?«

Die Schaulustigen als »aufgeklärt und gebildet« zu bezeichnen, war ausgesprochen optimistisch, aber ein paar von ihnen hörten es nicht ungern. Eine Frau wagte sich einen Schritt vor und schaute auf mich herab. »Wenn es bloß ein Muttermal ist, warum versteckt er es dann?«

Ferius bückte sich und wischte ein wenig Paste von meinem Gesicht, sodass die Male besser zu erkennen waren. »Weil es nicht hübsch ist, deshalb. Der Junge will schließlich gut aussehen!« Sie lachte laut und herzlich.

Ihre Heiterkeit wirkte ansteckend. Ich weiß nicht, wie sie es anstellt, aber Ferius schafft es immer, die Leute auf ihre Seite zu ziehen.

Die meisten Leute jedenfalls.

Kneifauge zeigte anklagend mit dem Finger auf mich. »Ich sag, er hat die Dämonenseuche! Und wenn er sie nicht hat, dann hat dieser hochnäsige kleine Jan'Tep immer noch einen von uns beklauen wollen. Und dafür zahlt man den roten Preis!«

»Der rote Preis« bedeutet in Seven Sands in etwa das Gleiche wie: »Jetzt fließt Blut!«

»Ich finde, Kellen hat schon genug für das Ding bezahlt«, erwiderte Ferius und deutete mit dem Kinn auf Reichis, der immer noch auf dem Ladenschild hockte und hingebungsvoll sein Silberglöckchen untersuchte. »Aber dein Junge wollte auf einmal mehr dafür haben.«

»Egal. Dieb bleibt Dieb, und der rote Preis verlangt, dass er die Finger verliert.«

Ferius schenkte ihm ein unbekümmertes Lächeln. »Sinn und Verstand verlangen, dass wir es jetzt gut sein lassen. Hauptsache ist doch, dass dein Junge einen Burschen besiegt hat, der doppelt so groß ist wie er. Eine prima Geschichte. Die kannst du deinen Kumpels erzählen, wenn ihr euch in der Bar einen hinter die Binde gießt.«

Kneifauge grinste. »Die Geschichte wird aber noch besser, wenn ich ihnen die abgehackten Finger von *deinem* Jungen zeige.«

Mir stieg ein säuerlicher Geschmack in den Mund. Ich hatte schon Schiss bekommen, als Sommersprosse mir die Finger brechen wollte. Wenn man sie mir abhackte, konnte ich nie wieder einen Zauber wirken!

Ferius senkte die Stimme, sodass nur noch Kneifauge und ich sie verstehen konnten. »Schätze mal, die Geschichte ist nicht mehr so toll, wenn deine Kumpels mitkriegen, dass dir bei dem Versuch, einen Unschuldigen zu verstümmeln, eine Frau den Hintern versohlt hat, die kaum größer als dein linker Arm ist.«

Ganz kurz sah es aus, als würde Kneifauge ernsthaft darüber nachdenken, aber dann krempelte er die Ärmel hoch und ballte die fleischigen Pranken zu Fäusten, dass die Knöchel nur so knackten. »Macht mir nix aus, dass du 'ne Dame bist.«

»Keine Bange, ich bin keine Dame«, konterte Ferius, nahm den schwarzen Grenzerhut ab und legte ihn auf den Boden. Die rote Lockenpracht fiel ihr auf die Schultern. »Na, wollen wir ein Tänzchen wagen? Ich mach dir einen Vorschlag.« Sie tippte sich mit dem behandschuhten Finger aufs Kinn. »Du probierst deinen besten Schlag genau hier aus. Wenn du danach immer noch der Meinung bist, dass die Sache noch nicht erledigt ist, tja, dann bin ich an der Reihe, und dann sehen wir mal ...«

Ein Raunen ging durch die Menge, noch mehr Münzen wurden gezückt, aber die Schaulustigen wetteten nicht darauf, *ob* Ferius verlieren würde, sondern nur darauf, wie schnell und wie übel Kneifauge sie zurichten würde.

Ich kannte Ferius Parfax noch nicht lange, aber in dieser Zeit hatte ich kein einziges Mal erlebt, dass sie vor irgendwem oder irgendwas gekniffen hätte. Es mochte daran liegen, dass sie eine Argosi war, aber ich hatte den Verdacht, dass sie schlicht und einfach verrückt war. Allerdings war Kneifauge auch ganz schön durchgeknallt, und ich traute ihm durchaus zu, dass er ihr den Kopf abriss.

Ich rollte mich auf die Seite, schob die Hände unter mich und bereitete mich darauf vor aufzuspringen.

Ferius gab mir ein unauffälliges Zeichen, dass ich mich nicht einmischen sollte. »Na, wollen wir?«, wandte sie sich wieder an Kneifauge. Sie nahm erst einen Fuß nach hinten, beugte sich dann vor und reckte dem bulligen Rüpel ihr Kinn entgegen.

Er sah sich um, als wollte er etwas Lustiges zu seinen Freunden sagen, dann wirbelte er urplötzlich herum und schlug mit einer Wucht zu, die einen drei Meter hohen Tamariskenbaum umgenietet hätte.

Ich hatte damit gerechnet, dass Ferius sich ducken oder dem Schlag sonst wie ausweichen würde – oder dass sie vorhatte, ihn zu unterlaufen und Kneifauge kräftig zwischen die Beine zu treten oder ihm an die Gurgel zu gehen, aber er war zu schnell. Der Kinnhaken saß. Ihr Kopf flog nach rechts, die Schultern und der übrige Körper folgten, bis sie sich so weit gedreht hatte, dass sie schwankend mit dem Gesicht zu mir dastand.

Sie stand einfach da und sah so verwirrt aus, ganz als wäre sie schon bewusstlos und ihr Körper hätte es nur noch nicht richtig mitgekriegt. Ich tastete nach meinen Pulverbeuteln. Wenn Kneifauge Anstalten machte, noch einmal zum Schlag auszuholen, würde *ich* ihn mit einer Sprengladung ins Jenseits befördern und mich hinterher mit den Konsequenzen befassen. Allerdings würde das wohl nicht nötig sein, denn ich hatte noch nie einen derartig brutalen Faustschlag erlebt wie den, den Ferius gerade weggesteckt hatte.

Auf einmal kräuselte sich ihr Mundwinkel und sie zwinkerte mir zu.

Ich wollte schon aufatmen, doch da drehte sich Ferius wieder zu ihrem Gegner um und sagte seelenruhig: »Lassen wir das mal als Übungsrunde durchgehen. Willst du's noch mal probieren, bevor ich an der Reihe bin?«

Kneifauge sah aus, als hätte er gerade seine Zunge verschluckt. »Hä …? Wie hast du …?«

Ferius hob ihren Hut auf. »Auch gut. Nett von dir, dass du so rücksichtsvoll mit mir umgehst. Und wo du gerade in einer so großmütigen Stimmung bist – wie wär's, wenn du uns jetzt einfach gehen lässt?«

Beklommene Stille senkte sich über die Straße. Die Menge wartete darauf, dass einer von beiden den nächsten Zug machte. Noch ein paar Wetten wurden abgeschlossen, und mehr als ein Gaffer lockerte sein Messer in der Scheide. Kneifauge hatte Freunde, die ihm jederzeit beispringen würden – wir leider nicht. Dabei sah der bullige Typ Ferius immer noch ungläubig an. Sie erwiderte den Blick, und Reichis keckerte von seinem luftigen Ausguck herab: »Wieso glotzen sich die beiden so an? Wollen sie sich gleich paaren?«

In so einer Situation will man auf gar keinen Fall wie ein Schwachsinniger losprusten, aber genau das tat ich. Daraufhin sahen alle *mich* an, mit Ausnahme der beiden Gegner. Ich konnte nicht in Ferius' Augen lesen, aber offenbar brachte etwas in ihrem Blick Kneifauge dazu, seine Ansichten zum Thema Fingerabhacken noch einmal zu überdenken. »Meinetwegen«, brummte er mürrisch. »Schätze mal, ihr habt eure Lektion gelernt. Wenn ihr das Amulett zurückgebt, könnt ihr abhauen.«

»Abgemacht.« Ferius kam zu mir herüber und band unsere Reittiere los. »Kellen, sag doch bitte der Baumkatze, dass sie runterkommen und dem Mann sein Spielzeug wiedergeben soll.«

Damit drehte sie sich um und führte die Pferde die Hauptstraße hinunter in Richtung Stadtrand.

Ich hatte immer noch Mühe zu begreifen, was eben geschehen war, doch da machte Reichis einen Satz und streckte alle viere von sich, sodass sich seine Flughäute spannten. Die Zuschauer schnappten erschrocken nach Luft oder tuschelten ängstlich. Manche hielten auch die Hände vor die Brust und legten die Finger zu kleinen Dächern zusammen, wahrscheinlich ein traditionelles Abwehrzeichen gegen das Böse. Bei Reichis' Anblick wird so mancher abergläubisch.

Die Baumkatze segelte anmutig zu Boden. Nur der wütende Blick, den Reichis mir zuwarf, während seine geschickten Pfoten das Silberamulett von der kleinen Glocke hakten, passte nicht recht dazu. »Hättest du auf mich gehört und dem Kerl die Kehle zerfetzt, könnten wir jetzt in aller Ruhe seine Augen fressen!« Er warf das Amulett achtlos über die Schulter und klingelte mir mit dem Glöckchen zu. »Das behalte ich!«

Schon flitzte er hinter Ferius her. Ich hockte immer noch auf dem staubigen Boden, umringt von einem Haufen Leute, die zweifellos darüber nachdachten, ob sie mir nicht vielleicht doch die Finger abhacken sollten.

»Lass dich hier nie wieder blicken, Schwarzschatten«, sagte jemand.

Zustimmendes Raunen.

Ich nickte und rappelte mich schwerfällig hoch.

Sechzehn Jahre alt – und schon war in der Hälfte aller Orte, in denen ich gewesen war, ein Preis auf meinen Kopf ausgesetzt. Ich besaß weder Geld noch irgendwelche besonderen Fähigkeiten, und den einzigen Zauber, den ich einigermaßen beherrschte, durfte ich nicht anwenden, weil ich damit jedem Magier in den Grenzlanden meinen Aufenthaltsort verraten würde.

Ach ja, und meine Reisegefährten waren eine Argosi-Glücksspielerin, die mir nie eine vernünftige Antwort auf meine Fragen gab, und eine mörderische Baumkatze, deren Leibspeise Menschenaugen waren.

Willkommen im Leben eines vogelfreien Tricksers!

4

Wie man einen Kampf gewinnt

Den restlichen Tag ritten wir auf einer uralten Pflasterstraße dahin, die sich durch die hügelige Wüste wand. Eine steife Brise trieb den Sand links und rechts vor uns her wie Wellen auf einem endlosen Ozean.

Laut Ferius kommt der Name »Seven Sands« daher, dass die verschiedenen Mineralien den Boden unterschiedlich färben. Als wir vor vier Monaten aus meiner Heimatstadt aufgebrochen waren, war der Sand im Gebiet der Jan'Tep aufgrund der Mischung aus Eisen und Quarz überwiegend goldgelb gewesen. Weiter nördlich hatten die olivinhaltigen Körner in einem hellen Smaragdgrün geleuchtet, und jetzt kamen wir weiter nach Osten, wo große Ablagerungen von Lasurit den Sand dunkelblau färbten. Wenn die Bewohner dieser Gegend nicht ständig versucht hätten, mich umzubringen, hätte ich den Anblick bestimmt genossen.

Nachdem ich das Amulett, das Geld und den Großteil meiner Würde eingebüßt hatte, plagten mich ernste Zweifel hinsichtlich meiner Zukunft als Gesetzloser. »Ich schaff das nicht. Über kurz oder lang geh ich hier drauf.« In Gedanken hatten sich diese Worte dramatisch angehört, aber mit malträtiertem Kinn und geschwollener Zunge brachte ich nur so was wie: »Ieh arhg hah hie. Hüh ... ieh ... auu.« heraus.

Ferius schien mich trotzdem halbwegs zu verstehen. »Momentan ist es mit deinem Schwarzschatten in den Grenzlanden für uns am sichersten, Jungchen. Hier gibt es weniger Magier als in der Arkanokratie der Jan'Tep, weniger Meuchelmörder als im Reich der Daroman, und von den Wesiren der Berabesk will ich gar nicht erst anfangen. Die würden nämlich keine Sekunde zögern und dich bei lebendigem Leib anzünden.«

»Wogegen mir die hiesigen Barbaren bloß die Finger abhacken wollen. Toll.«

Ich rieb mir die schmerzende Wange und wünschte, ich wäre wieder zu Hause. Dort hätte meine Mutter meine Blessuren mit Heilsalben behandelt. Stattdessen saß ich hier draußen in einer Gegend fest, wo man eine rostige Knochensäge und die Ermahnung, sich nicht so anzustellen, für moderne Medizin hielt.

Andererseits hätte sich zu Hause garantiert meine kleine Schwester Shalla über mich lustig gemacht. Ich sah sie direkt vor mir, wie sie mich mit verschränkten Armen und missbilligend hochgezogenen Augenbrauen musterte. »Ein Jan'Tep-Magier aus dem Hause Ke lässt sich nicht von irgendwelchen Hinterwäldlern oder erbärmlichen Zauberjägern einschüchtern, Kellen!«

Trotzdem fehlte mir Shalla. Auch wenn wir uns über alles und jeden gestritten hatten, war sie doch ein Teil meiner Familie. Manchmal fehlten mir sogar meine Eltern, obwohl sie die magischen Bänder an meinen Unterarmen versiegelt hatten, nachdem sie festgestellt hatten, dass ich vom Schwarzschatten befallen war. Am allermeisten aber fehlte mir Nephenia. Ihr dunkles Haar und ihr scheues Lächeln – und wie sie mir jedes Mal, wenn ich glaubte, sie durchschaut zu haben, aufs Neue bewies, dass ich mich getäuscht hatte. Wir hatten uns nur ein einziges Mal geküsst, aber ich schwöre, dass ich die sanfte, zaghafte Berührung ihrer Lippen irgendwo unter den Schwellungen und Kratzern auf meinem Gesicht noch immer spüren konnte.

Ihr Ahnen, ich wollte wirklich wieder nach Hause!

Leider gab es dort noch mehr Leute, die mich lieber tot als lebendig sehen wollten, als in den ganzen weiten Grenzlanden. Wie sollte ich mich gegen die Kriegsmagier und Zauberjäger zur Wehr setzen, wenn ich mich nicht mal gegen einen schmächtigen Dreizehnjährigen behaupten konnte?

Reichis, der auf meiner Schulter hockte, fauchte vernehmlich. Obwohl er eigentlich zu groß und zu schwer dafür war, ließ er sich manchmal dort nieder. Es war kein Ausdruck von Zuneigung – der kleine Racker saß einfach gern möglichst weit oben. »Du hättest auf mich hören sollen«, sagte er leicht lallend. Manchmal vergreift er sich an der Schnapsflasche, die Ferius in ihrer Satteltasche aufbewahrt.

Ich musste den Mund erst ein paarmal auf- und zumachen, ehe ich einigermaßen verständlich, wenn auch unter Schmerzen, sprechen konnte. »Was meinst du damit?«

Reichis schnaubte mir ins Ohr, was bei ihm so etwas wie ein Seufzen war. »Als Erstes bohrst du die Zähne in die Kehle deines Gegners.« Er klappte das Maul weit auf, sodass man seine spitzen Reißzähne sah, und schob den Unterkiefer vor. »Dann schüttelst du ihn so lange, bis du ein Stück Fleisch rausgerissen hat. Ganz einfach.«

»Ach so. Nächstes Mal versuche ich, daran zu denken.«

Wenn es um Nahkampf geht, bringt es nichts, sich mit einer Baumkatze zu streiten. Jedes Mal, wenn ich es versuchte, zwickte er mich und höhnte: »Da hast du's! Wer ist jetzt das dumme Tier?«

»Du kannst ihm natürlich auch die Augäpfel rausreißen«, setzte er hinzu. »Das funktioniert genauso gut.«

»Verstanden.«

»Ohren sind auch eine Möglichkeit. Würde man gar nicht denken, aber es tut ganz schön weh, wenn einem die Ohren abgerissen werden. Also dem Gegner.«

Ferius lachte. »Hat er's wieder mit seinen Augäpfeln?«

Sie hat keinen Anteil an meiner Verbindung mit Reichis, wo auch immer die herkommen mag. Ferius konnte sein Keckern, Knurren und Schnauben zwar nicht in Worte übersetzen, kannte sich aber offenbar gut genug mit Baumkatzen aus, um zu wissen, dass sie sich für die Könige der Raubtierwelt hielten. »Gerade hat er es eher mit Ohren«, antwortete ich.

Ferius schüttelte den Kopf, dass die roten Locken flogen. »Immer dasselbe mit den kleinen Biestern. Augen, Ohren, Zungen ... Ab und zu könnten sie sich wirklich mal was Neues einfallen lassen.«

»Isch sag immer, bleib bei dem, waschich bewährt hat.«

Ich musterte Reichis argwöhnisch. »Bist du betrunken? Du klingst so komisch.«

»Er ist nicht betrunken, Jungchen«, kicherte Ferius.

»Was hat er dann?« Ein selbstzufriedenes Grinsen huschte über das pelzige Gesicht der Baumkatze. »Was hast du angestellt, Reichis?«

Erst wollte er nicht antworten, aber ich ließ ihn nicht aus den Augen und starrte ihn ausdauernd an. Das war ihm immer unangenehm. Schließlich öffnete er das Maul und rollte die Zunge hoch, sodass ich die drei Münzen sehen konnte, die er darunter versteckte.

»Du elender ... Hast du dich etwa zurückgeschlichen? Während ich verprügelt wurde, bist du wieder in den Laden und hast ein zweites Mal geklaut?«

Reichis sprang von meiner Schulter auf den Sattel vor mich, griff sich mit der Pfote ins Maul und holte die Münzen heraus. »Diese Stadtdeppen haben *uns* beklaut!«, nuschelte er. »Jemand musste unser sauer verdientes Geld doch wiederholen.« Dann stopfte er die Münzen in einen kleinen, unter dem Sattelknauf versteckten Beutel. Er hatte mich gebeten, ihm den Beutel zu kaufen, damit er seine privaten Schätze irgendwo unterbringen konnte, und er hatte auch klargestellt, was mit diebischen Fingern passieren würde, die sich daran zu schaffen machten. So viel zum Thema »unser« Geld.

Wir ritten weiter. Als die Sonne schon tief am Horizont stand, fragte Ferius: »Bist du jetzt so weit, dass wir über das reden können, was vorhin passiert ist?«

»Du meinst, als ich fast erwürgt wurde?«

»Ich meine, als du den Jungen mit deinem Zauber beinahe umgebracht hast.«

Für jemanden, der mir angeblich beibringen wollte, wie man am Leben blieb, sorgte sich Ferius ziemlich oft um das Wohlergehen anderer Leute. »Das Pulver hätte ihn nicht umgebracht«, verteidigte ich mich. »Es war gerade genug, um ...«

»Um was? Ihn anzuzünden? Ihn für sein restliches Leben zu entstellen?«

»Es war der Schwarzschatten«, versuchte ich ihr zu erklären. »Manchmal ...«

»Der Schwarzschatten zeigt dir eine hässliche Welt, Kellen«, fiel sie mir ins Wort. »Er ist keine Entschuldigung dafür, dass du genauso hässlich handelst. Das ist nicht der Weg der Argosi.«

Der Weg der Argosi – was auch immer das bedeuten mag.

Ich wollte mich schon abwenden, da beugte sie sich im Sattel zu mir herüber und packte mich am Kinn. »Deine Male wachsen jedes Mal ein bisschen, wenn du Magie einsetzt. Das ist dir klar, oder?«

Ich riss mich los. »Das bildest du dir bloß ein. Wie soll ich mich denn sonst verteidigen, wenn du mir keine Argosi-Kampftechniken beibringst?«

»Ich hab's dir doch schon gesagt: So etwas gibt es nicht.« Sie griff in ihre schwarze Lederweste und holte einen ihrer langen, dünnen Rauchstängel hervor. »Ein Argosi kloppt sich nicht.«

Kloppen nennt Ferius es, wenn ich mal wieder in Schwierigkeiten gerate. »Ich habe doch selber gesehen, wie du den Mistkerl besiegt hast!«, widersprach ich. »Er war ein Riese!«

»Ja, ein ziemlicher Brocken«, räumte sie ein. »Aber ich hab mich nicht mit ihm gekloppt. Ich hab nur ein bisschen mit ihm getanzt.«

»Sein Schlag hätte jedem anderen den Kopf abgerissen. Dein Kinn muss aus Eisen sein!«

Sie schmunzelte, als hätte ich etwas Lustiges gesagt, dann zündete sie den Rauchstängel mit einem Streichholz an, das sie aus der Manschette ihres Leinenhemds zutage gefördert hatte. Nach einem langen, genüsslichen Zug stieß sie eine Rauchwolke aus, die uns in bläulichen Nebel hüllte. »Mein Kinn ist nicht härter als deins oder sonst irgendeins. Überleg noch mal, was du wirklich gesehen hast, und nicht, was du erwartet hast zu sehen.«

Ich habe ein gutes visuelles Gedächtnis – was daran liegt, dass man sich einen Zauber, bevor man ihn ausführt, immer erst detailliert vorstellen muss. Also rief ich mir den Zweikampf wieder in Erinnerung und sah Ferius vor mir, wie sie sich vorbeugte und dem Gegner das Kinn darbot. Einen Fuß hatte sie dabei nach hinten gestellt. Kneifauges Faust kam mit der geballten Kraft seiner Hüften und Schultern auf sie zu und dann … An diesem Punkt wurde meine Erinnerung ein bisschen undeutlich. Alles war viel zu schnell gegangen, um es richtig verfolgen zu können, trotzdem hätte ich schwören können, dass Ferius sich im selben Augenblick, in dem der Kinnhaken sie erwischte, nicht nur zur Seite gedreht hatte, sondern auch nach hinten ausgewichen war. Was bedeutete, dass sie der Richtung des Schlages gefolgt war und ihm so die Wucht genommen hatte. »Du hast ihn ausgetrickst!«, entfuhr es mir. »Es sah nur so aus, als hätte er dich erwischt, dabei hat dich sein Schlag eigentlich gar nicht getroffen, stimmt's?«

Ferius rieb sich das Kinn. »O doch, und zwar heftig genug. Sonst hätte er gemerkt, dass ich das meiste nicht abgekriegt habe.«

»Aber sich so schnell zu bewegen, das ist …«

»Tanzen.«

Ein Magier lernt vor allem, präzise zu sein. Zauberei ist eine exakte Wissenschaft. Jede Silbe, jede kleinste Gebärde und auch das Bild, das man sich vor Augen ruft, muss stimmen. Aber nichts, was ich als Magierschüler gelernt hatte, war damit zu vergleichen, wie geschickt Ferius den Schlag abgewehrt hatte. »Der Trick ist es, den richtigen Zeitpunkt zu erwischen, oder?«

»Ja, das gehört zum Tanzen dazu«, entgegnete sie, als erklärte das alles.

Ich hatte es immer noch nicht richtig kapiert. »Du musst doch aber genau wissen, wo dich der Schlag trifft, und das ist unmöglich, es sei denn …?« Dann ging mir ein Licht auf. Sie hatte sich aufs Kinn getippt und sich so weit vorgebeugt, dass die Stelle das ideale Ziel bot. Trotzdem musste alles – die Bewegung, der Winkel – perfekt passen. »Der Schlag hätte dir das Genick brechen können.«

»Gut möglich.«

Ich spürte, wie mir vor Scham das Blut in die Wangen schoss. »Du hast dein Leben aufs Spiel gesetzt, um meines zu retten. Schon wieder.«

Ferius rückte ihren Hut zurecht und schob die losen Locken darunter. »Ganz schön edelmütig, was?« Ehe ich etwas erwidern konnte, hatte sie ihr Pferd zu einem leichten Trab angetrieben, und meines trabte hinterher. »Komm schon«, sagte sie über die Schulter. »Wir wollen noch ein bisschen Land zwischen uns und diese Stadt bringen, sonst muss ich am Ende noch zweimal an einem Tag edelmütig sein.«

5

Lagerfeuergeschichten

An diesem Abend schlugen wir unser Lager wie üblich auf: Ferius schickte mich Holz sammeln und sicherte währenddessen den Lagerplatz mit Fallen. Diese Fallen durfte ich nie sehen, was mich ganz schön nervte. Reichis dagegen ging auf die Jagd und steuerte die leicht zermatschten Überreste eines Kaninchens zum gemeinsamen Abendessen bei. Sein Fell hatte eine grünbraune Farbe angenommen, die Streifen tarnten ihn im Unterholz perfekt.

Baumkatzen können ihre Fellfarbe der Umgebung anpassen, was sie zu besonders erfolgreichen Jägern macht. Reichis' Lieblingstaktik besteht darin, sich hinter irgendeinem Busch zu verstecken. Wenn ein Kaninchen oder ein anderes kleineres Tier nahe genug herankommt, um zu erkennen, dass er keineswegs ein rundliches Gestrüpp ist, ist es schon zu spät.

Eigentlich gehören Kaninchen nicht auf den Speiseplan der Jan'Tep, aber ich fand, dass sie gar nicht so übel schmeckten. Allerdings vergeht einem der Appetit ziemlich rasch, wenn man mit anhören muss, wie Reichis das jeweilige Tier tötet. Dabei geht es weniger um die Gier, mit der er die Zähne in sein Opfer schlägt, sondern darum, dass er auch noch mit ihm redet, wenn es schon tot ist.

»Ganz genau, du dummer Nager! Wer hat dich erwischt? *Ich*

hab dich erwischt!« Dabei stand er mit blutverschmiertem, noch tropfendem Gesicht über dem Kadaver. »Wenn du ins Jenseits kommst, richte deinem blöden Kaninchengott aus, dass ich dir die Kehle zerfetzt hab und jetzt mächtig Appetit auf göttliches Kaninchenfleisch habe.«

Manchmal wird er richtig poetisch. Vor allem, wenn es um Gewalt geht.

Eine Stunde später, nachdem das Kaninchen gebraten war und wir es schon fast verspeist hatten, prahlte Reichis immer noch mit seiner Ruhmestat, beschrieb uns jede Einzelheit haarklein und schmückte das Ganze bei jeder Wiederholung noch großartiger aus.

»Habt ihr seine Zähne gesehen?«, fragte er zum Beispiel. »Gewaltige Dinger. Richtige Löwenzähne hatte das Vieh! Bin mir nicht sicher, ob es überhaupt ein Kaninchen war. Wahrscheinlich eher eine Kreuzung – halb Kaninchen, halb Bär.«

Am besten verhält man sich dann einfach still, lässt es sich schmecken und ihn reden. Dabei hilft es, wenn man ihn sich nicht als Baumkatze von einem guten halben Meter Länge, sondern als drei Meter großen, stinksauren Löwen vorstellt.

Meistens macht es mir nichts aus, wenn er so prahlt, denn abends gibt es in der freien Natur sowieso nicht viel zu tun, wenn die Pferde versorgt sind und das Feuer ordentlich brennt. Ich sah dann in die Flammen und versuchte, nicht zu zittern, wenn ich an diese oder jene Katastrophe dachte. Früher hatte ich viel öfter gezittert, aber wahrscheinlich hatte ich mich inzwischen daran gewöhnt, in ständiger Furcht zu leben.

Ferius saß meistens im Schneidersitz am Feuer, klimperte auf der kleinen Gitarre, die sie immer dabeihatte, und erzählte uns Geschichten. Sie hat unzählige auf Lager. Ich bin fast sicher, dass die meisten frei erfunden sind, vor allem die tollkühnen, schier unglaublichen Abenteuer, die sie angeblich mit ganz außergewöhnlichen Gefährten an irgendwelchen exotischen Orten erlebt hat, von denen ich noch nie gehört hatte. Ich hatte in Erdkunde eigentlich immer gut aufgepasst und zweifelte nicht daran, dass sie sich auch die Schauplätze einfach ausdachte.

Weil Reichis von Natur aus sehr ehrgeizig ist, versucht er immer, Ferius mit seinen eigenen Geschichten zu übertrumpfen. Er gibt sie in zwei Variationen zum Besten: Mal geht es um unglaublich große Tiere, die er erbeutet hat, mal um unglaublich wertvolle Schätze, die er gestohlen hat. Für beides gibt es kaum Beweise, trotzdem lässt er mich seine heldenhaften Baumkatzenabenteuer wortgetreu für Ferius übersetzen, wobei ich stets betonen muss, dass »dieser Vorfall, der, nebenbei gesagt, hundertprozentig wahr ist ...« und so weiter und so fort. Ferius tut dann immer so, als würde sie ihm glauben, was ihr erstaunlich gut gelingt. Nachdem ich selbst ein paarmal empfindlich in den Unterarm gezwickt wurde, habe ich gelernt, es genauso zu machen.

An diesem Abend war Reichis gerade mitten in einer besonders grausigen Schilderung, wie er ein gefährliches Untier gerissen und verschlungen hatte (ich vermutete allerdings, dass es sich bloß um eine große Maus gehandelt hatte), als Ferius ihre Gitarre plötzlich wieder in der Stoffhülle verstaute und ihn unterbrach: »Ich glaube, wir haben heute Abend genug Geschichten gehört.«

»Echt jetzt?«, fragte Reichis patzig. »Wie wär's mit der Geschichte von der Argosi, der das Gesicht zerfetzt wurde, weil sie dazwischengequatscht hat?«

Sie ging nicht auf sein empörtes Keckern ein, sondern stand auf und holte etwas aus ihrer Satteltasche. Es war ein Kartendeck, das ich sofort wiedererkannte: Die Karten bestanden aus dünnem Stahl, hatten messerscharfe Kanten und verwandelten sich in ihren Händen in tödliche Waffen. Sie teilte den Satz in zwei Hälften und gab mir eine.

»Üben wir wieder Kartenwerfen?«, fragte ich. An dem Abend, an dem wir uns zum ersten Mal begegnet waren, hatte sie mir die Grundlagen beigebracht, und inzwischen hatte ich es schon ziemlich gut drauf.

»Sozusagen.« Sie blickte zur Straße hinüber, die sich den Hügel hinunter in Richtung Stadt schlängelte. »Aber jetzt kein Wort mehr, verstanden?«

»Was hast …«

Sie schüttelte nur den Kopf. Irgendetwas war da im Gange. Ich schloss die Augen und spitzte die Ohren. Was hatte Ferius gehört? Draußen in der Natur scheint es immer still zu sein, aber wenn man genau hinhört, gibt es viele Geräusche: kleine Tiere, die durchs Gebüsch huschen, zirpende Insekten, den Wind, der im Laub und im Sand raschelt. Es dauerte eine Weile, bis ich das Getrappel von Pferdehufen heraushörte. Ich nahm an, dass es sich um einen einzelnen Reiter handelte, aber in solchen Dingen war ich nicht besonders gut. Ich suchte Ferius' Blick. Warum war sie so beunruhigt? Selbst wenn uns jemand aus der Stadt verfolgt hatte, glaubte ich nicht, dass wir viel zu befürchten hatten.

Dann hörte ich ein dumpfes Knurren. Reichis sträubte das jetzt schwarze Nackenfell und hob witternd die Nase. »Verdammter Mist!«, fluchte er.

Ich flüsterte kaum hörbar: »Was ist denn los?«

»Es stinkt nach Magie. Nach Jan'Tep-Magie.«

Ich musste aufpassen, dass ich die Karten nicht so fest umklammerte, dass ich mir an den scharfen Kanten die Handflächen aufschlitzte. Es gab nur eine Erklärung dafür, dass jemand von meinem Volk mitten in der Nacht hier draußen unterwegs war: Ein Zauberjäger hatte mich aufgespürt.

6

Seide und Eisen

Der Mann, der mir nach dem Leben trachtete, ritt auf einem grauen Pferd und lächelte mich an, als wären wir alte Freunde, dabei waren wir uns ganz bestimmt noch nie begegnet. Er war hochgewachsen, die sorgfältig frisierten blonden Haare lagen aufgefächert auf seinen breiten Schultern. Ein roter Umhang schützte ihn vor dem Staub und Schmutz der Landstraße. Er sah geradezu absurd gut aus.

Was mich nicht weiter hätte beeindrucken sollen. Eigentlich sollte man annehmen, dass man angesichts des Todes die eigene Eitelkeit vergisst, aber wenn ich schon sterben musste, hätte ich es ehrlich gesagt vorgezogen, von jemand Hässlichem umgebracht zu werden.

Der Magier stieg so elegant vom Pferd, als hätte er sein ganzes Leben im Sattel verbracht – was ungewöhnlich war, denn meine Leute sind keine besonders guten Reiter. Seine Füße machten kein Geräusch, als sie den Boden berührten. »Die Ahnen müssen es gut mit mir meinen«, sagte er. »Ich hatte die Fährte meiner eigentlichen Beute verloren und fürchtete schon, den ganzen Weg umsonst gemacht zu haben. Und da fällt mir Kellen, Sohn des Hauses Ke, einfach so in den Schoß.«

»Schneidiger Auftritt«, kommentierte Reichis und kletterte auf meine Schulter. »Davon kannst du dir 'ne Scheibe abschneiden.«

»Mach ich.« Mein Magen zog sich zusammen, nicht nur aus Angst vor dem, was gleich geschehen würde, sondern auch, weil das alles meine eigene Schuld war. Der Zauberjäger hatte nicht einmal nach mir gefahndet und war nur deshalb auf meine Fährte gestoßen, weil ich dummerweise versucht hatte, mich bei einer kleinen Rauferei mithilfe von Magie gegen einen Dreizehnjährigen zu wehren. Hätte ich auf Ferius gehört, hätte der Magier nicht mitbekommen, dass ich in der Nähe war. Stattdessen hatte ich ihn regelrecht angelockt!

»Schätze mal, du hast den Falschen erwischt.« Ferius grinste den Kopfgeldjäger an und stand so lässig da, als handelte es sich tatsächlich nur um ein Missverständnis. »Mein Neffe heißt Albert und ist ebenso wenig ein Jan'Tep wie ich.«

»Hihi, der alberne Albert!«, prustete mir Reichis ins Ohr.

Der Magier blieb ungefähr zwanzig Meter vor uns stehen. Noch zu weit weg für meine Pulvermagie, aber nah genug, dass er den einen oder anderen unschönen Zauber gegen mich einsetzen konnte. »Du meinst, es handelt sich um ein Missverständnis? Merkwürdig.« Er beugte sich vor, hob eine Handvoll Sand auf, raunte ein paar Silben und warf den Sand in die Höhe. Statt herunterzufallen, blieben die Körnchen in der Luft hängen und fügten sich zu einem flimmernden Abbild meines Gesichts zusammen. Darunter erschienen zwei Sigillen, ausgeführt in der geschwungenen Schrift meines Volkes. Die erste Sigille bedeutete »Schwarzschatten«, die zweite »Tod«.

Ich hatte noch nie einen Zaubersteckbrief gesehen, obwohl jeder Jan'Tep-Schüler lernt, wie so etwas aussieht: Zeitlich begrenzte Flüche, die, sobald sie ausgesprochen sind, von jedem entsprechend ausgebildeten Magier heraufbeschworen werden können, um den Gesuchten zu identifizieren. Es ist ein anspruchsvoller Zauber, und damit er so weit entfernt von meiner Heimatstadt funktionierte, musste er von einem Obermagier gewirkt worden sein. Allem Anschein nach hasste mich mein Volk noch mehr, als ich dachte.

»Du solltest dich von der Belohnung, die auf deinen Kopf ausgesetzt ist, geschmeichelt fühlen«, fuhr der Magier fort. »Sie ist fast dreimal so hoch wie die, die ich für meine eigentliche Beute bekommen hätte.«

»Also, wenn du mich fragst«, mischte sich Ferius wieder ein und ließ die tödlichen Karten spielerisch zwischen den Fingern hin und her wandern, »dann sieht dein hübsches Sandbild ganz und gar nicht wie mein guter Albert aus. Schau dich lieber woanders um, sonst passieren vielleicht noch ganz andere hässliche Missverständnisse.«

Der Anflug eines Lächelns huschte über das Gesicht des Magiers, als er den Sand zu Boden rieseln ließ. Eigentlich war es zu dunkel, um unser Gegenüber deutlich zu erkennen, aber die Magie, die um die tätowierten Bänder auf seinen Unterarmen waberte, beleuchtete sein Gesicht in sechs verschiedenen Farben.

»Du, Kellen …«, kam es von Reichis.

»Ja?«

»Der letzte Typ, der uns abmurksen wollte – wie viele Bänder hatte der noch mal entfacht?«

»Drei.«

Jeder Jan'Tep-Schüler kann mithilfe seiner Tätowierungen auf verschiedene Elemente der Magie zugreifen: auf Eisen und Glut, Atem und Blut, Sand und Seide. Den meisten Magiern gelingt es, zwei oder drei ihrer Bänder zu entfachen – und diese wiederum bestimmen ihre Berufswahl. Eisen und Glut legen beispielsweise ein Leben als Kriegsmagier nahe, wogegen Eisen und Seide die ideale Kombination für einen Kettenmagier ist. Was für ein Magier unser Gegenüber war, konnte ich nicht beurteilen, denn *alle* seiner sechs Bänder leuchteten gespenstisch.

»Äh ... sechs sind schlimmer als drei, oder?«, erkundigte sich Reichis.

»Richtig.« Sechs Bänder bedeuteten, dass wir geliefert waren. Ich schielte zu Ferius hinüber, in der Hoffnung, ihren Plan zu erraten. Ferius hat immer einen Plan. Doch sie schaute den Fremden einfach nur an und wartete auf seine Reaktion.

»Ihr habt Fallen um euer Lager errichtet«, sagte der Magier und kam langsam auf uns zu. Seine lautlosen Schritte wichen den Schlingen und angespitzten Ästen aus, die ich selbst jetzt nicht erkennen konnte.

»Wie kommst du denn darauf?«, fragte Ferius mit gespieltem Erstaunen.

Der Magier tippte sich mit dem Finger an die Schläfe. »Seidenmagie. Ich beobachte euch schon seit Stunden und habe nur darauf gewartet, dass sich eure Gedanken den Vorbereitungen zuwenden.« Er kniff die Augen zusammen. »Erstaunlich, wie gut es dir gelingt, nicht an deine Tricks und Fallen zu denken. Man kann deine Pläne kaum entschlüsseln. Du hast einen unglaublich disziplinierten Verstand.«

»Ach was!«, erwiderte Ferius. »Ich bin bloß vergesslich. Und ein bisschen ungeschickt.« Sie schleuderte eine ihrer Stahlkarten. Das scharfkantige Wurfgeschoss sauste wie ein Messer auf den Hals des Magiers zu, fiel aber, bevor es sein Ziel erreichte, zu Boden.

»Beeindruckend«, sagte er. Er hatte nicht mal den kleinen Finger gerührt.

Ich verstand die Welt nicht mehr. Abwehrzauber erfordern spezielle Gebärden. Man kann sie nicht einfach aus dem Nichts heraus wirken. Wie machte er das?

»He, aufwachen!« Reichis bohrte die Klauen in meine Schulter. »Höchste Zeit, den Kerl wegzuputzen.«

Zögerlich steckte ich meine Hälfte des Kartendecks weg und

schob die Finger unauffällig in meine Pulverbeutel. Dann warf ich je eine Prise rotes und schwarzes Pulver in die Luft und vollführte die entsprechende Gebärde. »*Carath*«, hauchte ich.

Ein Feuerstoß zerriss die Dunkelheit mit einem so lauten Knall, dass es ringsum widerhallte. Doch auch die Flammen erloschen wenige Zentimeter vor ihrem Ziel.

Das war unmöglich! Einen Abwehrzauber kann man ohne die entsprechenden Gebärden nur aufrechterhalten, wenn man in einem Schutzkreis aus Kupferdraht steht. Dummerweise kam der fremde Magier jetzt aber noch weiter auf uns zu.

»Mit dem Kerl stimmt was nicht«, knurrte Reichis.

»Weißt du zufällig auch, was?« Manchmal bekommt Reichis Dinge mit, die mir entgehen.

»Ja. Er sieht für einen Menschen viel zu gut aus.«

Na ja. Vielleicht sind die Einsichten einer Baumkatze doch nicht immer erhellend.

Der Magier schien belustigt. »Dann stimmt es also? Das Nekhek spricht mit dir, so wie seine Artgenossen damals mit den Mahdek gesprochen haben? Was hat der kleine Bursche denn gerade gesagt?«

Ich überlegte mir meine Antwort gut. Ferius meint immer, wenn man dem sicheren Tod ins Auge sieht, kommt es darauf an, dass man Selbstvertrauen ausstrahlt. »Er hat gesagt, dass du schlecht riechst, und will wissen, ob du verdorbenes Fleisch gegessen hast.«

Der Magier schüttelte den Kopf und sah aus, als wäre er von mir enttäuscht. Anscheinend gefiel ihm mein Humor nicht, denn im nächsten Augenblick krümmte ich mich vor Schmerz, weil meine inneren Organe zusammengequetscht wurden.

Mir schossen mehrere Gedanken gleichzeitig durch den Kopf. Der erste schrie, dass ich sofort wegrennen musste. Das war natürlich unmöglich, weil man nicht wegrennen kann, wenn sich Magen, Nieren, Herz und Leber anfühlen, als würden sie wie Orangen ausgepresst. Der zweite riet mir, nicht mehr auf Ferius zu hören, wenn sie von vorgetäuschtem Selbstvertrauen redete. Der dritte Gedanke war eine Frage: Wie konnte dieser Typ einen Zauber nach dem anderen wirken, ohne einen Finger zu rühren oder eine Formel zu sprechen?

Reichis knurrte, hüpfte von meiner Schulter und flitzte los. Als er bis auf Sprungweite an den Magier herangekommen war, stieß er sich mit den Hinterläufen vom Boden ab ... und prallte gegen eine unsichtbare Mauer. Der Magier nickte (er vollführte immer noch keine Gebärde, sondern nickte einfach nur), und Reichis flog durch die Luft und landete nicht weit von mir entfernt auf der Seite. Ich wollte die Hand nach ihm ausstrecken, hatte aber solche Schmerzen, dass ich nicht mal den Arm bewegen konnte.

Ferius schob sich langsam auf den Magier zu, als wäre er ein scheues Tier. »Du hörst jetzt besser auf, dem Jungen wehzutun. Ich würde deine hübsche Frisur nur ungern durcheinanderbringen.«

Der Magier lachte über die leere Drohung, trotzdem ließen die Schmerzen in meinen Eingeweiden plötzlich nach. »Du amüsierst mich, Frau, und ehrlich gesagt habe ich kein Interesse daran, mir unter den Argosi eine Feindin zu machen. Deinesgleichen verhandelt doch gern, oder?«

»Ich lasse mich ab und zu auf den einen oder anderen Handel ein, ja.«

»Dann schlage ich dir jetzt das Geschäft deines Lebens vor: Du darfst einfach gehen. Im Gegenzug versetze ich den Jungen in Schlaf, ehe ich seine Seele den Tiefen übergebe, die sein Schicksal sind.« Er sah zu Reichis hinüber. »Das Nekhek muss ebenfalls vernichtet werden. Danach ist diese unerfreuliche Angelegenheit erledigt.«

Ferius machte noch einen Schritt auf ihn zu. »Leider kann ich dein großzügiges Angebot nicht annehmen, mein Freund.«

Er war sichtlich verdutzt. »Der Junge ist ein Jan'Tep. Er bedeutet dir nichts. Trotzdem willst du dein Leben wegwerfen, nur um ihn zu beschützen?«

»Der Junge ist mir egal«, gab sie zurück, »aber die Baumkatze ist mir ans Herz gewachsen.« Ich sah kaum, wie sich ihre Hand bewegte, aber auf einmal flogen ein halbes Dutzend Stahlkarten durch die Luft. Noch ehe sie am Schutzschild des Magiers abprallten, hechtete Ferius hinterher und landete nach einer kühnen Schulterrolle direkt hinter ihm. Ihre Hand schnellte nach oben. Sie hatte die restlichen Karten wie eine Axtklinge aufgefächert und schwang sie so, dass sie dem fremden Magier eigentlich die Rückseite der Oberschenkel hätten aufschlitzen müssen, aber ... nichts geschah.

»Bist du jetzt fertig?«, fragte er gelassen.

»Hab ja gleich gesagt, dass der Kerl nicht sauber ist.« Reichis hatte sich wieder hochgerappelt und scharrte mit den Vorderpfoten, als wollte er noch einmal angreifen. »Kein normaler Mensch sieht so blendend aus.«

»Das hilft uns jetzt auch nicht weiter«, entgegnete ich. Das Aussehen unseres Angreifers war nicht das Problem. Viel eher war es ... *Moment mal!* Er stand mitten im Nirgendwo, der Staub der Grenzlande wirbelte um ihn herum und trotzdem war seine Kleidung so sauber, als wäre er gerade erst aus seinen Gemächern herausstolziert. Und das war noch nicht alles: Seine tätowierten Bänder leuchteten sogar für einen Obermagier viel zu hell, ganz zu schweigen von einem Kopfgeldjäger, der sein Dasein damit fristete, durch die Grenzlande zu streifen und flüchtige Jan'Tep aufzuspüren. Und seine Stiefel, die man beim Gehen überhaupt nicht hörte! Klar brauchte so jemand weder Gebärden noch Formeln, um Zauber zu wirken. Er war nämlich gar nicht hier!

»Er setzt Illusionen gegen uns ein!«, rief ich. »Er ist nur in unseren Köpfen!«

»Ich würde eher sagen, *ihr* seid in *meinem* Kopf«, entgegnete der fremde Magier. »Ganz schön raffiniert, wenn ich mich selbst loben darf ...«

»Ach, halt die Klappe!« Ferius hob die heruntergefallenen Stahlkarten auf und kam zu mir. Sie schloss die Augen, nahm jeweils eine Hälfte der Karten in eine Hand und ordnete sie so an, dass sie zwei tödlich scharfe Fächer bildeten. Dabei bewegten sich die Karten so geschmeidig wie Grashalme, die im Wind tanzen.

»Was machst du da?«, fragte ich gedämpft, hatte meine Finger aber selbst schon wieder in den Pulverbeuteln, auch wenn ich keine Ahnung hatte, worauf ich zielen sollte.

»Er spielt mit uns.« Ferius bewegte unablässig die Hände. »Man vergeudet nicht so viel Zeit mit Illusionen, nur um vorzuführen, wie raffiniert man ist. Er ist nicht allein hier.«

Sie sind also zu zweit. Ich fluchte stumm. Deshalb griff uns der Typ nicht direkt an! Er war kein übermächtiger Obermagier, der alle sechs Bänder entfacht hatte – er lenkte uns nur so lange mit seiner Seidenmagie ab, bis sein Partner nah genug war, um richtig zuzuschlagen.

Ferius ließ ihre scharfen Stahlkarten unablässig und unvorhersehbar durch die Luft tanzen, um es dem Angreifer zu erschweren, sie zu treffen. *Falls der Gegner allerdings ein Kriegsmagier ist, sucht er sich gerade nur ein ruhiges Plätzchen, um von dort einen Zauber auf uns abzuschießen, und das war's dann.*

»Verteilt euch«, raunte Ferius aus dem Mundwinkel. »Er darf uns nicht alle gleichzeitig erwischen.«

Reichis knurrte die Erscheinung vor uns wieder an. »Ich wittere jetzt beide. Einer ist ganz in der Nähe, aber der andere muss noch eine halbe Meile entfernt sein.«

Ein plötzlicher Schmerz rief mir in Erinnerung, dass unser zweiter Gegner – derjenige, den die Seidenmagie für unsere Augen unsichtbar machte – schlichte Eisenmagie einsetzte. *Demnach hat er wahrscheinlich bloß eines seiner Bänder entfacht.* Gut für mich ... wenn ich ihn nur hätte sehen können! Mir entfuhr ein Schrei.

»Duck dich, Jungchen!«, kommandierte Ferius.

Weil ich mich sowieso schon vor Schmerzen krümmte, fiel es mir nicht schwer, dieser Aufforderung nachzukommen. Eine Stahlkarte sauste knapp an meinem Kopf vorbei, und im nächsten Augenblick ertönte irgendwo hinter mir ein Stöhnen. Der Druck auf meine Eingeweide ließ wieder nach.

»Bleib unten, Kellen!« Ferius schickte ein paar Karten hinterher. Keine traf. Eisenmagie kann man sowohl zum Angriff als auch zur Verteidigung einsetzen, und der Herzschild gehört zu den wenigen Beschwörungen, die man zusammen mit einem zweiten Zauber wirken kann.

»Verfluchte Argosi!«, rief jemand. Ich drehte mich um, sah aber immer noch niemanden.

Ferius ging ächzend und mit verzerrtem Gesicht in die Knie. Sie versuchte, noch eine Karte zu werfen, aber es gelang ihr nicht. Ihre Muskeln zuckten, als hätte sie Krämpfe.

»Du hättest dich auf den Handel einlassen sollen«, sagte der Seidenmagier, dessen Erscheinung allmählich verblasste, seit das Trugbild überflüssig geworden war. »Ich hätte dich tatsächlich am Leben gelassen, Argosi.«

Ferius wand sich in Qualen am Boden. »Aufhören!«, schrie ich in die Dunkelheit hinein. »Ich nehme das Angebot an. Der Steckbrief ist auf *mich* ausgestellt, nicht auf die Argosi und auch nicht auf die Baumkatze!«

Das Gelächter, das mir in den Ohren schrillte, kam von überall und nirgends. »Da bin ich anderer Meinung, Kellen aus dem

Hause Ke. Es ist offensichtlich, dass die Argosi in den letzten paar Monaten dafür gesorgt hat, dass du überlebst, und das verstößt gegen die Gesetze unseres Volkes. Aber keine Bange, um dich kümmern wir uns auch noch.«

Reichis rannte hilflos auf und ab. »Ich kann ihn nicht finden!«, knurrte er. »Diese verfluchte Jan'Tep-Magie!«

»Jungchen ...«, keuchte Ferius, »... sei mal still und hör zu.«

»Ich höre. Was soll ich denn ...«

»Nein!« Sie rang nach Luft. »Du sollst nicht mir zuhören ... sondern *ihm!*«

Plötzlich begriff ich, was Ferius meinte und warum sie sich, obwohl ihr der Eisenmagier die Innereien zermalmte, dazu zwang, nicht zu schreien. Sie wollte mir Gelegenheit verschaffen, unseren Gegner zu orten. »Bleib, wo du bist, Reichis«, sagte ich, schloss die Augen und konzentrierte mich auf die Geräusche ringsum, so wie ich es bei Ferius gesehen hatte. Der Eisenmagier war zwar unsichtbar, aber auch er musste Luft holen. Ich brauchte nur zu lauschen.

Die Wüstengeräusche berieselten mich: Insekten summten, kleine Tiere huschten durch unterirdische Gänge. Mein eigener Herzschlag. Der sanfte Wind. *Nein ... das ist kein Wind!* Obwohl ich nur vermuten konnte, wo sich mein Gegner aufhielt, holte ich diesmal eine ordentliche Dosis Pulver heraus.

Es gab eine Abwandlung meines Zaubers, mit deren Hilfe ich schon einmal einen Jan'Tep-Schild durchbrochen hatte. In dem roten Pulver war immer noch ein wenig Blut von Reichis' Mutter. »*Carath Chitra!*«, sagte ich und entließ den Zauber in die Luft.

Der jaulende Feuerstoß durchschlug den Schild des Eisenmagiers zwar mit der gleichen Wucht, mit der Reichis seine Zähne in Kaninchenfleisch stieß, doch was den Magier selbst betraf, hatte ich mich leider um einen halben Meter verschätzt. Der

Schild splitterte, aber der Mann dahinter blieb unversehrt. Bevor ich es noch einmal versuchen konnte, wirkte er wieder einen Leibschneider, und der Schmerz packte mich so heftig, dass ich nichts mehr ausrichten konnte. Als ich den Kopf wandte, sah ich Ferius bewusstlos am Boden liegen. Der Eisenmagier konnte sich jetzt also voll und ganz auf mich konzentrieren.

Fünf Sekunden, dachte ich. Wenn ich nur fünf Sekunden schneller gewesen wäre ... wenn mein Zauber nur eine Spur stärker gewesen wäre ... wenn ich mich nur ein bisschen schlauer angestellt hätte, wäre der Gegner jetzt besiegt. Aber ich war wieder mal zu langsam, zu schwach und vor allem zu blöd gewesen. Ferius und Reichis würden meinetwegen sterben.

»Es ist vorbei«, hörte ich den Seidenmagier in meinem Kopf sagen. »Du hast dich wacker geschlagen, Kellen, aber niemand entkommt der Gerechtigkeit der Jan'Tep. Wenn du auf dem grauen Weg bist, bitte unsere Ahnen um Gnade, damit sie deine Seele nicht in die Hölle schicken, wo sie eigentlich hin–«

Er verstummte jäh. Meine Eingeweide wurden weiter zerdrückt, aber mein Kopf wurde klarer und die Landschaft ringsum deutlicher, die Farben waren weniger trüb. Den Seidenmagier sah ich immer noch nicht, aber ungefähr fünf Meter von mir entfernt stand ein buckliger Mann in einem langen, grauen Reisemantel, dessen ausgestreckte Finger den Leibschneider gebärdeten. Was auch immer dafür gesorgt hatte, dass der Zauber seines Begleiters nachließ – ihn selbst beeinträchtigte es offenbar nicht.

»Reichis ...«, stöhnte ich und kam mühsam wieder auf die Beine.

»Der gehört mir!«, fauchte die Baumkatze mit gierig funkelnden Augen, sauste los, stieß sich mit den muskulösen Hinterbeinen ab und schnellte in drei Metern Höhe durch die Luft. Als er die Läufe von sich streckte, füllten sich seine Flughäute mit Luft. Er ließ sich kurz vom Wind tragen und stürzte sich dann von oben auf den Eisenmagier. Falls dir noch nie eine Baumkatze ins

Gesicht geflogen ist, dann lass dir sagen, dass es ausgesprochen unangenehm ist. Der Magier hielt seinen Schild zwar aufrecht, aber seine Konzentration auf den Leibschneider geriet ins Wanken.

Ich nutzte die kurze Atempause, um wieder in meine Pulverbeutel zu greifen, während mein Verstand noch um die nötige Ruhe und Klarheit zur Durchführung des Zaubers rang. »Aus dem Weg, Reichis!«

Die Baumkatze verschwand in der Dunkelheit. »Fackel ihn ab, Kellen!«

Der Magier richtete seine Aufmerksamkeit wieder auf mich, doch bevor er den Leibschneider erneut aktivieren konnte, hatte ich die Pulver in die Luft geworfen, die Gebärde ausgeführt und ein letztes Mal »*Carath Chitra!*« gerufen.

Das schwarz-rote Doppelfeuer bohrte sich abermals in den Schild des Magiers und riss ihn in Stücke. Die Flammen schlugen hindurch und verbissen sich in ihn, bis er vor Schmerzen schrie. Der Zauber hielt zwar nicht lange an, aber der Magier hielt auch nicht länger durch. Was von seinem Schild noch übrig war, hielt ihn zwar am Leben, doch als er bewusstlos zu Boden sank, war er mit Brandwunden übersät.

Ich keuchte und schnaufte, als wäre ich meilenweit gerannt, der Schweiß rann mir in Bächen von der Stirn. Ich zwang mich, ruhiger zu atmen, und beschwor meine Beine, die Lähmung abzuschütteln, damit ich nachschauen konnte, ob Ferius noch lebte.

Reichis kam angesprungen. Sein Fell war jetzt rot und schwarz, so wie die Farben meines Zaubers. »Du hast ausnahmsweise getroffen.«

»Danke. Ausnahmsweise.«

»Wir haben bloß noch ein Problem.«

»Bloß noch eins?«

»Ja.« Er deutete mit der Pfote auf den Mann im Umhang, den ich gerade außer Gefecht gesetzt hatte. »Wenn das der Typ ist, der die Angriffszauber gewirkt hat, wo ist dann der, der vorhin durch unsere Köpfe gespukt ist?«

Hm. Damit hatte er leider nicht ganz unrecht.

7

Die Reisende

Wir standen im Dunkeln und warteten auf die nächste Katastrophe, die sicher schon auf dem Weg zu uns war. »Vielleicht hat der andere Typ einfach einen Herzinfarkt gekriegt«, meinte Reichis.

»Wäre möglich.«

Ich rieb die Fingerkuppen aneinander, um die Taubheit zu vertreiben, die der wiederholte Einsatz meines einzigen Zaubers hervorgerufen hatte. Wenn ich ihn jetzt noch einmal wirken musste, würde ich mir garantiert die Hände wegsprengen. Reichis drehte sich zu dem bewusstlosen Eisenmagier um. »Der Kerl sieht ziemlich alt aus, Kellen. Was, wenn der andere auch alt war? Das Zaubern nimmt euch Menschen doch ziemlich mit, oder? Vielleicht ist er einfach umgekippt und abgekratzt.«

»Kann alles sein.« Die verlöschende Glut unseres Lagerfeuers warf gerade genug Licht dorthin, wo Ferius lag. Sie atmete noch. Vielleicht würde sie gleich aufstehen, sich den Staub abklopfen und irgendetwas sagen, was sich unheimlich schlau anhörte, aber total unsinnig war. »Irgendwann müssen wir ja auch mal Glück haben.«

Reichis witterte und zupfte mich dann am Hosenbein. »Kellen?«

»Ja?«

»Heute wohl eher nicht.«

Von der Straße her näherten sich Schritte. »Wie viele?«, fragte ich leise und rieb immer noch wie wild die Fingerkuppen aneinander.

»Drei. Ein Männchen, zwei Weibchen.« Er witterte noch einmal. »Das Männchen ist alt. Ein Weibchen ist ausgewachsen, das andere ist noch ein Frischling wie du.«

»Ich bin sechzehn. Ich bin kein Frischling.«

»Ich sag's so, wie ich's rieche.«

Am Straßenrand tauchten drei Gestalten auf, kaum mehr als Silhouetten im fahlen Licht des Halbmonds. Mit zusammengekniffenen Augen konnte ich ein paar Einzelheiten ausmachen. Vorneweg ging eine Frau. Sie war groß und trug ein locker sitzendes Gewand aus weißem und braunem Leinen, das von Lederriemen zusammengehalten wurde. Ihr Gesicht war größtenteils vom gleichen Stoff verdeckt. Sie hatte einen hageren alten Mann in einem schmutzigen weißen Mantel wie einen Getreidesack über die Schulter geworfen, ein Esel trottete widerstrebend hinter den beiden her. Auf dem Esel saß ein Mädchen, das die typische Tracht der Grenzlande trug: Hose und Reiterjacke. Um ihren Kopf war ein Stoffstreifen gebunden, der ihre Augen verdeckte.

»Glaubst du, sie ist eine Gefangene?«, fragte Reichis gedämpft. Gefangenschaft ist eins seiner Lieblingsthemen.

Ich ging nicht darauf ein. Wir würden es noch früh genug erfahren. »Keinen Schritt weiter, wenn ihr den Sonnenaufgang noch erleben wollt!«, rief ich stattdessen. »Ich habe heute Nacht schon einen meiner Feinde in Brand gesteckt, und das mache ich gern wieder, wenn ihr noch näher kommt.«

Ich fand, es klang wie eine ernst zu nehmende Drohung, aber die Frau wirkte keineswegs eingeschüchtert. »Das wäre ausgesprochen unklug.«

»Ach ja? Wie das?« Ich gab mir Mühe, leicht amüsiert zu wirken.

»Sieh dir deine Hände an.«

Ich senkte den Blick und stellte fest, dass meine Hände wie Espenlaub zitterten. Wenn man beinahe stirbt, hat man hinterher, wenn man doch nicht gestorben ist, immer das Problem, dass man unkontrolliert zu zittern anfängt. Es ist so gut wie unmöglich, damit aufzuhören.

»Aber *ich* zittere nicht!«, fauchte Reichis und schlich mit gesträubtem Nackenfell auf die Ankömmlinge zu.

»Sei doch so nett und bitte das Tier, nicht anzugreifen, bevor ich diese unangenehm riechende Last nicht losgeworden bin.« Die vermummte Frau kam bis auf ein paar Meter an mich heran und legte den Mann, den sie getragen hatte, vor mir auf den Boden.

Jetzt, da sich die Seidenzauber verflüchtigt hatten, sah ich den Magier so, wie er wirklich war: ein gebrechlicher Greis mit schlichten, wenig ansprechenden Zügen und faltiger Haut, die zu viel Sonne abbekommen hatte. Ohne seine Begleiterinnen aus den Augen zu lassen, bückte ich mich und hob erst den einen und dann den anderen Ärmel seines Mantels an. Ein Blick auf seine knochigen Unterarme genügte. Er hatte lediglich das Seidenband entfacht. Das Gleiche traf höchstwahrscheinlich auf seinen Komplizen zu, der uns mit Eisenmagie angegriffen hatte. In meinem Clan wären die beiden bestenfalls als Witzfiguren durchgegangen. Vielleicht waren sie ja Ausgestoßene wie ich, die hofften, sich wieder beliebt zu machen, indem sie einen Schwarzschatten zur Strecke brachten.

Auch die Frau betrachtete den Bewusstlosen. »Was sind wir doch für zerbrechliche Wesen, wenn wir erst unserer Täuschungen beraubt sind.« Ihr Gesichtsausdruck – soweit ich ihn hinter dem Stoff erkennen konnte – war weder spöttisch noch mitfühlend, sondern einfach nur interessiert. »Schon seltsam, dass sich ein Magier die Mühe macht, anderen gegenüber als jung und gut aussehend aufzutreten. Glaubst du, er hätte gemerkt, dass ich mich an ihn anschleiche, wenn er nicht so viel Aufmerksamkeit auf sein Äußeres verwendet hätte?«

Dieser Gedanke bereitete mir momentan eher weniger Kopfzerbrechen, denn meine Finger waren noch immer taub, meine Hände zitterten nach wie vor und Ferius war immer noch bewusstlos. Weit mehr beschäftigte mich die Frage, ob die fremde Frau für uns eine Gefahr darstellte. Weil man aber auf die Frage *Bist du hier, weil du mich umbringen willst?* nur selten eine ehrliche Antwort bekommt, stellte ich sie gar nicht erst, sondern rief dem Mädchen mit der Augenbinde zu: »Bist du eine Gefangene?«

»Sie steht unter meiner Obhut«, sagte die Frau.

»Das würde ich lieber von ihr selbst hören«, konterte ich.

Das Mädchen auf dem Esel hob die Hände, um uns zu zeigen, dass sie nicht gefesselt waren, und erwiderte: »Wer lässt denn seine Gefangene reiten und geht selber zu Fuß, du Dummkopf?« Sie hatte nur einen leichten Dialekt und artikulierte eindeutig präziser als die Grenzlandbewohner, deren Bekanntschaft ich bisher machen durfte. Ich musste an die Gesandten der Daroman denken, die ab und zu durch meine Heimat zogen. Hätte ich raten müssen, hätte ich sie auf ungefähr mein Alter geschätzt, aus wohlhabendem Haus und vermutlich gebildet. »Gafft er mich an?«, wandte sie sich an die Frau.

»Sieht so aus.«

»Sag ihm, er soll damit aufhören. Es ist unhöflich.« Sie stieg ab und nestelte an etwas herum, das an ihrem Sattel festgebunden war. Als sie es losgeknotet hatte, sah ich, dass es eine dünne Gerte von vielleicht einem Meter Länge war. Sie hielt sie vor sich und schwenkte sie nach links und rechts über den Boden.

Das erklärte das Tuch über ihren Augen. »Du bist blind.«

»Nein, *du* bist blind! Ich kann bloß nicht sehen.« Sie wandte sich wieder an die Frau. »Wie sieht er aus? Er hört sich an, als sei er ziemlich beschränkt.«

»Nimm es meinem Mündel nicht übel. Wir sind schon viele Tage unterwegs. Die Reise war sehr anstrengend für das Kind, und sie …«

»Seneira«, sagte das Mädchen. »Nicht ›mein Mündel‹, nicht ›das Kind‹. Ich heiße *Seneira!*« Sie ging weiter, rutschte aber auf einem flachen Stein im Sand aus. Instinktiv streckte ich die Hand nach ihr aus und unglücklicherweise – für uns beide – beugte sie sich im selben Augenblick vor, um das Gleichgewicht wiederzufinden. Unsere Stirnen knallten mit einem schmerzhaften *Rums!* zusammen, und schlimmer noch – *viel schlimmer!* – streiften meine Lippen dabei möglicherweise kurz die ihren.

»Hat der Kerl etwa versucht, mich zu küssen?«, fragte sie laut, drehte den Kopf hin und her und richtete ihren Stock wie eine Waffe auf mich.

Ich wich sofort zurück. »Unsinn! Wie kommst du denn darauf? Du … du bist blind! Ich würde niemals …«

»Was würdest du niemals?« Ihre Stimme war plötzlich so kalt wie die Nachtluft. »Ein blindes Mädchen küssen?«

Ihr Ahnen, bitte schickt noch einen Kopfgeldjäger herbei, damit er mich auf der Stelle umbringt. Ich schwöre, dass ich mich diesmal auch nicht wehre.

»Wenn du den Jungen sehen könntest«, mischte sich die Frau ein, »wäre dir klar, dass er nach dem Kampf mit dem Eisenmagier verwirrt, verletzt und verängstigt ist.«

»Ich bin nicht verängstigt!«, protestierte ich, aber niemand hörte mir zu.

»Dann soll er seine Hände – und seine Lippen – gefälligst bei sich behalten.«

»Ach, Kind«, seufzte die Frau, »du weißt genau, dass er bloß verhindern wollte, dass du der Länge nach hinfällst. Seine unterentwickelten Reflexe und seine Ungeschicklichkeit sind bedauerlich, aber du solltest dich deshalb nicht über ihn lustig machen.«

»Vielen Dank auch!«, sagte ich.

Sie überhörte meinen Sarkasmus und sah zu Reichis hinüber. »Geht es dem Tier nicht gut? Es macht den Eindruck, als ob ...«

»Dem Tier geht's prima. So hört es sich bloß an, wenn es kichert.«

Das Mädchen schien zu dem Schluss gekommen zu sein, dass ich für unseren unglücklichen Zusammenstoß tatsächlich nichts konnte. »Na schön«, sagte sie, ließ den Stock sinken und hielt mir die Hand hin. »Fangen wir noch mal von vorn an. Ich heiße Seneira.«

Ich ergriff ihre Hand so flüchtig wie möglich. »Kellen.«

»Freut mich.« Sie wandte sich wieder an ihre Begleiterin. »Siehst du? So begrüßt man sich – jedenfalls normale Leute. Sie haben Namen wie ›Seneira‹ oder ›Kellen‹ oder ...«

»Reichis!«, keckerte die Baumkatze. Nachdem sie mich ausgiebig ausgelacht hatte, kam sie jetzt herbeigesprungen und beschnüffelte die Ankömmlinge, gefolgt von einem kurzen Knurren. »Ich mag die drei nicht.«

»Du magst doch niemanden«, erwiderte ich gedämpft.

»Was war das?«, frage Seneira. »Irgendwas hat geknurrt.«

»Das war Reichis«, antwortete ich. »Er ist mein ...« Ich stockte, weil ich vor Fremden nicht gern als Trottel dastehe.

»Sag's ruhig!«, fauchte die Baumkatze. »Sag's ... oder kannst du auch mit neun Fingern zaubern?«

»Meinetwegen. Reichis ist mein Geschäftspartner.«

Seneira drehte wieder den Kopf hin und her. »Geschäftspartner? Ich höre gar keine anderen Leute. Wen meint er?«

»Er spricht von einem Tier«, erklärte ihr die Frau. »Einer Baumkatze.«

Das blinde Mädchen ließ das auf sich wirken. »Wunderbar«, sagte sie dann und setzte sich auf den Boden. »Ich bleibe jetzt einfach hier sitzen, bis die Welt wieder zur Vernunft gekommen ist.«

»Da kannst du lange warten«, entgegnete ich.

Obwohl das Gesicht der Frau größtenteils verhüllt war, hatte ich den Eindruck, dass sie schmunzelte, als sie sagte: »Also doch noch ein paar weise Worte. Fünf Tropfen Wasser in einer ansonsten verdorrten Wüste.«

Seneira stützte den Kopf in die Hände. »Hörst du bitte auf, so zu reden?«

Ich konnte sie gut verstehen. Auch Ferius ließ mir gegenüber immer wieder solche neunmalklugen Sprüche los, um ... »Halt mal! Wer bist du eigentlich?«, wandte ich mich an die Frau.

»Eine Reisende, deren Reise nie zu Ende ist. Eine Führerin ohne Ziel, die sich nie verläuft. Eine kundige Weggefährtin, die sich stets von der Straße unter ihren Füßen leiten lässt. Ich bin der *Pfad der Dornen und Rosen*.«

Ich hatte keine Ahnung, was sie damit ausdrücken wollte, aber gerade das verriet mir, wer sie war – oder besser gesagt, *was* sie war. »Du bist eine Argosi.«

Ohne sich anmerken zu lassen, ob ich richtig lag, ging sie zu Ferius hinüber, kniete sich neben sie und untersuchte sie. »Ach, Schwester. Warum musst du uns immer wieder enttäuschen?«

8

Der Pfad der Dornen und Rosen

»Leg Holz nach«, befahl die Argosi, nahm Ferius behutsam auf die Arme und trug sie zum Lagerfeuer. »Wir müssen sie warmhalten.«

»Wird sie wieder?« Ich weiß auch nicht, warum, aber ich hatte nie damit gerechnet, dass jemand Ferius Parfax ernsthaften Schaden zufügen könnte. Sie war zu schnell, zu gewitzt, zu eigensinnig, um sich umbringen zu lassen. Doch als ich jetzt den besorgten Blick der anderen Argosi sah, wurde mir klar, dass sogar Ferius sterblich war.

»Der Eisenmagier hat ihr drei Rippen gebrochen. Sie hat innere Blutungen, aber ich kann nicht erkennen, wie schwer sie sind. Falls ihre Organe beschädigt sind ... Aber wir wollen keine Landkarten von unbereisten Gegenden zeichnen. Wenn sie bis zum Morgen wieder zu sich kommt, besteht Anlass zur Hoffnung. Was ist jetzt mit dem Feuer?«

Ich lief los, legte das restliche Holz auf die Glut und anschließend ein bisschen Zunder obendrauf. Als das nicht gleich funktionierte, gab ich noch eine Prise schwarzes und ein paar Körnchen rotes Pulver dazu. Im Nu loderten die Flammen hoch auf.

»Gut«, sagte die Frau und legte Ferius neben dem Lagerfeuer ab. »Würdest du mir noch einen Gefallen tun?«

»Was denn?«

Sie zeigte über ihre Schulter. »Kannst du deinen ... Geschäftspartner bitten, das sonderbare Ritual einzustellen, das er mit meinem Gefangenen durchführt?«

Als ich mich umdrehte, sah ich Reichis auf der Brust des Seidenmagiers hocken. Mit einer Pfote versuchte er, das Augenlid des Alten hochzuschieben, die andere lauerte schon darauf, ihm den Augapfel herauszureißen. »Komm schon ... komm schon ...«

»Reichis! Lass das!«

Die Baumkatze knurrte mich warnend an: »Machst du Witze? Diese elenden Jan'Tep-Hautsäcke hätten uns fast alle umgebracht! Ich warte doch nicht ab, bis sie wach werden und es noch mal versuchen! Außerdem hab ich Hunger.«

»Was sagt das Tier?«, wollte die Argosi wissen.

»Es ... hat mich daran erinnert, dass die beiden Magier, bewusstlos oder nicht, ein ernstes Problem sind.«

»Da hat es nicht unrecht.« Sie erhob sich seufzend. »Pass du auf den Pfad der – Entschuldige bitte. Für dich ist sie Ferius, stimmt's?«

»Wer ist sie denn für dich?«

»Ich kenne sie unter dem Namen *Pfad der wilden Gänseblümchen.*«

»Bescheuerter Name!« Reichis konnte sich immer noch nicht von dem Seidenmagier losreißen.

Die Argosi ging zu der Baumkatze hinüber und ließ sich auf alle viere nieder, sodass ihre Köpfe auf gleicher Höhe waren. »Überlass mir diese Männer, Krieger der Baumkronen. Ich werde tun, was getan werden muss.«

Reichis knurrte und schob die Schnauze vor, um die Argosi erneut zu beschnüffeln. Keine Ahnung, was er dabei feststellte, aber das kleine Biest ist für jedes Kompliment zu haben. »Krieger der Baumkronen, das gefällt mir!« Er sprang von der Brust des Seidenmagiers. »Ich geh mal ein paar Kaninchen abmurksen«, verkündete er. »Denn das machen wir Krieger der Baumkronen.« Damit verschwand er in der Nacht.

Nachdem er weg war, griff die Argosi in die Falten ihres Gewandes, und ich glaubte schon, sie würde ein Messer zücken. Ferius zog im Kampf stets alle Register, aber ich hatte sie noch nie einen Wehrlosen töten sehen. Andererseits war ich gar nicht so sicher, ob ich diese Einstellung teilte. *Oh, ihr Ahnen, jetzt hat mich die Baumkatze schon mit ihrer Mordlust angesteckt!*

Die Argosi zog jedoch keine Waffe hervor, sondern ein Stoffbündel, das einen kleinen Mörser mit Stößel und mehrere Gefäße enthielt. Sie öffnete zwei und machte sich daran, den Inhalt zusammenzurühren.

»Was wird das?«, erkundigte ich mich.

»Die Verbrennungen des Eisenmagiers sind nicht tödlich, aber er wird daran sterben, wenn ich mich nicht darum kümmere.«

»Wie jetzt ... Du willst die Wunden der beiden Typen versorgen, die uns umbringen wollten?«

»Meiner Erfahrung nach bringt es nicht viel, mit einem Toten zu verhandeln.«

»Verhandeln? Spinnst du? Die Männer sind Kopfgeldjäger! Jan'Tep-Magier, die nur bezahlt werden, wenn sie eine Leiche zurückbringen. Und du willst ihre Wunden versorgen und es ihnen dann ausreden?«

Die Augen der Argosi wurden schmal, aber sie rührte weiter in ihren Tiegeln. »Du bist mit meiner Schwester unterwegs und sie hat dich den Weg des Wassers nicht gelehrt? Bei uns ist es nicht üblich, die Reise eines anderen zu beenden, ohne ihm vorher einen anderen Pfad vorzuschlagen.«

Ich suchte nach einer passenden Erwiderung auf diesen Schwachsinn, weil mir aber keine einfiel, sagte ich nichts mehr. Stattdessen behielt ich Ferius im Auge und sorgte dafür, dass meine Finger warm und meine Hände locker blieben, falls ich sie doch wieder einsetzen musste. Seneira tastete sich mit fuchtelndem Stock zu uns herüber und setzte sich neben mich. »Tja, dann wird dein Leben wohl bald so öde wie meins.«

»Guten Abend«, begrüßte die Argosi die beiden Magier, als sie die Augen aufschlugen. Sie sprach mit ihnen wie mit Fremden, denen man zufällig unterwegs begegnet, nicht wie mit Todfeinden, die uns vor wenigen Stunden hatten umbringen wollen.

Nachdem sie ihre Wunden versorgt hatte, hatte die Frau, die sich *Pfad der Dornen und Rosen* nannte, die beiden Rücken an Rücken aufgesetzt. Ich dachte, sie wollte sie aneinanderfesseln, und wollte sie schon darauf hinweisen, dass die Magier, wenn man dafür keinen verzauberten Kupfer- oder Silberdraht benutzte, uns immer noch gefährlich werden konnten. Doch sie fesselte sie gar nicht, sondern holte ein kaum daumengroßes Fläschchen aus ihrem Gewand und entkorkte es. »Du und Seneira wartet bitte freundlicherweise dort drüben«, sagte sie und deutete mit dem Kinn auf eine Stelle, die ein paar Meter vom Feuer entfernt im Dunkeln lag.

»Warum?«

»Weil diese Männer darauf aus sind, dich zu töten. Da wollen wir sie nicht in Versuchung führen.«

Sobald Seneira und ich uns entfernt hatten, ließ die Argosi ein weißes Pulver auf ihre Fingerkuppe rieseln, das sie den beiden Männern vorsichtig unter die Nasen rieb. Dann verkorkte sie das Fläschchen wieder und wartete. Kurz darauf kamen die Kopfgeldjäger hustend zu sich.

Der Seidenmagier riss sofort die Hand hoch und gebärdete einen Zauber, den ich nicht kannte, der aber ohne Zweifel nichts

Gutes bedeutete. Ich wollte schon zu meinem eigenen Pulver greifen, doch die Argosi warf mir einen warnenden Blick zu. Eigentlich konnte sie mich im Dunkeln gar nicht sehen, aber offenbar hatte sie mit meiner Reaktion gerechnet. »Du bist nicht in Gefahr«, sagte sie.

Der Seidenmagier lächelte, wobei sich die faltige Haut um seinen Mund verzog. »Aber du.«

Die Argosi nickte. »Stets und ständig. Wir leben in einer gefährlichen Welt.«

»Mag sein, aber für Magier mit unseren Fähigkeiten ist die Welt deutlich weniger gefährlich als für irgendwelche dahergelaufenen Wanderphilosophen, die sich in anderer Leute Angelegenheiten einmischen.«

Wenn ich mich an dieser Unterhaltung beteiligt hätte, hätte ich ihn jetzt womöglich darauf aufmerksam gemacht, dass weder er noch sein Kollege mehr als ein einziges Band entfacht hatten, was sie zu den erbärmlichsten Magiern machte, die mein Volk hervorbrachte. Abgesehen von mir natürlich.

Die Argosi dagegen sagte nichts dergleichen, sondern machte ein Gesicht, als würde sie ernsthaft über seine Worte nachdenken. »Wahrscheinlich hast du recht. Wanderphilosophen leben tatsächlich gefährlicher.«

Der Eisenmagier, ein Mann mit schütteren roten Haaren, der ungefähr zehn Jahre jünger war als sein Kumpan, lachte heiser. »Siehst du, wie schnell die berühmten Argosi kuschen? Die Frau will über ihr Leben verhandeln.«

Sie schüttelte den Kopf. »Tut mir leid, aber da irrst du dich. Ich möchte über *dein* Leben verhandeln.«

Die Finger des Seidenmagiers zuckten. »Willst du etwa einem Jan'Tep-Magier drohen? Auf den Bauch mit dir, Frau, und küss mir die Füße, sonst verpasse ich dir einen Zauber, der deinen Verstand zerreißt. Deine Seele wird in tausend Stücke zerfetzt, während dein leerer Geist wehrlos und schreiend zuschaut, bis das Herz in deiner Brust seinen letzten erbärmlichen Schlag tut.«

Nicht schlecht, dachte ich anerkennend. Mit der Dichtkunst hat mein Volk es nicht so, aber eine wohlformulierte Todesdrohung kriegen wir jederzeit hin. Doch die Argosi lachte nur leise und melodisch. »Ich glaube nicht, dass du mich in deinem Kopf haben möchtest, Meistermagier. Man sagt mir einen schwierigen Charakter nach.«

An der Miene des Magiers war abzulesen, dass sie zu weit gegangen war. Noch ehe ich eingreifen konnte, durchbohrte er sie mit seinem Blick. Dann raunte er ein Wort und die Luft zwischen ihnen begann zu flimmern. Er verstrickte sie in einen Seidenzauber – keinen besonders mächtigen, soweit ich es beurteilen konnte, aber einen, der sie trotzdem um den Verstand bringen würde. Ich wollte die Anweisung der Argosi, mich nicht einzumischen, gerade übergehen, als der Seidenmagier zum Nachthimmel emporrief: »Aufhören! Lass mich los!« Die Luft zwischen den beiden Gegnern beruhigte sich wieder, der Zauber verflüchtigte sich. Der Magier atmete flach und bekam sich nur mühsam wieder in den Griff. »Was war *das* denn?«, fragte er verblüfft.

Die Argosi zuckte entschuldigend die Achseln. »Wir sind Wandernde. Es liegt in unserer Natur, jede Reise so anzunehmen, wie sie ist, ohne Furcht und ohne Urteil.«

Der Mann schaute zum Feuer und zu der noch immer bewusstlosen Ferius hinüber. »Aber sie …«

»Ihr habt meine Schwester überrumpelt. Ich würde euch nicht raten, so etwas zu versuchen, wenn sie wieder zu sich gekommen ist.« Die Argosi beugte sich vor und flüsterte verschwörerisch: »Ihr Charakter soll sogar noch schwieriger sein als meiner.« Sie tippte dem Mann auf die Stirn. »Erfülle deinen Geist lieber mit schöneren Gedanken, Meistermagier. Es ist unklug, so viel Hässlichkeit mit sich herumzutragen.«

»Lass dich nicht von ihrem Geschwätz ablenken!«, knurrte der Eisenmagier seinem Gefährten zu. »Versuch's noch einmal und vernichte sie!«

Doch der Seidenmagier schüttelte den Kopf, ohne den Blick von der Argosi zu wenden. »Ich rühre ihre Gedanken nicht noch einmal an.«

»Dann kümmere ich mich eben um sie!«

Der Eisenmagier hob wieder die rechte Hand zum Zeichen des Leibschneiders, aber die Argosi drohte ihm spielerisch mit dem Zeigefinger. »Das wäre genauso unklug.«

Der Magier ließ sich nicht beirren und stieß die Finger in ihre Richtung, während er die Formel für einen Eisenzauber sprach, den wir »Bluthammer« nennen. Erst geschah nichts, dann krümmte er sich jäh und übergab sich. »Was hast du mit mir gemacht?«, ächzte er.

Die Argosi breitete die leeren Hände aus. »Nichts, Meistermagier. Ich habe lediglich eine Heilsalbe auf deine Brandwunden aufgetragen. Allerdings enthält die Mischung zerstoßene Nachtblumenblätter. Das fördert die Genesung und nimmt die Schmerzen.«

»Lahmkraut?!«, rief der Eisenmagier entsetzt. »Du hast meine Magie vergiftet!«

»Wohl kaum. Ich versichere dir, dass ich die Salbe sorgfältig dosiert habe. In zwei, drei Tagen kannst du deine Jan'Tep-Zauber wieder wirken. Als deine Heilerin würde ich dir jedoch davon abraten. Lass dir mit dem Gesundwerden Zeit ... vielleicht gelangst du währenddessen zu neuen Einsichten.«

Der Seidenmagier, der sich offenbar wieder gefangen hatte, fragte jetzt: »Und was für Einsichten sollen das sein, Argosi?«

»Nur diese eine: dass es Dinge gibt, die gefährlicher sind als Zaubersprüche, werte Meistermagier.« Sie sah erst den einen und dann den anderen eindringlich an. Sogar aus der Entfernung empfand ich ihre Gelassenheit als geradezu beängstigend. Schließlich setzte sie hinzu: »Und zu diesen Dingen gehöre *ich*.«

Es blieb eine ganze Weile still. Die Argosi schien auf etwas zu warten, vielleicht darauf, dass sie in den Blicken der beiden Männer eine Spur von Zustimmung entdeckte. Offenbar hatte sie Erfolg, denn nach einer Weile lehnte sie sich zufrieden zurück und sagte: »Gut. Dann können wir jetzt verhandeln.«

9

Die zwei Kartendecks

Ich hätte es nicht für möglich gehalten, mich so kurz, nachdem ich knapp dem Tod entronnen war, zu langweilen, aber die Argosi belehrte mich eines Besseren. Eigentlich war ich davon ausgegangen, dass sich das »Verhandeln« auf ein paar ausgeklügelte Drohungen beschränken würde. Es stellte sich jedoch heraus, dass es um einen mündlichen Vertrag von annähernd derselben Länge wie die des Friedensvertrags ging, mit dem der letzte Krieg zwischen dem Reich der Daroman und der Arkanokratie der Jan'Tep beendet wurde. Als die beiden Magier schließlich abzogen, hatten sie bestimmt schon vergessen, warum sie überhaupt hergekommen waren.

Meine Beine und mein Rücken waren steif, weil ich zwei Stunden lang schweigend neben Seneira gesessen hatte. Sie war mehrmals eingenickt und hatte den Kopf an meine Schulter gelehnt. Jemandem so nah zu sein, von dem ich überhaupt nichts wusste, fühlte sich komisch an – vor allem, weil die Betreffende überzeugt davon schien, dass ich der letzte Dorfdepp war. Offenbar war sie zu dem Schluss gekommen, dass ihr Leben ohnehin nicht viel unerfreulicher werden und sie deshalb ebenso gut so viel wie möglich davon schlafend verbringen konnte.

»Hab ich was verpasst?«, erkundigte sich Reichis und ließ ein angefressenes Kaninchen vor uns auf den Boden fallen.

»Oh, ihr Geister der Erde und der Luft, was ist das für ein Gestank?«, rief Seneira, rappelte sich hoch und entfernte sich stolpernd und wild mit ihrem Stock fuchtelnd, wobei sie auf beschränkte Bauerntrottel und ihre grässlichen sprechenden Tiere schimpfte. Ich machte sie nicht darauf aufmerksam, dass ich mein Lebtag noch auf keinem Bauernhof gewesen war.

Reichis war tief gekränkt. Er nahm das Kaninchen wieder ins Maul und nuschelte: »Also, die kriegt schon mal nix davon ab!«

»Könnt ihr eure Klappen halten?«, kam eine matte Stimme vom Lagerfeuer her. »Darf man hier nicht mal in Frieden sterben?«

Ich sprang auf und lief zu Ferius. Ihr Gesicht war bleich und ihr Haar strähnig, aber als ihr Blick mich gefunden hatte, grinste sie mich an. Die Klammern um meine Brust lösten sich und mir wurde zum ersten Mal seit unserem Kampf gegen die Magier leichter ums Herz. »Na, Jungchen?«, sagte sie heiser und hob die Hand, um mir die Wange zu tätscheln. Als sie Seneiras unaufhörliche Verwünschungen aufschnappte, kniff sie die Augen zusammen. »Deine kleine Freundin kennt ja vielleicht Ausdrücke!«

»Sie heißt Seneira«, erwiderte ich. »Und sie hält nicht viel von mir.«

»Na, man muss sich ja auch erst an dich gewöhnen.« Ferius betastete ihre Rippen und hielt inne, als sie entdeckte, dass ihr ganzer Oberkörper verbunden war. »Hast du etwa die Heilkunst erlernt, während ich ein Nickerchen gehalten habe?«

»Hallo, Schwester.« Die andere Argosi trat zu uns, griff sich in den Nacken und löste die Nadel, die den breiten Stoffstreifen um ihre untere Gesichtshälfte zusammenhielt. Wahrscheinlich hatte ich eine Entstellung oder dergleichen erwartet, aber sie sah eigentlich ganz normal aus. Ihre Haut war dunkler als die von Ferius, eher Berabesk als Daroman, aber sie hätte ebenso gut eine Jan'Tep oder eine Grenzlandbewohnerin sein können. Jahrhunderte der Migration über die Meere hatten zu einer Vermischung der Kulturen geführt. Die Unterschiede hatten an Bedeutung verloren.

»Hör mal, Jungchen ...«, sagte Ferius.

»Ja?«

»Hab ich beim Kampf eins auf den Schädel gekriegt?«

»Nicht, dass ich wüsste.«

Sie seufzte. »Hab's schon befürchtet. Hallo, Rosie.«

Ich drehte mich zu der anderen Argosi um. »Rosie? Du heißt Rosie?«

Die Frau machte ein gequältes Gesicht. Gequält *und* genervt. »Der *Pfad der wilden Gänseblümchen* findet zu oft Trost in einfachen Freuden.«

»Stimmt.« Ferius streckte mir die Hand hin. »Hilf mir mal hoch. Es lässt sich ja doch nicht länger vermeiden.«

Etwas an ihrem Blick machte mich stutzig. »Vermeiden? Was denn?«

Mit schmerzverzerrtem Gesicht richtete sie sich auf, schaffte es aber nur, sich hinzusetzen. »Ich muss Rosie mal eben in den Hintern treten.«

»Moment mal ... wie bitte? Das kann nicht dein Ernst sein! Sie hat uns gerettet! Abgesehen davon hast du drei gebrochene Rippen. Du wärst fast gestorben!«

»Tja, das Leben ist kurz. Man muss die wichtigen Dinge erledigen, solange man kann.«

Ich sah zu Seneira hinüber. Sie war damit beschäftigt, den Esel zu striegeln. *Vielleicht kann* sie *mir ja erklären, was das alles zu bedeuten hat.*

Die andere Argosi schien weder beunruhigt noch belustigt zu sein. »Wir müssen unsere ... wie drückst du dich immer so schön aus? ... unsere *Klopperei* wohl noch etwas verschieben.« Sie kniete sich hin und zog ein Kartendeck aus ihrem Gewand. »Ich habe Neuigkeiten.«

Ferius schürzte die Lippen, musterte die Karten, griff dann in ihre schwarze Lederweste und zog ihr eigenes Deck heraus. Wie sie mir erklärt hatte, repräsentierte jede Farbe ein anderes Volk und seine Gepflogenheiten. »Konkordanzen« nannte sie diese Karten. Es gab aber auch noch Sonderkarten, von denen Ferius behauptete, sie wären bei jedem Argosi anders – die sogenannten »Diskordanzen«, auf denen Menschen oder Ereignisse dargestellt waren, die den Lauf der Geschichte ändern konnten. »Dann mal los!«, sagte Ferius. »Aber nächstes Mal geht's rund, Rosie.«

Die andere Frau ließ sich ihr gegenüber nieder und legte ihre Karten mit der Bildseite nach oben aus. Ferius tat es ihr gleich.

»Was soll das werden?«, fragte ich verwundert. »Eben wolltet ihr euch noch prügeln, und jetzt ...«

Ferius blickte auf. »Wonach sieht's denn aus, Jungchen? Wir spielen Karten.«

Als ich Ferius zum ersten Mal begegnet war, hatte sie mir Dutzende Spiele beigebracht. Ich habe ein gutes Gedächtnis und war eigentlich sicher, dass ich mich an alles erinnerte, aber das Spiel, das sie mit Rosie spielte, war mir unbekannt. Es schien darum zu gehen, sieben beliebige Karten des Gegenübers aufzunehmen und auf eine bestimmte Art auszulegen. Der andere Spieler machte es ebenso. Das Ganze wiederholte sich, bis alle Karten verbraucht waren. Dann wurden die Stapel neu gemischt, ohne dass das Spiel je zu einem Ende kam.

Seneira hatte sich wieder neben mich gesetzt. »Wahrscheinlich hat dir *deine* Argosi nie verraten, warum sie Karten benutzen, statt sich wie normale Menschen zu unterhalten, oder?«, sagte sie.

»Ich glaube ... ich glaube, in den Bildkarten steckt mehr, als wir erkennen können.« Ich hielt den Blick fest auf das Spiel geheftet, das sich vor uns entfaltete. »Und die Muster, die die beiden damit legen ... vielleicht drücken sie Dinge aus, die man nicht in Worte fassen kann.«

»Puh! Du hörst dich schon an wie einer von ihnen. Dabei hatte ich gehofft, ich könnte mich mal vernünftig mit jemandem unterhalten.«

»Sie kann sich gern mit mir unterhalten!«, keckerte Reichis. »Ich bin hier von allen der Vernünftigste.«

»Reichis sagt, du kannst dich gern –«

»Ich will nicht hören, was dir deine Baumkatze erzählt«, unterbrach mich Seneira.

»Äh ... ist gut. Warum nicht?«

»Weil ich eigentlich sicher bin, dass Baumkatzen nicht sprechen können, und gern noch ein Weilchen so tun würde, als wärst du nicht geisteskrank.«

»Da ist was dran, Kellen«, prustete Reichis. »Ich fand schon immer, dass du einen an der ...«

»Halt die Klappe.«

Das absurde Kartenspiel dauerte noch ungefähr eine Stunde. Ab und zu brach Ferius das Schweigen mit einem beiläufigen Kommentar wie: »Ach nee, wer hätte gedacht, dass die Händlergilde von Gitabria jemals aus diesem Schlamassel rauskommt!« oder: »War ja klar, dass irgendein Daroman-General den alten Dummkopf irgendwann erwischt!«.

Die andere Argosi – es fiel mir immer noch schwer, sie mir als »Rosie« vorzustellen – schien es vorzuziehen, stumm zu spielen, und fragte nach Ferius' neuntem oder zehntem Einwurf gereizt: »Ist es irgendwie zweckdienlich, dass du die ganze Zeit vor dich hin quasselst?«

»Ich finde es ganz nett. Bist du vielleicht ein bisschen nervös?

Du kannst jederzeit auf deinen Esel steigen, in die Stadt reiten und uns 'ne Flasche Fusel holen.«

»Fusel ... Rauchstängel ... dieser alberne Grenzlandjargon, den du dir angewöhnt hast! Du kommst vom Weg ab, Schwester.«

Ferius legte ihre Karten in den Schoß. »Man kommt nur vom Weg ab, wenn man sich zu sehr auf ein Ziel konzentriert, *Schwester.*«

Ihrem Gegenüber gelang es, mit einem leisen Schnauben einen ganzen Ozean an Spott und Hohn auszudrücken. Dann deutete sie mit dem Kinn auf mich. »Bringst du dem Jungen so unsere Grundsätze bei? Indem du sie in Bauernweisheiten und lustige Anekdoten verwandelst?«

»Glaubst du, es schadet, wenn ich sie ein bisschen flotter verpacke?«

»Nach allem, was ich bis jetzt von deinem Schüler mitbekommen habe, scheint es tatsächlich egal zu sein. Er hat gegen deinen Rat Magie eingesetzt und die beiden Jan'Tep-Magier angelockt. Damit hat er auch das Leben meines Mündels in Gefahr gebracht. Anschließend ist er während des Kampfes in Panik geraten, und ihr wärt alle nicht mehr am Leben, wenn ich euch nicht zu Hilfe gekommen wäre. Selbst wenn er hundert Jahre alt wird, bezweifle ich, dass du einen echten Argosi aus ihm machen kannst.«

Reichis legte mir die Pfote aufs Bein. »Du, Kellen, ich glaube, das Argosi-Weib hat dich gerade beleidigt.«

»Stimmt«, erwiderte ich im Flüsterton. »Ich habe den Eindruck, ich gefalle ihr nicht besonders gut.«

»Du gefällst ihr gut genug«, sagte Ferius. (Ich vergaß immer, was für gute Ohren sie hatte!) »Rosie will mich bloß ablenken, damit ich nicht merke, dass sie die ganze Zeit eine Karte zurückhält.«

Ein flüchtiges Lächeln huschte über die Züge der anderen

Argosi. »Und du denkst, du kannst mir so sehr auf die Nerven gehen, dass ich übersehe, dass du offensichtlich selber eine zurückhältst!«

»Das olle Ding hier?« Ferius' Handgelenk zuckte und zwischen ihrem Daumen und Zeigefinger tauchte eine Karte auf. »Die muss mir beim Mischen in den Ärmel gerutscht sein.«

Sie überreichte der anderen Frau die Karte, die sie lange betrachtete, ehe sie sie umdrehte und in den Sand fallen ließ. Es war eine Diskordanz – und die Gestalt darauf hatte Ferius so gezeichnet, dass sie aussah wie ich. Darunter stand: »Spellslinger – der Trickser«.

»Das Bild stimmt«, sagte Rosie, »aber die Beschriftung ist falsch. Das ist der Unterschied zwischen dir und mir, Schwester. Du folgst eher dem Pfad der Empfindung als dem der Erleuchtung.«

»Ach ja? Dann erleuchte mich mal!«

Die andere Argosi hielt eine Karte in der Hand. Sie drehte sie einmal ... zweimal ..., und beim dritten Mal zeigte die Bildseite nach unten. Trotz der Entfernung erkannte ich, dass es plötzlich eine andere Karte war als noch vor wenigen Sekunden. »Diesem Zeichen müssen wir jetzt folgen.«

Ferius wollte erst nach der Karte greifen, zog die Hand aber wieder zurück. »Der Unterschied zwischen dir und mir, Schwester, ist der, dass *ich* nie so tun muss, als könnte ich den Wind sehen, um zu wissen, aus welcher Richtung er weht.« Dann rief sie Seneira zu: »He, kleines Fräulein! Wie wär's, wenn du mal herkommst, damit wir uns richtig miteinander bekannt machen?«

Seneira folgte der Aufforderung. Sie stand auf und ging stockschwenkend zu den beiden Argosi-Frauen hinüber. Sicherheitshalber folgte ich ihr. Nicht, dass sie noch vor lauter Müdigkeit über eine Unebenheit stolperte – wobei ich meinen missglückten Versuch, ihr behilflich zu sein, auf keinen Fall wiederholen würde. Ferius sah mich mit hochgezogener Augenbraue an. »Glaubst du das mit dem Blindsein wirklich, Jungchen? Hätte gedacht, dass du schlauer bist.«

»Wie bitte? Du meinst, sie …«

»Blinde finden sich gut in der Welt zurecht, sie stolpern nicht so durch die Gegend wie dieses Mädchen. Und sie benutzen einen richtigen Stock, nicht einen abgebrochenen Ast, den sie irgendwo aufgelesen haben.« Zu Rosie sagte sie: »Du hast gerade eben die Unwahrheit gesagt, Schwester. Nicht Kellen hat die Kopfgeldjäger angelockt. Sie hatten es auf das Mädchen abgesehen. *Ihr* habt uns diesen Schlamassel eingebrockt.«

Seneira blieb unvermittelt stehen. »Tut mir leid«, sagte sie. »Ich wollte nicht, dass meinetwegen jemand zu Schaden kommt.« Am unteren Rand ihrer Augenbinde erschienen nun Tränen und liefen ihr über die Wangen.

»Niemand ist wirklich schuld daran«, brummte Ferius daraufhin und tätschelte wieder ihre verbundenen Rippen. »Schätze mal, du warst genauso wenig scharf auf den ganzen Ärger wie Kellen.« Sie nickte Seneira zu. »Aber du kannst die alberne Augenbinde jetzt abnehmen, Mädchen.«

»Ich verstehe nicht … Was geht hier vor?«, fragte ich.

Ferius beugte sich zu Rosie hinüber, nahm ihr die Karte aus der Hand und schnippte sie im selben Augenblick in die Luft, in dem Seneira die Binde aufknotete. Die Karte landete mit der Bildseite nach oben vor meinen Füßen. Sie zeigte ein junges Mädchen mit schwarzen Malen um das rechte Auge. Als ich aufschaute, blickte ich in Seneiras grüne Augen und entdeckte die gleichen Male.

»Ich habe dir doch gesagt, dass ich nicht blind bin«, sagte Seneira und ließ die Binde in den Sand fallen. »Ich konnte bloß nicht sehen.«

Ich hob die Karte auf – die Diskordanz, die Rosie gemalt hatte, weil sie etwas festhalten wollte, das den Lauf der Geschichte ändern könnte. Jetzt konnte ich auch die Beschriftung am unteren Rand lesen.

»Shadowblack – der Schwarzschatten.«

Der WEG des WINDES

DER WEG DES WINDES

Der Weg der Argosi ist der Weg des Windes.

Es gibt viele Winde, die durch die Welt ziehen: Winde der Erneuerung, Winde der Sorge, Winde der Freude, Winde des Krieges. Um die Welt zu begreifen, müssen die Argosi diesen Winden lauschen, sich von ihrer Berührung wecken lassen und jeder Diskordanz folgen – denn eine jede könnte sich in einen Sturm verwandeln, der den Lauf der Geschichte ändert. Darum wird das Auftauchen eines Argosi oft als … beunruhigend empfunden.

10

Diplomatie

»Erklär mir noch mal, wieso wir Seneira den ganzen Weg bis nach Teleidos begleiten«, sagte ich und zog am Zügel, um mein Pferd wieder auf den Pfad zu lenken. Es hatte die schlechte Angewohnheit, ohne ersichtlichen Grund plötzlich vom Weg abzuweichen – eine Charaktereigenschaft, die es mit Ferius gemein hatte. »Und komm mir jetzt bitte nicht wieder mit diesem ›Folge dem Wind‹-Blödsinn. Das ist keine Antwort!«

Ferius schob sich den Grenzerhut tiefer in die Stirn, damit die Sonne sie nicht blendete. »Oh doch, Jungchen. Es ist bloß nicht die Antwort, die du gern hören würdest.« Sie warf mir einen warnenden Blick zu. »Warum tust du nicht einfach, was ich dir sage, und lässt es dabei bewenden?«

Ich drehte mich nach Rosie und Seneira um, die außer Hörweite ein Stück hinter uns ritten. »Aber Seneira ist keine Jan'Tep! Wie kann sie da den Schwarzschatten haben?«

»Zunächst mal solltest du aufhören, so zu reden, als wärt ihr Jan'Tep ein richtiges Volk. Ihr seid einfach nur ein Haufen Leute, die's mit der Magie haben und auf der Suche danach auf diesen Kontinent gekommen sind, weil sich die Magie aus eurem eigenen Land verabschiedet hat.« Sie pikte mir in die Wange. »Verschiedene Hautfarben, verschiedene Gesichter, Augen, Nasen ... ihr seid wie ein großer Pott Vagabundeneintopf.«

Das ließ ich nicht auf mir sitzen. »Dieser ›Vagabundeneintopf‹ hat zufällig die fähigsten Magier auf dem ganzen Kontinent hervorgebracht, die außerdem zufällig in den schönsten Städten der Welt leben.«

Ferius schnaubte verächtlich. »Das würde mich durchaus beeindrucken ... wenn deine Leute diese Städte selbst erbaut hätten.«

Damit lag sie nicht ganz falsch. Warum verteidigte ich die Jan'Tep eigentlich immer noch? Meine Ahnen hatten einen Krieg gegen die Mahdek vom Zaun gebrochen, sie so gut wie ausgerottet und ihnen ihre Städte weggenommen, nur um in den Besitz der Magie spendenden Oasen zu gelangen. Wahrscheinlich gab es höchstens noch hundert echte Mahdek auf der Welt.

Ferius war eine davon.

»Tut mir leid«, brummte ich mürrisch.

»Was denn?«

»Das mit deinem ... na, das mit den Mahdek.«

»Ich bin eine Argosi, Jungchen. Als Mahdek bin ich geboren, aber den Pfad der wilden Gänseblümchen habe ich mir selber ausgesucht.«

Reichis, der zwischen Sattel und Pferdehals auf dem Rücken lag und sehnsüchtig in den wolkenlosen Himmel schaute, mischte sich ein: »Also *ich* bin als Baumkatze geboren und habe mir den Pfad der wilden Baumkatze ausgesucht! Warum müsst ihr Hautsäcke immer alles so kompliziert machen?«

Nachdem ich seinen Einwurf für Ferius übersetzt hatte, erwiderte sie lachend: »Damit hätten wir die Philosophie der Baumkatzen in einem Satz zusammengefasst.« Sie tippte sich anerkennend an den Hut und nickte Reichis zu. Das gefiel ihm so gut, dass er die Geste sofort nachahmte.

Ich fühlte mich irgendwie ausgeschlossen. In gewisser Hinsicht hatten Ferius und Reichis mehr miteinander gemeinsam als jeder von ihnen mit mir. Beide hatten ihren Weg selbst gewählt. Sie waren … *etwas.* Und ich? Ich hatte mit einer einzigen Entscheidung einen Schlussstrich unter mein ganzes vorheriges Leben gezogen. Ich hatte meinen Clan verlassen, und allmählich kam mir diese Entscheidung wie ein Riesenfehler vor. Vogelfreie waren Niemande – ohne Familie, ohne Freunde und ohne eine richtige Aufgabe. Vogelfrei war nur ein anderer Ausdruck für alles, was man *nicht* hatte.

»Stimmt was nicht?«, fragte Ferius.

»Alles bestens.« Ich versuchte, die düsteren Gedanken abzuschütteln und mich erneut der Frage zuzuwenden, der Ferius – wieder einmal – erfolgreich ausgewichen war. »Ganz egal, ob die Jan'Tep jetzt ein eigenes Volk sind oder nicht, der Schwarzschatten zeigt sich nur bei Magiern. Seneira schwört aber, dass sie keine Magierin ist, also lügt sie entweder oder sie …«

»Lass gut sein, Jungchen.«

»Nein!« Ich merkte, dass ich laut geworden war, und drehte mich wieder um. Zum Glück hatten Rosie und Seneira anscheinend beschlossen, mich zu ignorieren, und hatten nichts mitbekommen. »*Ich* bin derjenige, auf dessen Kopf ein Preis ausgesetzt ist, nicht du. Die Zauberjäger, die hinter Seneira her sind, werden nicht lange fackeln und mich gleich mit umbringen. Da habe ich ja wohl ein Recht zu wissen, warum wir noch tiefer in die Gefahr hineinreiten.«

»Na schön. Erinnerst du dich noch daran, dass die Leute in diesem Kaff den Schwarzschatten um dein Auge gesehen haben und dachten, du hättest irgendeine Dämonenseuche?«

»Schon … aber das ist doch bloß ein dummer Aberglaube. Es gibt keine …«

»Ach nein? Glaubst du wirklich, dass du nach gerade mal vier Monaten fern deiner Heimat beurteilen kannst, was sich zu einer Pandemie auswachsen kann und was nicht?«

Die Anspannung in ihrer Miene und ihrem Tonfall passte so gar nicht zu ihrer sonstigen Unbekümmertheit. Mir kam ein Gedanke, von dem mir ganz flau im Magen wurde. »Du hast schon einmal eine Magierseuche miterlebt, stimmt's?«

Sie wich meinem Blick aus und schaute stur geradeaus. »Stimmt. Ich habe so etwas schon erlebt. Keine Ahnung, ob sich die Seuche damals durch Magie oder durch Ansteckung oder irgendetwas anderes verbreitet hat, aber die Menschen hatten einen Namen dafür: *Der rote Schrei*. Und es war genauso schlimm, wie es sich anhört. Bis man der Sache Herr wurde.«

»Wie denn?«

Auch Ferius drehte sich jetzt nach Rosie um, und die beiden wechselten einen Blick, der alles andere als freundlich war. »Frag mich ein andermal, Jungchen.«

Ich hätte nachbohren können, aber mein Blick verweilte eine Sekunde auf Seneira. Anscheinend eine Sekunde zu lang. »Glotzt du schon wieder?«, fragte sie giftig.

Normalerweise dauert es einen ganzen Tag, bis die Leute zu dem Schluss kommen, dass sie mich nicht leiden können, aber Seneira hatte offenbar keine Lust, so lange zu warten. Sie war fest überzeugt, dass ich sie entweder anstarrte oder mich über sie lustig machte. Dabei traf im Grunde weder das eine noch das andere zu. Ich war es nur nicht mehr gewohnt, Zeit mit jemandem in meinem Alter zu verbringen. Dazu kam noch, dass Seneira hübsch war – viel zu hübsch, als dass ich mich in ihrer Gesellschaft entspannen konnte. Ferius behauptete, das könnte ein Anzeichen dafür sein, dass ich eine geistige Störung entwickelte. Ich sollte sie wissen lassen, wenn ich weitere Symptome feststellte.

Dabei lag es nicht an meiner üblichen Schüchternheit, dass ich mich in Seneiras Gegenwart unwohl fühlte, und auch nicht daran, dass ich albernerweise ein schlechtes Gewissen gegenüber

Nephenia hatte. Der wahre Grund, warum mich Seneira so aus dem Konzept brachte, waren die Male um ihre Augen. Obwohl sie meinen so ähnlich waren, musste ich sie immer wieder ansehen, auch wenn es mich ängstigte.

»Ich kann dir etwas von meiner Mesdet-Paste abgeben«, sagte ich und griff in meine Satteltasche. »Dann kannst du die Male abdecken und brauchst keine Augenbinde zu tragen, wenn wir durch ein Dorf reiten.«

Sie verdrehte die Augen (das tat sie oft). »Klar doch! Schminke! Warum bin ich da nicht schon selbst draufgekommen? Tja, vielleicht weil ich schon *längst* draufgekommen bin?«

»Aber warum ...«

»Weil das Zeug brennt, darum. Immer wenn ich etwas draufschmiere, fühlt es sich an, als würde meine Haut in Flammen stehen.«

Ich nickte. Auch ich fand es unangenehm, die Male abzudecken, aber *so* schlimm war es auch wieder nicht.

Trotz ihrer einfachen Kleidung sah Seneira so aus und redete auch so, als käme sie aus einem reichen Elternhaus. Wahrscheinlich hatte sie in ihrem Leben noch nie irgendwelche Unannehmlichkeiten erdulden müssen. Was natürlich – bis auf die letzte Zeit – genauso auf mich zutraf. »Vielleicht ist es einfach nur ungewohnt. Versuch doch, erst mal nur ein kleines bisschen zu nehmen.«

»Ein kleines bisschen?!«

Rosie mischte sich ein. »Ich kenne die Wirkung mittlerweile gut«, sagte sie mit einer Stimme so sanft wie eine laue Brise. »Sie lässt sich nur ... schwer aushalten. Der Schwarzschatten des Mädchens scheint zu kochen, wenn man etwas aufträgt, und die Schmerzen sind wirklich beträchtlich.«

»Vielen Dank!«, sagte Seneira ironisch.

»Allerdings ist die Kleine auch sonst ziemlich garstig.«

»Wenn du mich nicht entführt …«

»Gerettet!«, verbesserte Rosie.

»Moment mal!« Anscheinend war die Situation ganz anders, als ich gedacht hatte. »Du hast doch gesagt, dass du Rosie aus freien Stücken begleitest.«

»So einfach ist das nicht«, erwiderte Seneira, klang aber ein bisschen freundlicher als sonst. »Ich hatte einige Probleme und …« Sie stockte, dann grinste sie hinterhältig. »*Rosie* hat mir aus der Patsche geholfen.«

»So heiße ich nicht«, sagte die Argosi ärgerlich. »Ich bin der Pfad der Dornen und …«

Seneira fiel ihr ins Wort: »Kein normaler Mensch nennt sich selbst *Pfad von irgendwas*, also bleiben wir entweder bei Rosie oder du verrätst mir endlich deinen richtigen Namen.«

Die Argosi wollte etwas entgegnen, überlegte es sich aber anders und gab nach. »Meinetwegen. Rosie ist so gut wie jeder andere Name.« Sie schnitt Ferius eine Grimasse. Offenbar machte sie sie für ihren Spitznamen verantwortlich.

»Hihi«, kicherte Reichis. »Die beiden gefallen mir. Mit denen hat man immer was zu lachen.«

»Wie auch immer«, fuhr Seneira fort, »ich wurde von diesen beiden irren Jan'Tep verfolgt, denen du auch begegnet bist, und Rosie hat sie in die Flucht geschlagen. Aber kurz darauf waren sie wieder hinter mir her und mir wurde klar, dass ich allein nicht mit ihnen fertigwerde. Rosie hat mir angeboten, mich zu beschützen, aber jetzt bringt sie mich nicht dahin, wo ich hinwill.«

»Die Kleine ist von zu Hause abgehauen«, erläuterte Rosie.

»Ich bin sechzehn! Wenn man sechzehn ist, haut man nicht ab, sondern entscheidet selbst, wo man hingeht!«

»Kannst du gern machen, aber *ich* reite nun mal nach Norden, in deine Stadt. Wenn du also meinen Geleitschutz wünschst, kommst du mit.«

»Warte mal«, wandte ich mich an Rosie. »Wenn Seneira nicht nach Hause will, warum willst *du* dann dorthin?«

Seneira übernahm die Antwort. Das Wohlwollen, das ich mir bei ihr erkauft hatte, weil ich mir Sorgen gemacht hatte, sie könnte eine Gefangene sein, war anscheinend aufgebraucht. »Wie dumm kann man sein? Ich bin weder eine Jan'Tep noch Schülerin der Magie, und trotzdem habe ich den Schwarzschatten bekommen.« Sie deutete auf Rosie und Ferius. »Diese beiden Vögel hier sind Argosi. Wenn irgendwo etwas Ungewöhnliches passiert, sind sie zur Stelle und fertigen eine Spielkarte davon an. Soll heißen, sie glauben offensichtlich, dass meine Male etwas bedeuten.«

»Selbstverständlich bedeuten sie etwas«, bestätigte Rosie.

»Kann sein, kann auch nicht sein«, konterte Ferius.

Die beiden Frauen wechselten einen vielsagenden Blick, aus dem ich leider nicht schlau wurde. Offenbar verstand ich die Argosi genauso wenig wie alles andere, was sich außerhalb meiner Heimat ereignete.

Weil ich die Nase von Seneiras Gehässigkeit voll hatte, wechselte ich das Thema. Ferius meint immer, am besten bringt man Leute dazu, einen zu mögen, indem man sie dazu bringt, über sich selbst zu reden. Ich weiß, so richtig logisch ist das nicht, oder? Wäre es nicht sinnvoller, die anderen von den eigenen Qualitäten zu überzeugen, um ihre Meinung positiv zu beeinflussen? Ab und zu hat Ferius aber auch recht, darum fragte ich Seneira jetzt: »Wenn du nicht Magierin werden willst, was hast du dann für Pläne?«

Ihre Antwort ließ ein paar Sekunden auf sich warten, und als ich sie hörte, verstand ich ihr Zögern. »Ich möchte Diplomatin werden.«

Es dauerte ziemlich lange, bis Reichis aufhörte zu lachen.

11

Das Gesicht im Sand

In der folgenden Woche hielten wir uns, so gut es ging, von größeren Siedlungen fern. Auch wenn Seneira und ich unsere Male verdeckten, auch wenn nichts Unvorhergesehenes passierte, schienen sich die Leute, denen wir begegneten, in unserer Gesellschaft unwohl zu fühlen. Als könnten sie den Schwarzschatten in unserer Mitte spüren wie einen kalten Luftzug, von dem man eine Gänsehaut bekommt.

Ich hatte nichts dagegen, dass wir die größeren Ortschaften mieden, weil ich in letzter Zeit sowieso nicht gut mit Fremden klarkam. Allerdings bedeutete das auch, dass wir jede Nacht im Freien schlafen mussten – eine anfangs spannende Erfahrung, deren Reiz jedoch rasch nachließ: der harte Wüstenboden, die Kälte, hin und wieder ein Sandsturm und das Gefühl, einer feindseligen Welt ausgeliefert zu sein ... Es ärgerte mich fürchterlich, dass Seneira (die ich mir lieber als verhätscheltes Prinzesschen vorstellte) damit besser klarzukommen schien als ich.

»Du gaffst schon wieder!«, sagte sie und öffnete dabei nicht einmal die Augen. Sie lag auf ihrer Schlafmatte am Lagerfeuer. Wie machte sie das bloß?

»Entschuldige.«

»He, Kellen«, keckerte Reichis, »frag sie doch mal, ob sie –«

»Klappe.«

Die Anwesenheit eines weiblichen Menschenwesens in meinem Alter und vor allem mein ungeschicktes Verhalten Seneira gegenüber sorgten bei der Baumkatze immer wieder für Belustigung. So schlug mir Reichis etwa diverse Balzrituale vor, die ich vor Seneira aufführen sollte, und beharrte darauf, dass es sich um die Gepflogenheiten »ehrbarer Kulturen« auf der ganzen Welt handelte. Ich dagegen ging davon aus, dass er sich den ganzen Quatsch schlicht ausdachte. Als ich ihn darauf hinwies, dass es bereits ein anderes Mädchen gab, für das ich mich interessierte, erinnerte er mich daran, dass meine Chancen, Nephenia in meinem höchstwahrscheinlich nur noch kurzen Leben jemals wiederzusehen, verschwindend gering waren.

»Du bist heute noch langweiliger als sonst«, verkündete er, hüpfte von meiner Schulter und verschwand in der Dunkelheit. »Ich geh mal irgendwas abmurksen.«

»Man nennt es eigentlich ›jagen‹.«

»Nicht das, was ich mache.«

Ich legte mich zum dritten Mal an diesem Abend hin und versuchte zu schlafen, wälzte mich aber gleich wieder ruhelos hin und her. Dabei störten mich weniger der harte Untergrund und die kalte Nachtluft. Es lag eher an einer unterschwelligen Unruhe, die mich nicht losließ. Seit mir der Seidenmagier meinen Steckbrief gezeigt hatte, konnte ich nicht mehr die Augen schließen, ohne mir vorzustellen, wer es wohl als Nächstes auf mich abgesehen hatte.

Dazu kam, dass ich jetzt, wo Rosie und Seneira bei uns waren, nicht mehr mit Ferius darüber sprechen konnte. An den ersten Abenden nach meiner Flucht von zu Hause fing Ferius, wenn ich unruhig wurde, einfach zu erzählen an, dachte sich irgendwelche Geschichten aus oder plauderte über diese Pflanze oder jenes Insekt und darüber, wie erstaunlich es doch war, dass sie an diesen Ort und in diese Zeit geraten waren. Inzwischen aber saß sie jeden Abend mit Rosie zusammen und die beiden spielten Karten, wobei sie nur selten ein Wort miteinander wechselten. Sogar *das* machte mich unruhig.

Notgedrungen hatte ich mir angewöhnt, einen Spaziergang zu machen, wenn ich nicht schlafen konnte. Weil der Sand in dieser Wüstengegend überwiegend blau war, kam es einem vor, als watete man ins Meer hinaus. Das gefiel mir, und wenn ich mich ein Stück vom Lagerfeuer entfernte, verwandelte der Wind den Sand in Wellen, die um mich herumwogten. Wenn man lange genug hinschaute, glaubte man sogar, Bilder darin zu erkennen: Tiere, Schiffe, Gesichter ... Sie tauchten kurz auf, dann wehte der Wind sie wieder auseinander und ließ neue entstehen. Manchmal, wenn es windstiller war, hielten die Bilder aber auch und die Gesichter schienen lebendig zu werden – ihre Augen öffneten sich und die Lippen bewegten sich ein bisschen.

Das Gesicht, das ich auf meinen Spaziergängen am häufigsten erblickte, war das meiner Schwester Shalla. Wenn ich auf eine bestimmte Weise blinzelte, sah ich sie manchmal vor mir, als wäre ein Westwind den ganzen Weg aus meiner Heimat hierher geweht, um aus einer Million Sandkörner ihr Gesicht zu formen, mit ihrem eindringlichen Blick und der üblichen verärgerten Miene, weil ich ihre Erwartungen mal wieder nicht erfüllt hatte. Natürlich war das nur eine Sinnestäuschung. Das fahle Licht von Mond und Sternen, das den Sand schimmern ließ, verleitete einen, alles und jeden zu sehen, wenn man nur müde genug war. Trotzdem grübelte ich immer wieder, was meine Schwester wohl sagen würde, wenn sie hier wäre.

Wie sich herausstellte, brauchte ich nicht länger zu grübeln.

»Na endlich!«, sagte Shallas Bild im wehenden Sand vor meinen Füßen. »Ich dachte schon, du kommst *nie* drauf.«

12

Die Botin

Ich ging rasch eine Reihe möglicher Erklärungen für meine Vision durch: War etwa wieder ein Seidenzauberer am Werk? Unwahrscheinlich. So viele von der Sorte trieben sich bestimmt nicht in den Grenzlanden herum. Außerdem kannte ich nach meiner letzten Erfahrung das Gefühl, wenn sich jemand in meinem Schädel zu schaffen machte. Vielleicht hatte ich ja den Verstand verloren – eine Reaktion, die mich nicht verwundert hätte, wenn man bedachte, dass andauernd irgendwer versuchte, mich umzubringen. Aber das schien mir dann doch zu einfach.

Es gab noch eine dritte Möglichkeit, aber die war noch verstörender …

»Ich bin's, Blödmann!«, sagte Shalla, und die Sandkörner verschoben sich so, dass es aussah, als grinste sie überheblich.

»Wie …? Wie machst du das, Shalla?«

Das Grinsen wurde noch selbstzufriedener. »Gefällt es dir? Ich habe mir den Zauber selbst ausgedacht. Gut, ich bin nicht die Einzige, die so was versucht, aber ich bin ziemlich sicher die erste Magierin, der es gelungen ist, ihr Bild über eine so große Distanz zu übertragen.«

Als ich noch Schüler gewesen war, hatte ich mich eingehend mit magischer Theorie beschäftigt, deshalb wollte ich sofort herausfinden, wie sie das hinbekommen hatte. Erst dachte ich an

Seidenmagie, die ihre Stimme in meinem Kopf erklingen ließ, aber Seidenzauber funktionieren auf so große Entfernungen nicht. Abgesehen davon hörte es sich eher an, als ob sie mir etwas zuraunte. »Atemmagie«, sagte ich schließlich. »Du lässt den Wind dein Bild und deine Stimme zu mir tragen.«

Das Gesicht im Sand nickte. »Atemmagie mit einer Spur Sandmagie. Andernfalls gäbe es eine Verzögerung, wenn ich etwas sage, und das wäre nervig. Das Schwierigste war, dich ausfindig zu machen. Zum Glück habe ich noch getrocknetes Blut von dir auf Vaters Arbeitstisch entdeckt. So konnte ich den Zauber auf dich ausrichten.«

Als sie so beiläufig erwähnte, dass mich meine eigenen Eltern gefesselt, meine Bänder versiegelt und mir für alle Zeit den Zugriff auf fünf der sechs magischen Elemente verwehrt hatten, wusste ich auf einmal wieder, warum ich meine Heimat verlassen hatte. »Was willst du von mir, Shalla?«

»Jetzt hab dich nicht so! Ich habe ewig gebraucht, bis der Zauber geklappt hat. Offenbar muss die Windrichtung genau stimmen. Deshalb kann ich dir auch nicht sagen, wie oft es mir noch gelingen wird.«

»Warum machst du dir die ganze Mühe?«

Der Sand verwehte wieder und ließ das Abbild meiner Schwester aussehen, als sei sie gekränkt. »Weil ich mir Sorgen um dich mache, Kellen. Ich wollte einfach wissen, wie es dir geht.«

»Mir geht's gut.«

Plötzlich frischte der Wind auf und Shallas Stimme klang aufgebracht. »Von wegen! Mutter verabreicht sich immer wieder neue Tränke, damit sie mit Beobachtungszaubern nach dir Ausschau halten kann. Wusstest du das? Sie hat gesehen, wie du von dem Jungen verprügelt wurdest. Danach hat sie stundenlang geweint und sogar gedroht, uns zu verlassen, wenn Vater dich nicht suchen geht und wieder nach Hause bringt.«

»Und was hat der große und ehrwürdige Ke'heops dazu gesagt?«

Eine Pause entstand und ein neuerlicher Windstoß verwischte das Bild. Ich dachte schon, der Zauber sei gebrochen, doch kurz darauf schob sich der Sand wieder zusammen. »Du weißt selbst, dass er jetzt unmöglich von hier wegkann, Kellen. Der Rat hat ihn immer noch nicht zum Fürsten ernannt. Er muss sich vorsehen, bis die anderen Obermagier unserem Haus das Ansehen und die Macht zugestehen, die es verdient.«

»Na dann viel Glück«, sagte ich. Mir war klar, dass ich Shalla damit verärgerte. Mein Clan glaubt nicht an Glück.

Der Sand, der ihre Augenbrauen bildete, krümmte sich zu zwei hohen Bögen. »Sind wir dir denn total egal? Du fragst überhaupt nicht, wie es *uns* geht! Ra'meth ist noch am Leben. Er ist geschwächt, aber er hat immer noch Freunde im Rat. Tennat und seine Brüder haben gelobt, dich und alle, die dir geholfen haben, zu vernichten.«

»Nephenia ...« Ich hatte ihren Namen nicht aussprechen wollen, aber er war mir herausgerutscht. »Wie geht es ihr?«

Shalla schwieg eine ganze Weile. Bestimmt überlegte sie, wie sie mich erpressen konnte, indem sie mir die Antwort vorenthielt. Aber meine Schwester ist nicht annähernd so grausam, wie sie immer tut. »Der grauen Maus geht's gut. Sie heißt jetzt Neph'aria, schon vergessen?«

Neph'aria. Ich hatte tatsächlich nicht mehr daran gedacht, dass sie ja ihre Prüfungen bestanden und ihren Magiernamen entgegengenommen hatte. Jetzt konnte sie sich ein eigenes Leben aufbauen, sich um ihre Mutter kümmern und sich von der Herrschaft ihres Vaters befreien.

Ich hoffe, dass du dein Glück findest, Neph, auch wenn es nicht mit mir sein wird.

Shalla spürte wohl, dass sie endlich meinen wunden Punkt getroffen hatte. »Sie ist jetzt mit Pan zusammen«, setzte sie hinzu.

»Mit *Pan?!*« Panahsi war mein bester Freund gewesen, genau genommen mein *einziger* Freund. Doch das hatte sich geändert, als ich mich mit Ferius zusammengetan und die Wahrheit über unser Volk herausgefunden hatte. Die Jan'Tep nehmen Treuebruch nicht auf die leichte Schulter. Panahsi war fast wie mein Bruder gewesen, aber jetzt war er der Jan'Tep-Magier Pan'erath und ich war ein Verräter.

»Seine Familie ist mächtiger denn je und seine Großmutter hat … sie hat Neph'aria und ihrer Mutter Schutz angeboten, wenn sich ihre beiden Häuser vereinen.«

»Du meinst, Nephenia soll Pan heiraten?«

Das Gesicht im Sand nickte wieder. »In einem Jahr – es sei denn, *du* unternimmst etwas dagegen.« Ihr Raunen wurde fast flehend. »Komm nach Hause, Kellen! Da draußen in den Grenzlanden bist du deines Lebens nicht sicher. Komm zurück und diene deinem eigenen Volk, damit wir dich beschützen können.«

Ich verkniff mir das Lachen. »Beschützen? Wie will mich ›mein Volk‹ denn beschützen, wenn ein Obermagier aus dem Rat ein Kopfgeld auf mich ausgesetzt hat?«

»Wie bitte? Das ist ausgeschlossen! Niemand würde …«

»Ich habe den Steckbrief selbst gesehen, Shalla.«

»Das kann nicht …« Das Sandbild schien zu erbeben. »Ich finde heraus, was da vor sich geht, Kellen, versprochen! Sollten Ra'meth oder einer seiner Verbündeten dahinterstecken, verstoßen sie damit gegen den Erlass des Rates, der besagt, dass sich unsere Häuser nicht befehden dürfen. Dann wird Ra'meth aus dem Rat entlassen.« Ein Lächeln huschte über das Gesicht im Sand. »Besser gesagt, wenn ich es wirklich nachweisen kann, wird vermutlich sogar seine gesamte Familie verbannt.«

»Mach keine Dummheiten, Shalla. Ra'meth ist gefährlich. Wenn er mitbekommt, dass du dich in seine Angelegenheiten einmischst, könnte er …«

Sie schnaubte verächtlich und die Sandkörner wurden aufgewirbelt wie von einem Windstoß. »Ich habe keine Angst vor Ra'meth, Kellen! Schließlich hast sogar *du* ihn besiegt!«

Bevor ich etwas erwidern konnte, verschwand Shallas Abbild. Ich stand mitten in der menschenleeren Wüste und redete wie ein Geisteskranker auf den Sand ein.

13

Die Stimmen

Als ich zu unserem Lager zurückkam, waren Ferius und Rosie immer noch in ihr Kartenspiel vertieft. Reichis war jagen (oder andere Tiere abmurksen, wie er es nannte) und Seneira war verschwunden.

»Wo ist sie?«, fragte ich die beiden Argosi-Frauen.

Ferius blickte von ihren Karten auf: »Ist sie denn nicht da?«

Sie wollte aufstehen, aber Rosie hielt sie zurück. »Das Kind ist manchmal lieber allein, wenn die Attacken kommen, und das ist jeden Abend der Fall.«

Ich horchte auf. »Welche Attacken?«

Rosie legte den Kopf schief und sah mich an. »Leidest du denn nicht unter den Begleiterscheinungen des Schwarzschattens?«

Doch, schon. Allerdings nur ab und zu, vielleicht einmal im Monat oder wenn ich mich aufregte. Aber doch nicht jeden Abend!

»Lass sie in Ruhe«, warnte mich Rosie. »Da muss sie allein durch.«

Aus dem Mund der Argosi klang dieses einsame Leiden tapfer und edel, aber ich selbst fand es einfach nur furchtbar, ein Schwarzschatten zu sein. Die Schmerzen und die grässlichen Visionen ... Immer wenn sie mich ohne Vorwarnung überfielen, wollte ich auf gar keinen Fall allein sein.

»Schon gut, Jungchen«, sagte Ferius und brachte Rosie mit einem Blick zum Schweigen. »Tu, was du für richtig hältst.«

Ich folgte Seneiras Fußspuren vom Lagerfeuer bis zu einer Gruppe struppiger Wüstenbäume. Dort hörte ich jemanden im Dunkeln atmen. »Seneira?«

»Geh weg«, sagte sie so heiser, als hätte sie stundenlang geschrien. Aber das hätte ich mit Sicherheit gehört.

»Ich will dir bloß helfen.«

»Wie denn? Kannst du die Attacken verhindern? Kannst du den Schwarzschatten verjagen? Kannst du dafür sorgen, dass die Male nicht mehr so wehtun?«

Jetzt konnte ich ihren zusammengekauerten Umriss unter einem Baum ausmachen. Ich näherte mich ihr ganz langsam. »Wenn du willst, gehe ich wieder, aber du musst das nicht allein durchstehen. Warum kommst du nicht wieder mit ans Feuer, wo es warm ist?«

»Weil ich nicht will, dass die anderen es mitbekommen.«

»Was denn?«

Ich war jetzt nah genug, dass ich ihr Gesicht sehen konnte, als sie sich im fahlen Mondlicht zu mir umdrehte. Die Male um ihre Augen bewegten sich wie kleine Wasserwirbel – als wären sie lebendig geworden.

Beinahe wäre ich zurückgewichen. Ich war schon länger ein Schwarzschatten als Seneira, doch selbst bei meinen schlimmsten Attacken hatte ich nie gespürt, dass meine Male in solchen Aufruhr gerieten. Ihre Male dagegen hatten sich sogar ausgedehnt, wanden sich noch ausgreifender um ihr rechtes Auge. Sie hatte uns erzählt, dass der Schwarzschatten bei ihr erst vor einem Monat aufgetaucht war, aber er breitete sich viel schneller aus als bei mir.

»Es tut so weh, Kellen«, sagte sie. »Warum tut es so weh?«

Obwohl mir überhaupt nicht danach war, kniete mich neben

sie. Sie hielt einen ovalen Gegenstand umklammert, der an einer dünnen Silberkette hing. »Ist das ein Amulett?«

Sie schüttelte den Kopf und nahm die Kette ab. Dann drückte sie auf einen Knopf am oberen Rand, der den Anhänger aufspringen ließ, und überreichte ihn mir. Ich musste ihn ins Mondlicht halten, um zu erkennen, dass er das winzige Bild eines kleinen Jungen enthielt. Er sah Seneira so ähnlich, dass ich sofort auf ihren jüngeren Bruder tippte. »Tyne hat ein ganzes Jahr lang eisern gespart, um sich malen zu lassen«, sagte sie. »Inzwischen muss er schon sieben geworden sein. Ich habe ihm versprochen, dass ich mich dieses Jahr auch malen lasse, wenn er Geburtstag hat, damit wir ... Aber das ist jetzt auch egal.«

Ich gab ihr das Medaillon zurück und setzte mich neben sie. »Wie lange dauern die Schmerzen immer?«

Sie hängte sich die Kette wieder um. »Unterschiedlich. Manchmal nur ein paar Sekunden, manchmal aber auch Stunden.«

»Ein stechender Schmerz? Als ob dir etwas im Auge brennt?«

Sie nickte erst, sah mich dann aber verunsichert an. »Es ist ... schwer zu beschreiben. Es fühlt sich an, als würde jemand Säure auf meine Haut träufeln, aber am meisten tut das weh, was sich in mir drin abspielt.«

»Meinst du die Visionen?« Für mich waren die albtraumhaften Bilder das Schlimmste – wenn die ganze Welt und alles darin hässlich wurde. Das war grauenvoll. Als würde ich nur noch das Böse in den Menschen sehen.

»Ich höre Stimmen«, antwortete Seneira. »Sie sagen schreckliche Dinge, Kellen. Ich höre, wie sie mich auslachen, mich verhöhnen, wie sie behaupten, sie könnten nach Lust und Laune über mich bestimmen. Als ob ...«

»Als ob dir der Dämon sagen will, dass er eines Tages vollständig Macht über dich gewinnen wird?«

Sie nickte wieder und sah mich an, als wartete sie darauf, dass ich etwas Tröstendes sagen würde. Als nichts kam, brach sie in Tränen aus.

Weil mir nichts anderes einfiel, nahm ich ihre Hand. »Das wird schon.«

»Bitte nicht«, sagte sie. »Lüg mich nicht an!« Sie schaute zwischen den Bäumen hindurch zum Lagerfeuer hinüber, das wie ein winziger Funke im Dunkeln glomm. »Die beiden Argosi tun so, als wäre das alles kein großes Problem. Als müsste ich nur meinen Frieden mit dem machen, was mit mir passiert. Aber das kann ich nicht! Ich kann nicht so tun, als wäre alles in Ordnung, wo ich doch im tiefsten Inneren spüre, dass überhaupt nichts in Ordnung ist. Ich muss mich der Sache stellen!«

Ich konnte ihre Entschlossenheit nur bewundern. Ich lehnte mich mit dem Rücken an den Baum, hielt ihre Hand aber weiter fest. »Der Schwarzschatten ist schrecklich«, stimmte ich ihr zu. »Wenn die Anfälle kommen … sind sie schlimmer als alles, was man sich vorstellen kann. Lass dir von niemandem etwas anderes einreden.«

»Was machst du denn, wenn es dich erwischt?«

Ich zuckte die Achseln. »Ich versuche, die Visionen nicht zu beachten, und warte darauf, dass die Schmerzen vorübergehen.«

Sie wollte etwas erwidern, krümmte sich aber plötzlich zusammen, als hätte ihr jemand in den Magen geboxt. »Ihr Götter des Sandes und des Himmels, da ist es wieder! Lasst es aufhören!«

»Schau mich an, Seneira!« Ich gab mir Mühe, beruhigend zu klingen. »Na los, schau mich an.«

Doch zu meinem Entsetzen sah ich, dass sich ihre Male wieder wie wild umeinander schlängelten. Das Grün ihrer Augen wurde schwarz. »Ich höre sie, Kellen! Sie reden auf mich ein … sie lachen … Bitte mach, dass sie aufhören!«

»Beachte sie einfach nicht. Sie sind nicht wirklich da. Versuch, an etwas Schönes zu denken. An deinen Bruder, an die Menschen, die du lieb hast, oder an die Orte, wo du dich am wohlsten fühlst.«

Sie kniff die Augen zu, und ich konnte beinahe hören, wie sie mit den Zähnen knirschte. Aus ihrem Stöhnen hörte ich einzelne Worte heraus: »Tyne … Vater … Revian … die Akademie …«

Sie wiederholte die Namen wieder und wieder und drückte meine Hand dabei so fest, dass sich ihre Nägel in meine Haut bohrten und meine Finger fast zerquetscht wurden. Ich musste mich zwingen, sie nicht loszulassen. »Ich bin ja da«, sagte ich beschwichtigend, was ziemlich albern klang, aber anscheinend trotzdem half, denn kurz darauf hob sie den Kopf. Die Male waren zur Ruhe gekommen, ihre Augen waren wieder grün.

»Danke … Kellen.«

Die Schmerzen und die Stimmen schienen ebenfalls nachzulassen, doch dann setzten sie wieder ein. So ging es noch ungefähr eine Stunde. Irgendwann fragte sie: »Bleibst du bei mir? Es dauert nicht mehr lange.«

Ihr Tonfall … Sie klang, als raubten ihr die furchtbaren Schmerzen alle Kraft, als würde ihre Entschlossenheit in den schrecklichen Stimmen, die sie verhöhnten, ertränkt. Als sie sich bei der nächsten Attacke wieder versteifte, spähte ich über die Wüste nach Osten, weil ich hoffte, das erste Morgenlicht am Horizont zu entdecken. Aber alles war finster. Bis zum Tagesanbruch konnte es noch Stunden dauern.

»Ich bleibe bei dir«, versprach ich. »So lange wie nötig.«

Irgendwann schlief Seneira an mich gelehnt ein. Sie zitterte vor Kälte, war aber so erschöpft, dass ich sie nicht wecken und zum Lagerfeuer zurückführen konnte. Schließlich nahm ich sie auf die Arme, was gar nicht so leicht war. Sie war eigentlich nicht schwer, aber weil ich mich immer nur auf ein Leben als Magier vorbereitet hatte, war ich nicht besonders kräftig. Ich war froh, als Rosie uns kommen sah und mir meine Last auf den letzten Metern abnahm.

»Ihre Haut ist ganz kalt«, stellte die Argosi fest und bettete Seneira auf ihre Schlafmatte am Feuer. »Der Anfall war wohl besonders heftig?«

»Heftig?«, wiederholte ich ungläubig. »Du bist gut! Der Schwarzschatten *foltert* sie!«

»Rosie wollte nicht herzlos klingen.« Ferius kniete sich neben Seneira, um sie zu untersuchen. »Sie kann nur nicht anders. Der Pfad der Dornen und Rosen hat's nicht so mit Gefühlen.«

»Ich bezweifle, dass sich die Krankheit der Kleinen von Gefühlsduseleien beeinflussen lässt«, gab die andere Argosi ärgerlich zurück. »Oder glaubst du etwa, dass Gutenachtgeschichten und Schlaflieder ihr Leid lindern?«

Ferius schob Seneira das schweißverklebte Haar aus dem Gesicht. »Schaden würde es jedenfalls nicht.«

»Der rote Schrei hat sich auch nicht von deinen säuselnden Worten oder deinem Mitleid beeindrucken lassen, Schwester. Diejenigen, die von ihm heimgesucht wurden, wären mit einem raschen Tod besser bedient gewesen als mit deinen vergeblichen Tröstungsversuchen.«

Der Widerschein der Flammen spiegelte sich unheilvoll auf Ferius' Wangen, als sie die andere fest ansah. »Wir haben es hier aber nicht mit dem roten Schrei zu tun, Rosie, also lass mich in Frieden.«

Rosie ließ sich nicht beirren. »Wenn du mein Mündel verhätschelst, beleidigst du damit ihre Tapferkeit. Sollte es sich bei ihrer Krankheit um eine neuartige magische Seuche handeln, müssen wir uns auf das Unvermeidliche einstellen, und ich glaube, du hast einfach noch nicht richtig ...«

Reichis tauchte aus der Dunkelheit auf. Er beschnupperte erst Seneira, sah dann die Argosi-Frauen an und fauchte.

»Was ist denn?«, fragte ich.

»Das Mädchen tut nur so, als würde es schlafen«, knurrte er. »Sie hat Angst, und die beiden hier machen es nur noch schlimmer.«

Niemand außer mir konnte ihn verstehen, aber Ferius sah meinen Gesichtsausdruck und reimte sich zusammen, was er gesagt hatte. »Es wird bald hell. Am besten gönnen wir uns alle noch ein bisschen Schlaf und sehen, was der neue Tag bringt.«

Rosie nickte zustimmend, aber als sie davonging, sagte sie: »Eine Argosi folgt den Winden, wohin sie auch wehen, Schwester, aber vergiss nie, dass der Weg des Donners niemals fern ist.«

»Eins steht fest«, verkündete Reichis mit funkelnden Augen, »wenn die mal kurz nicht hinguckt, klau ich ihr ganzes Zeug!«

Ich betrachtete Seneira. Ihre Augen waren immer noch geschlossen, aber ihr liefen Tränen über die Wangen. Ich suchte noch nach tröstenden Worten, da rollte sich Reichis zu meiner Überraschung an Seneiras Hals zusammen und gab ihr damit etwas von seiner Wärme ab.

Ich hatte noch nie erlebt, dass er sich um ein anderes menschliches Wesen kümmerte ... beziehungsweise überhaupt um ein menschliches Wesen, denn die meiste Zeit über kümmerte er sich nicht einmal um mich – aber ich nahm ihm sein Verhalten nicht übel, im Gegenteil. Seneira war weder eine Magierin noch eine Jan'Tep, und trotzdem spielte der Schwarzschatten ihr noch übler mit als mir.

Da stimmte etwas nicht. Das spürte auch Reichis, und obwohl er so tat, als könnte er Seneira nicht leiden, hatte er doch das Bedürfnis, sie zu beschützen.

Ich glaube, mir ging es ganz ähnlich.

Seneiras Augen blieben geschlossen, aber sie hob die Hand und streichelte Reichis zärtlich übers Fell.

»Nur damit das klar ist, Kellen«, sagte die Baumkatze und kniff genüsslich die Augen zu, »wenn *du* jemals versuchst, mich zu streicheln, beiß ich dir die Hand ab.«

14

Teleidos

Am nächsten Morgen hatten sich Ferius und Rosie offenbar geeinigt, ob wir nun dem Wind oder sonst einem Argosi-Unsinn folgen sollten, denn als wir unsere Reise nach Teleidos fortsetzten, gingen sie deutlich freundlicher miteinander um.

Ich ließ mein Pferd ein Stück zurückfallen und wartete, bis Ferius sich zu mir gesellte.

»Hast du was auf dem Herzen, Jungchen?«

»Wenn Rosie glaubt, dass Seneira eine Seuche hat«, sagte ich gedämpft, »warum bringen wir sie dann in ihre Heimatstadt zurück? Sollte sie sich nicht lieber von bewohnten Gegenden fernhalten?«

»Zunächst mal weiß keiner von uns, was das Mädchen eigentlich hat, also lass dich nicht von Rosie verunsichern. Zweitens verbreiten sich magische Seuchen nicht durch die Luft oder durch Körperkontakt wie normale Krankheiten. Und drittens, falls es dir noch nicht aufgefallen ist, lassen wir Seneira nicht in die Nähe von Leuten, die ihr nicht sowieso schon ein bisschen …«, sie grinste anzüglich, »… *zu* nahegekommen sind.«

Ich tat so, als wüsste ich nicht, was sie damit meinte.

Reichis gab ein Geräusch von sich, das man bei Menschen wohl als belustigtes Glucksen bezeichnet hätte. »Siehst du? Ich bin hier nicht der Einzige, der glaubt …«

»Was ist eigentlich mit diesem ›roten Schrei‹?«, wechselte ich hastig das Thema. »Du und Rosie, ihr …«

»Der rote Schrei ist Schnee von gestern«, erwiderte Ferius und trieb ihr Pferd an. »Dabei solltest du es auch belassen.«

Mehr bekam ich nicht aus ihr heraus, weder über magische Krankheiten noch darüber, warum die beiden Argosi deswegen so besorgt waren. Ein Blick von Rosie bestätigte meine Vermutung, dass sie mir genauso wenig verraten würde.

Seneira schien es etwas besser zu gehen, aber sie sprach nicht über das, was letzte Nacht vorgefallen war. Eine höfliche Distanz hatte sich zwischen uns geschoben, was sich merkwürdig anfühlte, nachdem wir stundenlang Hand in Hand dagesessen und ihre Anfälle gemeinsam durchgestanden hatten. Aber ich wusste aus eigener Erfahrung, dass man mit dem Schwarzschatten am besten klarkam, wenn man so tat, als gäbe es ihn gar nicht – es sei denn, man hatte keine andere Wahl. Die Schmerzen waren schlimm, aber wie Seneira gesagt hatte, waren es eher die Stimmen – oder in meinem Fall die Visionen –, die einen fertigmachten, auch noch nachdem der Schmerz vorüber war.

Dass Seneira nicht über ihren Zustand reden wollte, hielt sie allerdings nicht davon ab, uns einen Vortrag über Seven Sands zu halten.

»Diese Wüstenstraße haben die Daroman vor über zweihundert Jahren angelegt«, erklärte sie. »Aber nicht, um die Grenzlande zu besetzen, sondern nur für den Fall, dass sie gegen eins der Länder auf der anderen Seite in den Krieg ziehen müssten.«

»Warum haben sie Seven Sands dann nicht einfach ihrem eigenen Reich einverleibt?«, wollte ich wissen.

»Weil sie nichts davon gehabt hätten.« Seneira breitete die Arme aus. »Warum soll man ein fremdes Land regieren, wenn man es auch so für seine Zwecke nutzen kann?«

»Ich wusste gar nicht, dass die Grenzlande ein eigenständiges Land sind«, sagte ich.

Damit war ich ins Fettnäpfchen getreten. Sogar Reichis witterte kurz und raunte mir zu: »Ich glaube, jetzt hast du's mit ihr verkackt, Kellen.«

»Selbstverständlich ist Seven Sands ein Land!«, erwiderte Seneira schroff. »Bloß weil die großen Mächte es wie ein Niemandsland behandeln, damit sie nicht alle zwei Tage aufeinander losgehen müssen, heißt das noch lange nicht, dass wir kein eigenständiges Volk sind.«

Rosie brachte ihr Pferd neben meines. »Die Generäle der Daroman, die Wesire der Berabesk und die Clanfürsten der Jan'Tep sind darauf angewiesen, dass Seven Sands unregierbar bleibt«, erklärte sie. »Nur weil dieses Land zwischen ihnen liegt, bleibt der Friede zwischen den drei Nationen gewahrt, und weil sie dafür sorgen, dass es schwach bleibt, stellt es für keinen der drei eine Gefahr dar.«

»Das ist nicht der einzige Grund!«, sagte Seneira aufgebracht. »Die Berabesk nutzen uns bei Geschäften mit den Daroman und den Jan'Tep als Zwischenhändler, weil sie dann den ›Ungläubigen‹, die zu vernichten sie gelobt haben, nicht die Hand geben müssen. Die adligen Daroman wiederum heuern unsere Bergleute an, damit sie Gold, Silber und Eisen abbauen, ohne dass die Auftraggeber selbst Verantwortung für die dortigen Bergbewohner übernehmen müssen. Und die Jan'Tep ...« Sie sah mich an. »Was sich dein Volk davon verspricht, weiß ich nicht, Kellen, aber was es auch ist, sie werden es uns wegnehmen, ohne uns etwas dafür zu geben, so viel steht fest.«

Sie trat ihr Pferd in die Flanken und ließ mich mit dem absurden Gefühl zurück, dass ich für die Missetaten meines Clans verantwortlich war, obwohl mich der gleiche Clan, von ein, zwei Ausnahmen abgesehen, lieber tot als lebendig sehen würde.

Als sie außer Hörweite war, wandte sich Rosie an mich: »Ich habe ja schon einige Zeit mit ihr verbracht, lass dir also von mir sagen, dass es eine Menge ersprießlichere Themen gibt, über die man sich gut mit ihr unterhalten kann. Aber Seven Sands würde ich an deiner Stelle lieber nicht mehr ansprechen.«

Ach. Wär ich jetzt nicht drauf gekommen.

Als Seneira gesagt hatte, sie sei keine Schülerin der Magie, war ich davon ausgegangen, dass sie irgendeine Hinterwäldlerschule besuchte, wie man sie in einer Gegend wie Seven Sands eben erwarten würde: klein, heruntergekommen und mit einem Lehrer, der selbst kaum lesen und schreiben konnte. So etwas wie die Akademie hatte ich jedenfalls nicht erwartet.

Als junger Jan'Tep-Schüler hatte ich gelegentlich Bemerkungen über eine Universität aufgeschnappt, die mitten in den Grenzlanden entstanden war. Alle paar Jahre kamen Abgesandte durch unser Land und hielten nach Schülern Ausschau, aber bei den Familien meines Clans hatten sie damit nicht viel Erfolg. Wozu sollte man eine Schule besuchen, an der keine Magie unterrichtet wurde? Deshalb war Teleidos für mich bis zu diesem Nachmittag nicht mehr als ein beliebiger Punkt auf der Landkarte gewesen.

Am Nachmittag kamen wir in ein Tal, das seine Fruchtbarkeit einem breiten Fluss verdankte, und ich erblickte eine kleine, aber hübsche Stadt, die wie ein Juwel im Wüstensand leuchtete.

Die meisten Grenzlandsiedlungen bestehen aus ein paar schäbigen einstöckigen Gebäuden, die sich an staubigen, unbefestigten Straßen voller Schlaglöcher aneinanderdrängen. Die Läden und Villen von Teleidos dagegen waren aus glattem, hellem Sandstein mit blauen und bronzefarbenen Verzierungen erbaut.

Sie waren zehn Meter oder noch höher und säumten gewundene Prachtstraßen, die sich in konzentrischen Kreisen um den Stadtkern zogen. Vom Stadtrand bis zur Stadtmitte zählte ich acht solcher breiten Straßen, und im Zentrum stand ein Dutzend großer Bauten, bei denen es sich um Paläste oder Gerichtsgebäude handeln musste. Sie gruppierten sich wie Wächter um einen Turm, der höher war als jedes Gebäude, das ich vor und während meiner Reise gesehen hatte.

»Die Akademie«, verkündete Seneira ehrfürchtig wie eine Gläubige.

Selbst ich war beeindruckt. »Der Turm muss mindestens dreißig Meter hoch sein.«

Ferius schnaubte. »Jungchen, dieser Turm ist fast *hundertdreißig* Meter hoch! Und unten ist er fast zwanzig Meter breit.«

Hundertdreißig Meter. »Wie errichtet man so ein hohes Bauwerk?«

»Genauso wie jedes andere Monument: mit viel Geld. Aber frag lieber, *warum* man ein so ausgefallenes Gebäude errichtet.«

»Auch gut. Also warum?«

»Weil man ein Narr ist, der denkt, der Welt etwas beweisen zu müssen.« Ferius ließ ihr Pferd in Schritt fallen, weshalb sie Seneiras empörten Blick nicht mitbekam.

»Die Akademie ist eine jener hochtrabenden Ideen, die uns Menschen manchmal durch den Kopf schwirren«, erklärte Ferius beim Weiterreiten. »Der Verrückte, der sie gegründet hat, hat mit seinem Vermögen die berühmtesten Lehrer auf dem Kontinent hergelockt. Mit ihnen kamen auch reiche junge Leute von überall hierher. In Darome, in Gitabria, sogar auf der anderen Seite des Wassers, in den Ländern der Tsehadi, weiß jeder, dass man hier an der Akademie studiert haben muss, wenn man später mal eine große Nummer werden will.«

»Aus deinem Mund hört es sich so lächerlich an«, warf Seneira ein, »aber da liegst du falsch. Die Akademie ist nicht *irgendeine* Schule, sie ist die Verkörperung eines Ideals! Dass Menschen aus aller Herren Länder zusammen lernen und Gemeinsamkeiten entdecken können – dass Wissen und Kunst wichtiger sind als Herkunft. Und Beren Thrane ist mitnichten ein Verrückter, sondern ein kühner Visionär, der sein ganzes Vermögen einsetzt, um etwas zu erschaffen, das die Welt zu einem besseren Ort machen kann.«

»Ist ja gut, ist ja gut!« Ferius ergab sich mit erhobenen Händen. Dann setzte sie mit hochgezogener Augenbraue hinzu: »Dieser ›kühne Visionär‹ ist aber nicht zufällig ein Verwandter von dir, oder?«

Seneira verzog das Gesicht, gab aber zu: »Er ist mein Vater.«

»Moment mal«, sagte ich. »Deinem Vater gehört diese Stadt und du läufst einfach weg? Warum?«

»Ihm gehört *gar nichts*. Er hat die Akademie erbaut und mit der Zeit ist drum herum eine florierende Stadt entstanden. Und warum ich weggelaufen bin, geht nur mich etwas an, sonst niemanden.«

»Als sie vom Schwarzschatten befallen wurde, fürchtete sie, es könne eine Panik und damit eine Massenflucht der Schüler auslösen«, mischte sich Rosie ein. »Sie wollte das Lebenswerk ihres Vaters nicht gefährden.«

Seneira funkelte sie böse an.

»Guck so finster, wie du willst, Kleine, aber ich bin eine Argosi. Damit kannst du mich nicht aus der Fassung bringen. Starr lieber eine schmutzige Pfütze an – die lässt sich vielleicht von dir einschüchtern.«

Seneira schien durchaus geneigt, diese Behauptung auf die Probe zu stellen, aber ich war neugieriger denn je. »Wo wolltest du denn hin?«

»Weg.«

Rosie übersetzte die knappe Antwort. »Sie dachte, sie könnte sich zu den Jan'Tep durchschlagen und dort Heilung finden.«

»Vielen Dank auch«, sagte Seneira mürrisch. »Schön, dass du ein Geheimnis für dich behalten kannst.«

»Wir Argosi haben es nicht so mit Geheimnissen.«

Stimmt, dachte ich und wunderte mich erneut, warum Rosie darauf bestanden hatte, in Seneiras Heimatstadt zurückzukehren. *Aber ich wette, dass der* Pfad der Dornen und Rosen *es doch mehr mit Geheimnissen hat, als sie zugeben möchte.*

15

Heimkehr

Als wir am Flussufer entlang auf die Stadt zuritten, senkte sich schon die Abenddämmerung über das Tal. Reichis kletterte immer wieder an mir hoch, hockte sich abwechselnd auf meine rechte und meine linke Schulter und fauchte das schwarze Wasser und das wogende Schilf an. »Was ist los?«, fragte ich.

»Sümpfe«, knurrte er.

»Na und?«

»Die sind widerlich. Voller Ungeziefer ... und jede Wette, dass im Wasser auch diese elenden Krokodile hocken und auf uns lauern.«

Es gibt nicht viele Tiere, die Reichis fürchtet, aber Krokodile stehen ganz oben auf der Liste. »Die Biester bestehen nur aus Zähnen und Bösartigkeit!«, schob er gedämpft nach.

Als wir das Stadttor endlich erreicht hatten, gab uns Ferius ein Zeichen anzuhalten. Sie selbst stieg ab und ging zum Torhaus, um mit den Wächtern zu reden. Argosi haben ein Talent dafür, Leute dazu zu bringen, sie irgendwo reinzulassen. Seneira legte ihre Augenbinde wieder an und zog sich die Kapuze ihres Umhangs tiefer ins Gesicht.

»Bist du denn *so* bekannt?«, fragte ich.

»Ich habe mein ganzes Leben hier verbracht und mein Vater ist der Direktor der Akademie. Was glaubst *du* denn?«

Bevor mir eine angemessen bissige Erwiderung einfiel, legte sie mir kurz die Hand auf den Arm und sagte: »Tut mir leid, Kellen. Ich wollte nicht so …«

»Pampig? Fies? Gemein und eklig?«, schlug Reichis vor.

Ich überhörte ihn einfach und fragte stattdessen: »Was hast du denn?« Erst jetzt kam mir der Gedanke, dass der Schwarzschatten vielleicht nicht der einzige Grund war, weshalb Seneira aus Teleidos abgehauen war.

Sie zupfte verlegen an ihrer Kapuze herum. »Ich habe schon das Gefühl, nach Hause zu kommen«, sagte sie schließlich, »aber ich fühle mich nicht mehr wie das Mädchen, das mal hier gelebt hat.«

Bevor ich nachhaken konnte, kam Ferius wieder zum Vorschein und gab uns zu verstehen, dass wir die Pferde durch das Stadttor führen sollten.

Aus der Ferne hatte Teleidos beinahe wie eine riesige Palastanlage ausgesehen. Die einheitliche, fast schon übertrieben makellose Architektur und die durchgeplante Geometrie der Straßen verliehen dem Ganzen eine fast unwirkliche Gelassenheit. Innerhalb ihrer Mauern entpuppte sich die Stadt jedoch als buntes Durcheinander aus Laternenlicht und fröhlichem Lachen, belebten Straßen und geschäftigem Treiben.

Überall, wo ich hinsah, erblickte ich einen Wohlstand, wie ich ihn noch nirgendwo in den Grenzlanden gesehen hatte. Es gab Bars, aber auch Gasthäuser, in denen die Leute Speisen bestellten, die nicht nur als fettige Grundlage für noch mehr Alkohol dienten. Kleidergeschäfte ließen ihre schönsten Modelle von attraktiven jungen Leuten auf der Straße vorführen, Künstler und Kunsthandwerker bearbeiteten unter den bewundernden Blicken der Passanten geschickt Holz, Stein und Leinwände, für die schon Preise geboten wurden, ehe sie ganz fertig waren. In Teleidos schien es alles zu geben, sogar Buchläden. *Buchläden!* Im Plural.

Am ungewöhnlichsten waren jedoch die Stadtbewohner selbst. In den meisten Grenzlandorten, die ich kennengelernt hatte, waren nach Einbruch der Dunkelheit nur noch Betrunkene unterwegs oder aber zwielichtige Gestalten, die einen ausrauben wollten. Auf den gepflegten Bürgersteigen von Teleidos jedoch flanierten Männer und Frauen, die plauderten, speisten und sich durchaus zivilisiert benahmen. Noch eigenartiger war, dass viele von ihnen in meinem Alter waren.

»Das sind Akademieschüler«, erläuterte Seneira, als wir die Pferde an der Menge vorbeiführten. Durch den dünnen Stoff der Augenbinde konnte sie einigermaßen gut sehen und war zugleich vor fremden Blicken geschützt. Trotzdem senkte sie jedes Mal den Kopf und ging um ihr Pferd herum, sobald sich jemand nach unserer kleinen Schar umdrehte.

Reichis konnte seine Begeisterung kaum zähmen. »Sieh dir das an, Kellen! Hast du schon mal so viel Beute auf einem Haufen gesehen?« Er duckte sich, als wollte er sich jeden Augenblick vom Sattel abstoßen.

Ich packte ihn am Nackenfell – was eigentlich nicht ratsam ist, aber wir durften uns jetzt keinen Zwischenfall erlauben! Außerdem tat mir das Kinn noch vom letzten Mal weh, als Reichis uns in Schwierigkeiten gebracht hatte. »Schlag dir das aus dem Kopf!«

Er sah mich mit einer mitleiderregenden Grimasse an, wie ein armes, ungeliebtes Kätzchen, das man draußen im Regen alleingelassen hatte. »Nicht mal eine einzige Hosentasche? Ich muss ja nicht unbedingt eine Geldbörse klauen. Aber vielleicht ein klitzekleines Andenken?«

In den vier Monaten, die Reichis und ich jetzt »Geschäftspartner« waren, hatte ich gelernt, dass man ihm das Stehlen nicht offen verbieten durfte, weil er sonst nur noch versessener darauf wurde. Darum erwiderte ich: »Bitte warte diesmal, bis wir die

Stadt verlassen, bevor du uns wieder eine wütende Meute auf den Hals hetzt.«

Er beschnüffelte mein Ohr und ich zuckte in Erwartung eines schmerzhaften Zwickens zusammen, aber er sagte nur: »Meinetwegen. Aber die Argosi darf ich beklauen, stimmt's?«

»Rosie? Von mir aus. Wenn du lebensmüde bist.«

Die Gesichtsmuskeln einer Baumkatze sind eigentlich nicht zum Schmunzeln gemacht, aber Reichis hatte sich für Gelegenheiten wie diese eine Art zähnefletschendes Grinsen angeeignet, bei dem es mir jedes Mal eiskalt den Rücken hinunterlief.

»Hier lang.« Seneira deutete auf eine breite Straße. Sobald wir uns ein Stück von den Läden und Passanten entfernt hatten, führte sie uns erst in die nächste, die Innenstadt umfassende Ringstraße und dann in die übernächste, sodass die Akademie nicht mehr weit sein konnte. Dieses Viertel bestand aus palastähnlichen Villen, die man, wie uns Seneira erläuterte, den Lehrkräften geschenkt hatte, die aus anderen Gegenden der Welt hergekommen waren, um hier zu unterrichten.

»Und wo wohnt ihr?«, fragte ich.

Sie gab mir keine Antwort, sondern ging einfach weiter, bis wir eine Sackgasse in einem weniger dicht besiedelten Viertel erreichten, an deren Ende ein hübsches, aber vergleichsweise bescheidenes zweistöckiges Haus stand.

»*Hier* wohnt der Direktor der Akademie?«, fragte ich erstaunt.

Seneira nickte. »In diesem Haus ist mein Vater aufgewachsen, damals, als Teleidos noch eine unbedeutende Kleinstadt war. Er meint, es sei damals gut genug für ihn gewesen, und er sehe nicht ein, jetzt etwas Besseres zu benötigen.«

Reichis sprang von meiner Schulter und musterte das schlichte weiße Gebäude. »Alles klar. Der Typ hat sie nicht mehr alle. So viel Geld, und er will nichts Besseres als das hier? Wetten, dass in dieser Bruchbude kein einziges Stück Silber oder Platin zu finden ist?«

»Wie auch immer.« Ferius machte ihr Pferd an einem schlanken Baum am Straßenrand fest und holte ihr Bündel aus der Satteltasche. »Wir wollen die freudige Familienzusammenführung nicht noch länger hinauszögern.«

Die beiden Argosi-Frauen betraten den schmalen Weg, der zur Haustür führte, doch Seneira zögerte.

»Was hast du?«, fragte ich.

Sie sah das Haus an, aber ihr Blick war abwesend. Erstaunt spürte ich, wie sich ihre Hand in meine schob. »Ich habe ihnen nicht gesagt, dass ich weggehe. Ich habe nur einen Zettel auf den Tisch gelegt. Was, wenn mein Vater jetzt …«

»Er ist dein *Vater*! Klar freut er sich, dich wiederzusehen.« Zumindest stellte ich mir das so vor. Meine eigene Familie funktionierte zwar ein bisschen anders, aber dann dachte ich an Shalla und setzte hinzu: »Denk einfach an deinen kleinen Bruder. Wie heißt er noch gleich?«

»Tyne.« Schon der Name entlockte ihr ein zaghaftes Lächeln.

Ich interpretierte das als Erlaubnis, sie an der Hand zur Haustür zu führen. »Stell dir vor, wie Tyne sich freuen wird, dass er seine große Schwester wiederhat. Ich verspreche dir, dass du keine fünf Minuten im Haus bist, und schon kommt es dir vor, als wärst du nie weggewesen.«

Es sollte sich herausstellen, dass ich ihr dieses Versprechen besser nicht gegeben hätte.

16

Das leere Haus

»Wo sind sie denn?«, fragte Seneira zum dritten Mal, während sie von einem verdunkelten Zimmer zum nächsten ging. Ihre Schritte und ihr Tonfall wurden immer panischer.

Als wir das alte Haus leer vorfanden, dachte ich mir erst nichts dabei, aber dann fiel mir auf, wie vorsichtig und systematisch sich Ferius und Rosie durch die Räume bewegten. Sie suchten nach Hinweisen darauf, dass hier irgendetwas nicht stimmte. Das erste Anzeichen dafür, und zugleich das auffälligste, waren die Speisen auf dem gedeckten Tisch im Esszimmer. Reichis sprang hinauf und schnüffelte an einem Teller, dessen Inhalt wie Geflügel mit Gemüse aussah. Als die Baumkatze sich zu mir umdrehte, stand ihr Maul halb offen, so wie immer, wenn sie etwas Vergammeltes roch. »Das Zeug ist mindestens drei Tage alt.« Reichis sprang auf den Boden. »Was für eine Verschwendung!«

Dort, wo er landete, sah ich eine Gabel liegen, als wäre sie heruntergefallen – aber niemand hatte sie aufgehoben. Jemand musste den Raum in großer Eile verlassen haben.

Als wir Seneiras hektische Schritte im oberen Stockwerk hörten, liefen Reichis und ich die Treppe hoch und sahen uns ebenfalls dort um. Abgesehen von drei Schlafzimmern, einem Arbeitszimmer und einer kleinen Bibliothek entdeckten wir ein großes, gut ausgestattetes Bad. Normalerweise hätte ich diesem Raum keine besondere Beachtung geschenkt, sondern höchstens überlegt, wann ich zum letzten Mal richtig sauber gewesen war. Doch dann sah ich die blasse Spiegelung des Mondlichts, das durchs Fenster auf das Wasser in der verzierten Kupferbadewanne fiel. Das Wasser hatte natürlich Raumtemperatur, es war zur selben Zeit wie das Essen im Erdgeschoss zurückgelassen worden. Als ich mich von der Wanne abwandte, stieß ich mit dem Fuß gegen einen Holzeimer, der umkippte und seinen Inhalt über den Boden ergoss. Das war aus zwei Gründen merkwürdig: Erstens hatte die Wanne selbst einen Hahn für fließendes Wasser, das in einem Holzofen erhitzt wurde. Der Ofen enthielt aber weder Holz noch Asche, was bedeutete, dass das Wasser in der Wanne nie warm gewesen war. Zweitens war das Wasser aus dem Eimer *eis*kalt.

Reichis beschnüffelte den Eimer argwöhnisch. »Stinkt nach Magie.«

Als ich den Eimer hochhob, erkannte ich trotz des schwachen Lichts die Glyphen auf den Kupferbändern, mit denen die Holzlatten zusammengehalten wurden.

Dann stieß Seneira einen lauten Schrei aus und ich rannte in das kleinste Schlafzimmer. Es war nur spärlich möbliert, aber die Stofftiere auf dem Bett und die Holzschwerter, die wie Trophäen an der Wand hingen, deuteten darauf hin, dass hier ein kleiner Junge wohnte. Das Bett war zerwühlt, die Decken lagen auf dem Boden.

»Sie wurden entführt!« Seneira ballte die Fäuste.

»Von wem?«

»Keine Ahnung! Mein Vater hat Feinde … Leute, denen die ganze Idee hinter der Akademie nicht passt. Es muss einer von denen gewesen sein.«

»Deine Familie wurde nicht entführt.« Rosie kam mit Ferius herein.

»Das kannst du gar nicht wissen! Du bist einfach nur …«

»Sieh dich um, Kleine. Sieh dich *gut* um.«

Seneira tat wie geheißen. Ich staunte, dass sie sich dabei sogar halbwegs im Griff hatte, obwohl sie offensichtlich große Angst um ihren Vater und ihren Bruder hatte. An ihrer Stelle wäre ich die Wände hochgegangen. Ich folgte ihrem Blick und sah es jetzt auch. Auf dem Boden vor dem Nachttisch lag ein weiterer Stapel Bettzeug, und das Laken auf dem Bett war nicht nur zerwühlt, sondern auch verschmutzt, was Reichis sofort merkte, als er nun hereinspaziert kam. »Schweiß und Pisse«, sagte er und wich sofort ein Stück zurück.

Ich überwand mich, das Laken näher zu betrachten, und stellte fest, dass es auf beiden Seiten eingerissen war, als hätte sich derjenige, der im Bett gelegen hatte, verzweifelt daran festgekrallt. Mir fiel wieder ein, wie mir Seneira während ihres letzten Anfalls fast die Hand gebrochen hatte, und die Hinweise, die Rosie und Ferius bereits zusammengesetzt hatten, ergaben plötzlich auch für mich ein Bild: Die schweißgetränkten Laken, die abgeworfenen Decken – beides deutete auf einen Fieberkranken hin. Das zusätzliche Bettzeug wiederum bedeutete, dass das Fieber schon eine ganze Weile gewütet hatte. Die halb aufgegessene Mahlzeit im Esszimmer wiederum legte nahe, dass sich der Zustand des Jungen plötzlich verschlimmert hatte. Ich sah vor mir, wie Seneiras Vater die Treppe hochgestürmt war, als er seinen Sohn rufen hörte.

Was fand er dort vor? Das Fieber war vermutlich noch gestiegen, also nahm er den Eimer mit dem Kühlungszauber, füllte die Wanne mit kaltem Wasser und legte seinen Sohn hinein. Als das Fieber nicht sinken wollte, schnappte er sich den Jungen und rannte aus dem Haus, um Hilfe zu holen. Nach dem vergammelten Essen zu schließen, musste das Ganze mindestens drei Tage her sein.

Als ich Seneiras verstörtem Blick begegnete, wusste ich, dass sie zum selben Schluss gekommen war. Sie hatte sogar noch einen Schritt weitergedacht. »Schwarzschatten«, sagte sie tonlos. »Tyne hat den Schwarzschatten.«

Wir mussten sie mit vereinten Kräften davon abhalten, auf der Suche nach ihrem Bruder einfach aus dem Haus zu laufen. »Vater hat ihn bestimmt ins Krankenhaus gebracht«, sagte sie und eilte die Treppe hinunter.

»Jetzt warte doch mal, Kleine!«, rief Ferius ihr nach, aber Seneira hörte nicht auf sie.

Rosie fackelte nicht lange. Sie sprang mit einem Satz über das Geländer, landete leichtfüßig und mit gebeugten Knien in der Diele im Erdgeschoss und richtete sich rechtzeitig wieder auf, um Seneira den Weg zur Tür zu versperren. »Überstürztes Handeln bringt gar nichts, Kleine. Du musst *allen* Winden lauschen, bevor du ...«

»Fang nicht wieder mit diesem Blödsinn an! Es geht um meinen Bruder! Wenn er den Schwarzschatten hat, dann bedeutet das ...«

Rosie streichelte ihr die Wange. Die liebevolle Geste passte so gar nicht zu ihr, und ich musste unwillkürlich wieder an den Namen denken, den sie für sich gewählt hatte: *Pfad der Dornen und Rosen*. »Du glaubst, es ist deine Schuld, und dein gutes Herz kann es nicht ertragen, dass du womöglich für das Leid deiner Lieben verantwortlich bist. Deine Güte ist kostbar, aber wenn du deinem Bruder helfen willst, musst du sie mit Weisheit und Kraft anreichern.«

Seneira sah sie groß an und in ihrem Gesicht kämpften zwei Regungen miteinander: Der Trotz angesichts der Zurechtweisung kämpfte gegen das verzweifelte Bedürfnis, ihrer Familie beizustehen. Schließlich erwiderte sie etwas ruhiger: »Sag mir, was ich tun soll.«

»Als Erstes müssen wir herausfinden, wo dein Vater deinen Bruder hingebracht hat.« Ferius kam die Treppe herunter. »Ein normales Krankenhaus wäre zu auffällig. Dort würden zu viele Leute mitbekommen, dass dein Bruder krank ist – und wenn es um den Schwarzschatten geht, verbreiten sich Gerüchte so schnell wie ein Buschfeuer.« Sie machte eine ausholende Gebärde. »Da euer Haus bis jetzt noch nicht niedergebrannt wurde, können wir mit einiger Sicherheit annehmen, dass noch niemand von deinem Bruder weiß.«

Seneiras Miene hellte sich ein bisschen auf. »In der Akademie gibt es auch eine medizinische Abteilung. Vielleicht hat mein Vater Tyne ja durch den Lieferanteneingang in ein Privatzimmer im Turm geschmuggelt und Wachen davor postiert.«

Rosie schien nicht überzeugt. »Ein so ausgeklügelter Plan wäre waghalsig und bedarf zu vieler Leute, die man ins Vertrauen ziehen müsste.«

»Deine Menschenkenntnis ließ schon immer zu wünschen übrig, Schwester«, hielt Ferius dagegen. »Ein Mann bekommt es mit der Angst zu tun. Er will irgendwohin, wo er das Gefühl hat, die Sache halbwegs im Griff zu haben.«

»Dann schauen wir uns eben in dieser medizinischen Abteilung um.« Rosie wandte sich an Seneira. »Aber du musst hier warten, bis wir wieder da sind, Kleine.«

Seneira nickte, marschierte dann aber geradewegs zur Tür hinaus, womit sie uns zwang, ihr zu folgen.

Ferius kicherte, als sie an der verdutzten Rosie vorbeiging. »Kapierst du jetzt, was ich meine?«

17

Der große Turm

Aus der Nähe wirkte die Akademie noch einschüchternder als von außerhalb der Stadtmauern. Den Turm selbst umgab ein gepflasterter Hof, der von Öllampen aus Messing an hohen Stangen erleuchtet wurde. Auf den Bänken darunter saßen Gruppen von Schülern, die lasen, sich unterhielten oder vielleicht einfach nur die Erhabenheit ihrer Lehranstalt bewunderten.

»Ist hier abends immer so viel los?«, fragte ich. Inzwischen war es so dunkel, dass wir uns dem Gebäude halbwegs unauffällig nähern konnten, doch ich konnte durch die wuchtigen, offenen Torflügel erkennen, wie hell und belebt es dahinter war.

»Die Akademie schließt nie«, antwortete Seneira. Sie wurde mit jedem Schritt ängstlicher, als kämpfte der Wunsch, ihren Bruder zu finden, mit der Sorge, dass jemand ihren Schwarzschatten entdeckte. Trotz der Augenbinde würde es Fragen geben, wenn einer ihrer ehemaligen Mitschüler sie erkannte.

»Du hättest nicht mitkommen sollen«, sagte Rosie und übersah geflissentlich den warnenden Blick, den ihr Ferius zuwarf. »Dass du dabei bist, macht es bloß schwieriger, ungesehen in die Krankenabteilung zu gelangen.«

»Ach ja?«, erwiderte Seneira. »Und wie lange würdet ihr wohl ohne mich durch den Turm irren? Und selbst wenn ihr die Abteilung irgendwann finden würdet, warum sollten mein Vater oder seine Wachen einer Schar dahergelaufener Fremder vertrauen, bloß weil sie angeblich seine Tochter kennen?«

Über Rosies Züge huschte ein flüchtiger Ausdruck, der gleich wieder verschwunden war, aber ich ahnte, dass dahinter eins der Geheimnisse steckte, die uns die Argosi die ganze Zeit vorenthielt. Doch als ich nachhaken wollte, machte Ferius eine Handbewegung und funkelte mich an. Ich sollte den Mund halten. »Wir brauchen ein Ablenkungsmanöver, das ist alles«, sagte sie zu Seneira.

Ich beugte mich zu Reichis hinunter. Sein Fell war jetzt pechschwarz, im Dunkeln waren nur noch seine Augen zu erkennen. »Na, Partner?«

Er erwiderte meinen Blick und ließ die Barthaare zucken. Offenbar überlegte er, ob er im Gegenzug etwas von mir fordern sollte, aber wahrscheinlich fiel ihm ein, dass ich momentan total pleite war, weil er schon mein ganzes Geld eingesackt hatte. »Wie groß soll die Ablenkung denn sein?«

»Groß genug, dass wir unbemerkt in den Turm gelangen können, aber nicht so groß, dass anschließend die ganze Stadt mit brennenden Fackeln hinter uns her ist.«

Er bleckte grinsend die Zähne. »Wirkungsvoll, aber diskret. Verstehe.«

»Was sagt er?«, erkundigte sich Ferius.

Ich richtete mich wieder auf. »Dass wir jetzt am besten Frieden mit unseren jeweiligen Göttern schließen sollten.«

Reichis schüttelte sich und seine Fellfarbe wechselte von Pechschwarz zu einem flammenden Rot mit silbernen Streifen. Dann sauste er laut fauchend in den Hof, flitzte an einem Laternenmast hoch und segelte von dort aus auf den Kopf eines ahnungslos vorbeispazierenden Schülers. »Nehmt euch in Acht vor der blutroten Baumkatze!«, johlte er und klammerte sich am Hals des jungen Mannes fest, wobei es ihn nicht zu stören schien, dass ihn außer mir niemand verstehen konnte. »Heute gelüstet es mich nach Menschenfleisch, und ich werde jeden Hautsack aussaugen, den ich zu fassen kriege!«

Der arme Kerl schrie wie am Spieß und versuchte, Reichis zu packen, was ihm aber nicht gelang, weil die Baumkatze geschickt auswich. Ein paar besonders wagemutige Mitschüler kamen dem jungen Mann zu Hilfe, alle anderen nahmen vor dem fauchenden Fellknäuel Reißaus. Reichis sprang von einem Möchtegernretter zum nächsten und zwickte sie ins Ohr oder in die Nase. Als alle in Panik geraten waren, flitzte er über das Pflaster und durch das Portal in den Turm hinein.

So viel zum Thema ›diskrete Ablenkung‹, dachte ich nur, als wir ihm nach drinnen folgten.

Wir betraten ein weitläufiges Erdgeschoss, über das sich eine zehn Meter hohe Decke spannte. An den Wänden stand eine kleine Werkstatt an der anderen. Zwei breite, steinerne Wendeltreppen führten nach oben und kreuzten sich in jedem weiteren Stockwerk. Zunächst schien es, als würde in der Mitte des Gebäudes eine Art Kammer schweben. Bei genauerem Hinsehen erkannte man aber, dass sie an einem komplizierten System aus Gewichten und Flaschenzügen angebracht war. Dort standen zwei Diener bereit. Ihre Handschuhe erleichterten ihnen die Bedienung der Kurbeln, mit denen die sonderbare Kammer auf- und abwärts befördert wurde. Doch wie alle anderen auch hatten die beiden Männer nur Augen für Reichis, der jetzt blitzschnell an den Seilen emporkletterte. Dabei stieß er immer noch schaurige Drohungen aus, die bestimmt einen noch größeren Tumult ausgelöst hätten, wenn sie außer mir jemand verstanden hätte.

»Der Krankentrakt ist im Untergeschoss«, sagte Seneira und ging eine Treppe hinunter.

Ich drehte mich noch einmal um und vergewisserte mich, dass Reichis nicht in Gefahr war. Die meisten Leute hatten sich wieder beruhigt und machten bewundernd »Oh!« und »Ah!«, als die Baumkatze nun ein paar akrobatische Kunststückchen vorführte. Sie bediente sich ihrer Flughäute, um sich erst in die Tiefe zu stürzen und dann wieder an den Seilen hochzuklettern, um die Vorstellung fortzusetzen. Das kleine Untier genoss die Aufmerksamkeit sichtlich.

Ferius schob mich weiter. »Die Baumkatze kommt allein zurecht.«

Zwei Stockwerke tiefer kamen wir an eine Flügeltür, auf die ein stilisierter roter Baum gemalt war.

»Das ist hierzulande das Symbol für Heilkunde«, klärte mich Ferius auf.

Der Baum sah gar nicht so viel anders aus als die Jan'Tep-Glyphe für Blutmagie, nur dass mein Clan seine Zauber mindestens genauso oft zum Foltern einsetzt wie zum Heilen.

Hinter der Tür erstreckte sich ein Labyrinth aus Fluren und Räumen, in denen es von weiß gekleideten Männern und Frauen wimmelte. Alle trugen das rote Baumsymbol auf der Brust, nur mit verschieden vielen Ästen. »Die Anzahl der Äste zeigt den Rang an«, erläuterte Seneira, die sich vorsichtshalber hinter Ferius und Rosie hielt. Zielstrebig führte sie uns durch mehrere Flure, die zusehends leerer wurden. »Hier befinden sich die Privatzimmer. Eigentlich sind hier nur Würdenträger aus anderen Ländern untergebracht, die vermeiden wollen, dass sich ihre Krankheit in ihrer Heimat herumspricht.«

Vor einer Tür am Ende eines schmalen Flurs saß ein Mann auf einem Stuhl. Quer über seinen Beinen lag eine dicke Keule. »Ich glaube, wir brauchen das nächste Ablenkungsmanöver«, sagte ich und griff nach meinen Pulverbeuteln. Wenn ich eine kleine Explosion auslöste, würde der Wächter seinen Posten verlassen und nachschauen, was los war. Mit etwas Glück konnten wir dann in das Zimmer schlüpfen, ehe er zurückkam.

Doch Seneira hielt meine Hand fest. »Kein Versteckspiel mehr. Und keine Spielchen.« Bevor einer von uns sie daran hindern konnte, trat sie hinter Ferius hervor und ging schnurstracks auf den Wächter zu. »Guten Abend, Haight. Ich möchte meinen Bruder besuchen.«

18

Das Fieber

Der Wächter machte ein Gesicht, als sähe er ein Gespenst. »Seneira?« Er stand auf. »Wir dachten, dass du …«

Sie umarmte ihn flüchtig. »Mir geht's gut.«

Er musterte erst sie und dann uns von oben bis unten und packte seine Keule fester. »Warum trägst du eine Binde vor den Augen, Seneira?«

»Sie sind nur ein bisschen entzündet«, entgegnete sie, »aber jetzt muss ich unbedingt zu Tyne. Er ist doch da drin, oder nicht?«

Haight zögerte, aber anscheinend kannte er Seneira gut genug, um zu wissen, dass sie sich nicht davon abbringen lassen würde. Widerstrebend trat er beiseite und ließ auch Rosie, Ferius und mich durch, wobei er offenbar abschätzte, wie viel Widerstand wir leisten würden, falls er seine Keule später doch noch einsetzen musste.

Wir betraten einen großen Raum, in dem es bis auf eine kleine Lampe über einer schmalen Pritsche stockfinster war. In einer dunklen Ecke saß zusammengesunken ein Mann.

»Vater?«, fragte Seneira zaghaft. Offenbar zögerte sie, ihn zu wecken.

Die Gestalt erhob sich und wandte sich uns zu. Sie schwankte ein wenig, als wäre sie betrunken. Weil der Mann außerdem zwischen uns und der Lichtquelle stand, konnte ich sein Gesicht nicht erkennen. Er blieb einen Augenblick so stehen, dann erschauerte er, als wäre er erst jetzt aufgewacht. Schließlich brach er in Schluchzen aus. »Seneira?«

Als er auf sie zustolperte und sie umarmen wollte, musste sie ihn festhalten, damit er nicht umkippte. »Es tut mir so leid, Vater!«, sagte sie. »Ich wollte dich nicht ...«

»Du bist wieder da ...« Es war nicht mehr als das heisere Flüstern eines Mannes, der vom vielen Weinen die Stimme verloren hat. »Du bist wieder da«, wiederholte er ein ums andere Mal, schlang die Arme um seine Tochter und barg den Kopf an ihrer Schulter.

Rosie, Ferius und ich hielten respektvoll Abstand, damit Vater und Tochter ihre verzweifelte Erleichterung und Sorge möglichst würdevoll miteinander teilen konnten. Leider wurden wir alle davon abgelenkt, dass es hinter einem rechteckigen Metallgitter an der Decke kratzte und scharrte. »Kann vielleicht mal jemand das verflixte Ding hier aufmachen, bevor ich wegen Platzangst eingehe?«, keckerte Reichis ärgerlich.

»Was ist das?«, wollte Seneiras Vater wissen, als er hinter dem Gitter zwei Knopfaugen entdeckte, die zu uns herabspähten.

»Das ist Reichis«, sagte Seneira. »Er ist Kellens ...«

Jetzt bloß nicht ›Haustier‹ sagen! Ihr Ahnen, bitte macht, dass sie auf keinen Fall ›Haustier‹ sagt!

»... Freund«, beendete sie den Satz leicht verlegen.

»Pah!«, machte Reichis verächtlich. »Als würde ich jemals Freundschaft mit einem Hautsack schließen!« Er wollte offenbar nicht darauf warten, dass wir ihn befreiten, denn er streckte die Pfote durchs Gitter und fummelte so lange am Riegel herum, bis die Klappe aufsprang. Dann segelte er anmutig zu Boden, huschte sofort zu Seneiras Vater und beschnüffelte ihn. »Heulsuse«, lautete sein vernichtendes Urteil.

Mitgefühl ist nicht gerade Reichis' Stärke.

»Das ist mein Vater Beren Thrane, der Direktor der Akademie«, verkündete Seneira und wollte anschließend auch uns vorstellen, aber sie hatte kaum angesetzt, als Beren Rosie stürmisch umarmte. »Du hast es geschafft! Ich ... ich hatte schon die Hoffnung aufgegeben, aber ich hätte es wissen müssen! Wenn jemand meine Tochter findet, dann eine Argosi!«

Rosie schien dieser plötzliche Dankbarkeitsausbruch unangenehm zu sein, nicht zuletzt deshalb, weil Seneira fassungslos ausrief: »Wie bitte? Hast du Rosie etwa *beauftragt*, mich zu suchen?«

Beren fragte verdutzt zurück: »Rosie? Ich dachte, du heißt *Pfad der Dornen und Rosen?*«

»Egal!« Seneira funkelte die Frau an, die ihr angeblich rein zufällig begegnet war. »Du hast mich angelogen! Du hast behauptet ...«

»Ich habe dich nicht angelogen, Kind. Du hast Vermutungen angestellt, und ich wollte, dass du deine eigenen ...«

»Red dich nicht raus! Wie war das doch gleich mit dem ›Weg des Wassers‹ und damit, dass man kein Hindernis für andere sein soll?«

»Dass ich dir das Leben gerettet habe, würde ich nicht unbedingt als Hindernis bezeichnen«, konterte Rosie.

Ferius stieß mich an und raunte mir zu: »Jetzt weißt du, warum wir Argosi normalerweise Einzelgänger sind.«

Eine leise Stimme, die vom Bett herkam, lenkte unsere Aufmerksamkeit auf sich. »Senny?«

Seneira lief sofort hin. Im Schein der Lampe sah man den Schmerz und die Angst in ihren Augen, als sie sich über ihren jüngeren Bruder beugte. Sie zog ihn an sich, hob ihn fast aus dem Bett. Als sie ihn wieder herunterließ, war die Vorderseite ihres Hemdes schweißdurchtränkt.

Auch wir anderen traten nun näher. Tyne sah dem fröhlichen, spitzbübisch wirkenden Jungen auf dem Bild in Seneiras Medaillon überhaupt nicht mehr ähnlich. Sein Gesicht war blass, fast grau – mit Ausnahme der schwarzen Male, die sich um sein rechtes Auge ringelten. Er lag ohne Decke da, nur mit einer Leinenunterhose bekleidet. Weil er so heftig zitterte, dachte ich erst, er würde frieren, doch dann sah ich seine schweißüberströmte, gerötete Haut. Reichis sprang auf das Kopfteil des Bettes und keckerte: »Der Kleine verbrennt, Kellen!«

Tyne streckte die Hand aus und wollte Reichis streicheln, doch noch bevor er das Fell der Baumkatze berührt hatte, fielen seine flatternden Augenlider zu und sein Arm landete schlaff auf seiner Brust.

»Wie ist es passiert?«, wandte sich Seneira an ihren Vater.

»Es war genauso wie bei dir, mein Schatz«, antwortete Beren, hob den Arm seines Sohnes vorsichtig an und legte ihn bequemer hin. »Tyne ist eines Morgens mit hohem Fieber aufgewacht. Als ich in sein Zimmer kam, entdeckte ich die Male um sein Auge. Ich tat alles, um das Fieber zu senken, aber es wurde immer schlimmer, Tag für Tag, bis ich ihn vor ein paar Nächten laut schreien hörte. Ich habe versucht, ihm Kühlung zu verschaffen, aber es war vergebens.« Er schaute seinen Sohn erschöpft und voller Kummer an. »Die Anfälle sind schrecklich ... Und sie kommen immer wieder.«

»Das verstehe ich nicht«, sagte Seneira. »Als ich das Fieber bekommen habe, war es nach einem Tag vorbei, und die ... die Anfälle kamen erst Wochen später.«

Der Junge wurde von einem jähen Krampf geschüttelt. Sein Rücken krümmte sich, als hätte man ihm eine Kette um den Bauch geschlungen und mit einem Ruck daran gezogen. Seine Augen öffneten sich unnatürlich weit und verschwommene schwarze Adern schlängelten sich durch das Weiß. Er schlug wild um sich, und als Seneira ihn festhalten wollte, verkrallten sich seine Finger in ihrem Haar. Rasch packte ich sein Handgelenk, damit er ihr nicht die Haare ausriss. »Lass ihn los!«, protestierte Seneira sofort. Tränen liefen ihr übers Gesicht. »Du tust ihm weh.«

»Gar nicht!«, widersprach ich, sah dann aber, dass seine gerötete Haut unter meinem Griff aufriss.

Ferius wickelte sich einen Lakenzipfel um die Hand und packte dann Tynes Unterarm. So konnte sie ihn gefahrlos festhalten. Ich ließ ihn los und wich einen Schritt zurück. Kurz darauf legte sich der Krampf. Tyne lief der Schweiß über die Stirn, seine Halsschlagader pulsierte viel zu schnell.

»Senny?«, fragte er matt. »Bist du das?«

Offenbar konnte er sich nicht an die letzten paar Minuten erinnern. Seneira beugte sich wieder über ihn und lächelte ihn unter Tränen an. »Ja, ich bin's, du Zwerg. Wann kommst du endlich aus dem Bett und räumst dein Zimmer auf?«

»Mir geht's schlecht, Senny.«

»Das ist bloß eine Erkältung. In ein paar Tagen bist du wieder auf dem Damm, und dann lassen wir Drachen steigen.«

Der Blick des Jungen wurde klarer, nur die Iris seiner Augen blieb schwarz. »Du bist weggegangen.«

»Aber nur ganz kurz. Jetzt bin ich wieder da und sorge dafür, dass du wieder gesund wirst.« Sie strich ihm das verklebte Haar aus der Stirn. »Nichts und niemand hält uns davon ab, dich wieder gesund zu machen, hast du verstanden, Zwerg?«

»Du bist weggegangen ...«, wiederholte Tyne, schloss die Augen und flüsterte: »Du hättest nicht wiederkommen sollen, Senny. Genau das wollen sie doch!«

19

Schlaf

Mehr bekamen wir an diesem Abend nicht aus Tyne heraus. Höchstwahrscheinlich war seine düstere Warnung einfach das Ergebnis eines Fieberwahns, der ihm Albträume bescherte, wie sie kein Kind durchmachen sollte. Trotzdem hatte ich ein mulmiges Gefühl.

»Alles in Ordnung, Jungchen?«, erkundigte sich Ferius.

Es gab nur zwei Stühle, und die überließen wir Seneira und ihrem Vater, damit sie an Tynes Bett sitzen und seine Hände halten konnten. Sie schauten einander über den Kranken hinweg an, froh darüber, wieder vereint zu sein, aber auch beide von einer Schuld bedrückt, die sie nicht verdient hatten. Ferius und ich hockten auf dem Boden und lehnten uns an die kalte Wand des Krankenzimmers. Der Blick, mit dem mich meine Mentorin musterte, gefiel mir nicht. »Warum fragst du?«

Sie zuckte die Achseln, kramte schon zum dritten Mal in ihrer Weste nach einem Rauchstängel und erinnerte sich zum dritten Mal daran, dass es keine gute Idee war, am Krankenlager eines Kindes zu rauchen. »Angst zu haben ist nichts Verwerfliches«, sagte sie und ließ die Hand wieder in den Schoß fallen. »Du bist todmüde und hast seit Monaten nicht mehr in einem richtigen Bett geschlafen. Deine eigenen Leute sind hinter dir her, und alle anderen mit ihnen, sobald sie rausfinden, dass du ein Schwarzschatten bist.« Dann zeigte sie grinsend auf Seneira und fuhr noch leiser fort: »Und jetzt hast du auch noch dieses Mädchen kennengelernt, ein Mädchen mit einem Sack voller Probleme, aber trotzdem sieht jeder, dass du auf sie stehst und nur noch nicht weißt, wie du …«

»Ähm, Ferius?«, unterbrach ich sie. »Kannst du mir bitte einen Gefallen tun? Es ist wichtig.«

»Was denn, Jungchen?«

»Versprich mir, mich diesbezüglich mit Ratschlägen zu verschonen.«

»Das kann ich dir leider nicht versprechen«, erwiderte sie lachend.

»Warum nicht?«

Sie tätschelte mir die Schulter. »Weil sonnenklar ist, dass du von romantischen Dingen keinen blassen Schimmer hast.«

Reichis streckte den Kopf aus einer Schublade, in die er sich gezwängt hatte. »Die Argosi hat recht, Kellen. Deine Balzrituale sind echt finster.«

»Sei still und klau weiter!«, erwiderte ich, was womöglich ein Fehler war, weil ich mich schon mit ihm darüber gestritten hatte, dass er auf gar keinen Fall ein Skalpell mitnehmen durfte, bloß weil es »so schön glänzte«. Dass Reichis jetzt auch noch mit einer messerscharfen Klinge im Maul durch die Gegend lief, brauchte wirklich niemand.

»Wann kommt denn Rosie wieder?«, fragte ich, um sowohl Ferius als auch Reichis von gewissen Tabuthemen abzulenken. Die andere Argosi hatte nur angedeutet, dass sie sich nach möglichen weiteren Opfern des Schwarzschattens umsehen wollte, und uns dann mit Seneira und ihrem Kummer alleingelassen.

»Wer weiß …«, antwortete Ferius. »Der Pfad der Dornen und Rosen pflegt, persönliche Verwicklungen zu meiden.«

»Du meinst, sie ist *endgültig* weg? Einfach so? Ohne sich zu verabschieden?«

»Mit Verabschiedungen haben es die Argosi nicht so, Jungchen.«

Aus unerfindlichen Gründen lief es mir eiskalt den Rücken herunter. Würde ich etwa eines Tages aufwachen und Ferius wäre ohne ein Wort und ohne eine Nachricht verschwunden? Ich überlegte gerade, wie ich sie unauffällig danach fragen könnte, ohne wie ein hilfloses Kleinkind zu wirken, als ich erschrocken zusammenzuckte, weil Seneira plötzlich neben mir stand.

»Mein Vater und ich bleiben heute Nacht bei Tyne«, sagte sie. »Wenn ihr wollt, könnt ihr in unserem Haus schlafen.«

Ferius sah mich tadelnd an, weil ich unaufmerksam gewesen war. »Wir kommen gut klar hier, danke«, erwiderte sie. »Geh ruhig zurück zu deinem Bruder.«

Tyne wachte immer wieder auf und verlor kurz darauf erneut das Bewusstsein. So ging es schon seit Stunden. Jedes Mal, wenn ihn ein Schwarzschatten-Anfall schüttelte, verkrampfte sich sein Körper unkontrolliert. Seneira und ihr Vater hielten ihn dann fest wie einen Fisch, den ihnen ein imaginärer Angler zu entreißen drohte.

Seneira nickte und wandte sich ab, hielt dann aber inne und fragte stockend: »Wollt ihr …? Verlasst ihr die Stadt jetzt auch, nachdem ihr Rosie geholfen habt, mich nach Hause zu bringen?«

Ferius' Züge wurden weicher und ihre Antwort klang förmlicher, als ich es von ihr gewohnt war. »Sei beruhigt, kleine Schwester. Diese Last ist viel zu groß, sogar für so starke Schultern wie die deinen. Wir gehen noch ein Stück des Weges mit dir gemeinsam.«

»Vielen Dank«, sagte Seneira erleichtert und kehrte ans Bett ihres Bruders zurück.

»Du hast dich eben wie Rosie angehört«, raunte ich Ferius zu.

Ferius griff zum vierten Mal in ihre Weste, klopfte aber nur auf ihre Tasche, als hätte sie keine andere Absicht verfolgt. »Red keinen Unsinn, Jungchen.«

»*Du* redest Unsinn! Normalerweise drückst du dich wie ein betrunkener Daroman-Schäfer aus, aber gerade hast du genau wie Rosie geklungen.«

Ich erwartete, dass sie es erneut abstreiten würde, doch sie erwiderte: »Wenn man so lange unterwegs ist wie ich, Jungchen, lernt man als Erstes, dass es nicht nur auf die Worte ankommt, die man wählt, sondern auch auf die Art und Weise, wie man sie äußert.«

Darüber musste ich erst mal nachdenken. Meistens möchte Ferius nicht, dass andere wissen, was in ihr vorgeht – ja, manchmal möchte sie nicht mal, dass man sie ernst nimmt –, deshalb redet sie in ihrem derben Grenzerdialekt. Diesmal aber hatte sie gewollt, dass Seneira sich geborgen fühlte und ihre Angst ablegte. Bis jetzt hatte Rosie sie vor allen Gefahren bewahrt, und deshalb hatte Ferius wie ihre Argosi-Schwester gesprochen ... weil Seneira ihr auf diese Weise eher Vertrauen schenkte.

»Weißt du was? Du machst sogar einfache Dinge kompliziert«, sagte ich.

Ferius lächelte. »Das hat der Pfad der wilden Gänseblümchen so an sich, Jungchen.«

Sie holte eins ihrer Kartendecks aus der Weste, teilte jedem von uns acht Karten aus und erklärte mir dabei die Regeln eines neuen Spiels. Wir spielten ein paar Runden. Ab und zu schielte ich zu Seneira und ihrem Vater hinüber, dann konzentrierte ich mich wieder auf mein Blatt. Irgendwann hörte ich Reichis in seiner Schublade schnarchen. Es kam mir nicht vor, als wäre viel Zeit vergangen, doch als ich das nächste Mal aufblickte, sah ich, dass Seneira und Beren halb über Tynes Bett zusammengesunken und ebenfalls eingeschlafen waren.

Weil ich dachte, ich sei an der Reihe, wollte ich von Ferius ein paar Karten ziehen, doch sie lagen auf einmal zwischen uns auf dem Boden. Ich wollte schon schimpfen, weil Ferius sie hatte fallen lassen, aber ihre Augen waren geschlossen. Das war ungewöhnlich. Normalerweise machte sie erst die Augen zu, nachdem sie unseren Schlafplatz gründlich abgesichert hatte. Wenn wir im Freien übernachteten, stellte sie rings um das Lagerfeuer Fallen auf, und wenn wir uns in einem Gebäude aufhielten, verbarrikadierte sie die Zugänge. Ich überlegte, ob ich sie wachrütteln sollte, aber auf einmal waren auch meine eigenen Lider schwer.

Was ist das denn? Wieso kann ich die Augen nicht offen halten?

Natürlich gab es eine ganze Reihe guter Gründe dafür, warum ich einschlief. Ich war erschöpft, ich langweilte mich und ich hatte seit Ewigkeiten nichts mehr gegessen. Andererseits hatte ich einen hervorragenden Grund, wach zu bleiben: meine panische Angst, wieder überfallen zu werden.

Wach auf!, ermahnte ich mich. Vergebens. Irgendetwas hinderte mich daran, die Augen zu öffnen.

Ich ließ meinen schlimmsten Ängsten, im Schlaf ermordet zu werden, freien Lauf – Fantasien, die ich normalerweise unter allen Umständen vermied. Der kalte Schweiß brach mir aus, als das überwältigende Verlangen zu fliehen gegen die ebenso übermächtige Schläfrigkeit ankämpfte. Keine Ahnung, was es über mich aussagt, dass ich mir selbst solche Angst einjagen kann, dass ich wach bleibe – während es nicht mal der sonst so achtsamen Ferius gelang. Schließlich klappten meine Augen blinzelnd auf, und da sah ich ihn.

Er war groß – jedenfalls größer als ich. Das Licht der Lampe über Tynes Bett genügte, um die wettergegerbten Züge seines alles andere als hässlichen Gesichts auszumachen. Der Eindringling trug schwarze Reithosen und schwere Stiefel mit Sporen. Sein Hemd war aus feinem, weißem Leinen, an seinem linken

Handgelenk glitzerte ein Armband aus schwarzen Steinperlen. Auf dem Kopf trug er einen Daroman-Grenzerhut, der auf den ersten Blick wie der von Ferius aussah, aber auf den zweiten Blick fiel mir etwas Eigenartiges auf: Auf dem Band über der Krempe prangte eine Reihe silberner Symbole. *Glyphen.* Ich erkannte die magischen Zeichen sofort, weil ich mein Leben lang von ihnen umgeben gewesen war. Jetzt fiel mir auch auf, dass der Fremde die Hemdsärmel hochgerollt hatte und dass auf jedem Unterarm drei verblasste tätowierte Bänder zu erkennen waren.

Ein Jan'Tep!, schoss es mir durch den Kopf, als sich die letzten Reste des Schlafzaubers verflüchtigten und ich unbeholfen aufstand.

»Sei mir gegrüßt, Kellen aus dem Hause Ke«, sagte der Fremde. Seine Hände hingen locker herab – bereit, jederzeit den nächsten Zauber zu wirken. »Dass ich dich ausgerechnet hier finde!«

20

Der Gast

Ich hatte immer noch mehrere von Ferius' Stahlkarten in der Tasche, darum war mein erster Gedanke, sie auf mein Gegenüber zu schleudern. Mangels Übung zerriss ich mir dabei aber nur die Hose und schnitt mir auch noch in den Finger, weil ich die Karten ungeschickt anfasste.

»Hoppla, Kleiner«, sagte der Jan'Tep gelassen. Seine Finger formten schon einen Glutzauber und das verblasste Glutband auf seinem rechten Unterarm leuchtete auf. Der Zauber selbst war mir unbekannt – er sah nicht nach Feuer oder Blitz aus –, aber die meisten Glutzauber haben irgendwas mit Energie zu tun. Und mit Schmerzen.

Aus dem Augenwinkel sah ich etwas an mir vorbeisausen. Es traf den Eindringling voll ins Gesicht und stellte sich als Ferius' Hut heraus. Natürlich verletzte er den Jan'Tep-Magier nicht, nahm ihm aber immerhin kurz die Sicht.

»Was ist hier los, Jungchen?« Ferius schüttelte heftig den Kopf, um wach zu werden.

»Seidenmagie.« Jetzt schleuderte ich die Stahlkarten auf meinen Gegner, aber weil ich immer noch benommen war, traf ich nicht.

»Genau genommen ist es nicht Seidenmagie, sondern Atemmagie mit ein bisschen ...«

Der fremde Magier verstummte jäh, als Reichis aus der Schublade schlüpfte, ihn ansprang und sich in seinem Hals verkrallte. Ich duckte mich, warf mich gegen die Beine des Mannes und packte sie, worauf er nach hinten stolperte und gegen einen Untersuchungstisch prallte. Es gelang ihm, Reichis abzuschütteln, einen Fuß aus meinem Griff zu befreien und mir kräftig in die Rippen zu treten. Ich rollte mich rasch zur Seite, damit er mich nicht mit dem nächsten Zauber treffen konnte, außerdem hatte ich jetzt die Hände wieder frei und konnte in meine Pulverbeutel greifen.

»Was geht hier vor?« Seneira kam verschlafen vom Bett ihres Bruders angewankt.

Ein Scheppern ertönte. Ferius hielt etwas in der Hand, das ich noch nie gesehen hatte: ein kurzes, ungefähr zwanzig Zentimeter langes Metallrohr. Als sie es schüttelte, glitt ein zweites Rohr als Verlängerung heraus, dann noch eins und noch eins, bis das Ganze über einen halben Meter lang und direkt auf den Hals des Eindringlings gerichtet war. »Mit mir und dem Jungen ist auch nicht zu spaßen, mein Freund, aber ich kann dir nur raten, der Baumkatze nicht zu nahe zu kommen.«

Der Magier hob den Kopf und entdeckte Reichis, der jetzt auf einem gläsernen Medizinschrank hockte. Sein Fell war von oben bis unten blutrot, und es sah ganz so aus, als überlegte er gerade, ob er dem Mann gleich die Kehle zerfetzen oder lieber erst die Augen rausreißen sollte. Obendrein knurrte er laut.

Das Lächeln wich nicht aus dem Gesicht des Eindringlings. »Da habt ihr ja eine tolle Zirkusnummer auf Lager. Sogar eine Tierdressur ist mit dabei.«

Reichis fauchte: »Die Augen gehören mir, so viel ist schon mal klar! Ihr könnt euch meinetwegen um seine Ohren zanken.«

Der Magier richtete den Blick wieder auf mich. »Was meinst du, Kellen, Sohn des Ke'heops? Glaubst du wirklich, dass mich deine Argosi-Freundin mit ihrem Stahlrohr oder die Baumkatze mit ihren Klauen erwischt, bevor ich euch alle mit einem Zauber wegputze?«

»Die Frage kann warten, würde ich sagen.« Plötzlich stand Rosie hinter ihm. An einem ihrer Fingernägel funkelte eine kurze, spitze Nadel, die sie ihm seitlich gegen die Kehle drückte. »Erst mal sollten wir uns vorstellen. Ich bin der Pfad der Dornen und Rosen.«

»Schön, dass du wieder bei uns bist«, sagte Ferius.

»Pfad der Dornen und Rosen, soso.« Der Mann rührte sich nicht. »Dann soll die Nadel wohl ein Dorn sein.«

»So kann man's sehen«, erwiderte Rosie, beugte sich vor und flüsterte ihm beinahe vertraulich ins Ohr: »Muss ich dir die anderen auch noch zeigen?«

Ganz langsam hob der Eindringling die Hände. »Na schön, Leute, tun wir lieber nichts Unüberlegtes. Schließlich wurde ich eingeladen.«

»Eingeladen?!«, entfuhr es mir. »Du wolltest uns …«

»Dexan?« Beren Thrane kam angestolpert. »Dexan Videris?«

»Höchstpersönlich.« Der fremde Magier lachte in sich hinein, als sei alles ein großes Missverständnis. »Würdet Ihr diese Truppe bitten, sich etwas zurückzuhalten?«

Beren schaute uns bestürzt an, als wären wir für die ganze Aufregung verantwortlich. »Ich bitte euch, bedrängt ihn nicht. Dieser Mann ist auf meinen Wunsch hier.«

Dexan schnaubte. »Wenn Ihr es als ›Wunsch‹ bezeichnen wollt, dass vier ehemalige Daroman-Handlanger einen Mann aus seiner Lieblingsbar zerren …« Der Magier ließ die Hände wieder sinken und setzte hinzu: »Aber die Leute hier sind schon in Ordnung, keine Sorge, Meister Thrane. Trotzdem muss man jemanden nicht gleich kaltmachen, bloß weil er versucht, sich redlich seinen Lebensunterhalt zu verdienen.« An uns gewandt fuhr er fort: »Das mit dem Schlafzauber tut mir übrigens leid. Ich konnte ja nicht wissen, was mich hier erwartet. Ehrlich gesagt wundere ich mich sogar, dass es geklappt hat. Mit Schlummermagie stehe ich sonst auf dem Kriegsfuß.«

Der Zauber war so schwach gewesen, dass er im Grunde gar nichts hätte ausrichten dürfen. Vermutlich hatten wir ihm nur nicht standhalten können, weil wir so erschöpft waren. Hätte es sich bei dem Eindringling um den Seidenmagier gehandelt, der uns vor einer Woche angegriffen hatte, wären wir jetzt alle tot gewesen.

»Bist du ein Jan'Tep?«, fragte Seneira. »Einer von Kellens Volk?«

»Gleiches Land, anderer Clan.« Er tippte sich an den Hut. »Dexan Videris, Gnädigste. Aber ich muss wohl erwähnen, dass genau genommen weder Kellen noch ich noch als Jan'Tep gelten.«

»Bist du denn auch ein Ausgestoßener?«, fragte ich.

»Ich bin ein Spellslinger«, antwortete er selbstbewusst. »Und ich wette, du bist auch einer, so wie du die ganze Zeit an deinen Gürteltaschen rumfummelst.«

Reichis hob witternd die Nase. »Er lügt. Er hat schon vorher gewusst, dass du von der gleichen Sorte bist, Kellen.«

»Könnt Ihr das Vieh bitte daran hindern, mich zu beißen?«, wandte sich Dexan wieder an Beren Thrane.

Der Direktor, dem offenbar eingefallen war, dass wir uns im Krankenzimmer seines Sohnes befanden und damit auch in *seiner* Akademie, beschloss, das Heft wieder in die Hand zu nehmen. »Bitte alle mal zuhören! Kellen, ich weiß nicht, was du in diesen Beuteln aufbewahrst, aber lass die Finger davon.« Er sah Ferius an: »Und Sie, meine Dame, wenn Sie so freundlich wä–«

»Ich bin keine Dame.«

Reichis verdrehte die Augen. »Uäh. Nicht schon wieder.«

Beren ging einfach darüber hinweg. Wahrscheinlich bekam man ein dickes Fell, wenn man es ständig mit Leuten aus dem ganzen Kontinent zu tun hatte. »Nichts für ungut, aber ich muss dich und den Pfad der Dornen und Rosen jetzt bitten, die Waffen vom Hals meines Gastes zu nehmen.«

Ferius kam seiner Bitte nach und schob das Metallrohr mit einem kurzen Schlag auf das vordere Ende wieder zusammen. Rosie zog ihre Hand weg, und als ich wieder hinsah, war die Nadel verschwunden.

Beren schielte argwöhnisch zu Reichis hoch, der immer noch auf dem Schrank hockte. »Du bist auch gemeint, Meister Baumkatze!«, sagte der Rektor und fragte mich: »Versteht er uns Menschen?«

»Wenn es ihm gerade passt … Du kannst runterkommen, Reichis.«

Die Baumkatze zog ihre übliche Nummer ab und streckte Vorder- und Hinterläufe weit aus, um möglichst spektakulär auf meine Schulter zu segeln. Die Farbe seines Fells verwandelte sich in eine Mischung aus Braun und Orange, mit gerade so viel Rot in den Streifen, dass es noch wild und gefährlich aussah.

Beren drehte sich wieder zu Dexan um. »Und du, Meister Videris, wenn du vielleicht …«

»Videris genügt«, erwiderte der. »Für meinesgleichen bedeutet Meister etwas anderes.«

»Dann eben Videris.« Beren fuhr etwas lauter fort: »Wenn du uns netterweise erklären würdest, was hier los war? Du scheinst dir viel Mühe gegeben haben, die Freunde meiner Tochter gegen dich aufzubringen.«

Der fremde Trickser lachte, als wäre das alles nur ein großer Spaß für ihn. »Ganz einfach – unser Kellen wird steckbrieflich gesucht, weil er … na ja, die oberste Regel für unsereins besagt, dass man sich aus den Angelegenheiten anderer Magier – besonders anderer Spellslinger – raushält, also soll er es Euch lieber selbst erzählen.« Er machte eine Kunstpause. »Ich sage nur so viel, dass er nichts dafür kann, dass nach ihm gefahndet wird.«

Nett von dir, dachte ich. *Aber ... woher weißt du das eigentlich?*

»Als ich hier reinkam und ihn mit seinem Familiennamen angeredet habe, hat er gleich gemerkt, dass ich auch ein Jan'Tep bin, und da hat er mich wahrscheinlich für einen Kopfgeldjäger gehalten.«

Beren Thrane sah mich an. In seinem Blick lag so etwas wie Mitgefühl, dann legte er schützend den Arm um Seneiras Schultern. »Es ist mir nicht ganz unbekannt, dass junge Menschen manchmal ohne Grund verfolgt werden.«

Ferius meldete sich wieder zu Wort. »Nachdem wir jetzt alle gute Freunde sind ...«, sie griff in ihre Weste, wobei sie diesmal tatsächlich einen Rauchstängel hervorzog, ihn aber nicht anzündete. »... könnte mir vielleicht mal jemand erklären, was hier Sache ist.«

Beren nickte, und als er auf Dexan deutete, lächelte er stolz. »Es hat mich viel Mühe und nicht wenig Geld gekostet, ihn ausfindig zu machen, aber ich bin überzeugt davon, dass er der richtige Mann ist, meine Kinder von diesem Pesthauch namens Schwarzschatten zu erlösen.«

»Wie bitte?«, fragte ich ungläubig. »Wie soll das ...?« Ich stockte, als ich merkte, dass Dexan mich aufmerksam musterte. Er trat auf mich zu und beugte sich zu mir herunter. Rund um sein rechtes Auge waren feine Linien zu erkennen, die wie verblasste Narben aussahen. Die Haut war verheilt, aber von den verschlungenen Malen waren schwache Spuren zurückgeblieben. »Ganz recht!«, sagte er, wobei ihm der Hoffnungsschimmer in meinem Blick vermutlich nicht entgangen war. »Ich weiß, wie man den Schwarzschatten heilen kann.«

21

Die Heilung

Wir standen alle um Tynes Bett herum und sahen zu, wie der Spellslinger, der sich Dexan Videris nannte, die Male um das Auge des schlafenden Jungen untersuchte.

»Ich möchte mich dafür entschuldigen, dass ich dich mit Gewalt habe herbringen lassen«, sagte Beren, dem es sichtlich zu schaffen machte, dass das Leben seines Sohnes in den Händen eines anderen lag. »Ich wusste nicht, wie ich meinem Jungen sonst helfen sollte, und als ich die Geschichten über dich hörte, wollte ich nicht riskieren, dass du uns deine Hilfe versagst.«

»Na ja, begeistert war ich nicht, dass Ihr diese Rüpel auf mich gehetzt habt.« Dexan rieb sich den Hals. »Ich spüre ihre Zangen immer noch.«

»Es tut mir wirklich sehr leid, dass ich –«

Dexan klopfte Beren auf die Schulter. »Ihr habt nur getan, was jeder Vater tun würde, schätze ich, also Schwamm drüber! Diesmal jedenfalls.« Er wandte sich wieder Tyne zu. »Ich werde die Male jetzt berühren«, sagte er. »Das kann wehtun, deshalb brauche ich jemanden, der den Jungen festhält.«

Beren ging zu seinem Sohn, aber Dexan schüttelte den Kopf. »Nicht Ihr. Ich bitte keinen Vater, mir zu helfen, seinen Sohn leiden zu lassen.« Er sah mich an. »Übernimmst du das, Kellen? Kann nicht schaden, wenn du es dir mal ansiehst.«

Ich warf Ferius einen Hilfe suchenden Blick zu, schämte mich aber sofort dafür. Dann trat ich an das Bett. Tyne war so schmächtig und schwach, dass er mir bestimmt keine Mühe machen würde, aber sobald Dexan angefangen hatte, musste ich meine ganze Kraft aufbieten.

Dexan griff in seine Westentasche und holte einen Splitter aus glitzerndem schwarzem Stein hervor. »Onyx«, erklärter er. »Aber eine besondere Sorte. Stammt sogar hier aus der Gegend.«

»Kann ihn der Stein heilen?«, wollte Seneira wissen.

»Leider nicht. Es ist keine leichte Sache, den Schwarzschatten zu entfernen. So was dauert mehrere Tage und klappt auch nur dann, wenn die allerwichtigste Voraussetzung erfüllt ist.«

»Wenn es ums Geld geht ...«, sagte Beren rasch.

»Keine Sorge. Ihr müsst auf jeden Fall tief in die Tasche greifen, damit ich das alles noch einmal auf mich nehme, aber ich habe etwas anderes gemeint. Jetzt haltet aber erst mal alle die Klappe, damit ich dem Kleinen nicht mehr wehtue, als es sein muss.«

Dexan drückte die scharfe Kante des Onyxsplitters gegen das geschwollene schwarze Gewebe am rechten Auge des Jungen. Plötzlich bäumte sich Tyne so heftig auf, dass ich ihn kaum bändigen konnte.

»Gut festhalten!«, befahl Dexan. Was ich auch tat, aber gleichzeitig wollte ich unbedingt sehen, was er da machte.

Die schwarzen Linien um Tynes Auge ... sie gerieten in Bewegung, schlängelten sich wild hin und her. Der Junge schrie so gellend, dass Seneira versuchte, Dexan wegzuziehen. »Aufhören! Du bringst ihn um!«

Dexan schüttelte sie ab und drückte den Steinsplitter weiter auf die Haut des Jungen, wobei er einen Zauber raunte und mit der anderen Hand eine Gebärde ausführte, die ich nicht kannte. Eine Art Rauch ... nein, es war eher ein feiner schwarzer Nebel ... stieg von Tynes Auge auf.

»Mist!« Dexan richtete sich auf und steckte den Steinsplitter wieder ein. »Tut mir leid! Ich kann ihm nicht helfen.«

Seneira wischte ihrem Bruder mit einem Tuch den Schweiß von der Stirn. »Warum nicht? Was ist denn?«

Dexan wandte sich an mich: »Was weißt du über den Schwarzschatten?«

Ich war auf der Hut, weil ich nicht wusste, ob sich nach dem Tod der Fürstinwitwe herumgesprochen hatte, was ich von ihr über die finstere Vorgeschichte unseres Volkes erfahren hatte. Ich hatte es dem Rat mitgeteilt, auch Shalla wusste davon, was wiederum bedeutete, dass auch meine Eltern Bescheid wussten – aber ob sie die Wahrheit offengelegt hatten? Oder tat mein Volk immer noch so, als wären wir eine ehrbare Kultur, die Magie nur einsetzte, um sich vor Feinden zu schützen? »Ich weiß, dass es einen Zusammenhang mit dämonischer Magie gibt.«

»Knapp daneben. Der Schwarzschatten stellt keine Verbindung zwischen dem Opfer und irgendwelchen dämonischen Kräften her. Er ist die direkte Verbindung zwischen dem Opfer und dem Dämon, der von ihm Besitz ergreift. Darum leiden die Erkrankten an grässlichen Visionen und werden gewalttätig. Der Dämon treibt sie dazu. Er verlangt absoluten Gehorsam und versucht, ein für alle Mal die Oberhand zu erlangen. Dabei sind Magier die bevorzugten Opfer, weil sie, nun ja, eben den größten Schaden anrichten können.«

Unwillkürlich überlief es mich kalt.

»Damit sieht die Sache hier gleich ganz anders aus, was?«, sagte Dexan.

»Ich bitte dich«, flehte Beren, »kannst du meinem Sohn wirklich nicht helfen?«

Dexan seufzte. »Der Fluch besteht aus zwei Teilen.« Er trat wieder an Tynes Bett und deutete auf die Male, ohne sie zu berühren. »Das hier ist der eine Teil, der äußerliche. Der andere liegt im Inneren der Person, die den Fluch ursprünglich gewirkt hat. Derjenige, der Eurem Sohn das hier angetan hat, ist viel mächtiger als ich. Solange dieser Dreckskerl am Leben ist, kann ich den Zauber nicht aufheben. Ich würde Euren Sohn bloß umbringen.«

»Was ist mit Seneira?«, warf ich ein. »Kannst du ihren –«

Dexan schüttelte den Kopf. »Ich möchte das Mädchen nicht unnötig quälen. Ich kann euch auch so sagen, dass es sich um denselben Magier handelt, der ihren Bruder verflucht hat. Es tut mir leid. Ehrlich.« Er wandte sich ab und ging zur Tür.

»Warte!«, rief ich ihm nach. »Wo willst du hin?«

Dexan blieb stehen. »Wie gesagt, die einzige Möglichkeit, dem Jungen zu helfen, besteht darin, denjenigen zu finden und zu töten, der ihn verflucht hat.«

»Hast du das jetzt vor? Den Magier zu suchen, der –«

»Erste Spellslinger-Regel: Misch dich nicht in die Angelegenheiten anderer Magier ein.« Als er sich umwandte, huschte ein sonderbarer Ausdruck über sein Gesicht. War es Demut? »Ich bin nicht wie die Jan'Tep-Meister, die du von zu Hause kennst, Kellen. Ich bin bloß ein Trickser wie du. Ich habe nicht mehr als ein paar harmlose Zauber im Ärmel.« Er streckte die Unterarme mit den verblassten Bändern aus. »Ich habe die Oase meiner Stadt schon vor langer Zeit verlassen, meine Magie wird von Jahr zu Jahr schwächer und auch hinter mir sind alle möglichen Leute her.« Sein Blick wanderte zu Beren und Seneira. »Das mit dem Jungen tut mir leid. Aber wenn ihr denjenigen aufstöbern könnt, der ihm das angetan hat, komme ich wieder und tue mein Möglichstes, um den Jungen und seine Schwester wieder gesund zu machen.«

Damit ging er. Es sagte einiges über Berens Verzweiflung aus, dass er vor Ferius und mir – zwei im Grunde Fremden, die er erst ein paar Stunden kannte – auf die Knie fiel. »Bitte«, flehte er und ergriff unsere Hände, »bitte helft mir, denjenigen zu finden, der meinen Sohn verflucht hat! Helft mir, ihn zu töten!«

Es sagte auch einiges über mich aus, dass ich ihm, als meine eigenen Male jetzt zu jucken anfingen, meine Hand sofort entzog und stattdessen Dexan Videris – und der Chance, selbst geheilt zu werden – hinterherlief.

22

Die Abmachung

»Warte!«, rief ich.

Er blieb stehen. »Hab mich schon gewundert, wo du bleibst.«

»Ich … Es ist nicht …«

»Ganz ruhig.« Er hob die Hand und tippte auf die Narben um sein eigenes Auge. »Ich hab den ganzen Mist selber durchgemacht, schon vergessen? Ich weiß, wie das ist. Ich weiß, wie es einem zusetzt, in der Dunkelheit, in den Träumen.«

»Kannst du sie wegmachen? Bei mir, meine ich?«

Er sah mich lange fest an, ehe er antwortete: »Leider nicht.«

»Was?! Wieso denn nicht? Diejenige, die mich verflucht hat, lebt nicht mehr! Warum kannst du mir da nicht –«

»Es liegt an deinen Malen, Kleiner. Sie sind zu perfekt, zu glatt. Jemand hat dich mit dem Schatten verbunden, hab ich recht?«

Ich nickte. »Meine Großmutter.«

»Keine Ahnung, was sie sich dabei gedacht hat, aber die Methode, die ich entdeckt habe, bringt in deinem Fall nichts. Es sei denn …«

»Es sei denn *was?*«

»Keine Ahnung. Lass mich überlegen.«

Ich wartete mit klopfendem Herzen und flehte meine Ahnen stumm an, dass er mir trotzdem helfen und mich von diesem verdammten Fluch befreien konnte. Dann könnte ich wieder zurück – in meine Heimat, zu Nephenia, zu meiner Familie. Womöglich konnte ich sogar meine magischen Studien wieder aufnehmen.

Dexan sah mich an. »Oh Mann, ich kenne diesen Blick. Ich glaube, wir beide sind uns sehr ähnlich.« Er stockte wieder. »Ich habe eine Idee, Kellen, aber ich muss erst ein paar Nachforschungen anstellen und ein paar Experimente durchführen.« Er packte mich an der Schulter. »Aber hör gut zu, Kleiner: Selbst wenn es mir gelingt, wird es kein Zuckerschlecken. Vielleicht kostet es dich mehr, als du zu zahlen bereit bist.«

Das hörte sich an, als ginge es nicht nur um Geld. Bei meinem Volk ist es nicht unüblich, eine Bezahlung in Form von monatelangen Diensten einzufordern oder zu verlangen, dass man bei riskanten Zaubern assistiert. Aber die Vorstellung, den Schwarzschatten endlich loszuwerden und wieder nach Hause zurückkehren zu dürfen … »Sag mir einfach, was du dafür haben willst.«

»Auch darüber muss ich nachdenken. Gib mir ein paar Tage Zeit.« Er ließ mich los und ging weiter.

»Halt!«, rief ich. »Wie finde ich dich?«

Er blieb nicht stehen, um zu antworten: »Wenn ich so weit bin, finde ich *dich.* Vertrau mir, Kleiner. Bei dem Chaos, das du überall anrichtest, bist du nicht schwer aufzuspüren.

Eigentlich wollte ich in Tynes Krankenzimmer zurückkehren. Vielleicht konnte ich mich ja irgendwie nützlich machen. Doch bevor ich an der Tür war, kam Ferius heraus. Sie stapfte auf mich zu, als wollte sie mich über den Haufen rennen. Erst dicht vor mir blieb sie stehen und sah mich mit abgrundtiefer Verachtung an. Sie musterte mich von oben bis unten, als wäre ich ein

Schmutzfleck auf einem frisch gewaschenen Hemd. »Ist das dein wahres Ich?«

»Ich wollte doch nur –«

»Antworte mir, Kellen aus dem Hause Ke – ist *das* dein wahres Ich?«

Sie redete mich so gut wie nie förmlich an. »Ich sag doch, ich wollte bloß nicht –«

»Antworte!«

»Ja! Zufrieden? Ja, das ist mein wahres Ich. Ich bin ein sechzehnjähriger Junge, der nur noch seinen Namen besitzt. Auf meinen Kopf ist eine Belohnung ausgesetzt und ein heimtückischer Fluch wird mich eines Tages in ein Ungeheuer verwandeln. Deshalb bin ich jemand, der sich erst mal um sich selbst kümmern muss, bevor er anderen helfen kann.«

»Was ist mit Seneira? Noch vor ein paar Tagen war dir nichts wichtiger, als ihr zu helfen. Und jetzt bist du auf einmal drauf und dran, sie und ihren Bruder im Stich zu lassen, nur um einem windigen Geschäftemacher nachzurennen, der dir weismachen will, er könne den Schwarzschatten heilen?«

»Ich ...« Ich hatte plötzlich einen scheußlichen Geschmack im Mund. Wahrscheinlich war es das schlechte Gewissen. »Seneira hat ihre Familie«, entgegnete ich. »Sieh dich doch um! Sie hat einen reichen, einflussreichen Vater, der sie beschützen kann. Und was habe ich? Mich wollen die Leute immer nur umbringen, Ferius! Und du willst mir nicht mal die Kampfkunst der Argosi beibringen, damit ich mich –«

Sie hob die Hände. »Wie oft muss ich dir noch erklären, dass es bei uns keine Kampfkunst gibt? Jedenfalls nicht so, wie du dir das vorstellst. Es ist ein Pfad ... ein Pfad, den sich jeder selbst wählt, nicht irgendwelche Tricks oder Zauber, die man erlernt, damit man andere Leute fertigmachen und sich dabei wie der Größte fühlen kann.«

»Dann suche ich mir vielleicht lieber jemanden, der mir beibringt, wie ich andere Leute fertigmachen kann!«, konterte ich und merkte, dass ich kurz vorm Heulen war. »Was bringt es mir denn, wenn du mir andauernd nur Unsinn erzählst und dann auch noch verlangst, dass ich irgendwelchen Fremden helfe!«

»Du meinst, so, wie ich dir geholfen habe?«

Jetzt platzte mir der Kragen. »Tu nicht so, als wäre ich dir je wichtig gewesen, Ferius! Du bist in unsere Stadt gekommen, weil unser Fürst gestorben ist und weil du ... Wie nennst du das immer so schön? ... dem ›Weg des Windes‹ folgst. Du warst auf der Suche nach einer ›Diskordanz‹, damit du wieder eine von deinen blöden Karten malen und sie deinen Argosi-Freunden präsentieren kannst.«

Sie sah mich lange an. Ihr Gesichtsausdruck änderte sich dabei schneller, als ich die jeweiligen Gefühle deuten konnte, aber am Schluss landete sie wieder bei ›Zorn‹ – so flammendem Zorn, wie ich ihn von ihr nicht kannte. Sie ballte die Fäuste.

»Willst du mich schlagen, Ferius?«

Sie schloss kurz die Augen. »Nein, Kellen.« Sie stapfte an mir vorbei. »Ich schlage keine Kinder.«

Beren entdeckte mich im Flur vor Tynes Zimmer. Eigentlich hatte ich dort nichts mehr verloren, aber ich wusste nicht, wo ich sonst hinsollte. Reichis kam hinter ihm hergetrippelt. »Seneira bleibt noch eine Weile bei ihrem Bruder. Tyne ist kurz aufgewacht.« Beren strahlte fast, trotz der Tränen in seinen Augen. Er deutete auf Reichis. »Die Baumkatze ist durch die Luft geflogen. Sie hat Kunststückchen für Tyne gemacht und mit ihm gespielt.« Nach kurzem Zögern fragte er: »Kann sie ...? Besitzt sie Verstand? Ich habe gehört, dass die Schutztiere der Jan'Tep manchmal ...«

»Reichis ist kein Schutztier, aber wie gesagt, er kann Euch verstehen.«

Beren ging vor Reichis in die Hocke. »Sei gesegnet! Du und deine Güte seien gesegnet, Meister Baumkatze.«

»Ach du liebes Mäusefleisch!«, stöhnte Reichis und sah mich Hilfe suchend an. »Sag dem Hautsack, er soll mit dem Unsinn aufhören. Nichts ist schlimmer, als ausgewachsenen Wesen beim Flennen zuzusehen.«

»Was hat er gesagt?«, wollte Beren wissen.

»Er sagt, es war ihm ein Vergnügen, und dass er gern mal wiederkommt, um mit Tyne zu spielen.«

»Blödes Arschloch!«, knurrte Reichis, sprang an mir hoch und breitete seine Flughäute über meinen Mund und meine Nase, sodass ich keine Luft mehr bekam. »Wenn du dich nicht sofort entschuldigst, ersticke ich dich!«

»Wie niedlich«, sagte Beren. »Er schmust mit dir.«

Ich pflückte Reichis ab. »Ja, er ist wirklich ein Schatz.«

Dann machte Beren ein betretenes Gesicht: »Nachdem du rausgegangen bist, hat deine ... deine Mentorin ...«

»Sie ist nicht meine Mentorin.«

»Entschuldige. Deine Freundin Ferius hat mir angeboten, denjenigen zu suchen, der für die Erkrankung meiner Kinder verantwortlich ist. Sie meinte, du hilfst uns vielleicht auch, aber dass es natürlich etwas kostet.«

Na toll. Jetzt war ich richtig angeschmiert. Andererseits hatte mich Ferius auf diese Weise, nachdem Dexan ja schon klargestellt hatte, dass seine Hilfe nicht umsonst zu haben war, davor bewahrt, als noch größerer Dreckskerl dazustehen, wenn ich hinterher Geld dafür verlangte. Und weil ich mir auf einmal unerträglich mies vorkam, sagte ich rasch: »Klar helfe ich euch. Ich tue, was ich kann. Versprochen.«

Angesichts von Berens Erleichterung fühlte ich mich noch

mieser. »Vielen, vielen Dank«, sagte er. »Ich danke dir von ganzem Herzen.« Er begleitete mich zum Ausgang. »Ihr könnt wirklich gern bei uns wohnen. Wir beherbergen euch so lange, wie ihr möchtet.«

»Danke«, sagte ich.

Er klopfte mir auf die Schulter und setzte seufzend hinzu: »Während dieser ganzen schrecklichen Prüfung hat mich nur eines getröstet – die Freundlichkeit und Hilfsbereitschaft fremder Menschen wie ihr.«

Das gab mir endgültig den Rest.

23

Das Bad

Die Nacht verbrachten wir in den Gästezimmern im Hause Thrane. Beren räumte alles auf, was er hatte stehen und liegen lassen müssen, als er Tyne in die Krankenabteilung gebracht hatte, und bestand anschließend darauf, uns so üppig zu bewirten, dass wir fast platzten. Nach dem Essen ging er nach oben, um den kleinen Ofen im Bad anzuheizen, der das Wasser wärmte. Er bot mir großzügig die Benutzung der Badewanne an – und damit meine ich, dass er mich fast mit Gewalt ins Bad schob. Um mir zu bedeuten, dass ich mir alle Zeit der Welt lassen konnte, stellte er mir sogar ein Tellerchen mit Butterkeksen hin.

»Du stinkst tatsächlich ein bisschen«, sagte Reichis, nachdem Beren gegangen war, und schnüffelte angewidert an mir. »Nach toter Ratte, die schon mal gefressen und wieder ausgekackt wurde.«

»Vielen Dank auch.«

Er schnüffelte noch einmal. »Und so, als hätte ein blinder Bussard das Ganze noch mal gefressen und dann noch mal –«

»Ich hab's kapiert.«

Ich zog meine vom Vagabundenleben schmutzigen Klamotten aus und suchte nach einem Platz, wo ich sie hinlegen konnte, ohne dass alles dreckig wurde. Zu guter Letzt hängte ich sie aus dem Fenster.

Dann tauchte ich den großen Zeh ins Wasser und stellte fest, dass es heißer war als gedacht. Weil ich mich aber nicht wohl dabei fühlte, nackt in einem fremden Haus herumzustehen, ließ ich mich dann doch in die herrlich geräumige Messingwanne gleiten. Den Keksteller hatte ich auf den flachen Rand gestellt. Es war schon länger her, dass ich etwas gegessen hatte, das nicht vom Baum gepflückt worden war oder die letzten Sekunden seines Lebens in den Fängen einer Baumkatze verbracht hatte.

Als ich mich an die Wärme gewöhnt hatte, empfand ich das Bad als unglaublich wohltuend. Mir war gar nicht bewusst gewesen, wie viele Verspannungen und Wehwehchen sich in den vier Monaten unter freiem Himmel angesammelt hatten. *Sechzehn Jahre alt, und schon komme ich mir vor wie ein alter Mann.*

»He, Kellen!«, keckerte Reichis.

Ich öffnete die Augen und sah ihn auf dem Wannenrand balancieren. »Was gibt's?«

»Wie ist das so?«

»Was denn?«

Er tunkte zaghaft eine Pfote ins Wasser. »Das hier. Wenn man in einer Wanne mit heißem Wasser sitzt.«

»Es ist … angenehm, würde ich sagen.« Manchmal spürt Reichis, wie es mir gerade geht. Wahrscheinlich machte ihn mein plötzliches Wohlbefinden neugierig.

Er deutete mit der Pfote auf einen niedrigen Hocker, der neben der Wanne stand. »Stell den rein. Sonst ist das Wasser zu tief für mich.«

»Im Ernst? Du willst baden? Ich dachte, Katzen sind wasserscheu.«

»Ich bin keine *Katze*, Schwachkopf. Ich bin eine Baumkatze.«

Erfahrungsgemäß diskutierte man mit Reichis lieber nicht, wenn es um Gattungen und dergleichen ging, deshalb widersprach ich nicht, packte den Hocker und stellte ihn ans andere

Ende der Badewanne. Der Sitz befand sich ungefähr fünfzehn Zentimeter unter der Wasseroberfläche. »Gut so«, sagte Reichis. »Dann geh ich jetzt mal rein.« Ich glaube, er sprach eher mit sich selbst als mit mir. Er setzte erst die eine, dann die andere Vorderpfote auf den Hocker und reckte das Kinn in die Höhe, damit seine Schnauze nicht nass wurde. So verharrte er einen Augenblick und holte dann den Rest nach. Kurz darauf hockte eine feuchte und ausgesprochen verdutzte Baumkatze vor mir.

»Alles klar?«

»Weiß nicht ... Wie soll es sich denn anfühlen?«

»Warm.«

Reichis nickte. »Ja, warm ist es.«

»Und angenehm.«

Er nickte wieder. »Ja ... das trifft's.« Sein Blick verschwamm, die Lider gingen auf Halbmast. Dann legte er sich auf den Rücken, sodass nur noch Pfoten und Schnauze aus dem Wasser ragten. »Sehr behaglich ...«

»Ist wirklich alles in Ordnung?«

Er deutete mit der Vorderpfote auf den Wannenrand. »Gib mal«, sagte er schläfrig.

Erst begriff ich nicht, was er meinte, dann fiel mein Blick auf den Teller. »Im Ernst?«

»Her damit.«

Unschlüssig nahm ich einen Keks und wollte ihn Reichis in die Pfote drücken, aber die war jetzt unter Wasser. Stattdessen sperrte er das Maul auf. Ich schob den Butterkeks hinein und wurde mit einem genießerischen Schmatzen belohnt. »Aah, wunderbar!«, nuschelte er. »So könnte ich den Rest meines Lebens verbringen.«

»Und was ist mit Jagen ... ich meine, mit dem Abmurksen von Kaninchen?«

Reichis schluckte herunter. »Gerade eben möchte ich lieber noch einen Keks abmurksen. Her damit!«

Versteh einer diese Baumkatzen.

Ich musste wohl eingeschlafen sein, denn als ich aufwachte, klopfte es an die Tür. »Kellen?«, hörte ich Seneira fragen.

»Augenblick, bitte!«

Ich schaffte es, aus der Wanne zu steigen, ohne Reichis' Hocker umzutreten, was meinem frisch gewaschenen Körper wahrscheinlich etliche Bisswunden und Kratzer eingebracht hätte. Rasch schnappte ich mir ein Handtuch, trocknete mich flüchtig ab und fuhr mir mit den Fingern durch die Haare. Über dem kleinen Waschbecken hing ein Spiegel, in dem ich mein sauberes Gesicht erblickte. *So sehe ich also aus.*

»Kellen? Ich wollte nur …« Die Türklinke bewegte sich nach unten.

»Nicht reinkommen!«, japste ich und wickelte mir das Handtuch um die Hüften. Ferius hatte mir mal erzählt, dass die Grenzlandbewohner nicht so viel Getue um Nacktheit machten wie wir Jan'Tep, aber ich war mir nie sicher gewesen, ob sie mich damit nicht bloß in eine peinliche Situation bringen wollte.

Einigermaßen schicklich verhüllt, öffnete ich die Tür. Seneira hatte ein Bündel unter dem Arm, in dem ich meine Ersatzsachen erkannte. Als Magierschüler hatte ich eine Menge Kleidung besessen: Schulsachen, Freizeitkleidung, festliche Gewänder für offizielle Anlässe. Als Vogelfreier besitzt man im Grunde nur zwei Kombinationen der letztlich gleichen speckigen Klamotten, und auch das nur, wenn man Glück hatte.

»Mein Vater ist wieder zu Tyne gegangen. Ich habe deine anderen Sachen so gut es ging gewaschen«, sagte Seneira. »Sie müssten wieder trocken sein – ich habe sie vor den Kamin gehängt.«

Sollte ich mich jetzt entschuldigen, dass ich aus Tynes Krankenzimmer abgehauen war? Aber dann fiel mir ein, dass Ferius, wenn sie mich schon vor Beren gedeckt hatte, Seneira wahrscheinlich die gleiche Ausrede aufgetischt hatte. Offenbar war ich noch nicht so weit zuzugeben, was ich für ein Feigling war. Deshalb sagte ich nur »Danke« und nahm meine Sachen entgegen.

Ich hatte den Eindruck, dass sie meinen Oberkörper musterte, der nach den vier Monaten mager und gebräunt war, aber noch lange nicht irgendwie bemerkenswert. »Stimmt was nicht?«, fragte ich verlegen.

»Du hast Narben.«

»Die hat doch jeder.« Ich streifte mir das Hemd über.

»Nicht in deinem Alter. Jedenfalls nicht so viele.« Seneira suchte meinen Blick, und ich glaube, ich tat ihr leid. »Entschuldige, Kellen, ich wollte nicht –«

»Schon gut.« Es war ja nicht so, dass ich mein Leben lang verprügelt worden wäre, aber in letzter Zeit hatte ich mir tatsächlich einige Blessuren zugezogen, sodass ich ziemlich mitgenommen aussah.

Seneiras Blick wanderte weiter zu Reichis, der sich immer noch auf seinem Hocker räkelte. »Du badest mit deinem Tier?«

So, wie sie es sagte, hörte es sich irgendwie abartig an. »Ich ... nein, eigentlich nicht, er wollte nur ...«

»He, Kellen«, knurrte Reichis, »sag dem Weibchen, wenn sie mir mein Bad vermiest, schwöre ich bei allen neun Baumkatzengöttern, dass ich ihr die Augäpfel rausreiße und sie ihr anschließend ins eigene Maul stopfe.«

»Was hat er gesagt?«

»Das möchtest du nicht wissen.«

Sie nickte. »Dann gehe ich mal wieder. Du willst bestimmt ins Bett. Ich hatte bloß gehofft …«

Ich war mir nur allzu bewusst, dass ich immer noch recht spärlich bekleidet war, und konnte mir für diesen Satz keine Auflösung vorstellen, auf die ich vorbereitet war. »Was denn?«

»Ferius meinte, du gehst morgen wieder in die Akademie. Ich … Mein Vater will mich nicht mitgehen lassen. Er hat Angst, dass mich jemand erkennt.« Sie hielt einen kleinen Gegenstand in der Hand. Erst auf den zweiten Blick erkannte ich, dass es sich um ein Stoffpferdchen handelte. Bei meinem Volk gibt es keine Puppen, zumindest nicht für Kinder – sie erinnern zu sehr an die Einklangsfiguren, die manche Magier benutzen, um ihren Feinden aus der Entfernung Schmerzen zuzufügen. »Nimmst du das für Tyne mit? Es war bis vor Kurzem sein Lieblingsspielzeug. Er sagt zwar immer, er sei jetzt zu alt für so was, aber … ach, ich weiß auch nicht. Vielleicht ist es albern von mir.«

Nicht das, was ich erwartet habe, aber auch in Ordnung.

Ich nahm das Pferdchen. »Ich geb's ihm.«

»Danke.« Sie suchte wieder meinen Blick. »Und sag ihm, dass ich ihn lieb habe, ja? Ich weiß nicht, ob er richtig begriffen hat, was mit ihm geschieht. Als ich vorhin gegangen bin, dachte er, ich würde wieder weglaufen und ihn zurücklassen. Ich wollte nie, dass er glaubt … Ich habe alles nur noch schlimmer gemacht, Kellen.«

Ich suchte nach tröstenden Worten, doch da war sie schon zur Tür hinaus, ließ mich mit meinem Handtuch um die Hüften einfach stehen. »Raus jetzt, Reichis!«, kommandierte ich, als ich mich fertig anzog. Er warf mir einen finsteren Blick zu, setzte sich aber auf und hüpfte vom Hocker auf den Wannenrand. »Abtrocknen!«, kommandierte er seinerseits und zeigte auf ein noch unbenutztes Handtuch.

»Was ist denn in dich gefahren?«, fragte ich. »Das erste Mal in der Wanne, und schon führst du dich auf wie ein verwöhntes Schoßtierchen.«

»Abtrocknen!«, wiederholte er und machte Anstalten, sich zu schütteln, was mich garantiert wieder von Kopf bis Fuß nass gemacht hätte, »oder ich trockne mich selber.«

Eins habe ich mittlerweile über Baumkatzen gelernt: Sie können richtige Arschlöcher sein.

24

Die sieben Gaben

Reichis wollte mich unbedingt davon überzeugen, dass ein zweites Bad durchaus in Ordnung ginge, aber ich weigerte mich. Da ihn außer mir niemand versteht, interpretierte Seneira sein aufdringliches Keckern als Wink, dass er noch mal nach draußen müsse. Schließlich gab er es auf, aber nicht ohne unmissverständlich klarzustellen, dass allen, die sich zwischen ihn und seine neu entdeckte Schwäche für Badewannen und Butterkekse stellten, erbarmungslose Rache drohte.

Als ich endlich ins Bett schlüpfte, fand ich es so bequem, dass ich glaubte, ich würde sofort einschlafen, sobald mein Kopf das Kissen berührte, aber irgendetwas hielt mich davon ab. Vielleicht war ich schon zu sehr an die Rituale des Übernachtens unter freiem Himmel gewöhnt: daran, erst noch Feuerholz zu sammeln und das Lager herzurichten, daran, dass Ferius ihre Fallen aufstellte und wir drei uns anschließend am Feuer irgendwelchen Blödsinn erzählten, bis die Sterne am Himmel funkelten. Oder es lag daran, dass ich so ein schlechtes Gewissen hatte. Ferius hatte mich nicht angebrüllt, sie war nicht einmal unfreundlich gewesen, aber seit dem Zwischenfall im Krankentrakt hatten wir kaum ein Wort miteinander gewechselt. Reichis dagegen schlief den Schlaf der Gerechten (und schnarchte dabei mit Hingabe).

Ich wälzte mich eine volle Stunde hin und her, bis ich schließlich auf den schmalen Balkon meines Zimmers hinaustrat, von dem aus man in einen wunderschön angelegten Garten blickte. Ich weiß nicht, wie lange ich dort stand, aber irgendwann entdeckte ich Rosie auf dem kiesbestreuten Gartenweg. Weil sie sich fast lautlos bewegte, hatte ich sie nicht gehört. Sie nahm Haltungen ein, als trainierte sie mit einem unsichtbaren Gegner. Dabei bewegte sie sich so graziös und kraftvoll, dass ich mich wieder anzog und zu ihr hinunterging.

»Wie heißt das, was du da machst?«, fragte ich.

»Eres trida«, antwortete sie, ohne innezuhalten. »Es ist eine bestimmte Art des Sandkampfes.«

»Was ist denn Sandkampf?«

»Das ist doch wohl nicht so schwer zu verstehen.« Sie vollführte eine Vierteldrehung, bei der ihr Fuß geräuschlos über den unebenen Boden glitt.

»Ich meine ja nur ...«

Jetzt hielt sie inne. Ob sie mit ihren Übungen fertig war oder ob ich sie unterbrochen hatte, konnte ich nicht sagen. »Sandkampf ist der Kampf im Sand. Er gehört zur zweiten Gabe.«

»Und was soll das nun wieder sein?«

Ihre Miene verfinsterte sich. Offenbar glaubte sie, ich wollte mich über sie lustig machen. »Ich weiß es wirklich nicht!«, sagte ich rasch. »Ehrlich.«

»Die zweite Gabe – *Eres*.« Sie sprach das Wort aus, als müsste ich es kennen, setzte dann aber hinzu: »Verteidigung.«

»Aha.«

Sie gab ihre Kampfhaltung auf. »Nenn mir die sieben Gaben der Argosi«, verlangte sie.

Ich war überrumpelt. »Ich ... habe keine Ahnung.«

»Ich dachte, du erlernst den Weg der Argosi?«

»Das dachte ich auch.«

»Dann nenn mir die sieben Gaben!«

Ich ärgerte mich ein bisschen, dass sie mich wie einen dummen Jungen behandelte, aber ich wollte auch nicht so dastehen, als hätte mir Ferius überhaupt nichts beigebracht. »Ich ... äh ... Prahlerei ... und ... und der Tanz mit dem Gegner, oder?«

»Prahlerei und Tanzen?« Sie schüttelte den Kopf und schnalzte missbilligend mit der Zunge. »Die sieben Gaben eines Argosi-Wanderers sind folgende: Furchtlosigkeit; die Fähigkeit, sich zu verteidigen und somit sich selbst und andere zu beschützen; Redegewandtheit, um mit Fremden ins Gespräch zu kommen; das Gespür für Gefahren und Fallen; die Zähigkeit, sich überall durchzuschlagen; Überzeugungskraft, um andere dazu zu bringen, das Richtige zu tun; und die Fähigkeit, mehr zu sehen als andere.«

»Davon habe ich noch nie etwas gehört.«

Rosies Blick wurde etwas milder und sie neigte kurz den Kopf. »Verzeih mir. Mein Fehler. Als ich dich mit dem Pfad der wilden Gänseblümchen ... äh, mit Ferius ... gesehen habe, dachte ich, du wärst ihr Teysan.«

»Was ist ein Teysan?«

»Ein Schüler ... ein Lehrling auf dem Weg der Argosi. Ich dachte, sie bringt dir die sieben Gaben bei, als Vorbereitung für den nächsten Schritt hin zu deinem Pfad. Sie und ich wurden beide vom selben Maetri ... Lehrer ... ausgebildet, darum habe ich angenommen ...«

Ich spürte, dass meine Wangen brannten, aber nicht nur vor Verlegenheit, sondern auch vor Ärger. »Ferius hat mir immer erzählt, es gäbe keine besondere Argosi-Ausbildung. Sie hat immer behauptet ...«

Rosie hob die Hände. »Entschuldige. Meine Unbesonnenheit und Voreiligkeit haben Unfrieden gesät, wo es vorher keinen gab.«

Oh doch, es gab durchaus Unfrieden. Es war mir nur nicht richtig klar gewesen.

»Der Weg der Argosi ist der Weg des Wassers«, fuhr Rosie fort. »Ich wollte niemandem Schaden zufügen. Kann ich etwas tun, um das Gleichgewicht zwischen uns wiederherzustellen? Ich besitze nicht viel, aber doch das eine oder andere Andenken an fremde Länder. Wenn vielleicht eines davon dir …«

»Ich will nichts von deinem Kram!« Kaum hatte ich es ausgesprochen, spürte ich, dass ich zu heftig reagiert hatte. Das alles war nicht Rosies Schuld. Sie wollte mich nur wieder aufmuntern. »Aber vielleicht … vielleicht bringst du mir ein paar von den Techniken bei, die du gerade geübt hast?«

Sie sah mich an, dann verneigte sie sich wieder. »Tut mir sehr leid, aber das geht nicht.«

»Warum nicht? Es ist doch nur …«

»Ferius hat sich entschieden, dich nicht auszubilden, Kellen, und dafür muss sie ihre Gründe haben. Wenn ich ihr zuwiderhandle, zerstöre ich das Gleichgewicht zwischen ihr und mir – ein Gleichgewicht, das ohnehin ziemlich wacklig ist.«

»Na toll«, sagte ich schmollend. »Großartig.«

Rosie legte mir die Hand auf die Schulter. »Die Wege der Argosi sind … sie verlangen einem Schüler viel ab, Kellen. Nicht jeder ist dafür geschaffen. Wenn dich der Pfad der wilden Gänseblümchen nicht dazu eingeladen hat, solltest du darauf vertrauen, dass es nicht das richtige Leben für dich ist.«

»Ja, schon klar«, sagte ich immer noch gekränkt. »Dann soll ich anscheinend kein Argosi werden.«

Die Frage war nur, was sonst aus mir werden sollte.

25

Die Akademie

Ich schlief lange und wachte benommen und schlecht gelaunt auf. Sogar Reichis merkte, dass er mich besser in Ruhe ließ. Als wäre es nicht schon schlimm genug, dass bei mir in letzter Zeit alles schiefging, stand ich jetzt auch noch wie ein skrupelloser Schmarotzer da, der sich an den gedeckten Tisch der Thranes setzte und sich bis mittags in ihrem Bett rekelte. Ich musste mich bei ihnen entschuldigen und dann ... ja, was dann? Was im Namen meiner Ahnen sollte ich nur tun?

Ich zog mich an und ging nach unten, wo ich feststellen musste, dass sich die Welt auch ohne meine Anwesenheit weitergedreht hatte.

Seneira, Ferius und Rosie saßen am Tisch.

»Mach dich fertig, Jungchen«, sagte Ferius, als sie mich erblickte. »Wir müssen los.«

»Hä?«

»Erklär ich dir unterwegs.«

Reichis kam hinter mir die Treppe herunter und Ferius zeigte sofort auf ihn. »Kommt nicht infrage, Baumkatze. Diesmal bleibst du hier.«

Reichis sah mich an. »Sag der Argosi, dass sie ihren Finger beim nächsten Mal, wenn sie damit auf mich zeigt, aus ihrem ...«

»Lass gut sein. Du möchtest sowieso nicht mitkommen, Reichis.«

»Woher willst du das wissen? Sie hat ja noch nicht mal gesagt, wo ihr hinwollt!«

»Ich bin ziemlich sicher, dass es nichts mit Stehlen oder Abmurksen zu tun hat.«

Reichis sah mich verdutzt an, machte dann aber kehrt und trippelte die Treppe hoch. »Ich leg mich wieder aufs Ohr. Weckt mich, wenn es nicht mehr langweilig ist.«

Nachdem diese Krise abgewendet war, hatte ich gerade noch Zeit, den Gürtel mit dem Sprengpulver umzulegen und meine Stiefel anzuziehen, dann schob mich Ferius auch schon aus dem Haus. »Moment mal – wo wollen wir eigentlich hin?«

»Zur Akademie. Mal sehen, was wir darüber in Erfahrung bringen können.«

Ich blieb an der Haustür stehen. »Wollen wir Seneira nicht mitnehmen? Sie kennt sich schließlich dort aus.«

»Ich darf nicht mit.« Seneira war anzuhören, dass sie damit alles andere als einverstanden war. »Wenn mich meine Mitschüler mit Augenbinde sehen, stellen sie bestimmt Fragen.« Sie deutete auf die Male um ihr Auge, die sich seit gestern ausgedehnt zu haben schienen. »Und wenn sie mich ohne Augenbinde sehen, macht das alles nur schlimmer.«

»Komm schon, Jungchen!« Ferius packte mich an der Schulter. »Auf geht's.«

»Kann ich Kellen noch kurz was sagen?«, fragte Seneira.

Ferius zog zwar die Augenbrauen hoch, nickte aber und ging nach draußen.

»Was ist denn?«, wollte ich wissen.

»Ich möchte dich um einen Gefallen bitten«, sagte Seneira verlegen. »Ich mache mir Sorgen um jemanden ... Vielleicht kannst du dich unauffällig erkundigen, wie es ihm geht.«

»Ich kann's versuchen. Wer ist es denn?«

»Er heißt Revian. Er ist mein … ein Klassenkamerad.«

Revian. Der Name kam mir irgendwie bekannt vor, aber es dauerte einen Augenblick, bis ich darauf kam. »Du hast seinen Namen neulich erwähnt, als du die Attacke hattest.« *Als ich ihr geraten habe, an die Menschen zu denken, die sie liebt.*

Seneira sah ertappt aus. »Ich hätte dich nicht fragen sollen. Vergiss es einfach.«

Oh ihr Ahnen, warum trete ich eigentlich immer ins Fettnäpfchen? »Wie sieht er denn aus? Ich schaue mich nach ihm um. Ganz unauffällig.«

Sie lächelte dankbar und beschrieb mir einen Jungen, dessen Erscheinung offenbar mit der eines der alten Sonnen- und Himmelsgötter mithalten konnte. Außerdem erwähnte sie seine Freundlichkeit, sein Mitgefühl, seine Charakterstärke, seinen Mut und seinen großartigen Humor. Ganz egal, wer dieser Revian auch sein mochte, ich konnte ihn schon jetzt nicht leiden.

Als ich gehen wollte, hielt mich Seneira am Arm fest. »Wenn du ihn siehst, sag ihm bitte, dass ich ihn …«

»Was jetzt?«

Sie schüttelte den Kopf. »Egal. Sag ihm einfach, dass ich oft an ihn denke.«

Ferius und ich ritten die halbe Meile zur Akademie, banden die Pferde vor dem Turm an und gingen hinein. »Als Erstes müssen wir in den zwölften Stock«, sagte sie.

Wenn sie nicht gerade absichtlich trödelte, hatte Ferius einen erstaunlich flotten Schritt. Auch diesmal musste ich fast hinter ihr herrennen. »Wie kommst du darauf, dass überhaupt einer von Seneiras Lehrern oder Mitschülern mit uns redet?«

»Ganz einfach, mein Junge: Ich schmiere den Lehrern Honig um den Bart, und du …«, sie drehte sich um und strubbelte mir durchs Haar, »… du versuchst einfach nur, gut auszusehen, ja?«

Nicht zu fassen! Ferius schaffte es immer wieder, mich zu ärgern. »Wieso soll ich denn *versuchen*, gut auszusehen?«

»Willst du das wirklich wissen? Dann hör mir ausnahmsweise mal zu, wenn ich dir etwas sage, in Ordnung?«

Ich nickte.

»Na schön. Erst mal müssen wir ein paar Sachen klarstellen.« Sie schob mich mit dem Rücken gegen die Wand. »Stell dich so hin, dass dein Hintern, deine Schultern und dein Hinterkopf die Wand berühren.«

»Wozu soll das –«

»Willst du mich nerven oder willst du wissen, wie man gut aussieht?«

»Mach weiter.« Ich lehnte mich an die Wand.

»Nicht so! Steh gerade und denk dran: Hintern, Schultern, Hinterkopf.«

Ich verrenkte mich gehorsam. Es war ziemlich unbequem.

»So ist's recht«, sagte sie. »Jetzt tu so, als wärst du total lässig.« Ich gehorchte wieder, aber sie schimpfte: »Nein! Nicht wieder so hängen lassen!«

Ich wollte etwas erwidern, aber sie brachte mich mit einem Blick zum Schweigen. Nach etlichen Versuchen schien sie zufrieden zu sein. »Gut. Und jetzt schenk mir dein schönstes Lächeln.«

Ich lächelte.

Sie zuckte zusammen.

»Was ist denn jetzt schon wieder?«

»Was machst du da Komisches mit dem Mund?«

»Du hast doch gesagt, ich soll lächeln.«

Ferius zeigte auf meine Augen. »Lächle damit.«

»Wie zum Henker soll ich …«

»Moment.« Ein Mädchen meines Alters kam die Treppe hoch. Sie hatte schulterlange rote Locken und war auch sonst sehr hübsch. Ferius sprach sie an. »Hallo. Könntest du uns bitte kurz helfen?«

Ihr Ahnen, ihr macht das, um mich zu quälen, stimmt's?

Ferius schob das Mädchen auf die andere Seite der breiten Treppe. Anscheinend hatte der Unterricht schon begonnen, denn es kamen nur noch wenige Leute an uns vorbei, aber diese wenigen grinsten bei unserem Anblick unverhohlen.

»Gut so«, sagte Ferius zufrieden und wandte sich mit gedämpfter Stimme wieder an mich: »Das Mädchen heißt Hadina. Ich möchte, dass du Hadina anschaust und mit den Augen lächelst.«

»Ich kapier immer noch nicht, wie das gehen soll.«

»Macht nichts, Jungchen, ich bring's dir bei.« Sie trat einen Schritt beiseite, blieb aber nah genug bei mir, dass sie mit mir sprechen konnte, ohne dass das Mädchen – Hadina – es hörte. »Ich möchte, dass du Hadina ansiehst, und zwar sollst du ihr in die Augen schauen. Du sollst sie aber nicht anglotzen, als wäre sie ein Stein, und schon gar nicht, als wäre sie etwas zu essen. Schau ihr einfach in die Augen und hör auf das, was sie dir sagen.«

»Ihre *Augen?*«

Ferius nicke. »Es ist ein Zwiegespräch. Lass ihre Augen einfach sagen, was sie dir mitteilen wollen. Höre diesen Augen zu, als wären sie die mitreißendsten Geschichtenerzähler der Welt.«

Den Augen zuhören … »Ist gut. Mach ich. Wie lange denn?«

»Mindestens eine Sekunde lang, höchstens zwei. Wenn du einem Fremden länger als zwei Sekunden in die Augen schaust, kommst du als komischer Typ rüber, der auf Ärger aus ist.« Sie drückte meine Schultern nach hinten. »Und steh gerade!«

Ich tat wie geheißen, schaute dem wildfremden Mädchen in die Augen und versuchte, ihnen zuzuhören, als hätten sie mir etwas zu sagen. Natürlich sagten sie mir überhaupt nichts. Komischerweise passierte aber etwas anderes. Hadina lächelte mich an – aber nicht schüchtern oder verlegen, sondern eher irgendwie … flirtend.

»Damit ist die Lektion zu Ende«, raunte mir Ferius zu und bedankte sich bei dem Mädchen.

Hadina ging weiter die Treppe hinauf, blieb dann aber stehen und kam noch einmal zu uns herunter. »Mein Archimetrie-Unterricht dauert ungefähr eine Stunde«, sagte sie. »Falls du nachher noch weiter Lächeln üben willst …«

»Ich …«

»Das würde er liebend gern«, fiel mir Ferius ins Wort, »aber er hat unten im Krankentrakt einen Termin. Die sollen sich den schlimmen Hautausschlag auf seinem … na ja, du weißt schon … anschauen.«

Hadina – die Ferius kaum eine Minute kannte – schien zu spüren, dass die Argosi log. Vielleicht hatten Ferius' Augen es ihr *gesagt*. »Ach so. Dann vielleicht ein andermal.« Sie setzte hinzu: »Unter der Woche bin ich meistens im vierzehnten Stock.«

Als sie weg war, fragte ich verdutzt: »Was … was war das denn?«

Ferius gab mir einen Klaps. »Du hast ein Mädchen angelächelt. Das Natürlichste auf der Welt.«

»Aber ich habe nicht mal den Mund verzogen.«

»Im Ernst?« Sie griff in ihre Weste, zog eine glänzende Metallkarte heraus und hielt sie mir vor die Nase. Ich erblickte mein Spiegelbild und stellte fest, dass auf meinen Lippen tatsächlich ein angedeutetes Lächeln lag. Es war seltsam. Als würde ich jemand anderen betrachten … jemanden, der *fast* gut aussah.

»Reiß dich von deinem Abbild los, Jungchen«, sagte Ferius und ging die Treppe hoch. »An die Arbeit.«

»Warte doch mal«, rief ich. »Klappt das bei allen Mädchen?«

Sie schritt noch schneller aus. »Bei Mädchen, bei Jungs, bei Männern. Manchmal klappt es sogar bei Frauen.«

Den restlichen Nachmittag verbrachten wir damit, uns mit Seneiras Lehrern und Mitschülern zu unterhalten. Ich hatte angenommen, wir müssten uns irgendeinen Vorwand für unsere Anwesenheit ausdenken, aber weil Seneira schon mehrere Wochen nicht erschienen war, dachten offenbar alle, dass sie krank sei. Ferius gab sich als entfernte Verwandte aus, die überlegte, ob sie mich ebenfalls an der Akademie anmelden sollte. Anfangs verhielten sich die Lehrer misstrauisch – offensichtlich wirkten wir beide nicht so wohlhabend, als dass wir uns die Akademie leisten könnten –, doch als Ferius ihren Charme spielen ließ, schmolzen sie dahin. Sie schienen Ferius für ein Genie in ihren jeweiligen Fachgebieten zu halten, was natürlich Unsinn war, denn hier wurde so gut wie alles unterrichtet, von Konstruktionslehre über die Geschichte sämtlicher Länder bis hin zu Diplomatie (wobei irgendetwas mit dieser Schule nicht stimmen konnte, wenn Seneira in diesem Fach nicht durchfiel).

»Möchtet Ihr Euch nicht meinen Unterricht in Konstruktionslehre anschauen, werte Dame?«, bat einer von ihnen schließlich, »Ihr könntet –«

»Ich bin keine Dame, Meister Westrien. Sagt einfach Ferius zu mir. Aber leider habe ich heute keine Zeit.«

Pfff. Reichis hatte recht. Dieser ›Ich bin keine Dame‹-Spruch nutzte sich allmählich ab.

Westrien machte ein enttäuschtes Gesicht. »Dann hoffe ich, dass Ihr meinen Unterricht ein andermal besucht.«

Ferius verneigte sich knapp. »Es wäre mir eine Ehre.«

Mir fiel ihre Wortwahl auf: Es *wäre* mir eine Ehre. Ferius gab sich immer Mühe, nicht zu lügen, und schaffte es auch meistens, und zwar ohne dass ihr Gegenüber letztlich wusste, was sie wirklich meinte.

»Netter Kerl«, sagte sie, nachdem wir Meister Westriens Klassenraum verlassen hatten. »Aber ich habe kein Wort von dem verstanden, was er geredet hat.«

»Du hast dich doch mindestens zwanzig Minuten mit ihm darüber unterhalten! Über alle möglichen Themen!«

»Ach was. Ich hab kaum was gesagt, Jungchen. Ich hab ihm bloß geholfen, Musik zu machen.«

»Musik?«

Sie blieb stehen. »Alles, was er erzählt hat ... in jedem Satz kam ein Wort vor, das ihm viel bedeutete. Ich habe ihn einfach nur ermutigt, mehr darüber zu erzählen, oder ihn gefragt, wie sich ein anderes Wort dazu verhält. Oder ich habe mich erkundigt, wie sich Seneira in diesem Fach so macht.«

»Du hast ihm also nur Stichworte gegeben und ihn reden lassen?«

»Es steckt noch mehr dahinter. Musik besteht aus zwei Bestandteilen: den Tönen und den Pausen dazwischen. Ich habe ihn die Töne spielen lassen ...«

»Und du hast die Pausen gespielt. So weit, so gut ... aber was hast du erreicht, außer dass er dich in seinen Unterricht eingeladen hat?«

»Ich habe herausgefunden, was ich wissen wollte.«

»Nämlich?«

Sie schüttelte den Kopf. »Tut mir leid, Jungchen, ich will dein Urteil nicht beeinflussen.«

»Mein Urteil worüber?«

Sie hielt auf einen offenen Durchgang zu. »Laut Westrien ist das hier einer der Unterrichtsräume von Seneiras Lerngruppe. Ich möchte, dass du reingehst und so viel wie möglich über

Seneira in Erfahrung bringst … und darüber, wie sie hier zurechtkommt.«

»Ja, aber … Kommst du denn nicht mit? *Du* bist doch diejenige, die …«

»Geht leider nicht. Ich habe Rosie versprochen, dass ich auf das Haus aufpasse, damit sie selbst ein paar Nachforschungen anstellen kann.«

Ich fühlte mich auf einmal steif, ungeschickt und – ich geb's zu – verängstigt. »Aber ich kenne hier doch niemanden! Die halten mich bestimmt für einen schrägen Vogel, der …«

Ferius gab mir einen Schubs und ich stolperte ins Klassenzimmer. »Und immer schön lächeln, Jungchen!«

26

Die Wunderkinder

»Glaubt ihr, mit ihm stimmt was nicht?«, fragte ein blonder Junge, ungefähr ein Jahr älter als ich, der an einem geschwungenen Fensterbrett auf der gegenüberliegenden Seite des Raumes lehnte.

»Er sagt überhaupt nichts«, meinte ein anderer. »Er steht einfach nur da. Vielleicht ist er stumm.«

Ein Mädchen, das wie höchstens dreizehn aussah – viel zu jung, um mit den anderen in der gleichen Klasse zu sein, fand ich –, musterte mich mit grünen Augen durch ihre Brille. »Wieso grinst er so komisch? Vielleicht kommt er ja aus dem Schauspielkurs und macht gerade seine Hausaufgaben.«

Drei absolut einleuchtende Theorien, dachte ich, während ich wie ein Idiot in der Tür stand. Irgendwann zwischen Ferius' Lektion, den Augen anderer zuzuhören, und dem Moment, in dem sie mich in diesen Raum geschubst hatte – in dem sich alle anderen kannten, mochten und sichtlich davon überzeugt waren, dass sie interessant und bedeutend waren und dass *ich* nicht in diese Kategorien gehörte –, hatte mich eine eigenartige Lähmung befallen.

Sag was, du Blödmann! Beweg dich. Oder geh wenigstens wieder raus.

Dort, wo ich herkomme, sind die Schüler von dem Zeitpunkt, an dem sie die Oase zum ersten Mal betreten, bis zu dem Tag, an dem sie ihre Prüfungen ablegen, immer in derselben Klasse. Was aber keine Rolle hätte spielen dürfen, denn schließlich hatte ich schon vorher mit Fremden zu tun gehabt. Nur dass ich normalerweise vor ihnen wegrannte, weil sie mir Zauber oder Fäuste entgegenschleuderten. Dass man sich bei diesen Gelegenheiten unterhielt, kam eher selten vor.

Ein anderer Schüler wedelte mit der Hand vor meinen Augen herum. »Oder ist er blind?«

Ich verwarf die Idee, mich einfach wieder zu verdrücken, und kam zu dem Schluss, dass das hier die allerpeinlichste, allerblödeste Situation meines Lebens war.

Nachdem ich zu dieser Erkenntnis gelangt war, fühlte ich mich seltsamerweise besser. Ich hatte Ferius' Auftrag komplett in den Sand gesetzt, sodass mir nur noch zwei Möglichkeiten blieben: Entweder ich schlich mich mit eingezogenem Schwanz davon und gestand Ferius, dass ich, nachdem ich mich Kettenmagiern und Kriegsmagiern gestellt, nachdem ich gegen meinen besten Freund gekämpft und sogar einen Obermagus besiegt hatte ... dass ich mich jetzt von einer Gruppe (zugegeben ziemlich lässig aussehender) Jugendlicher einschüchtern ließ. Oder aber ich versuchte etwas ganz anderes.

Ach, scheiß drauf. Wenn ich es schon vermassele, kann ich wenigstens mein ganzes Pulver verschießen.

Ich pickte mir irgendwen heraus, ein Mädchen mit kurzen Locken, das ein dickes Buch auf dem Schoß hatte. Sie schaute mich an wie alle anderen, hatte sich aber noch nicht geäußert. Ich suchte ihren Blick und zählte stumm die Sekunden mit: Eine ... zwei ... Dann drehte ich mich zu den anderen um und legte den Finger auf die Lippen. »Pssst!«

»Will er, dass wir still sind?«, fragte der Typ am Fenster. »Bist du überhaupt ein Schüler der Akademie?«

»Ja, bin ich«, gab ich zurück.

Das jüngere Mädchen, das mit der Brille und den grünen Augen, fragte: »Welche Fächer belegst du denn?«

Ich schaute wieder zu dem Mädchen mit dem Buch hinüber, bot alles Selbstvertrauen und alle Lässigkeit auf, deren ich fähig war – und, ich schwör's, wäre hinter mir eine Wand gewesen, mein Hintern, meine Schultern *und* mein Hinterkopf hätten sie berührt –, und sagte: »Kunst.«

Alle stöhnten auf, ein paar lachten. Ich ließ es an mir abprallen, marschierte auf das Mädchen zu, verbeugte mich und streckte ihr die Hand hin. »Ich bin Kellen.«

Ihr schiefes Grinsen verriet, dass sie so ziemlich alles an mir bescheuert fand, aber sie nahm meine Hand trotzdem. »Cressia«, sagte sie mit der singenden Aussprache der Gitabrier. »Bist du immer so komisch drauf, Kellen?«

Ohne einen Takt der Musik auszulassen, antwortete ich: »Immer. Versprochen.«

Jemand tippte mir auf die Schulter und flüsterte so laut, dass es alle hören konnten: »Wenn du Liebe suchst, mein Freund, bist du auf dem Holzweg. Cressia steht nicht so auf ... unsereins.«

Bis ich kapiert hatte, was er meinte, lachten so ziemlich alle, auch Cressia. *Merke: Wenn du deinen Charme ausprobieren willst, such dir nicht ausgerechnet ein Mädchen aus, das auf andere Mädchen steht.*

Der Typ am Fenster hob die Hand, als hielte er ein Glas. »Auf ... Kellen, richtig? Auf Kellen, der einen heldenhaften Versuch gewagt hat, auch wenn das Ganze ein eher tragisches Ende nahm.«

»Auf Kellen!«, riefen die anderen fröhlich.

Ich grinste und verbeugte mich wieder.

Ab da lief es eigentlich gar nicht schlecht. Nachdem ich mich als romantischen Tölpel eingeführt hatte, der ein bisschen sonderbar, aber nicht weiter gefährlich war und sich nicht aus der

Ruhe bringen ließ, wurde ich zum Gegenstand des allgemeinen Interesses. Ich befolgte Ferius' Methode und beantwortete die meisten Fragen mit einer Gegenfrage, ließ die anderen reden und ging ab und zu auf das ein, was sie beschäftigte. Soll heißen, ich versuchte, die Pausen zwischen den Tönen des Liedes zu sein, das wir gemeinsam erschufen. Nach einer Weile machte es mir sogar Spaß.

Ich blieb bei der Behauptung, ein entfernter Verwandter von Seneira zu sein, und nutzte die Fragen der anderen nach ihr, um umgekehrt so viel wie möglich über sie und ihre Familie zu erfahren. Seneira schien im Großen und Ganzen beliebt zu sein, nur gewisse Bemerkungen kehrten immer wieder – wie ein Refrain, der nur wenige Variationen zuließ.

»Ich freu mich schon drauf, wenn sie wiederkommt«, sagte ein Mädchen. »Ich meine, sie hat zwar viel Unterricht versäumt, aber es ist ja klar, dass sie am Ende des Halbjahres wieder mal Klassenbeste wird.«

Die Bemerkung löste hier und da leises Lachen aus – den Rhythmus zur Musik.

Schon fiel der Nächste im gleichen Takt ein: »Senny ist echt erstaunlich. Sie ist in allen Fächern spitze. Manchmal fragt man sich, warum sie überhaupt hier ist.«

Cressia, die mir immer besser gefiel, war der einsame Kontrapunkt zu dieser Melodie. »Ihr seid so was von durchschaubar!« Sie zeigte auf mich. »Kellen ist bloß höflich. Glaubt ihr, er weiß nicht, dass ihr euch gegenüber seiner – wie bist du doch gleich mit Seneira verwandt? – wie Arschlöcher aufführt?!«

»Seneira ist meine Cousine dritten Grades«, sagte ich, was Cressia mir eindeutig nicht abnahm. Noch ein Grund, sie zu bewundern.

Der Blonde namens Toller, der am Fensterbrett festgeklebt zu sein schien, entgegnete: »Komm schon, Cress, wir wissen alle, dass Seneira ein Genie ist, aber das heißt nicht, dass sie nicht auch gewisse *Vorteile* genießt.«

Ich merkte, wie mich die anderen belauerten. Mein Instinkt riet mir, einfach mitzuspielen und ihnen zuzustimmen, weil sie dann noch offener reden würden, aber normalerweise taugen meine Instinkte nicht viel. »Vorteile?«, wiederholte ich lachend, als hätte Toller etwas besonders Lustiges gesagt.

»Was denn?«, fragte er verdutzt.

Ich antwortete nicht, sondern grinste ihn bloß an.

»Ach so … verstehe.« Er deutete auf sich und die anderen. »Du meinst, weil wir alle …«

Ich nickte.

»Na gut, da ist was dran.«

»Was ist mit dir?«, fragte Lindy, das jüngere Mädchen mit der Brille. »Willst du auch auf die Akademie?«

Darauf wusste ich keine Antwort. Eigentlich hielt ich mich für einen ziemlich begabten Lügner, aber irgendwie wollte ich in dieser Runde nicht öfter lügen als nötig. Ferius' Antwort auf Meister Westriens Frage fiel mir ein. »Es wäre mir eine Ehre«, sagte ich.

Cressia warf ihr Buch auf den Tisch, kam zu mir herüber und spazierte um mich herum wie um eine Skulptur, die sie interpretieren sollte. »Was glaubt ihr, welches Fach zu unserem neuen Freund Kellen passen würde?«

»Konstruktionslehre«, schlug Toller vor. »Er sieht so aus, als ob … als ob es ihn interessiert, wie die Dinge funktionieren.«

»Möglich«, sagte Cressia und ging abermals um mich herum. »Aber er ist auch ein Romantiker – so viel wissen wir bereits.«

»Dann eben Dichtkunst«, kam es von Lindy. »Er scheint gern klug daherzureden.«

»Auch nicht schlecht, aber für einen Dichter oder Redner sieht er ein bisschen zerlumpt aus«, wandte Cressia ein.

Mehrere andere Fächer wurden genannt und warum sie zu mir passen könnten oder auch nicht. Ich wartete geduldig, ohne mir anmerken zu lassen, dass jede Möglichkeit mich lockte, dass jedes Fach für mich ein möglicher Pfad in ein neues Leben war – damit ich endlich ein Ziel hatte und jemand sein konnte.

Schließlich blieb Cressia direkt vor mir stehen. »Also, Kellen, spann uns nicht länger auf die Folter. Wer hat denn nun recht? Welches Fach belegst du, falls du hier angenommen wirst?«

Ich wählte die einzige Antwort, die mir in dieser Situation einen Vorteil einbrachte: »Das, woran *du* denkst. Das, was sonst noch niemand vorgeschlagen hat.«

Es wurde mucksmäuschenstill. Alle warteten mit angehaltenem Atem.

Manchmal staune ich über mich selbst.

Cressia lächelte strahlend. »Ich hab's gewusst!« Sie pikte mir den Zeigefinger in die Brust. »Meine Damen und Herren, wir haben einen echten Philosophen in unserer Mitte!«

Toller stöhnte auf. »Oh, Martius, Gott des Krieges, bitte lass nicht zu, dass ich mich mit einem Philosophen anfreunden muss!«

Lindy beäugte mich misstrauisch. »Für einen Philosophen hat er aber viel Zeit im Freien zugebracht.«

»Ich bin eher ein Naturphilosoph«, sagte ich rasch.

Sie musterte mein Kinn. »Und er hat einen blauen Fleck. Beziehungsweise mehrere.«

Das zu erklären, versuchte ich gar nicht erst. »Ich werde öfter mal verprügelt.«

»Ha!«, schnaubte Toller. »*Jetzt* glaube ich, dass er ein Philosoph ist!«

Ich stimmte in ihr Gelächter ein, und in den nächsten beiden Stunden hörte ich zu, erzählte Geschichten, hörte wieder zu, machte Witze, hörte wieder zu und schmiedete sogar unverbindliche Pläne mit Menschen, denen ich noch nie begegnet war –

Altersgenossen, die ihr Leben lebten, jeden Tag etwas Neues lernten und denen die Zukunft zu Füßen lag. Beinahe hätte ich vergessen, warum ich eigentlich hier war, aber irgendwann erkannte ich, dass ich alles erfahren hatte, was zu holen war. Außerdem hatte ich draußen vor dem Klassenzimmer Beren Thrane erspäht, der sich große Mühe gab, nicht aufzufallen. Vergebens.

»Ich muss los«, sagte ich.

Ein paar meiner neuen Freunde verzogen das Gesicht und Lindy sagte sogar: »Buh!«

»Aber du kommst doch wieder, oder?« Cressia pikte mir noch einmal in die Brust. »Meine Klassenkameraden und ich sind zu dem Schluss gekommen, dass du würdig bist, in unseren erlauchten Kreis aufgenommen zu werden, Philosoph Kellen. Natürlich müsstest du dann versprechen, dich an die oberste Regel zu halten.«

»Und wie lautet die?«

Sie beugte sich vor und flüsterte mir ins Ohr: »Benutze mich nie mehr als Requisite für eine deiner kleinen Aufführungen!«

27

Die Lauscher

»Offenbar hast du schon Freunde gefunden«, sagte Beren, als wir durch den langen Flur zur Treppe gingen. Er hatte mir noch nicht verraten, warum er mich gesucht hatte und wo wir überhaupt hinwollten. »Was hältst du von unseren Schülern?«

Die Frage klang ganz unschuldig, aber der eindringliche Blick seiner zusammengekniffenen Augen verriet, dass es sich nicht um harmlose Neugier handelte. Wollte er herausfinden, wie seine Schüler über Seneira dachten? Oder über die Akademie? Ich beschloss, mich dumm zu stellen – das hatte ich auch ohne Ferius' Ratschläge längst gelernt. »Sie scheinen ganz nett zu sein.«

Er wirkte ein bisschen enttäuscht, und ich hoffte, dass er meinen Ausweichversuch durchschaute, denn ich wollte natürlich nicht, dass er mich tatsächlich für beschränkt hielt. Am Fuß der Treppe blieb er stehen und wies auf die Schülerscharen, die den Innenhof im Erdgeschoss bevölkerten. »Diese jungen Männer und Frauen sind die Zukunft, Kellen.«

»Die Zukunft wovon?«

Er zeigte auf die hohe, gewölbte Decke über dem Haupteingang, wo ein Mosaik aus Tausenden kleinen, farbigen Plättchen eine bunte Landkarte des Kontinents darstellte. »Sag mir, was du siehst – und was du *nicht* siehst.«

Trotz der kunstvollen Ausführung sah das Mosaik wie jede andere Landkarte aus, bis auf die Tatsache, dass Seven Sands fast in der Mitte lag – wenn auch ein bisschen nach Nordosten verschoben, sodass der weiße Turm, der die Akademie symbolisierte, im Mittelpunkt stand. Ich konnte nicht Schlimmes daran finden, auch wenn das Ganze vielleicht ein bisschen angeberisch war. Weil ich aber nicht annahm, dass Berens Frage darauf abzielte, betrachtete ich die Karte näher, bis mir auffiel, was darauf *nicht* zu sehen war: Alle großen Länder waren beschriftet, vom Reich der Daroman über den Gottesstaat der Berabesk bis zur Arkanokratie der Jan'Tep. Nur Seven Sands, das zwischen ihnen lag, kam ohne Namen aus.

»Jedes Gebiet ist eine eigenständige Nation«, sagte Beren, »mit einer eigenen Kultur und einer eigenen Regierung. Nur wir nicht. Seven Sands wird von seinen Nachbarn nicht als Land anerkannt, allenfalls als Wüstenstreifen, den man nach Belieben ausplündern kann. Sie betrachten uns als Teil der Grenzlande.« Er ging zu dem offenen Eingangsportal unter der Landkarte und winkte mich heran. »Nicht mal in meiner eigenen Schule darf ich den Namen meiner Heimat auf die Landkarte schreiben, wenn ich keinen diplomatischen Zwischenfall auslösen will.«

Seneira hatte etwas ganz Ähnliches gesagt, als wir in Teleidos angekommen waren. »Und was wollt Ihr dagegen unternehmen?«

»Nichts«, antwortete er, als ein paar Schüler an uns vorbeigingen und ihm höflich zunickten. Beren fing meinen Blick auf und ergänzte lächelnd: »Aber *sie* können etwas dagegen tun.«

Wir gingen nach draußen, wo er fast staunend am Hauptturm emporschaute, als sähe er ihn zum ersten Mal. »Die mächtigsten Familien auf dem Kontinent schicken ihre begabtesten Kinder hierher, Kellen. Daroman, Berabesk, Gitabrier, sogar ein paar Jan'Tep-Familien ... Sie blicken auf mein Land herab – aber nicht auf meine Schule!«

Ich konnte mir zwar nicht vorstellen, dass eines der mächtigen

Häuser meines Clans seine Kinder hierherschickte, begriff aber allmählich, worauf Beren hinauswollte. »Und während die Schüler hier sind, lernen sie nicht nur einander kennen, sie lernen auch die Bewohner von Seven Sands besser kennen«, sagte ich.

Beren grinste und klopfte mir auf die Schulter. »Du hast's erfasst. Ihnen wird klar, dass unsere Kinder nicht die ungewaschenen Hinterwäldler sind, von denen ihnen immer erzählt wurde, sondern Persönlichkeiten genau wie sie – mit denselben bemerkenswerten geistigen Fähigkeiten und Führungsqualitäten.«

Auf einmal kamen mir Seneiras Verhalten, ihre Schlagfertigkeit und ihre scharfe Intelligenz völlig einleuchtend vor, sogar die Tatsache, dass sie so schroff wie eine Adlige sein konnte. »Diplomatie«, sagte ich.

Er nickte »Richtig. Eine Diplomatie, die meinem Volk eine Zukunft schenken könnte, wenn nur ...« Sein Lächeln und seine Fröhlichkeit fielen in sich zusammen, wichen der darunter lauernden Sorge und Verzweiflung. »Ich bitte dich, Kellen ... finde heraus, wer es darauf angelegt hat, meine Kinder umzubringen.«

Anschließend bat Beren mich, mit ihm zusammen Tyne zu besuchen. Er beharrte darauf, dass sich in den Malen um das Auge seines Sohnes ein Hinweis verbergen könnte, den wir vorher übersehen hatten und der uns womöglich helfen würde, die Krankheit zu verstehen oder zumindest Mittel und Wege zu finden, die Symptome zu lindern. Kaum hatte ich Tynes Krankenzimmer betreten, sah ich, dass die Schwarzschattenmale im Vergleich zum Vortag größer geworden waren und sich stärker von der bleichen Haut ringsum abhoben. Tynes Stirn war heiß und er sah fiebrig aus, aber immerhin war er wach.

»Hallo«, sagte er leise und wurde dann verlegen. Wahrscheinlich findet es niemand toll, neue Leute kennenzulernen, wenn er in schweißgetränkter Unterwäsche vor ihnen liegt. Beren regte sich auf, dass nicht genug Handtücher da waren, und marschierte los, um Nachschub zu holen, was seinen Sohn nur noch verlegener zu machen schien.

»Ich bin Kellen«, stellte ich mich vor. »Ich war gestern schon mal hier, aber vielleicht erinnerst du dich nicht mehr daran. Die Baumkatze ist mein …« – es machte mir eine diebische Freude, den Satz zu beenden –, »… mein Haustier. Reichis ist meine süße kleine Lieblingsbaumkatze.«

»Hast du sie dabei?«, wollte Tyne wissen.

»Nein, aber wenn's geht, bringe ich ihn morgen mit. Reichis ist nämlich ein ›Er‹.«

Ich griff in mein Bündel und zog das Stoffpferdchen heraus, das mir Seneira mitgegeben hatte. Als ich es Tyne hinhielt, griff er mit beiden Händen zu und nickte feierlich, als hätten wir gerade einen Handel abgeschlossen, bei dem das Pferd die Anzahlung auf eine Baumkatze war.

»Wie geht's dir heute?«, erkundigte ich mich.

Der Junge zuckte mit den Achseln. »Mir wird dauernd heiß und dann schwitze ich wie verrückt.«

Ich zeigte auf die Male um sein Auge. »Tut das weh?«

»Manchmal. Manchmal zappelt es unter der Haut, dann brennt es.«

Ihr Ahnen! Der arme Junge. »Wenn dein Auge wehtut, siehst du … siehst du dann merkwürdige Dinge?«

Er schüttelte den Kopf.

»Oder hörst du irgendetwas?«

Wieder schüttelte er den Kopf, aber dann stützte er sich auf den Ellbogen und flüsterte verschwörerisch: »Manchmal lauschen sie.«

»Worauf denn? Auf dich?«

»Nein.« Er sah sich um, als wollte er sich vergewissern, dass sonst niemand im Raum war. »Ich glaube, sie lauschen *durch* mich.«

»Lauschen sie jetzt auch?«

Er schüttelte wieder den Kopf und tippte sich ans Auge. »Nur, wenn es brennt.« Mit zitternder Unterlippe fragte er: »Kannst du machen, dass es aufhört? Ich kann's nicht leiden, wenn sie lauschen.«

»Das verstehe ich gut. Ich …« Ich unterbrach mich und dachte daran, dass Seneira es furchtbar fand, wenn ihr jemand versicherte, dass alles wieder gut würde, obwohl es nicht stimmte. Was hatte es mir gebracht, dass mich meine Eltern all die Jahre hinsichtlich meines eigenen Schwarzschattens belogen hatten? »Du musst das jetzt durchstehen, Tyne. Ich versuche herauszufinden, was mit dir los ist, aber du musst tapfer sein.«

Seine Unterlippe zitterte noch stärker, aber dann fragte er: »So tapfer wie Senny?«

Ich nickte. »Genauso.«

»Ist gut.«

Ich blieb noch ein paar Minuten bei ihm, wusste aber nicht recht, was ich noch sagen oder tun sollte. Beren kam mit einem Stoß Handtücher zurück und verteilte sie auf dem Bett. Der Junge sah mich an. »Du, Kellen …«

»Ja?«

Er schlang die Arme um sich und das einsetzende Fieber ließ die Haut auf seiner Stirn und den Wangen aufglühen. »Geh jetzt lieber. Ich glaube, sie wollen wieder lauschen.«

»Beachte sie am besten gar nicht«, sagte ich. »Denk an etwas anderes. Denk an Senny.«

»Geh jetzt«, wiederholte er und blinzelte krampfhaft, während sich seine Augen schwarz färbten. Dann flüsterte er: »Sie können dich jetzt sehen, Kellen.«

28

Der Vermummte

Als ich Tynes Krankenzimmer verließ, hallten seine Worte in meinen Ohren wider: *Sie können dich jetzt sehen, Kellen.* Ob es einen Grund gab, warum er das so formuliert hatte? Es hörte sich fast an, als hätten die Dämonen, die sich mithilfe des Schwarzschattens in ihm eingenistet hatten, ein besonderes Interesse an mir!

Und ich hatte mich schon gefragt, ob mein Leben noch schlimmer werden kann. Sieht ganz nach einem dicken fetten Ja aus.

Als ich durch die labyrinthischen Flure der Krankenabteilung wanderte, hatte ich plötzlich das Gefühl, als verfolgten mich Blicke, die von Mal zu Mal näher kamen, wenn mich mein mangelnder Orientierungssinn in die verkehrte Richtung führte. Als ich den Ausgang endlich gefunden hatte, rannte ich beinahe einen Arzt über den Haufen, weil ich so schnell wie möglich an die frische Luft wollte.

Atme!, befahl ich mir. *Einfach nur atmen und nicht mehr an irgendwelche Dämonen denken, die dir auf den Fersen sind.*

Wieder überquerte ich die großen Ringstraßen, die die Akademie umschlossen, und wurde das unheimliche Gefühl, beobachtet zu werden, einfach nicht los. Als ich endlich begriff, dass ich *tatsächlich* verfolgt wurde, machte es das auch nicht besser.

Seneiras Haus lag auf der anderen Seite des Stadtzentrums, die

Straßen auf dem Weg dorthin wurden immer leerer. Aber selbst wenn mir unterwegs jemand begegnet wäre, hätte derjenige genauso gut mit meinen Verfolgern im Bunde sein können. Darum bog ich erst in eine Seitenstraße ein und dann in die nächste, bis ich einen dunklen Hauseingang entdeckte, in dem ich mich erst mal verstecken konnte. Kurz darauf bog eine vermummte Gestalt um die Ecke. Der Unbekannte war ungefähr so groß und schwer wie ich und trug etwas in der Hand, das wie eine kurze Eisenstange aussah.

»Zweierlei solltest du über mich wissen«, sagte ich und trat aus dem Hauseingang.

Er fuhr herum und hob drohend seine Waffe.

Eines hatte ich in den vergangenen Monaten von Ferius gelernt: Angst zu haben ist oft unvermeidlich, sie aber zu zeigen, kann lebensgefährlich sein. »Erstens: Ich habe ein paar ziemlich schlimme Monate hinter mir.«

»Es könnte noch schlimmer werden!«, knurrte mein Verfolger, was hilfreich war, denn jetzt wusste ich, dass er versuchte, seine Stimme tiefer klingen zu lassen, was wiederum bedeutete, dass er vermutlich weder ein Kopfgeldmagier noch ein erfahrener Auftragsmörder war.

»Zweitens legst du es besser nicht auf einen Kampf mit mir an.«

Auch das war nicht gelogen, denn ich blute meine Gegner oft voll. Fragt Sommersprosse.

Weil das Gesicht des Unbekannten von einer Kapuze verschattet wurde, konnte ich es nicht richtig erkennen, aber so verunsichert, wie er von einem Fuß auf den anderen trat, war es mir offenbar ausnahmsweise mal gelungen, jemanden davon zu überzeugen, dass ich gefährlich war.

»Du lügst«, sagte er schließlich.

Wo er recht hatte, hatte er recht. »Wie kommst du darauf?«

»Du bist gar nicht Seneiras Cousin zweiten Grades.«

Demnach war er entweder einer der Schüler, mit denen ich mich unterhalten hatte, oder jemand, der uns dabei belauscht hatte. »Dritten Grades«, berichtigte ich ihn.

»Auch nicht.« Er hob die Eisenstange höher. »Sag mir, wer du bist, oder …«

Ich hatte die Pulverbeutel an meinem Gürtel schon unauffällig geöffnet und griff jetzt hinein. Ich traute mir durchaus zu, den Typen außer Gefecht zu setzen, aber vielleicht war das gar keine so gute Idee. »Wie wär's, wenn ich dir stattdessen sage, wer *du* bist?«

Er brauchte eine Weile, ehe er antwortete: »Was soll der Quatsch? Du kennst mich doch gar nicht. Wir sind uns nie begegnet.«

»Stimmt. Aber ich komme gerade aus der Akademie, wo ich mit Lehrern und Schülern gesprochen habe, die Seneira kennen. Interessiert's dich, was ich erfahren habe?«

Er zögerte wieder, überlegte wahrscheinlich, ob es sich um einen Trick handelte. »Was denn?«

»Niemand kann sie besonders gut leiden. Alle bewundern ihre Intelligenz, aber eigentlich halten sie sie für privilegiert und eingebildet.«

Er packte die Eisenstange fester. »Du hast ja keine Ahnung! Seneira ist ganz anders. Sie …«

»Reg dich ab, Revian.«

Er zuckte zusammen, dann schaute er sich ängstlich um. Vermutlich war es nicht gern gesehen, dass reiche Akademieschüler andere Leute mit Eisenstangen bedrohten. »Woher weißt du, wie ich heiße?«, fragte er. Seine Stimme klang jetzt höher und eindeutig natürlicher.

»Das mit Seneiras Mitschülern war ein bisschen übertrieben. Sie mögen sie schon, aber nicht so sehr, als dass sie sich danach erkundigen würden, wie es meiner Cousine dritten Grades geht, wo sie doch schon wochenlang nicht in der Schule war. Keiner hat gefragt, was ihr überhaupt fehlt, und niemand wollte wissen, ob man sie besuchen darf. Du dagegen machst dir offenbar schon eine ganze Weile die Mühe, mir nachzuspionieren, und schleichst mit einer Eisenstange hinter mir her, weil du Schiss hast, dass ich Seneira womöglich etwas antun will.«

»Willst du ihr denn etwas antun? Wenn ja, dann ...«

»Ich bin ein Freund von ihr. Kein besonders guter Freund vielleicht, aber ich will ihr helfen. Das kannst du mir ruhig glauben.«

Revian musterte mich lange, dann ließ er die Waffe sinken. »Hast du sie gesehen? Ich meine ... geht es ihr gut?«

Er hörte sich ehrlich besorgt an, besorgt und traurig ... nein, nicht traurig, eher verzweifelt. Er wusste von Seneiras Schwarzschatten. »Ja, es geht ihr gut. Bis auf ... die Krankheit natürlich.«

Er nickte. »Wir haben darüber gesprochen, bevor sie die Stadt verließ. Ich habe sie angefleht hierzubleiben, aber sie meinte, sie tut es für ihre Familie. Als ich hörte, dass du dich als ihr Cousin ausgibst, dachte ich ... Nicht alle hier mögen sie oder ihren Vater.«

»Du aber schon?«

Er machte einen Schritt auf mich zu, vermutlich um mich einzuschüchtern. Es gelang ihm nicht, denn ich sah, dass er zitterte. Es war ein gutes Gefühl, dass zur Abwechslung mal jemand vor mir Angst hatte. »Sie ist meine Verlobte«, sagte er unvermittelt.

Das verschlug mir wirkungsvoller den Atem, als wenn er mir in den Magen geboxt hätte. »Du willst Seneira heiraten?«

»Es ist alles längst arrangiert, schon seit unserer Kindheit. Unsere Eltern finden, dass die Vereinigung unserer Familien durch eine Ehe für alle Beteiligten vorteilhaft ist.« Mein Gesichtsausdruck sprach offenbar Bände, denn er setzte rasch hinzu: »Ich liebe sie *wirklich*, und selbst wenn wir einander nicht versprochen wären, würde ich jedem, der ihr Böses will …«

Seine Ernsthaftigkeit und Treue hätten mich nicht beunruhigen sollen, aber Seneira hatte ganz ähnlich geklungen, als sie ihn mir beschrieben hatte. *Na und? Was bedeutet mir Seneira schon?* Sie war einfach nur ein Mädchen, dem ich zufällig begegnet war, und das mir nichts als noch mehr Ärger einbrachte. Abgesehen davon dachte ich immer noch an Nephenia, auch wenn sie ihr Leben ohne mich leben würde.

Gewöhn dich lieber an den Gedanken, allein zu bleiben.

Im Grunde ging mich das alles überhaupt nichts an. Die Akademie, Seven Sands, Seneira … es hatte nichts mit mir zu tun. Egal, was in dieser Stadt geschah – Ferius, Reichis und ich würden irgendwann weiterziehen. Wir würden irgendwo unser Nachtlager aufschlagen, Fallen aufstellen und hoffen, dass der nächste Kopfgeldjäger nicht derjenige war, der seinen Auftrag erfolgreich erledigte. *Der Weg der Argosi ist der Weg des Windes,* dachte ich trübsinnig.

»Bereiten ihr die … Male immer noch Unannehmlichkeiten?«, fragte Revian, nachdem er zu dem Schluss gekommen war, dass ich vielleicht mehr wusste. »Bitte … ich habe sie schon seit Wochen nicht mehr gesehen.«

»Wenn es dich so interessiert, warum gehst du dann nicht einfach –«

Ich unterbrach mich. Ich hatte ihn fragen wollen, warum er sie nicht besuchte, statt mir nachzuspionieren, doch dann kamen mir ein paar andere Fragen: Warum war er nicht auch in der Klasse gewesen? Warum hatte er Seneira nicht schon längst besucht? Und vor allem … warum zog er seine Kapuze so weit herunter, dass man so gut wie nichts von seinem Gesicht sah?

»Setz die Kapuze ab, Revian.«

Er schüttelte den Kopf.

»Es spielt keine Rolle«, sagte ich. »Ich weiß auch so, was los ist.«

Widerstrebend hob er die zitternden Hände und streifte die Kapuze ab.

Revian sah wirklich so gut aus, wie Seneira ihn mir beschrieben hatte. Haare wie gesponnenes Gold, eine makellos reine Haut und feine Gesichtszüge. Er glich tatsächlich einer Göttergestalt auf einem alten Gemälde. Nur die gewundenen schwarzen Male um sein rechtes Auge störten.

»Bitte ...«, wiederholte er, immer noch ernsthaft besorgt, aber jetzt nicht mehr ganz so selbstlos, nachdem seine Frage eine zweite Bedeutung bekommen hatte. »Bitte sag, dass es ihr gut geht!«

29

Der Hausmagier

Revian begleitete mich ein Stück zu Seneiras Haus und erzählte mir unterwegs seine Geschichte.

»Es fing vor ein paar Tagen an«, sagte er und zog sich die Kapuze wieder ins Gesicht. »Ich wachte schweißgebadet und mit einem stechenden Schmerz im rechten Auge auf. Als ich aus dem Bett kroch und mir im Bad Wasser ins Gesicht spritzte, entdeckte ich die Male.«

»Hast du Visionen?«, fragte ich. »Während der Anfälle, meine ich.«

Er schüttelte den Kopf. »Meistens nur Schmerzen. Und manchmal höre ich auch etwas ... Stimmen.«

Also war es bei ihm eher so wie bei Seneira als wie bei mir.

»Du bist ein Jan'Tep«, fuhr Revian fort. »Ich habe mich mit deinem Volk und seiner Kultur befasst. Mein Vater möchte, dass ich Diplomat werde, damit ich Brücken zwischen den Daroman und den Jan'Tep bauen kann.«

Viel Spaß dabei.

Dann überraschte er mich wirklich: »Du bist ein Trickser, oder?«

Die Frage klang seltsam eindringlich. Ich suchte nach einer passenden Antwort und platzte letztendlich mit der Wahrheit heraus. »Glaub schon. Bin mir aber noch nicht ganz sicher.«

»Bist du deswegen hier? Weil du Seneira heilen willst?« Er befühlte die Male um sein Auge. »Kannst du mich auch heilen?«

»Was? Natürlich nicht! Ich kann ja nicht mal –« Ich unterbrach mich rechtzeitig, weil mir einfiel, dass mein eigener Schwarzschatten überschminkt war. »Ich kann ja nicht mal einen Schnupfen heilen.«

Revian schien gar nicht zugehört zu haben. »Meine Eltern haben einen Mann angeheuert, einen Spellslinger wie dich, aber er meinte, wir müssen erst den Magier finden, der den Fluch gewirkt hat.«

»Habt ihr denn Feinde? Vielleicht sogar solche, die auch etwas gegen Seneira und ihre Familie haben?«

Er lachte kurz und bitter auf und zeigte in Richtung Akademie. »Such dir jemanden aus. Glaubst du etwa, dass die Leute, die du heute dort kennengelernt hast, nett zu dir waren, weil sie deine *Freunde* sein wollen?« Er beantwortete die Frage selbst. »Sie sind die Söhne und Töchter wohlhabender und mächtiger Familien von überall auf dem Kontinent, Kellen. In ihren Heimatländern wohnen sie in Palästen, und wenn sie nach Hause zurückkehren, werden sie Politiker, hohe Beamte und Heerführer. Für sie bist du nur eine nette Abwechslung, vielleicht auch ein Mittel zum Zweck, das ihnen später mal nützlich sein kann.«

»Das klingt nicht gerade, als hättest du großes Vertrauen in Berens Vision, dass Seven Sands in Zukunft als eigenständiges Land anerkannt wird.«

»Die Idee der Akademie ist ehrenwert, aber auf lächerliche Weise optimistisch. Seneiras Vater hat seiner Schule zu großem Ansehen verholfen, aber viele würden sie am liebsten wieder abschaffen.«

Ich deutete auf die Male um sein Auge. »Und das ist ihnen so wichtig, dass sie diese Seuche ausgelöst haben?«

Nach kurzem Zögern nickte er. »Weißt du, was eine Flüsterhexe ist?«

Ich hatte keine Ahnung. Wir Jan'Tep haben für die Magie anderer Völker nicht viel übrig. Doch ich kannte Revian nicht und wollte mein Unwissen nicht gleich eingestehen, darum verhielt ich mich wieder wie Ferius und stellte eine Gegenfrage: »Willst du damit sagen, dass es in Teleidos eine Flüsterhexe gibt?«

Er nickte. »In den verwilderten Sümpfen vor der Stadt. Schon seit Jahren hat sie niemand mehr gesehen, aber die Einheimischen nennen sie Mamma Flüster, und wenn man bereit ist, einen gewissen Preis zu zahlen, kann sie Geister beschwören, die dir helfen … oder Dämonen, die deine Feinde verfluchen.«

Dämonen. Das würde einiges erklären.

»Revian!«, rief jemand.

Als ich mich umdrehte, kamen zwei Männer auf uns zu. Sie trugen lange Kapuzenumhänge über ihren Mänteln. Ich wollte schon wieder nach meinen Pulvern greifen, aber Revian hielt mich zurück. »Schon gut. Das sind Hausmagier. Sie arbeiten für meine Eltern.«

Das erklärte immerhin, warum ich sie nicht hatte kommen hören. Einer von ihnen musste sein Atemband entfacht haben, so wie ich, nur dass er offenbar wirkungsvollere Stillezauber beherrschte. Mir wurde plötzlich bewusst, wie wohlhabend und einflussreich Revians Familie sein musste. Anständige Jan'Tep-Magier arbeiten nicht für Fremde, es sei denn, der Kunde verfügt über so große politische oder militärische Macht, dass er für den Clan wertvoll ist.

»Du solltest doch im Haus bleiben!«, sagte der Größere der beiden und musterte mich forschend.

»Schon gut, Ler'danet«, erwiderte Revian. »Kellen ist ein Freund von Seneira.« Er warf mir einen fast flehenden Blick zu. »Und mein Freund ist er auch.«

»Aber kein Freund deiner Familie«, stellte der kleinere Magier klar. Auch seine Blicke durchbohrten mich wie Dolche. »Genau genommen hat Kellen aus dem Hause Ke überhaupt keine Freunde.«

Aha. Das sah nicht gut für mich aus. »Tut mir leid, ihr Meister. Ich wollte gerade gehen.«

Revian lachte. »Komm schon, Kellen, ich verspreche dir, dass du keine Angst zu …«

»*Sethaten*«, raunte Ler'danet und vollführte mit der Rechten die passende Gebärde. Revian sackte bewusstlos zusammen.

Na toll. Ein Seidenmagier. Als hätte ich in letzter Zeit nicht schon genug Ärger mit der Sorte gehabt.

Der Kleinere fing Revian auf, bevor er auf dem Boden aufschlug, und beschwor die dritte Grundform der Atemmagie. »*Fessandi!*«, rief er, und Revian schwebte plötzlich auf dem Rücken, als würde die Luft ihn tragen.

»Bring den Jungen nach Hause«, befahl Ler'danet.

Daraufhin entfernte sich der andere Hausmagier mit dem neben ihm herschwebenden Revian und kurz darauf standen nur noch wir zwei in der schmalen, dunklen Gasse.

»Wenn Revian wieder zu sich kommt, ist er bestimmt sauer«, sagte ich. »Vor allem, wenn er erfährt, dass du seinen Freund umgebracht hast.«

Ler'danet grinste, wie manche Leute grinsen, wenn ihnen allein schon dein Anblick zuwider ist. »Schlimm genug, dass ich gezwungen bin, für die Daroman-Eltern des Jungen zu arbeiten, aber deswegen hat *er* mir noch lange nichts zu befehlen.«

Meine Finger wanderten unauffällig über meinen Gürtel, aber aus irgendeinem Grund verfehlten sie die Pulverbeutel. Dann sah ich Ler'danet höhnisch feixen. *Verflixte Seidenmagie!*

In so einer Situation warte ich normalerweise darauf, dass Ferius Schlimmeres abwendet, indem sie irgendetwas Schlaues sagt. Leider war sie nicht da und mir selbst wollte einfach nichts Geniales einfallen.

»Die oberste Regel für Hausmagier und Haustiere ...«, sagte da jemand hinter uns.

Wer will sich eigentlich heute noch alles an mich heranschleichen?

Als ich mich diesmal umdrehte, stand Dexan Videris hinter mir und grinste uns beide an. »... wenn man sie aus dem Haus lässt, dann besser nur an der kurzen Leine.«

»*Verbannter*«, sagte Ler'danet verächtlich. Anscheinend war er auf Leute, die von den Jan'Tep verstoßen waren, allgemein nicht besonders gut zu sprechen. »Willst du nicht lieber wegrennen? So wie sonst auch?«

»Meistens verdrücke ich mich lieber, das stimmt, aber Kellen ist ein Spellslinger wie ich, und, na ja, unsere fünfte Regel lautet nun mal ...«

Hoffentlich: »Einem Kollegen in Not muss man immer beistehen.«

»Wenn ein anderer Spellslinger einem etwas schuldig ist, zahlt sich das immer aus.«

Das tut's zur Not auch.

Auf einmal klatschte Dexan in die Hände und grelles, bläuliches Licht erhellte die Gasse. Ler'danet hob schützend den Arm vor die Augen, gebärdete aber mit der anderen Hand einen neuen Zauber. »*Shupal derveis!*«, rief er, und Dexan und ich wurden nach hinten geschleudert. Ich knallte mit dem Rücken an den Mast einer dunklen Laterne und rappelte mich mühsam wieder hoch.

Dexan war schneller als ich wieder auf den Beinen. »Lass gut sein, Ler'danet. Beleidige mich nicht mit diesem abgeschmackten Hokuspokus.« Er zog etwas aus dem Band an seinem Grenzerhut und warf es in die Luft. Es gab eine harmlose Explosion, aber dann rieselte gelber Staub auf uns herab. »Halt lieber die Luft an, Kleiner.«

Das tat ich, doch als der Staub meine Haut berührte, fühlte ich mich ganz komisch … benommen, fast schläfrig. Ich schwankte und gleichzeitig war mir alles total egal. Auch Ler'danet taumelte.

»Das hat mir an den Grenzlanden gleich gefallen«, sagte Dexan. »Dass sich die Leute dort zu amüsieren wissen. Wir Jan'Tep haben mit Alkohol und dergleichen normalerweise nicht viel am Hut. Darum können wir auch keine vernünftigen Zauber mehr wirken, wenn wir betrunken sind.« Er hob die rechte Hand, seine Finger versprühten Glutmagie-Funken. »Es sei denn, man übt sich darin, ordentlich was zu vertragen.« Als er den Arm ausstreckte, zischten Lichtblitze durch die Luft und bohrten sich wie lauter kleine Nadeln in Ler'danet.

Einen Moment sah es aus, als würde der Hausmagier zu Boden gehen, doch dann griff er in seinen Umhang und eine gut einen Meter lange Kette schnellte daraus hervor. Erst dachte ich, sie wäre mit einem Abwehrzauber versehen, doch die bläulichen Funken von Dexans Zauber erloschen nicht, sondern sprühten und tanzten jetzt um die Kette herum.

»Donnerwetter!« Dexan wich zurück und zog mich am Kragen mit. »Wo hast du denn die Saugkette her, Ler'danet?«

Dem anderen Magier entfuhr ein Rülpser, aber er kam auf uns zugetorkelt und fuchtelte dabei wild mit seiner Kette, dass die Funken nur so sprühten. »Im Gegensatz zu dir verachte ich diese Gegend. Sie ist dreckig, rückständig und wimmelt von Ungeziefer.« Er grinste. »Aber wenigstens stört es keinen, wenn man ein paar Ratten kaltmacht.«

Mein Kopf wurde wieder klarer, aber nicht klar genug, um einen Zauber zu wirken. Dexans lächelte nicht mehr. Er konzentrierte sich darauf, der Kette auszuweichen, damit ihm sein eigener Zauber nicht zum Verhängnis wurde. Ler'danet, der sich allmählich von dem gelben Staub erholte, setzte ihm immer heftiger zu. Ich erwog, mich auf den Hausmagier zu stürzen, aber als Toter würde ich niemandem mehr nützen. Stattdessen holte ich ein paar von Ferius' stählernen Wurfkarten heraus. Höchstwahrscheinlich hatte ich nur eine einzige Chance, denn sobald Ler'danet die Karten sah, würde er mit der Kette nach mir schlagen, und dann war es aus mit mir. Darum beobachtete ich erst mal, wie er die Kette hin und her schwingen ließ ... hin und her ..., um ein Gefühl für den Rhythmus zu bekommen.

»Äh, Kleiner?«, sagte Dexan. »Du willst doch wohl nicht –«

Jetzt! Ich schleuderte die Karte eher instinktiv als gezielt. Ihre Metallkanten schimmerten bläulich, als sie unter der Funken sprühenden Kette hindurchsauste und sich in die Wange des Hausmagiers bohrte. Er schrie gellend auf und ließ die Kette fallen. Sofort verflüchtigte sich der Blitzzauber. Ler'danet griff gleich wieder in seinen Umhang, doch da stürmte ich schon auf ihn zu.

»Duck dich, Kleiner!«, rief Dexan.

Ich warf mich gegen die Beine des Magiers, schlang die Arme darum und brachte ihn ins Wanken. Dexan sprang über mich hinweg und warf Ler'danet vollends zu Boden. Der Hausmagier rang nach Luft und Dexan ließ etwas Kleines, Helles – eine Art winziges grünes Blatt – in seinen Mund fallen. Daraufhin riss Ler'danet die Augen auf und fingerte, noch panischer nach Luft schnappend, in seinem Mund herum.

»Er erstickt!«, sagte ich ein bisschen erschrocken, weil mir der – meiner Meinung nach total unrealistische – Grundsatz der Argosi einfiel, niemals einen wehrlosen Gegner umzubringen. Doch als ich dem Magier zu Hilfe kommen wollte, stieß er mich weg.

»Gut, das war vielleicht ein bisschen heftig«, Dexan stand auf und klopfte sich den Staub ab, »aber der alte Ler'danet kommt schon damit klar. Er regt sich bloß auf, weil er gemerkt hat, dass ich ihn mit Faulkraut gefüttert habe.«

Der Magier holte pfeifend Luft, dann ging sein Atem ruhiger.

Er hob den Blick, schien mich aber nicht zu erkennen, sondern schaute sich verwirrt um.

»Tja«, sagte Dexan, »unser Freund hier wird in den nächsten paar Wochen keine Zauber mehr wirken. Und auch keine komplizierten Rechenaufgaben lösen.«

Wir zogen den Hausmagier von der Straße weg und legten ihn unter dem Vordach eines Gebäudes ab, das wie ein verlassener Laden aussah. Dexan ging davon aus, dass Ler'danets Kollege nach ihm suchen und ihn in Revians Elternhaus bringen würde, wo man sich bestimmt um ihn kümmerte – bevor man ihn hinauswarf.

»Teleidos ist eine zivilisierte Stadt. Hier schätzt man es nicht, wenn ein Hausmagier anderen Leuten nach dem Leben trachtet.«

»Erzähl das mal Ler'danet!« Ich rieb mir die Stelle am Rücken, wo ich gegen die Laterne geknallt war.

Dexan gab mir einen Klaps auf die Schulter. »Sei einfach froh, dass ich dich gesucht habe. Solche wie du und ich sind heutzutage bei den Jan'Tep nicht sehr beliebt.«

»Woher hast du denn gewusst, wo ich bin?«

Er lachte in sich hinein. »Ich hab dir doch schon gesagt, dass du nicht schwer zu finden bist, Kellen.«

Bei den Jan'Tep gab es verschiedene Verfolgungszauber, deshalb war ich neugierig, welchen er benutzt hatte.

»Regel Nummer zwei für Spellslinger –«, fing er an.

»Lass mich raten«, unterbrach ich ihn. »Sie lautet bestimmt: ›Geheimnisse sind Geheimnisse‹. Alles klar. Ist dir schon etwas eingefallen, wie man Seneira und ihrem Bruder helfen könnte?«

Er blieb stehen. »Tut mir leid. Wenn wir den Magier, der sie verflucht hat, nicht finden und töten, kann ich nichts für die beiden tun.« Meine nächste Frage musste er mir angesehen haben. »Vergiss es. Ich hab's dir schon mal erklärt – die erste und oberste Regel besagt, dass man sich niemals in die Angelegenheiten anderer Magier einmischt. Sobald derjenige, der hinter dieser Schwarzschatten-Seuche steckt, tot ist, kann ich gern versuchen, das Mädchen und seinen Bruder zu heilen, aber bis dahin halte ich mich raus.«

Ich erzählte ihm von der Flüsterhexe, die Revian erwähnt hatte, aber er ließ mich gar nicht ausreden. »Halte dich von Mamma Flüster fern, Kleiner. Mit der legt man sich nicht an, es sei denn, man ist bereit, sie zu töten. Traust du dir zu, jemanden kaltblütig umzubringen, Kellen?«

Darauf hatte ich keine Antwort.

Dexan entging mein Zögern nicht. »Kostenloser Rat gefällig?«

»Klar, immer.«

Er zeigte in die Richtung von Seneiras Haus. »Die Familie, der du helfen willst ... Es sind nette Leute, aber es sind nicht *deine* Leute. Wenn diese Sauerei hier vorbei ist, dann ...« Er tippte auf meine linke Wange, direkt unter die Paste, die meine Male verdeckte. »Dann will man hier auch keinen verbannten Jan'Tep mit Shadowblack mehr haben.«

Die Vorstellung, dass alle anderen geheilt würden und nur ich weiterhin mit diesem Fluch geschlagen war, mit den Schmerzen und den grässlichen Visionen, war plötzlich zu viel für mich. Wenn man nur knapp dem Tod entkommen ist, wird einem danach immer eisig kalt und man zittert unkontrolliert. Das Blöde ist, dass man dabei meistens auch noch erbärmlich heulen muss.

»He, Kleiner ...« Dexan legte mir die Hand auf die Schulter. »Ich weiß, dass es schwer ist.« Er nahm seine Hand wieder weg und setzte hinzu: »Aber es gibt nicht nur schlechte Neuigkeiten.«

Ein jäher Hoffnungsfunke flammte in mir auf. »Hast du etwa ein Heilmittel gefunden? Für *meinen* Schwarzschatten?«

»Weil dich deine Großmutter mit dem Schatten verbunden hat, kann ich ihn nicht dauerhaft entfernen. Aber mir sind ein paar Zauber eingefallen – genau genommen drei –, die es deinen Verfolgern erschweren dürften, dich mithilfe deines Steckbriefs aufzuspüren. Die Methode könnte sogar die Häufigkeit deiner Attacken verringern und die Visionen abmildern.«

»Aber wie ...«, stotterte ich. Dexan grinste nur. »Verstehe. Geheimnisse und so«, sagte ich. »Was willst du dafür haben?«

Seine Miene wurde ernst. »Der Haken ist, dass es sich nicht um einen einmaligen Zauber handelt. Ich müsste ihn mehrmals wirken, ungefähr einmal pro Woche.«

»Aber dann ...«

»Das wäre der Preis. Du müsstest bei mir bleiben. Wir wären dann Partner.«

»Willst du mich denn überhaupt als Partner haben?«

»Warum nicht? Wir haben uns doch ganz gut gegen den alten Ler'danet geschlagen, oder nicht? Abgesehen davon ...«, er lehnte sich an den Zaun eines kleinen Hauses und schob die Daumen in den Gürtel, »... ist es nicht ganz ungefährlich, ein Spellslinger zu sein. Ich bin schon ein paar Jährchen in diesem Geschäft. Wenn ich jemanden hätte, der mir den Rücken freihält, wäre das nicht übel.« Er betrachtete mich nachdenklich. »Außerdem könnte ich dir einiges beibringen. Als ich unser Volk verlassen habe, war ich ungefähr so alt wie du, und ich habe in den letzten fünfzehn Jahren das eine oder andere gelernt. Meine Erfahrungen könnten dir helfen, dich in der großen, bösen Welt zu behaupten.«

Er fing an, mir von seinen Reiseabenteuern zu erzählen. Trotz aller geschilderten Gefahren hörten sie sich ziemlich spannend an. Als Spellslinger war man bei manchen Leuten durchaus begehrt. Zum Beispiel bei Händlern, die mit wertvollen Waren unterwegs waren, oder bei Familien, die verschwundene Angehörige ausfindig machen wollten – manchmal nahmen sogar Regierungen die Dienste eines Magiers in Anspruch, der nicht der Jan'Tep-Arkanokratie verpflichtet war.

»Allerdings müsstest du dich von deiner Argosi-Freundin verabschieden. Ich habe nicht vor, nach ihrer Pfeife zu tanzen.«

Zu meiner eigenen Überraschung hatte ich plötzlich ein flaues Gefühl im Magen. Dabei waren Ferius und ich eigentlich nie sonderlich gut miteinander ausgekommen. Außerdem erweckte sie auch nicht den Anschein, als würde sie mir irgendwann beibringen wollen, wie man kämpfte und überhaupt als Vogelfreier am Leben blieb. Ihre Lehrstunde zum Thema »Lächeln« war ja ganz lustig gewesen, aber damit konnte ich mir die Kopfgeldjäger nicht vom Leib halten.

»Darf ich darüber nachdenken?«, fragte ich.

»Selbstverständlich, aber lass dir nicht allzu viel Zeit.« Er schaute sich um. »Diese Stadt hat schlechte Schwingungen – und das sage ich als jemand, der sein Seidenband nicht entfacht hat und auch nicht abergläubisch ist. Ich wäre lieber irgendwo, wo man nicht ständig das Gefühl hat, dass jeden Augenblick alle sieben Höllen losbrechen.« Er streckte mir die Hand hin. Weil ich nicht wusste, was ich sonst machen sollte, nahm ich sie. Sein fester Griff ließ mich zusammenzucken. »Ich geb dir einen Tag zum Nachdenken, Kleiner. Danach bin ich weg.«

Ich nickte und rieb mir die schmerzende Hand. Vielleicht hatte Reichis recht und ich sollte mir ein paar Muskeln zulegen. »Wenn ich mich entschieden habe, wo kann ich dich dann –«

Dexan lachte wieder und ging in die Nacht davon. »Wie oft soll ich es denn noch sagen? Ich finde *dich*.«

30

Die Verlobte

Als ich Seneiras Elternhaus betrat, war es schon stockdunkel. Seneira war zu Hause, Rosie und Ferius waren noch unterwegs und Beren war offenbar zu Revians Eltern bestellt worden. Anscheinend waren sie nicht mehr so scharf darauf, dass ihr heiß geliebter Sohn ein Mädchen heiratete, das ihn, wie sie vermuteten, mit dem Schwarzschatten angesteckt hatte.

»Liebst du ihn?«, fragte ich, als wir in den Garten hinausgingen.

Ich hatte Seneira von Revians Verfassung berichtet und seither fieberhaft überlegt, wie ich ihr diese Frage stellen konnte, ohne als eifersüchtiger Trottel dazustehen. Diese Variante rutschte mir allerdings einfach so raus.

»Liebst du ihn?« Wie blöd kann man sein!

Seit wir in Teleidos angekommen waren, hatte Seneira hier festgesessen. Sie litt an einer Krankheit, die sie nicht verstand, und es war unmöglich für sie, in ihr normales Leben zurückzukehren oder auch nur ihren kranken Bruder zu besuchen. Was sie jetzt überhaupt nicht gebrauchen konnte, waren dämliche Fragen zu dem jungen Mann, den sie mal heiraten sollte – vorausgesetzt, dass sich der Schwarzschatten nicht noch verschlimmerte.

Reichis trippelte zu einem Blumenbeet und überlegte anscheinend, ob es sich als Toilette eignete. »Liebst du ihn?«, äffte er mich nach. Für eine Baumkatze war seine Parodie eines hoffnungslos liebeskranken Jugendlichen gar nicht mal so schlecht. »Seit wann bist du ein halbes Kaninchen?«

Seneira sah mich mit schmalen Augen an, und ich fürchtete schon, dass sie mir gleich eine knallen würde, aber sie sagte nur: »Tut mir leid, Kellen. Ich hätte dir erzählen sollen, dass Revian und ich einander versprochen sind. Unsere Familien ... Die Vereinbarung wurde schon getroffen, als wir noch klein waren.«

Eigentlich gab es keinen Grund, weshalb sie mit mir über ihre Heiratspläne hätte sprechen sollen. Wir kannten uns erst ein paar Tage, und was verband uns eigentlich ... vom Schwarzschatten mal abgesehen?

»Es ...« Sie zögerte. »Revian und ich ... es ist nicht ...«

»Nicht was?«

Sie schüttelte den Kopf. »Das geht nur Revian und mich etwas an. Ich hätte gar nicht davon anfangen sollen.«

Reichis hob den Kopf, als hätte er etwas gewittert, dann lief er zu Seneira und beschnupperte sie. »Los, küss sie.«

»Was?«

Er sah mich mit seinen glänzenden Baumkatzenaugen an. »Sie will, dass du sie küsst.«

»Das bezweifle ich. Sie ist ...« Ich verstummte, aber vor allem deshalb, weil Seneira mich beobachtete.

»Kellen?«

»Ja?«

»Bitte sag, dass du und die Baumkatze nicht über mich redet.«

»Jetzt küss sie schon!« Reichis hockte sich auf die Hinterläufe, als wäre Seneira gar nicht da. »Glaub mir, sie mag dich. Weil sie sich mit diesem anderen Blödmann paaren soll, darf sie es dir natürlich nicht sagen und muss darauf warten, dass *du* sie küsst.«

»Das kannst du gar nicht wissen.«

Seneira machte ein erstauntes Gesicht, weil sie dachte, ich würde mit ihr reden. »Natürlich kann ich nicht wissen, was dir das Tier angeblich sagt.«

Reichis tippte sich mit der Pfote an die Nase. »Ich sag nur das, was ich rieche.«

Das musste ich unbedingt noch lernen (abgesehen davon, wie man sich aus einem Schwitzkasten befreite, wie man einen Boxhieb wegsteckte und dass man Mädchen, in die man sich besser nicht verliebte, auf keinen Fall fragen sollte, ob sie ihren Verlobten lieben) – mich parallel mit Reichis und anderen Personen zu unterhalten, die zufällig *nicht* Baumkätzisch sprachen.

»Entschuldige«, sagte ich rasch. »Ich hätte nicht fragen sollen.«

Falls ich gehofft hatte, dass Revians Zuneigung zu Seneira unerwidert blieb – oder dass die Ratschläge einer Baumkatze zum Thema »Liebe« gar nicht so verkehrt waren –, belehrte mich Seneiras besorgte Miene eines Besseren. »Der Schwarzschatten ... es muss furchtbar für ihn sein. Ich dachte, wenn ich von hier weggehe, kann ich die Menschen, an denen mir etwas liegt, schützen, aber ich habe nur noch mehr Leid über sie gebracht.« Sie hob die Hand ans Auge und zuckte zusammen, als sie die schwarzen Male berührte. »Ich wünschte ... ich wünschte, wir beide wären uns begegnet, bevor das alles passiert ist, Kellen.«

Es war wie eine jener Pausen in der Musik, von denen Ferius gesprochen hatte, und ich fragte rasch: »Wie warst du denn vorher?«

In ihren Kummer und ihre Selbstzweifel mischte sich eine Spur Trotz. »Ich war eine Kämpferin. Ich habe nicht heulend in der Ecke gesessen und darauf gewartet, dass mich andere retten!«

»Vielleicht bist du ja immer noch eine Kämpferin«, entgegnete ich. »Vielleicht wartest du nur auf den richtigen Augenblick.«

»Wann soll der sein? Und gegen *wen* soll ich kämpfen?«

Sie klang so verzweifelt und sah mich so flehentlich an, als müsste ich die Antworten kennen. Ich hatte aber keine Ahnung, was mit den Bewohnern dieser Stadt passierte, und mir ging immer nur eines durch den Kopf – nämlich Dexans Angebot. Und seine Worte: *Es sind nette Leute, aber es sind nicht* deine *Leute.*

Entweder hatte Seneira keine Lust mehr, darauf zu warten, dass ich etwas sagte oder tat, oder aber sie ahnte, was ich dachte. Jedenfalls lächelte sie mich traurig an, sagte mir Gute Nacht und ließ mich im Garten stehen.

Reichis folgte ihr ins Haus, drehte sich aber noch einmal um und maunzte: »Ich hab's dir doch gesagt – du hättest sie küssen sollen, Schwachkopf.«

31

Die Warnung

Ich ging ebenfalls nach drinnen und stattete dem Bad nur einen kurzen Besuch ab, um mir das Gesicht zu waschen. Aus irgendeinem Grund war mir ein bisschen übel und ich ertappte mich dabei, dass ich die Wassertropfen anstarrte, die an den Rändern des Messingwaschbeckens herabrannen. An manchen Stellen liefen sie zu Formen und Mustern ineinander und trennten sich dann wieder. Der Anblick faszinierte mich, und als sich immer mehr Tropfen im Becken sammelten, stellte ich fest, dass ich den Blick nicht davon abwenden konnte. Erst jetzt begriff ich, was da vor sich ging.

»Verdammt noch mal, Shalla! Im Ernst?«

Die Tropfenmuster im Waschbecken nahmen erst die Form ihrer Augen an, dann waren Nase und Mund zu erkennen – und das ganze Bild zeigte keine Spur von schlechtem Gewissen. »Was denn?«, fragte sie. Ihre Stimme klang ein bisschen ... wässrig. »Im Sand warst du nicht mehr und sonst wären nur noch die Badewanne oder die Kloschüssel infrage gekommen.«

Zwei Möglichkeiten, die ich mir lieber nicht vorstellen mochte. »Was willst du, Shalla?«

Die Tropfen verschoben sich, das Gesicht bekam einen beunruhigten Ausdruck. »Ich musste unbedingt wieder mit dir Kontakt aufnehmen, Kellen. Du musst da weg.«

»Wo?«

»Spiel nicht den Dummen. Ich weiß, dass du in der Nähe dieser Akademie bist, oder wie dieser abscheuliche Ort genannt wird.«

»Wieso abscheulich? Es ist eine Schule.«

»Ein Monument der Eitelkeit und Oberflächlichkeit.«

Shalla hat die Angewohnheit, sich die Worte unseres Vaters zu eigen zu machen. Dass ich es jedes Mal merke, gehört wahrscheinlich zu den wenigen Punkten, in denen ich ihr voraus bin. »Aha. Ke'heops ist also nicht damit einverstanden?«

»Niemand ist damit einverstanden, Kellen. Seven Sands ist kein Land. Es wird auch *nie* eines sein. Und du musst dort verschwinden.« Die Augen zerflossen ein bisschen, als schaute Shalla sich um. »Bist du bei dem Mädchen?«

»Welchem Mädchen?«

Sie feixte. »Dem Mädel mit der Shadowblack-Pest. Warum solltest du dich sonst an diesem barbarischen Ort aufhalten?«

Der Ausdruck »Pest« gefiel mir gar nicht. »Was weißt du, Shalla?«

»Äh … nicht viel. Nur dass der Rat unserer Obermagier bis auf Weiteres allen Jan'Tep verboten hat, nach Seven Sands zu reisen. Die Räte der anderen Clans halten es genauso.« Ihre Wasseraugen blickten jetzt eher besorgt als überheblich. »In Teleidos ist etwas faul, Kellen. Geh bitte weg von dort. Komm nach Hause!«

»Hast du etwas über meinen Steckbrief herausgefunden?«, fragte ich. »Weißt du, wer …«

Das Tropfengesicht erzitterte und war kaum noch zu erkennen. »Niemand redet darüber, und ich glaube auch nicht, dass jemand außerhalb des Rates etwas weiß. Nicht einmal Vater will mit mir darüber sprechen.«

»Wozu soll ich dann nach Hause kommen? Wer auch immer den Haftbefehl gegen mich erlassen hat, wird dafür sorgen, dass ich hingerichtet werde, sobald ich wieder einen Fuß in unsere Stadt setze.«

»Ich beschütze dich!«, sagte sie. »Ich lasse nicht zu, dass dir jemand etwas antut, Kellen. Du bist mein Bruder!«

Ich glaubte ihr. Shalla hatte schon immer unerschütterlich und manchmal fast übertrieben zu mir gehalten – wenn sie nicht gerade das tat, was unser Vater von ihr verlangte. Aber ganz gleich, wie sehr sie sich um mich sorgte, ihre Verbundenheit mit mir würde immer schwächer sein als ihre Verbundenheit mit Ke'heops. Überhaupt kam ich allmählich zu dem Schluss, dass ich mich auf niemanden verlassen konnte. Reichis war angeblich mein Partner, sorgte aber meistens nur für noch mehr Chaos. Ferius sollte meine Mentorin sein, hatte aber offenbar nicht die Absicht, mir etwas über die Wege der Argosi beizubringen. Nephenia hatte mich einmal gern gehabt, aber je weiter ich meine Heimat und die Bräuche der Jan'Tep hinter mir ließ, desto schwächer wurde unsere Verbindung. Und Seneira? Die war Revian versprochen.

»Kellen?«, fragte Shalla. Ihre Stimme wurde schon leiser.

Was blieb mir noch? Ein bisschen Atemmagie, ein paar Gramm Sprengpulver und ein Steckbrief, der besagte, dass jeder Magier, dem ich über den Weg lief, eine hübsche Belohnung kassierte, wenn er mich umbrachte. In dem blanken Messingwaschbecken spiegelten sich die Male um mein Auge leicht verzerrt, als wollte mein Abbild mich verspotten. Ich hatte die Nase voll von dem blöden Schwarzschatten – davon, dass er nicht nur mein Leben zerstörte, sondern auch das aller anderen um mich herum! Darüber hinaus konnte ich plötzlich die Vorstellung nicht mehr ertragen, dass jemand andere Menschen absichtlich mit dieser entsetzlichen Krankheit ansteckte. Ich dachte an die Stimmen, die Seneira bei ihren Attacken hörte: Stimmen, die sie auslachten und sich über die Schmerzen lustig machten, die sie ihr, Tyne und auch Revian zufügten.

Sowohl Shalla als auch Dexan boten mir einen Ausweg an – die Aussicht auf ein besseres Leben. Aber egal, wie ich mich entschied, der Preis dafür war, dass ich Seneira, ihre Familie und vielleicht sogar Seven Sands verließ, dass ich sie mit den Schrecken alleinließ, die sie heimsuchten.

»Bitte komm nach Hause, Kellen«, sagte Shalla. Ihre Stimme war jetzt so leise wie die Wassertropfen, die ins Becken fielen.

Ich nahm das Handtuch, das neben dem Waschbecken hing, und erwiderte: »Ich hab dich lieb, Schwesterchen. Pass auf dich auf.«

Bevor sie etwas erwidern konnte, wischte ich die letzten Tropfen aus dem Becken und hängte das Handtuch wieder an den Haken.

Der WEG des DONNERS

DER WEG DES DONNERS

Der Weg der Argosi ist der Weg des Donners.

Der Donner macht sich rar, aber wenn er kommt, schlägt er ohne Zaudern und Reue zu. Die Argosi drängen sich niemandem auf, aber sie lassen auch nicht zu, dass Unschuldigen Gewalt oder Unrecht angetan wird. Wenn jemand anderen Menschen seinen Willen aufzwingt und damit das Gleichgewicht des Wassers zerstört, stellt ein Argosi es wieder her. Wie der Donner geht er oder sie dabei rasch, unerschrocken und manchmal auch erbarmungslos vor.

32

Das Geflüster

»Hatte ich schon erwähnt, dass Krokodile sich gern an solchen Orten aufhalten?« Reichis hockte auf meiner Schulter und spähte in den Sumpf, der sich vor uns erstreckte.

»Mehr als einmal.« Ich ging weiter. Obwohl ich mir Mühe gab, mich möglichst geräuschlos zu bewegen, knackten und knisterten bei jedem meiner Schritte trockene Blätter, und Insekten stoben laut summend auf.

»Das soll heißen, dass es eine saublöde Idee ist, Kellen!«

»Auch das hast du schon mal gesagt.«

Normalerweise fühlt sich Reichis immer richtig wohl, wenn wir nachts durch dunkle Gegenden streifen, aber irgendetwas an diesem sumpfigen Wald machte uns beide nervös. Dass wir nach jemandem Ausschau hielten, der in der Lage war, Geister oder Dämonen oder dergleichen zu beschwören, die uns töten, unsere Seelen rauben oder uns bei lebendigem Leib fressen konnten, machte die Sache nicht besser.

»Hättest du auf mich gehört und die Kleine geküsst …«

»Was hätte das denn gebracht?«

Er schnaubte verächtlich. »Sie wäre so sauer geworden, dass sie dir links und rechts eine gescheuert hätte! Sie hätte dich so vermöbelt, dass du gar nicht mehr auf die Idee gekommen wärst, dein und vor allem *mein* Leben aufs Spiel zu setzen, nur um irgendeine verrückte Flüsterhexe aufzuspüren! Du wärst nämlich damit beschäftigt gewesen, jemanden zu finden, der einen Eiszauber wirkt, damit die Schwellungen in deiner Visage zurückgehen!« Er kicherte unbeherrscht und musste die Krallen in meine Schulter bohren, um nicht herunterzufallen.

»Du kleines Mistvieh! Ich wusste doch, dass du mich reinlegen willst!«

Es dauerte eine ganze Weile, bis er sich wieder eingekriegt hatte. Dann sagte er: »Nein, im Ernst: Beim nächsten Mal solltest du sie wirklich küssen.«

Am liebsten hätte ich ihn gepackt und auf den nächstbesten Baum geworfen, aber er wäre einfach wieder herabgesegelt und auf meinem Kopf gelandet.

Ein Keckern ließ mich herumfahren und ich hätte Reichis beinahe abgeworfen. Aber es war nichts zu sehen.

»Das war nur der Wind«, sagte er. »Der wirbelt das Laub auf und lässt es –«

»Ich weiß, wie das mit dem Wind funktioniert.«

»Und ich finde immer noch, dass wir auf Ferius hätten warten sollen.«

Ich auch, dachte ich, als der nächste Windstoß das Laub um uns herumwirbeln ließ. »Ferius hätte uns nicht weggelassen«, sagte ich, mehr zu mir selbst als zu Reichis. »Sie hätte so was gesagt wie: ›Hör nicht auf Gerüchte über Buschzauberer und Flüsterhexen, Jungchen … das ist alles nur dummes Geschwätz.‹«

Reichis kicherte wieder. »Stimmt, und Rosie hätte gesagt: ›Meine … Schwester … hegt ein gewisses, überaus fragwürdiges Verständnis für … Einsiedler.‹« Für ein sprechendes Tier kann er Menschen ziemlich gut nachmachen.

»Darauf hätte Ferius erwidert: ›Du bist eine elende Wortverdreherin, Schwester!‹«

»Und Rosie hätte geantwortet: ›Und du bist vom Weg abgekommen, Pfad der furzenden Gänseblümchen. Jetzt müssen wir auf Leben und Tod kämpfen ... oder Karten spielen und uns stundenlang anglotzen‹.«

Ich musste so lachen, dass ich mich an einem Baum festhalten musste. Reichis und ich alberten weiter herum, während wir immer tiefer in den Sumpf vordrangen. Uns war bewusst, dass wir lieber damit aufhören sollten, aber es ging nicht.

Schließlich fragte Reichis: »Weißt du auch, warum das hier so eine blöde Idee ist?«

»Das hast du schon ungefähr zwölfmal gesagt.«

»Schon, aber weißt du, *warum*?«

Ich blieb stehen. »Warum denn?«

Ich spürte, wie er erschauerte. »Weil es hier gruselig ist, und dabei bin ich eine Baumkatze! Normalerweise sind *wir* diejenigen, die *andere* das Gruseln lehren.«

Ein leiser Windstoß trug ein helles Lachen heran, wie das Läuten eines Windspiels. Die Töne tanzten um uns herum wie ein Insektenschwarm.

»Wer ist da?«, fragte ich erschrocken und tastete nach meinen Pulverbeuteln.

»Hat dich niemand gewarnt, Meister Spellslinger? Es ist riskant, Mamma Flüster in ihrem eigenen Revier zu stören.«

Reichis hob witternd die Nase und knurrte: »Ich kann sie nicht sehen.«

»Wer bist du?«, fragte ich und schloss die Augen, um mich darauf zu konzentrieren, wo die Antwort herkam.

»Warum fragst du, Jan'Tep?« Sie sprach es so gedehnt aus, dass es wie »Jaahhn-Tehep« klang. »Willst du Mamma Flüster austricksen? Willst du vielleicht ein bisschen morden?«

»Wir wollen niemanden ermorden«, antwortete ich.

»Nicht?«, kam es von Reichis. Es klang enttäuscht.

Mein Versuch, ihre Stimme zu orten, scheiterte kläglich. Es

war, als wehte sie von überallher um uns herum. Reichis war mit seinem Geruchssinn auch nicht besser dran. »Da stimmt was nicht!«, sagte er.

»Meine Geister möchten nicht, dass du mich aufspürst, Spellslinger. Sie halten die Luft für mich in Bewegung. Die Geister sind Mamma Flüsters Helfer.«

»Warum fürchtest du dich dann davor, dich zu zeigen?«, fragte ich. »Verrichtest du deine Arbeit lieber im Verborgenen? Verseuchst unschuldige Menschen mit dem Schwarzschatten?«

»Schwarzschatten?« Es klang zutiefst angewidert. »So etwas solltest du hier nicht mal in den Mund nehmen, Spellslinger.«

Das Laub raschelte im Abendwind, das Unterholz knackte. »Willst du Mamma Flüster wirklich sehen? Nimm dich lieber vor deinen Wünschen in Acht!«

Die Gestalt, die zwischen den Bäumen hervortrat, sah ganz und gar nicht so aus, wie ich erwartet hatte. Ich hatte mir eine große, kräftige Frau um die fünfzig vorgestellt, stattdessen erblickte ich ein Mädchen von höchstens zehn, elf Jahren, barfuß und in einem einfachen Bauernkittel, der bis zum Boden reichte. Sie hatte lange schwarze Haare, und ihr Hut hätte eher zu einem wohlhabenden Herrn gepasst, wäre er nicht so zerbeult und abgewetzt gewesen.

»Du bist ein Kind«, rutschte es mir heraus, und ich biss mir sofort auf die Zunge.

»Ich bin das, was du siehst, Spellslinger – und auch das, was du *nicht* siehst.«

Reichis knurrte kehlig. »Ich kann sie schon jetzt nicht leiden.«

Das Mädchen machte einen Schritt auf uns zu und mir wurde immer unbehaglicher zumute. Als wollte sie uns klarmachen, dass sie hierhergehörte, wir aber nicht. »Bleib stehen«, sagte ich.

»Sonst?« Ihre Stimme war kindlich, aber sie sprach wie eine

Erwachsene. »Verbrennst du mich sonst mit deiner Magie? Na los, kleiner Trickser, zeig Mamma Flüster, was du kannst.«

Ich hatte nicht vor, ein kleines Mädchen in die Luft zu sprengen, selbst wenn sie in Wahrheit vielleicht gar nicht so jung war. »Ich will mich nicht mit dir anlegen. Ich habe nur ein paar Fragen.«

Das Mädchen grinste. »Und wenn ich mich mit *dir* anlegen will?«

Na schön. Ich hatte es im Guten versucht. Ich hob die Hände. In jeder Hand hatte ich genug Pulver, um sie zumindest einzuschüchtern. Dabei wollte ich die Sprengladung nicht direkt auf sie abfeuern, sondern nur einen Warnschuss abgeben. Doch als ich die Pulver in die Luft warf, bewegte sie die Lippen und flüsterte etwas. Das Pulver wirbelte hoch auf und fegte im nächsten Augenblick auf mich und Reichis zu. Zum Glück duckte ich mich geistesgegenwärtig, sodass das Pulver über uns hinwegsauste, sich dann erst vermischte und in einer rotschwarzen Explosion zerstob, die mir bestimmt eine hässliche Brandwunde verpasst hätte.

»Meine Geister mögen deine Magie nicht, Spellslinger. Du hättest nicht herkommen sollen, um dich mit Mamma Flüster anzulegen. Das mögen sie nämlich auch nicht.«

»Ich habe dir doch gesagt, dass ich keinen Streit will!«

Das Mädchen kam noch näher. Sie sah immer noch völlig harmlos aus und blickte mich mit großen Unschuldsaugen an. »Kann sein, kann auch nicht sein. Mal sehen, was die Geister dazu sagen.«

Wieder beobachtete ich gebannt, wie sich ihre Lippen kaum merklich bewegten. Der Wind frischte auf und wirbelte um uns herum, und andere Stimmen ließen sich vernehmen ... Stimmen, die ich nur allzu gut kannte.

»Letzte Chance, dich zu verdrücken, Kellen«, sagte die erste

Stimme. Sie gehörte Tennat, der mich vor Monaten bei unserem ersten Duell mit diesen Worten verhöhnt hatte.

Der Wind wurde noch kräftiger. »Ein Jan'Tep muss stark sein«, hörte ich meinen Vater hinter mir sagen.

Ich fuhr herum, aber niemand war da. »Was geht hier vor?«, wollte ich wissen.

Rechts von mir ertönte eine dritte Stimme: »Das sind Kinderfragen, Kellen.« Mer'esan, an dem Abend, an dem sie mich zum ersten Mal in den Palast bestellt hatte.

Immer mehr Stimmen wurden laut, redeten durcheinander, kamen und gingen mit dem Wind. Ich erkannte sie alle wieder und auch ihre Worte. Sie redeten auf mich ein: Shalla, meine Eltern, Nephenia, Panahsi, Ra'meth, Abydos ... Das Stimmengewirr machte mich ganz verrückt, und ich wollte mir schon die Ohren zuhalten, als sie unvermittelt verstummten. Alle – bis auf eine. Sie gehörte Meister Osia'phest, an meinem letzten Abend in meiner Heimatstadt. Er hatte von einem Blatt Papier abgelesen, auf das ich meine Antwort für die vierte Prüfung geschrieben hatte: »Keine Magie der Welt ist es wert, dass ein Mensch sein Gewissen dafür opfern sollte.«

Dann wurde es still, bis Mamma Flüster schließlich sagte: »Du führst ja ein bewegtes Leben. Wirklich spannend.«

Reichis sträubte das Fell. »Darf ich sie jetzt abmurksen?«

»Später vielleicht«, sagte ich und wandte mich wieder an das Mädchen: »Wie hast du das gemacht?«

Sie zuckte die Achseln. »*Ich* habe gar nichts gemacht. Aber meine Geister können sehr nützlich sein, wenn sie gerade gute Laune haben.«

Das hatte sie eindrucksvoll bewiesen. Bei meinem Volk waren die Worte »Geist« und »Dämon« ziemlich austauschbar. »Was können deine Geister denn noch alles?«, erkundigte ich mich.

Ihre Miene verfinsterte sich. »Jedenfalls verpassen sie Unschuldigen nicht den Schwarzschatten, falls du darauf hinauswillst.«

Reichis beugte sich vor und schnüffelte wieder. »Schwer zu sagen bei den vielen Gerüchen hier, aber ich glaube, sie spricht die Wahrheit.«

Auf einmal war ich es leid. Es kam mir vor, als wären meine ganze Wut, meine ganze Angst, meine mutigen Worte, mit denen ich verkündet hatte, dass ich mich für Seneira und ihre Familie einsetzen würde, einfach nur ... Worte. »Tut mir leid«, sagte ich zu dem sonderbaren Mädchen vor mir und gleichzeitig zu allen Menschen, denen ich anscheinend doch nicht helfen konnte.

Das Mädchen flüsterte etwas in die Nachtluft, und auf einmal trug mir der wirbelnde Wind Satzfetzen aus den letzten paar Tagen zu: *Magierseuche ... Die Akademie ... Gelächter ... Sie können dich jetzt sehen, Kellen.* Wieder verstummten die Stimmen plötzlich und Mamma Flüster sagte: »Du lässt dich beeinflussen, Trickser. Du hörst auf die falschen Stimmen, folgst dem falschen Pfad.«

»Welcher ist denn der *richtige* Pfad? Was soll ich tun?«

»Eine große Frage, Junge«, lachte sie, hob den schmächtigen Arm und zeigte mit dem mageren Finger zum Himmel. »Sieh dir die Sterne an. Warum sich nur einen aussuchen, dem man folgt?«

»Das meine ich nicht, verdammt! Wer steckt hinter alldem? Du redest die ganze Zeit nur von deinen Geistern und verkündest mir, dass ich dem falschen Pfad folge. Dann frag deine Geister doch mal, *wer* für die Schwarzschatten-Seuche verantwortlich ist!«

Ich rechnete schon damit, dass sie einfach davongehen oder ihre Geister auf mich hetzen würde, doch sie nickte und flüsterte etwas in den dunklen Wald hinter sich. Erst geschah gar nichts, dann kam wieder mehr Wind auf. »Sie sehen Fäden, meine Geister. Fäden, die von Teleidos hier in Seven Sands bis nach ...« Auf einmal drehte sie sich im Kreis – wie ein Kind, dem es Spaß macht, wenn ihm schwindelig wird. Als sie anhielt, zeigte ihr ausgestreckter Arm nach Westen. »Manche Fäden führen dorthin.«

»Wohin denn? Dort ist doch bloß Wald und dahinter noch mehr Wüste.«

»Die Fäden reichen weiter.«

Es gab nur einen Ort, der noch weiter westlich lag als die Wüste. »Ins Land der Jan'Tep?«

Sie ging langsam rückwärts. »Dazu kann ich nichts sagen, Spellslinger. Meine Geister können in die Ferne schauen, aber sie verlassen diesen Ort nur ungern.«

»Und du? Verlässt *du* diesen Ort jemals?«

Sie lächelte, als hätte ich etwas Dummes gefragt, und ging weiter rückwärts, bis sich ihre schmale Gestalt in der Dunkelheit aufgelöst hatte. »Ich bin Mamma Flüster. Warum sollte ich?«

33

Die widerstreitenden Pfade

Wir kehrten zu Seneiras Haus zurück, wo schon alle zu Bett gegangen waren, nur Ferius und Rosie nicht, die wiedergekommen waren und – was Reichis besonders amüsierte – Karten spielten. Ich berichtete ihnen von Revian und den Hausmagiern seiner Familie, und von Mamma Flüster. Ich hatte irgendeine Reaktion erwartet, und sei es eine gesalzene Standpauke, weil ich leichtsinnigerweise eine mögliche Mörderin aufgesucht hatte, aber die beiden Argosi schoben einfach weiter ihre Karten hin und her.

»Es sieht nie so aus, als würde es euch Spaß machen«, sagte ich.

Rosie zog die Augenbraue hoch, was mich unangenehm an Shalla erinnerte. »Spaß?«

»Ihr spielt Karten. Ihr *spielt.* Sollte das nicht ... eine Art Vergnügen sein?«

Rosie richtete den strengen Blick auf Ferius, die nur mit den Achseln zuckte. »Wenn man Rosie lässt, kann sie so gut wie allem und jedem den Spaß austreiben.«

Das erboste ihre Mitspielerin. »Hast du dem Jungen immer nur alberne Witze anzubieten? Du entreißt ihn seinem Elternhaus und lässt ihn im Glauben, dass er dein Teysan ist, bringst ihm aber *nichts* bei. Er kann nicht mal die sieben Gaben aufzählen, geschweige denn ...«

Ferius grinste listig. »Worte? Ist *das* dein Problem, Schwester?« Sie zeigte auf mich. »Nur zu! Bring ihm so viele wichtige Worte bei, wie du willst, wenn du meinst, dass man damit zum Argosi wird.«

»Stell dich nicht dumm, Schwester, auch wenn das offenbar der Pfad der wilden Gänseblümchen ist! Du weißt genau, dass nur noch wenige von uns übrig sind. Als Maetri hast du die Pflicht, nach jenen Ausschau zu halten, die unsere Gepflogenheiten erlernen können.«

Ferius lachte schallend. »Erst erzählst du mir, dass ich nicht in der Lage bin, ihm etwas beizubringen, und jetzt behauptest du plötzlich, es sei meine Pflicht? Der Pfad der Dornen und Rosen dreht sich mal wieder im Kreis, Schwester.«

Rosie schlug mit der Faust auf den Tisch. »Der Junge hier ist jedenfalls nicht dein Teysan! Ich würde ihn ja selbst unterrichten, aber man merkt sofort, dass er viel zu unkonzentriert, viel zu egoistisch ist ...« Sie unterbrach sich und wandte sich an mich: »Nichts für ungut. Das sind harte Worte, und du kannst im Grunde nichts dafür. Bestimmt wirst du eines Tages ein hervorragender ... Magier oder Trickser oder sonst was.«

Na, jetzt fühl ich mich doch gleich viel besser.

»He, wird hier gleich gekämpft?«, erkundigte sich Reichis, der schon auf dem Weg zur Treppe war. »Ich hatte zwar auf ein schönes Bad gehofft, aber wenn ich mein Fell mit Blut bekleckern kann, halte ich es auch noch 'ne Weile aus.«

Mein ungehaltener Blick sollte ihn eigentlich nach oben schicken, doch er reagierte nur mit einer Geste, die wohl ein Schulterzucken sein sollte, hockte sich auf eine Treppenstufe und ließ uns nicht aus den Augen.

Ferius und Rosie sahen einander lange an, ohne etwas zu sagen und ohne sich zu rühren. Schließlich sagte Ferius: »Am besten vergisst du es einfach, Schwester.«

Die andere Argosi stand auf und warf ihre Karten auf den Tisch. »Wohl kaum, Schwester.«

»Dann ist es also heute so weit, Schwester?«, gab Ferius zurück. »Willst du dich wirklich mit mir kloppen – bei allem, was hier vor sich geht?«

»Was hier ›vor sich geht‹, Schwester, ist eine Seuche – eine Seuche, der du und ich ein Ende zu machen verpflichtet sind. Aber der Pfad der wilden Gänseblümchen hat offenbar nichts Besseres zu tun, als mich davon abzuhalten.«

Jetzt stand auch Ferius auf und griff in die Innentasche ihrer Weste. »Wenn du dem Mädchen oder sonst jemandem hier auch nur ein Haar krümmst, Schwester, dann wird dich dein Pfad anschließend in fünf verschiedene Länder führen, damit du dort nach deinen Fingern suchen kannst.«

Rosie griff ihrerseits in ihr Gewand. Offenbar hatte auch sie dort eine Waffe verborgen.

»Halt!«, rief ich, denn ich hatte plötzlich Angst, dass sie einander gleich umbringen würden. »Was redet ihr da überhaupt?«

Keine von beiden antwortete. Dann zog Ferius ihre Hand wieder hervor und drehte die Handfläche nach oben, um zu zeigen, dass sie leer war. Rosie tat es ihr gleich. »Bloß eine kleine Meinungsverschiedenheit«, sagte sie, »darüber, was es bedeutet, eine Argosi zu sein.« Sie ging zur Tür, blieb aber noch einmal stehen und ergänzte: »Ich bin den Hinweisen auf andere Schwarzschatten-Opfer gefolgt, Schwester. Bald habe ich den entscheidenden Beweis in der Hand, der mir erlaubt, den Weg des Donners zu gehen. Ich rate dir, rechtzeitig von hier zu verschwinden.«

Ich wartete, bis Ferius sich wieder beruhigt hatte, bevor ich meine Begegnung mit dem seltsamen Mädchen, das sich Mamma Flüster nannte, ein zweites Mal ansprach. Auch diesmal wollte sich Ferius erst nicht dazu äußern, bis ich mit Nachdruck fragte: »Was sagst du dazu?«

»Wozu?«

»Diese ›Fäden‹, von denen Mamma Flüster gesprochen hat ... Wenn sie wirklich zu meinem Volk zurückführen ...«

»Wie oft muss ich dir noch erklären, dass du dich nicht von irgendwelchem Humbug ablenken lassen sollst, Jungchen?«

Ich wurde sauer. »Ich habe dir doch erzählt, was sie mit mir gemacht hat! Dass ich Dinge aus der Vergangenheit hören konnte. Mamma Flüster verfügt über *wahre* Magie!«

Ferius lehnte sich zurück, zog einen Rauchstängel aus der Weste und zündete ihn an der Kerze auf dem Tisch an. »Ich habe nie das Gegenteil behauptet, aber was sie da gesagt hat, ist trotzdem Humbug.«

»Immer dasselbe!«, sagte ich gereizt. »Du redest über Magie, als wäre sie bloß ein Witz, aber das stimmt nicht. Magie ist Macht!«

»Ach Jungchen, falls du lange genug lebst, kommst auch du eines Tages drauf, dass Macht der größte Witz überhaupt ist.«

Darauf fiel mir keine Erwiderung ein. Was sagt man auch zu jemandem, der einerseits unglaublich dumm ist und andererseits immer recht behält? Mein Groll auf Ferius kam auch daher, dass es ihr immer wieder gelang, alle Welt auf eine Art auszutricksen, bei der ich, wenn ich das Gleiche versucht hätte, unweigerlich draufgegangen wäre. »Dexan hat mir angeboten, sein Partner zu werden«, wechselte ich das Thema.

Reichis schaute vom oberen Treppengeländer herab. Er hatte etwas Kleines, Glänzendes und höchstwahrscheinlich Geklautes im Maul. »Was soll *das* denn jetzt?«

»Uns«, verbesserte ich mich rasch, in der Hoffnung, die Baumkatze zu besänftigen, bevor ich irgendwelche Bisswunden davontrug. »Er meinte, er kann mir helfen, den Schwarzschatten zu bekämpfen, und uns beibringen, wie man sich in den Grenzlanden behauptet.«

Ferius sah mich nicht einmal an, sondern blies nur einen Rauchring. »Hört sich doch prima an, Jungchen.«

»Aber wir müssen schon morgen los.«

Der nächste Rauchring. »Dann gehst du am besten mal packen.«

»Macht es dir denn gar nichts aus? Ist es dir egal, wenn ich weggehe und wir uns vielleicht nie wiedersehen?«

Bevor Ferius antworten konnte, huschte Reichis die Treppe herab und beschnupperte sie. »Doch, es macht ihr was aus. Sie heult gleich los.«

Ferius scheuchte ihn weg und drückte ihren Rauchstängel auf dem Kerzenteller aus. »Es tut mir leid, Kellen.«

Ich dachte, sie würde weitersprechen, aber als nichts mehr kam, fragte ich: »Was denn?«

Sie seufzte. »Du hast Angst, und ich kann es dir nicht verdenken. Du willst das Richtige tun, aber deine Angst redet dir ein, dass du dich schützen musst. Darum hältst du Ausschau nach mehr Magie, noch mehr Zauberkraft oder nach jemandem, der dir beibringt, wie man kämpft – jemandem, der dir beibringt, wie man die Angst bändigt und lenkt, so wie du es mit deinem Sprengpulver machst.«

»Was ist verkehrt daran, wenn man nicht umgebracht werden will? Wenn man in der Lage sein möchte, sich zu verteidigen?«

»Angst und Wut ...« Ferius lehnte sich wieder zurück und rieb sich die Augen, als wäre sie müde. »An Angst und Wut ist gar nichts verkehrt, Jungchen. Aber es ist nicht der Pfad der wilden Gänseblümchen.«

»Was ist dann *dein* Pfad?«

Sie hielt meinen Blick lange fest, dann sagte sie feierlich: »Freude.«

»Freude?« Ich musste lachen. »Was hat es denn mit ›Freude‹ zu tun, wenn du dich von einem Typen, der dreimal so schwer ist wie du, halb totschlagen lässt? Was hat es mit ›Freude‹ zu tun, wenn du mit deinen Stahlkarten gegen Magier antrittst, die dich bei lebendigem Leib verbrennen können? Was …«

Sie stand auf. »Komm mit«, sagte sie und ging zur Tür.

»Hä? Wohin denn?«

Sie blieb stehen, drehte sich aber nicht um. »Du fragst und fragst, Jungchen, aber ich kann antworten, soviel ich will – du bist nie zufrieden. Rosie meint, es liegt daran, dass ich dir nicht zutraue, mein Schüler zu sein, und darum frage ich dich jetzt ganz direkt: Willst du den Pfad der wilden Gänseblümchen erlernen, Kellen?«

»Ich … ich will zumindest wissen, was das überhaupt sein soll.«

»Auch recht.« Sie öffnete die Tür und ging in die Nacht hinaus. »Dann folge mir.«

34

Die Tanzstunde

Wir ritten ein paar Meilen aus der Stadt hinaus, weg von den Lichtern und Menschen, weg vom Getriebe der Zivilisation. Die Nachtluft war kühl und ließ mich frösteln. Mir wurde unangenehm bewusst, wie schnell ich mich wieder an den Luxus warmer Mahlzeiten und eines weichen Lagers gewöhnt hatte. Solche Gewissensbisse hatte allerdings nicht jeder von uns.

»Ich will baden!«, grummelte Reichis, kletterte von meiner rechten Schulter auf die linke und wieder zurück, als könnte er uns damit überzeugen umzukehren.

»Worüber beschwert er sich jetzt wieder?«, wollte Ferius wissen.

»Das willst du nicht wirklich wissen«, antwortete ich, um Reichis nicht bloßzustellen, aber die Mühe hätte ich mir sparen können.

»Ich will verdammt noch mal ein Bad!«, wiederholte er. »Und Butterkekse. Aber bergeweise Butterkekse! Sag Seneiras Vater, dass er uns nicht so knapp halten soll.«

»Dir ist schon klar, dass es *seine* Butterkekse sind und wir nur zu Gast waren? Ich dachte, Baumkatzen sind Diebe und Mörder, keine verwöhnten Haustiere.«

Reichis verstummte, und mir wurde klar, dass ich einen großen Fehler begangen hatte. Er hüpfte von meiner Schulter vor mich auf den Sattel, drehte sich um und funkelte mich bitterböse an. Bis auf ein paar bedrohliche graue Streifen war sein Fell jetzt schwarz wie die Nacht. »Sag das noch mal!«, knurrte er dumpf. »Sag es am besten zweimal, damit ich sicher sein kann, dass ich dich richtig verstanden habe.«

Auweia. »Ich wollte dich nicht –«

»He, Jungchen«, unterbrach mich Ferius. Normalerweise ignoriert sie Reichis, wenn er sich so aufführt, aber jetzt grinste sie breit. »Willst du mal was Lustiges sehen?«

»Äh ... ich weiß nicht, ob jetzt der richtige Zeit–«

Reichis fauchte sie an, aber Ferius beachtete ihn nicht. Das heißt, so ganz stimmte das auch wieder nicht.

»Lieber Himmel!«, sagte sie und machte übertrieben große Augen. »Sieh sich einer dieses Fell an! So glatt und glänzend wie ein Strom aus geschmolzenem Silber.«

»Was denn sonst?«, gab Reichis zurück und war plötzlich damit beschäftigt, die Krallen seiner rechten Vorderpfote zu begutachten.

»Und diese Klauen! Jede einzelne eine tödliche Klinge, wie sie sonst nur von den Schwertschmieden der Berabesk angefertigt werden!«

Als Reichis den Kopf wieder hob, hatte sich sein gesträubtes Fell geglättet. Die Barthaare zuckten. »Na, wenigstens ist sie nicht völlig blind. Meinetwegen darf sie ihre Augäpfel erst mal behalten.«

Aber Ferius war noch nicht fertig. »Und diese Muskeln! Diese Hinterbacken! Bestimmt schauen dir alle Weibchen sehnsüchtig hinterher, wenn du vorbeiläufst.«

Das überschwängliche Lob schien Reichis jetzt doch ein bisschen peinlich zu sein. »Ist ja gut, ist ja gut. Ja, ich bin ein Prachtkerl. Sag der Argosi, sie soll aufhören, Kellen.«

Aber Ferius dachte gar nicht daran. »Ganz zu schweigen von diesem beeindruckenden Maul!« Sie lehnte sich im Sattel zu

Reichis hinüber und musterte ihn. »Wie ein Löwe, nur viel hübscher. Erhaben, tapfer ...«

Reichis schüttelte sich und mit seinem Fell ging etwas Sonderbares vor. Das Schwarz wurde heller, fast grau, die Silberstreifen verblassten. »Bring sie endlich zum Schweigen, Kellen!«

»Und erst diese Augen! Sie sprühen nur so vor Intelligenz! Und vor Weisheit auch. Wie zwei tiefe Teiche aus Mondlicht, glänzend wie Edelsteine. Nein, wie Diamanten!«

Reichis' Fell wechselte abermals die Farbe. Das Grau wurde erst weiß ... dann erblühte es in hellem Rosa. »Mist!«, fluchte er.

Ferius lachte schallend los. »Klappt immer wieder.«

»Was hast du mit ihm gemacht?«, fragte ich.

Sie zeigte auf sein Fell, das jetzt fast ganz rosa leuchtete. »Baumkatzen können ihre Färbung der Umgebung anpassen, aber das Fell reagiert auch auf ihre Stimmung. So sieht eine Baumkatze aus, wenn man sie zum Erröten bringt.«

»Verdammt!«, knurrte Reichis und wäre fast vom Pferd gefallen, weil er sich verrenkte, um sein Fell zu beäugen. Sein Gesicht war vor lauter Konzentration so verkniffen, dass er aussah, als müsste er dringend aufs Klo. »Los, werd wieder schwarz!« Das Fell blieb rosa. »Ich bin ein Furcht einflößendes Ungeheuer! Ich bin die Finsternis der endlosen Nacht!« Er sah mich Hilfe suchend an. »Es wird schon wieder dunkler, oder?«

Was sollte ich darauf antworten? Mir ging durch den Kopf, dass Reichis, seit er vor ein paar Monaten widerstrebend eingewilligt hatte, mein »Geschäftspartner« zu werden, so gut wie jede Gelegenheit genutzt hatte, sich über mich lustig zu machen, mich zu bestehlen und vor allem, mich zu zwicken. »Du bist immer noch ziemlich rosa«, sagte ich.

Während Reichis verzweifelt versuchte, seine Fellfarbe zu beeinflussen, sagte Ferius: »Ende der Unterrichtsstunde, Jungchen.«

»Welche Unterrichtsstunde?«

Sie brachte ihr Pferd zum Stehen und schwang sich aus dem Sattel.

»Du wolltest doch wissen, wie mein Pfad aussieht.«

Ich stieg ebenfalls ab und deutete auf Reichis. »Ist *das* etwa der Pfad der wilden Gänseblümchen?«

»Du sagst es.«

»Wenn mich jemand umbringen will, soll ich ihm so lange Komplimente machen, bis er entnervt aufgibt?«

Sie grinste. »Oder du tanzt mit ihm.« Sie machte sich daran, ein kleines Lagerfeuer anzuzünden. Dann ging sie zu einer ebenen Fläche im Wüstensand hinüber und winkte mich heran. »Komm her, Jungchen. Es wird Zeit, dass du die zweite Gabe erlernst.«

»Rosie hat gesagt, die zweite Gabe der Argosi sei die Fähigkeit, sich zu verteidigen.«

»Worte, Jungchen. Willst du dich jetzt wirklich an irgendwelchen Worten aufhängen?«

Das fand ich ausnahmsweise nachvollziehbar. Ferius hatte sich nie viel aus der Sprache der Gewalt gemacht. Vielleicht hatte sie ja ihre eigenen Umschreibungen für die sieben Gaben der Argosi, so wie sie es auch mit dem »Weg des Wassers« und dem »Weg des Donners« hielt.

Ich ging zu ihr hinüber und nahm eine, meiner Meinung nach, ganz brauchbare Kampfhaltung ein. Ich war ein bisschen aufgeregt, weil ich jetzt endlich etwas über die Verteidigungstechniken der Argosi erfahren würde. Doch als ich Ferius' breites Grinsen sah, verwandelte sich meine Zuversicht in Panik. »Halt mal … ›Tanzen‹ ist doch bildlich gemeint, oder? So wie in ›He, Alter, wenn du mit mir tanzen willst, tanzt du mit dem Tod.‹«

»Tanzen bedeutet tanzen, Jungchen.«

»Aber …« Nicht viele Leute wissen, dass wir Jan'Tep nicht tanzen. *Nie.* In unserer Kultur gibt es nichts, was einem Tanz auch nur ansatzweise ähnelt. Ein Magier kann mit Tanzen nichts anfangen. Außerdem ist es unschicklich.

Auch Reichis grinste schadenfroh, weil jetzt ich derjenige war, der verlegen wurde. »Haha, das wird bestimmt lustig.«

Ferius gab mir zu verstehen, dass ich ihre Hand nehmen und meine andere Hand auf ihre Hüfte legen sollte. »Bei den vielen Völkern auf diesem Kontinent gibt es Hunderte verschiedener Tänze, aber alle lassen sich auf die siebzehn Grundformen zurückführen. Wir fangen mit der einfachsten Form an, nämlich der Chadelle.«

Ihre Nähe war mir unangenehm. Bei den Jan'Tep kommen sich Erwachsene eigentlich nur so nahe, wenn sie miteinander intim werden wollen. Ferius war mindestens zwanzig Jahre älter als ich und ... na ja, schon die Vorstellung, nur mit ihr zu tanzen, machte mich fürchterlich nervös. Als ich mich gerade losmachen wollte, maunzte Reichis: »Er will kneifen!«

»Klappe!«, sagte ich und packte Ferius' Hand fester. Auf gar keinen Fall würde ich vor einem Tier das Gesicht verlieren, das seine Artgenossen begrüßte, indem es ihren Hintern beschnüffelte! »Was jetzt?«, fragte ich.

»Folge einfach der Musik.«

»Welcher Musik?«

Ferius begann zu pfeifen. Erst war es nur ein einziger, klarer Ton, wie von einer Flötenspielerin, die ihr Instrument ausprobiert. Dann ging sie unvermittelt in eine fremdartige Melodie über, zu der sie mich über den Sandboden dirigierte. Musik gibt es natürlich bei den Jan'Tep, aber eher zu Beerdigungen, höfischen Anlässen und dergleichen. Diese Melodie klang ganz anders. Schneller, beinahe fröhlich. Als ich gerade das Gefühl hatte, ihr einigermaßen folgen zu können, stolperte ich über meine eigenen Füße, und Ferius musste mich festhalten, bis ich die Beine wieder entknotet hatte. »Geht's auch langsamer?«

»Das ist schon langsam, Jungchen.« Beim Sprechen tanzte sie weiter, sodass ich mir die Melodie nur noch vorstellen konnte. »Lass einfach locker«, fuhr sie fort, »dann bewegen sich deine Füße ganz von selbst. Die Argosi glauben, dass jeder Tanz im Körper eines jeden Lebewesens existiert und nur darauf wartet, herausgelassen zu werden.«

Reichis maunzte schadenfroh: »He, Kellen – der einzige Tanz, den du in dir trägst, sieht wie der Todeskampf einer langschwänzigen Wüstenwühlmaus aus!«

»Schsch!«, machte Ferius. Sie konnte ihn zwar nicht verstehen, aber wenn er sich über mich lustig machte, hatte er einen unmissverständlichen Tonfall. »Wenn du noch einen Mucks machst, erzähle ich dir eine Baumkatzengeschichte, nach der dein Fell einen ganzen Monat lang rosa bleibt!«

Nachdem sie meinen pelzigen Widersacher auf diese Weise zum Schweigen gebracht hatte, konzentrierte ich mich wieder auf den Tanz. Das Problem waren nicht nur die Bewegungen, sondern auch der vertrackte Rhythmus. Ich hatte immer geglaubt, dass wir Jan'Tep uns anmutig bewegten. Schon als Kindern brachte man uns Haltung bei und lehrte uns, uns graziös zu gebärden, wenn wir Zauber wirkten. Wenn meine Freunde und ich die durchreisenden Händler aus Darome oder Gitabria beobachtet hatten, die abends vor der Stadt zwischen ihren bunten Wagen tanzten, hatten wir uns immer über ihr primitives Hüpfen und Kreiseln lustig gemacht. Panahsi pflegte zu scherzen, wir müssten sofort einen Heiler rufen, weil unsere Gäste offenbar an krankhaften Zuckungen litten. Aber hier draußen in der Wüste? Unter dem Sternenhimmel der Wildnis? Hier war *ich* der Unbeholfene. Der Tanz fühlte sich richtig und natürlich an. Nur, dass *ich* einfach nicht tanzen konnte.

»Ich krieg das nicht hin!«, sagte ich und blieb stehen.

Ferius ließ mich nicht los. »Irgendwann hast du den Bogen

raus. Lass dich einfach darauf ein. Im Grunde ist es nicht viel anders als das komische Gefuchtel, das du sonst immer machst.«

»Das kann man überhaupt nicht vergleichen! Mit unseren Gebärden kann man Zauber wirken!«

Sie zwinkerte mir durchtrieben zu. »Ich will dir mal was sagen, Jungchen ... es gibt keinen wirkungsvolleren Zauber, als richtig tanzen zu können.«

Ich bin nicht dumm. Natürlich spielte sie darauf an, dass Frauen Männer mochten, die gut tanzen konnten. In den Ländern außerhalb meiner Heimat war das bestimmt auch so, aber mir brachte es überhaupt nichts. Das einzige Mädchen, mit dem ich gern ›getanzt‹ hätte, war Nephenia, und die war mit meinem ehemaligen besten Freund verlobt, wurde zur Magierin ausgebildet und lebte das Leben, das ich mir einst für mich selbst erträumt hatte. Wahrscheinlich hatte sie mich inzwischen längst vergessen.

Ich entzog mich Ferius und stolperte ein paar Schritte rückwärts, bis ich das Gleichgewicht wiedergefunden hatte. »Das ist doch bescheuert.«

»Was hast du denn, Jungchen?«

Ich hatte keine Lust zu antworten. Ich hatte keine Lust zuzugeben, dass meine Beine lahm wurden und mein Gesicht immer noch von Sommersprosses Hieben schmerzte. Ich wollte nicht zugeben, dass meine Hände zitterten und dass mir zum Heulen war wie einem Zweijährigen, der sich im Dunkeln fürchtet.

Denn ich fürchtete mich tatsächlich vor der Dunkelheit. Ich fürchtete mich vor jenen, die dort auf mich lauern könnten. »Ich werde steckbrieflich gesucht, man will mich umbringen – kapierst du das nicht? Ich muss nicht tanzen lernen. Ich muss kämpfen lernen!«

»Dann schlag mich.«

»Was?«

Ferius nahm den Hut ab und legte ihn auf den Boden. »Na los. Schlag mich!«

Reichis kam herbeigetrippelt. »Das will ich sehen!«

»Kommt nicht infrage«, entgegnete ich. »Du hast jede Menge Übung. Du machst mich doch im Nullkommanichts fertig!«

»Schon ... aber ich mache nichts, was du in der letzten Stunde nicht auch getan hast.« Wie zum Beweis hob sie eine Hand auf Schulterhöhe eines unsichtbaren Tanzpartners und legte die andere an seine imaginäre Hüfte.

Ich ärgerte mich so, dass ich mich am liebsten sofort auf sie gestürzt hätte, aber ich bewahrte einen kühlen Kopf. Statt wie der unbesonnene Tölpel loszustürmen, als den sie mich entlarven wollte, täuschte ich den Angriff nur an und sprang in letzter Sekunde nach rechts, wo ihre ungeschützte Seite war.

Ferius schickte mich zu Boden, als wäre ich leicht wie ein leerer Getreidesack.

Als ich mich wieder aufgerappelt hatte, tanzte sie immer noch mit ihrem unsichtbaren Partner und drehte sich fröhlich pfeifend im Kreis. Ich schaute ihr kurz zu, bis ich in ihren Bewegungen ein Muster erkannte. Dann zielte ich nicht auf die Stelle, wo sie war, sondern auf die, wo sie gleich sein würde.

Ich spürte einen Luftzug auf den Wangen – und schon holte sie mich ein zweites Mal von den Beinen. Als ich den Kopf hob, tanzte sie immer noch mit sich selbst. Nach Kampfkunst sah das nicht aus, es wirkte nicht mal besonders anmutig. »Wie machst du das bloß?«, fragte ich.

»Komm schon, Jungchen. Versuch's noch mal.«

Na gut. Aber mach dich auf was gefasst!

Das Problem war, dass ich versuchte, nach *ihren* Regeln zu spielen, wobei sie Ausbildung und Erfahrung auf ihrer Seite hatte. Also beschloss ich zu mogeln. Beim Aufstehen griff ich mir eine Handvoll Sand. Ich tat so, als wollte ich sie packen, aber im letzten Moment warf ich ihr mit der anderen Hand den Sand ins Gesicht. *Diesmal klappt es bestimmt!* Der Sand würde sie kurz ablenken und ich könnte sie mit der anderen Hand umschubsen. Nicht fest, natürlich. Aber doch so, dass sie mitbekam, dass ich sie überlistet hatte.

Ich war so auf ihre Bewegungen konzentriert, dass ich schon jede Einzelheit vor mir sah. Ich schleuderte den Sand – doch sie lehnte sich im selben Augenblick zurück, als würde ihr Phantompartner sie nach hinten biegen, und die Ladung flog einfach über ihren Kopf hinweg. Noch während ich zu begreifen versuchte, wie das möglich war, packte sie meine Hand. Ich hatte gar nicht mitbekommen, dass mich der Wurf ein wenig aus dem Gleichgewicht gebracht hatte. Diesen Vorteil nutzte sie jetzt.

Im Hinfallen erhaschte ich einen Blick auf ihr Gesicht. Sie lächelte. Es war aber kein hämisches Lächeln, auch nicht das grimmige Lächeln des Gegners in einem Zweikampf, selbst wenn es nur ein Übungskampf war. Ich war für sie kein Feind, nicht einmal ein Schüler. Ferius tanzte einfach nur mit mir, nicht anders als davor.

Ich staunte immer noch darüber, als ich auf dem Rücken landete. Wie hatte sie es schon wieder geschafft, mich zu überrumpeln? Ich stemmte mich auf den Ellbogen hoch und schaute ihr wieder zu. Es sah so leicht, so mühelos aus! Ich wäre mir furchtbar dumm vorgekommen, wäre mein Blick nicht auf Reichis gefallen. Er hatte sich auf die Hinterbeine gestellt und imitierte Ferius' Bewegungen. Als er merkte, dass ich ihn beobachtete, ging er wieder auf alle viere, und sein gesträubtes Fell wurde nachtschwarz mit blutroten Streifen. »Was denn? Was glotzt du so? Ich hab nichts gemacht! Wenn du es irgendwem erzählst, reiß ich dir …«

»Wem zur Hölle sollte ich es denn erzählen?« Reichis ist erstaunlich eitel für jemanden, der Fleischbrocken in seinen Wangen hortet, für den Fall, dass er irgendwann Hunger bekommt. »Reg dich ab, sonst wirst du wieder rosa.«

Er sah erschrocken an sich herab, war dann aber sichtlich erleichtert über die furchterregende Färbung, die er angenommen hatte.

»Na, Jungchen?«, erkundigte sich Ferius. »Glaubst du mir jetzt?«

Rasch stand ich auf. Ich hatte begriffen, dass ihr komisches »Tanzen« bei einem Kampf nützlich sein konnte, und das wiederum bedeutete, dass ich es lernen musste.

Ferius hörte auf, sich zu drehen, und sah mich ganz eigenartig an. Dann seufzte sie. »Du hast es immer noch nicht kapiert.«

»Was meinst du? Ich habe –«

»Man kann das Tanzen nicht lernen, wenn es einem keine Freude macht.«

Freude ... Wie viel Freude sollte ich bitte schön hier draußen in den Grenzlanden empfinden, wo mein Leben an jeder Straßenbiegung in Gefahr war? Alles, was ich je gekannt hatte, war Hunderte Meilen entfernt. In diesem rauen Land gab es für mich genauso wenig einen Platz wie in meinem eigenen Clan. Ich war allein und würde es wahrscheinlich den Rest meines Lebens bleiben.

Ferius winkte mich wieder zu sich. Ich folgte der Aufforderung und fand mich im nächsten Augenblick in der unbehaglichen Halbumarmung der Chadelle wieder. »Du musst mir zuhören, Kellen.«

Ich nickte.

»Es geht nicht ums Kämpfen. Es ist nichts, was man erzwingen oder gezielt einsetzen kann, so wie eure Jan'Tep-Magie. Suche nicht danach, lass es dich von ganz allein finden.«

»Wie denn?«

»Sei einfach offen dafür. Ich bin nicht dein Gegner und auch nicht deine Geliebte. Ich bin nicht mal eine Frau.«

»Nicht?«

»Nö. Ich bin einfach nur ein Mensch, der sich an der lauen Nachtluft erfreut.« Sie kippte mich leicht nach hinten. »Sieh dir den Himmel an.«

Ich legte den Kopf in den Nacken und betrachtete die Sterne. In meiner Geburtsstadt, wo die Leuchtglaslaternen alles in ihr trübes Licht tauchten, sah man die Sterne nicht halb so deutlich. Hier jedoch schien der Himmel so nah, als könnte ich mit dem Finger hineinpiken.

»Diese Wüste«, fuhr Ferius fort. »Jetzt. Hier. In diesem Augenblick ist das hier der allerschönste Platz auf Erden, findest du nicht?«

Tatsächlich. Keine Ahnung, wieso und weshalb, aber irgendwie standen wir auf dem allerschönsten Fleck Erde, den ich je gesehen hatte. Klar war es nicht meine erste Nacht in den Grenzlanden, aber irgendetwas war heute anders. Ich konnte mich an den Sternen nicht sattsehen. Es kam mir vor, als bewegten sie sich, als drehten sie sich über mir im Kreis und tanzten sich in den Schlaf.

»Du bist nicht Kellen, Sohn des Ke'heops«, sagte Ferius. »Du bist kein Ausgestoßener. Du bist ein freier Geist, den keine Ketten binden.«

Ich schenkte ihren Worten kaum Beachtung, doch ihre Bedeutung drang trotzdem zu mir durch. So hatte ich mich schon lange nicht mehr gefühlt. Am ehesten war es mit dem Moment zu vergleichen, wenn man einen Zauber im Geist vorbereitet und gehalten hatte, bis man die Formel sprach und ihn endlich abfeuern konnte.

»Ich glaube, ich habe verstanden, was du meinst. Jetzt können wir tanzen«, sagte ich, doch da merkte ich, dass sich die Wüste ringsum bewegte. Wir tanzten bereits, und das womöglich schon eine ganze Weile.

Ganz sachte brachte Ferius uns zum Stehen. »Ende der Unterrichtsstunde, Jungchen«, sagte sie zum zweiten Mal an diesem Abend.

»Aber wir haben doch gerade erst angefangen! Ich habe eben erst …«

Ferius ließ meine Hand los und deutete auf das Feuer.

Die Flammen waren fast erloschen, das Holz war größtenteils zu Asche zerfallen. Reichis hatte sich neben der Feuerstelle zum Schlafen zusammengerollt. Sein Fell schimmerte jetzt passend zum Wüstenboden in staubigem Sandbraun.

»Wie lange haben wir getanzt?«, wollte ich wissen.

»Ein Weilchen. Aber jetzt müssen wir aufhören. Es ist an der Zeit, den Tanz loszulassen.«

»Warum?«

»Weil anderswo guten Menschen übel mitgespielt wird. Auch jene, die dem Pfad der wilden Gänseblümchen folgen, müssen manchmal im Dunkeln reisen.«

35

Gefühllos

Ich wusste nicht, wie spät es war, als wir zurückkehrten, aber ich ließ mich aufs Bett fallen, ohne mich vorher auszuziehen. Eine gesegnete Stunde lang schlief ich wie ein Toter, wurde dann aber von einem stechenden Schmerz im linken Auge geweckt, der von grausigen Visionen begleitet wurde. Ich tastete nach meinen Pulverbeuteln, aber Reichis zwickte mich zum Glück, ehe ich sie erreichen konnte. »Wach auf, Kellen!«, maunzte er. »Du schlaf-Wie nennt man das, wenn jemand versucht, im Schlaf zu zaubern?«

»Keine Ahnung.« Ich drückte den Handballen aufs Auge. Ihr Ahnen, es tat so schrecklich weh! Plötzlich spürte ich einen Schmerz in der anderen Hand und entdeckte die Abdrücke von Baumkatzenzähnen. »Spinnst du? Was soll das?«

»Ich dachte, wenn ich dich beiße, lenkt dich das von dem Schmerz an deinem Auge ab. Hat's geklappt?«

Ich schüttelte den Kopf, stand auf und wankte zur Zimmertür. Wo ich auch hinschaute, sah ich Blut, und die Holzmaserung der Wand schien sich zu verzerren, als wollte sich etwas von der anderen Seite hindurchkrallen.

»Wo willst du hin?«, fragte Reichis.

»Raus ...« Ich konnte kaum sprechen. »Ich muss an die frische Luft!«

Ich hörte, wie er vom Bett sprang. »Nein!«, ächzte ich. »Bleib hier.«

Ich glaube, das nahm er mir ein bisschen übel.

Als ich in den Garten hinter dem Haus hinauswankte, ließen die Schmerzen allmählich nach, auch die Visionen wurden schwächer. Die Bäume sahen halbwegs wie Bäume aus, nicht wie tanzende, sich verrenkende Ungeheuer, die sich von ihren Fußfesseln losreißen wollten. Der Himmel war eher schwarz als rot und die Kiesel unter meinen Sohlen fühlten sich angenehm glatt an, nicht wie eine Wiese aus scharfen Klingen. Vor lauter Erleichterung bekam ich erst gar nicht mit, dass ich nicht allein war.

»Du auch, hm?«, fragte Seneira.

Sie hockte neben einem Beet mit blauen und gelben Blumen, hatte die Arme um die Knie geschlungen und schaukelte hin und her.

»Schlimm?«, fragte sie.

Ich nickte. »Und bei dir?«

»Ziemlich schlimm.«

Ich setzte mich neben sie, lehnte mich auf die Ellbogen gestützt zurück und schaute zum Himmel empor, um mich zu vergewissern, dass die Sterne immer noch Sterne waren – und nicht tausend zornige Bienen, die mich stechen wollten. Ich war ausgelaugt – auch das war eins der zweifelhaften Geschenke des Schwarzschattens.

»Weißt du, was das Schlimmste ist?«, fragte Seneira. »Nicht die Schmerzen, nicht die Stimmen – obwohl ich am liebsten laut schreien würde, um sie zum Schweigen zu bringen. Nein, am allerschlimmsten ist es, wenn alles vorbei ist. Dann spüre ich überhaupt nichts mehr.«

»Wie meinst du das?«

Sie zuckte die Achseln. »Ich fühle nichts mehr. Ich bin nicht glücklich, ich bin nicht traurig. Wenn ich an meine Freunde denke oder an meinen Vater, sogar an Tyne, dann ist es ... als wären sie Fremde, als hätte ich gar keine Familie. Kennst du das?«

Ich konnte ihr nicht antworten. Wie auch? Ich hatte schon lange das Gefühl, keine Familie mehr zu haben. Woher sollte ich wissen, ob der Schwarzschatten alles noch schlimmer machte?

»Ich habe mich sogar gekniffen.« Seneira hielt mir ihr Handgelenk hin, aber es war zu dunkel, um zu erkennen, ob sie blaue Flecken hatte. »Richtig fest, weil ich wissen wollte, ob ich vielleicht doch noch etwas spüre.«

»Und?«

»Nein. Ich meine, es tut schon weh, aber es macht mir nichts aus.«

»Und wie lange hält dieser Zustand an? Diese Gefühllosigkeit?«

Sie legte sich neben mir auf den Rücken. »Eine Stunde vielleicht, manchmal auch länger. Und selbst dann ... Hinterher kommt mir das Leben irgendwie ... stumpf vor und ... trübe, als könnte ich die Farben nicht mehr richtig sehen. Und das Essen schmeckt ... na ja, so einigermaßen.« Sie ergriff meine Hand und strich mit meinen Fingern über ihre Handfläche. »Sogar das hier ... Ich spüre es, aber es kommt mir vor, als passierte es jemand anderem.«

Ich hörte Baumkatzenpfoten tappen, dann erschien Reichis' pelziges Gesicht in der Hintertür. »Küss sie!«, maunzte er.

»Hör schon auf.«

»Womit denn?«, fragte Seneira.

»Ach, nichts.«

Sie schielte zu Reichis hinüber, der sich auf die Treppe vor der Tür gehockt hatte. »Ach so. Dein ... Geschäftspartner.«

»Küss sie, Kellen!«, maunzte die Baumkatze mit witternd erhobener Nase. »Diesmal mein ich's ernst. Sie will es.«

»Was hat er gesagt?«

»Nichts, er hat nur ...« Mir kam ein Gedanke.

Ich stand auf und zog Seneira hoch. »Was ist denn?«, fragte sie verwundert. Ich nahm ihre Rechte in meine Linke und legte meine andere Hand auf ihre Hüfte. »Wir tanzen.«

»Tanzen?«

Ich nickte, dann fiel mir ein, dass ich vielleicht erst hätte fragen sollen, bevor ich sie betatschte. »Einverstanden?«

Sie zuckte wieder die Achseln. »Kann ja nicht schaden.«

Wir hatten keine Musik und ich bin höchstwahrscheinlich ein grauenvoller Tänzer – jedenfalls wies mich Reichis trotz seiner eigenen lächerlichen Versuche immer wieder darauf hin –, aber trotzdem spürte ich, während ich sie durch den Garten dirigierte und dabei mal in die eine, mal in die andere Richtung drehte, dass etwas in Seneira vorging. Erst dachte ich, sie würde versteifen, weil sie sich unwohl fühlte, aber als ich stehen blieb, schüttelte sie den Kopf und zog mich weiter. Ich begriff, dass ich mir nur eingebildet hatte, dass sie sich verkrampfte, weil sie zu Anfang fast leblos gewesen war. Jetzt dagegen schien sie wieder lebendig zu werden und bewegte sich so entschlossen, als wollten wir gemeinsam in die Schlacht ziehen. Es war keine reine Freude, sondern eher der feste Vorsatz, Freude zu empfinden.

Dann ging wieder eine Veränderung mit ihr vor und sie bewegte sich auf einmal deutlich leichter und freier. Ab und zu kamen wir aus dem Takt. Dann stolperte sie oder ich trat ihr auf den Fuß, aber sie lachte nur und wir fingen von vorn an. Keine Ahnung, wie lange wir tanzten, aber als sie schließlich anhielt und mich unvermittelt an sich zog, zeigte sich am Horizont schon das erste Morgenrot. »Danke, Kellen!«, sagte sie, ließ mich los und lief ins Haus zurück.

Ich stand einfach nur da, bis Reichis zu mir herüberkam und sich erkundigte: »Na, sind wir schon auf dem Pfad der wilden Gänseblümchen unterwegs?«

»Sieht so aus«, antwortete ich. »Jedenfalls die ersten paar Schritte.«

36

Abwehrzauber

Ich schlief bis zum Nachmittag und träumte vom Tanzen. Anfangs beschwor mein träumender Geist erfreuliche Bilder herauf, doch als die Musik im Traum verstummte, war Seneira plötzlich nicht mehr da. Ich fand mich allein in der Wüste wieder und fragte mich, ob auch das zum Pfad der wilden Gänseblümchen dazugehörte.

Als ich aufwachte, hatte ich wieder Schmerzen, aber diesmal kamen sie nicht von meinem linken Auge, sondern von meiner rechten Hand. In der Mitte meiner Handfläche entdeckte ich einen kreisrunden Knubbel von ungefähr anderthalb Zentimetern Durchmesser. Es sah aus, als hätte mir jemand eine Münze unter die Haut geschoben und zöge jetzt an einer daran befestigten Schnur. Beim Aufstehen schubste ich Reichis versehentlich weg. Er fluchte derb, ehe er sich wieder dem ohrenbetäubenden Schnarchen widmete, das er »Nickerchen« nannte.

An dem Knubbel in meiner Hand zog es immer noch. Als ich dem Ziehen folgte, führte es mich zum Fenster. Nachdem ich eine Weile durchs Zimmer gewandert war und das Ziehen dabei beobachtet hatte, reimte ich mir zusammen, was los war. Ich zog mich an, ging die Treppe hinunter und zur Haustür hinaus.

Das Ziehen führte mich die Straße hinunter, durch mehrere Gassen und über eine Brücke. Nach ungefähr zehn Minuten entdeckte ich den Ursprung: Dexan Videris wartete auf einer Bank in einem kleinen Park auf mich.

»Hattest du nicht gesagt, dass du mich findest?«, sagte ich.

Er zuckte mit den Schultern. »So geht es schneller.«

Ich betrachtete meine Handfläche. »Du hast irgendetwas mit mir angestellt. Als wir uns gestern die Hand gegeben haben, hast du mir heimlich einen Zauber verpasst.«

»Ist nur vorübergehend«, entgegnete er. »In ein paar Tagen müsste es von alleine weggehen.«

»Guter Trick.« Wie er wohl funktionierte?

Dexan grinste. »Nur eine der vielen Fähigkeiten, die ich dir noch beibringen werde, Lehrling.«

»Dexan, ich ...«

Sein Grinsen erlosch. »Kommst du etwa nicht mit?« Er stand auf. »Verdammt, Kellen – es ist ein gutes Angebot!«

»Weiß ich.« Mir war klar, dass mein Leben um vieles leichter sein würde, wenn er mir half, die Shadowblack-Attacken abzuwenden, und mir Fähigkeiten und Kniffe beibrachte, die ein Verbannter gut gebrauchen konnte. Dummerweise brachte ich es einfach nicht übers Herz, Seneira zu verlassen. Wer sollte *ihr* dann bei ihren Anfällen beistehen?

»Ach du Schreck«, sagte Dexan, als er mein Gesicht sah. »Offenbar hat dich noch niemand mit der dritten Regel für uns Trickser bekannt gemacht.«

»Und wie lautet die?«

»Lass niemals zu, dass dir die Liebe das Hirn vernebelt.«

»Macht Liebe das nicht immer?«

»Wahrscheinlich.« Er schlug mir lachend auf die Schulter. »Hör zu, Kleiner, wenn du dem Mädchen wirklich helfen willst, solltest du eines wissen.«

»Was denn?«

Er sah etwas unschlüssig aus. »Ich breche gerade meine eigene

Regel, aber dieser Junge, dieser Revian … Der Typ, mit dem das Mädel, das dir den Kopf verdreht, angeblich verlobt ist …«

»Was ist mit ihm?«

»Halte dich von ihm fern. Noch wichtiger: Halte dich von seiner Familie fern.«

»Warum?«

»Weil sie irgendwas … Großes im Schilde führen. Kennst du das herrschaftliche Haus auf dem Hügel, in dem die Familie wohnt? Nachdem Ler'danet versucht hat, uns beide kaltzumachen, habe ich mich dort mal umgeschaut, um zu sehen, ob ich mich mit ein bisschen Ärger revanchieren kann. Aber das Haus ist mit den mächtigsten Abwehrzaubern gesichert, die mir je untergekommen sind. Falls sich jemand wie du oder ich überhaupt Einlass verschaffen kann, dann ist unsere Magie da drinnen unbrauchbar. Ich schätze, nicht mal Ler'danet und seine Kollegen können dort Zauber wirken.«

»Das muss noch lange nicht heißen, dass …«

»Sei nicht albern, Kleiner. Hier in den Grenzlanden sichert sich kein Mensch so stark ab, schon gar nicht, wenn ihm eigene Magier zu Diensten stehen – es sei denn, derjenige hat einen sehr guten Grund, sich vor Magie zu fürchten.«

»Glaubst du, jemand hat es auf die Hausmagier der Familie abgesehen?«

Dexan schüttelte den Kopf. »Bist du wirklich so schwer von Begriff? Ich glaube, dass ein von ihnen angeheuerter Magier deine Freundin und ihren Bruder mit dem Schwarzschatten verflucht hat. Sie dachten, sie könnten denjenigen um seinen Lohn prellen, weil sie so gut abgesichert sind. Daraufhin hat der Betreffende auch den Verlobten des Mädchens verseucht, weil er dessen Eltern auf diese Weise zwingen kann, ihn doch zu bezahlen.«

»Aber dann …« Ich packte seinen Arm. »Dann kannst du uns

ja helfen! Wenn wir herausfinden, wen sie angeheuert haben, können wir …«

Dexan schüttelte meine Hand ab. »Wie oft muss ich es dir noch sagen, Kleiner? Misch dich nicht in die Angelegenheiten anderer Magier ein. Schon gar nicht, wenn sie mächtiger sind als du, sonst riskierst du, so gut wie sicher dabei draufzugehen.«

»Hab's verstanden«, sagte ich. »Aber wenn … wenn ich eine Möglichkeit finde, mit demjenigen, der den Fluch gewirkt hat, zu verhandeln – bleibst du dann hier und erlöst Seneira und ihren Bruder vom Schwarzschatten … und Revian auch?«

Dexan zögerte kurz, dann warf er einen Blick auf die untergehende Sonne. »Ich mache dir ein Angebot, Kleiner. Ich muss sowieso noch packen. Wenn du die Sache bis morgen Abend geklärt hast, bleibe ich hier und helfe dem Mädchen und allen anderen, so gut ich kann.« Er streckte mir die Hand hin. »Abgemacht?«

Ich schlug ein. »Einverstanden. Aber wie soll ich dich …«

Der Stich in meiner Handfläche war Antwort genug.

»Folge einfach dem Schmerz, Kleiner«, sagte Dexan und wandte sich zum Gehen. »Wie ich immer sage: Liebe tut weh.«

Als ich wieder in Seneiras Haus ankam, hatte sich alles verändert. Rosie war zurück, und zum ersten Mal schienen sie und Ferius einander nicht gleich an die Gurgel gehen zu wollen. Offenbar hatte Rosie auf der Suche nach anderen Schwarzschatten-Opfern etwas herausgefunden, womit keiner von uns gerechnet hatte.

»Seven Sands wird nicht zum ersten Mal von einem unerklärlichen Ausbruch der Krankheit heimgesucht«, klärte sie uns auf. »Es geschieht schon seit einigen Jahren, mal hier, mal da, nur selten in derselben Stadt oder demselben Dorf. Und immer so weit voneinander entfernt, dass niemand einen Zusammenhang herstellt.«

»Bis jetzt«, sagte ich.

Ferius nickte. »Die Frage ist nur: Warum?« Sie sah zu mir herüber. »Vertraust du diesem Dexan? Der älteste Trick der Geschichte ist nämlich der, jemanden krank zu machen und ihm anschließend anzubieten, ihn zu heilen.«

»*Ich* hab dem Kerl von Anfang an nicht getraut!«, verkündete Reichis, der mit einem silbernen Ring um die Pfote die Treppe herunterkam.

»He, das ist mein Ring!«, rief Rosie.

Reichis wackelte mit der Pfote, bis der Ring herunterglitt und über den Fußboden rollte. »Sag der Argosi, sie kann ihn wiederhaben. Das Ding passt nicht so gut, wie es aussieht.«

Rosie funkelte ihn finster an, er fauchte zurück. So ging es eine Weile wortlos hin und her, während ich über Dexan Videris nachdachte. Der Mann hatte mir das Leben gerettet und mir angeboten, sein Partner zu werden, aber Ferius hatte recht: Wenn irgendwer die Leute hier mit dem Schwarzschatten infiziert hatte, sollte man dann nicht als Erstes denjenigen verdächtigen, der behauptete, er könne die Betroffenen heilen? Nur ...

»Nein, das wäre unlogisch. Falls Dexan die Sache schon seit Jahren betreibt, warum sollte er jetzt auf einmal nachlässig werden? Warum sollte er Seneiras Familie ins Visier nehmen und hinterher sagen, dass er Tyne *nicht* heilen kann?«

»Die Wege von Dieben und Betrügern drehen und wenden sich auf vielerlei Arten.« Rosie hob den Ring auf und steckte ihn in die Tasche.

»Da ist noch etwas«, fuhr ich fort. »Mamma Flüster hat behauptet, dass die Fäden, die beeinflussen, was hier geschieht, bis zu den Jan'Tep reichen. Dexan ist aber schon seit Jahren vor unserem Volk auf der Flucht.«

Ferius rieb sich die Augen. Sie hatte in letzter Zeit so gut wie nicht geschlafen. »Womit wir wieder bei Revians Familie wären, mit ihren Jan'Tep-Hausmagiern und ihrem großen Wohnhaus, das, wie du sagst, gegen Magie aller Art abgeschirmt ist.«

»Jetzt drehen sich *deine* Gedanken im Kreis, Schwester«, sagte Rosie. »Wir müssen uns die früheren Schwarzschatten-Fälle vornehmen und feststellen, ob –«

Die Haustür flog auf und ein erschöpft und verschreckt aussehender Beren kam herein. »Wo ist Seneira? Ist sie schon wieder hier?«

»Beruhige dich, Bruder, und atme tief durch«, sagte Rosie. »Berichte uns, was passiert ist.«

»Es geht um Tyne. Sein Zustand verschlechtert sich und er fragt immer wieder nach Senny.«

Erst jetzt wurde mir bewusst, dass ich Seneira seit letzter Nacht nicht mehr gesehen hatte. »Wo ist sie denn?«

Beren sah mich an. »Dann ist sie also noch nicht wieder zurück? Sie hatte mir versprochen, dass sie –«

»Wo war sie denn?«

»Revians Familie hat heute Morgen eine Kutsche und einen Boten geschickt. Der Mann hat uns ausgerichtet, dass der Junge schrecklich krank ist und Seneira unbedingt sehen will. Er hat uns versichert, dass er sie zu ihm bringt, ohne dass es jemand mitbekommt, aber da wussten wir noch nicht, dass es Tyne schlechter geht …« Beren ging wieder zur Tür. »Ich muss sie holen! Ihr Bruder braucht sie dringender als …«

Rosie packte ihn so fest bei den Schultern, dass ich schon fürchtete, sie könne ihm wehtun. »Geh du zu deinem Jungen«, sagte sie und drehte sich zu Ferius und mir. »Wir bringen dir deine Tochter wieder.«

37

Ein Magier, mit dem keiner gerechnet hat

Zu viert gingen wir im Dunkeln zum Haus von Revians Eltern. Rosie übernahm die Führung, Ferius, Reichis und ich folgten ihr. Nachdem wir über einen hohen Eisenzaun geklettert waren, standen wir auf dem Grundstück. Das Haus war riesig, viel größer und protziger als Seneiras Elternhaus. Ob Revian sich manchmal einsam fühlte, inmitten so vieler leerer Zimmer?

»Da!« Rosie zeigte auf die Hauswand.

Ich entdeckte die erste von, wie sich herausstellte, unzähligen silbernen Abwehrglyphen. Als dieses Haus gebaut wurde, hatte man größten Wert darauf gelegt, dass nichts Magisches eindringen konnte.

»Haben wir eigentlich einen Plan?«, erkundigte ich mich.

Rosie drehte sich zu mir um. »Wir gehen geräuschlos und umsichtig vor. Wir tun nichts, was irgendwie Aufmerksamkeit ...«

Ein Schrei, der plötzlich aus dem Haus drang, ließ mich zusammenfahren. Blaues und rotes Licht flammte hinter den Fenstern auf, so grell, dass es uns fast blendete. Dann erlosch es wieder und ein zweiter Schrei ertönte, diesmal von einer Männerstimme. Es war der Schrei eines Menschen, der furchtbare Schmerzen litt.

»Na schön«, sagte Ferius, »Planänderung.« Sie rannte zur Haustür.

Die Schreie klangen immer gequälter. Ferius trat auf Höhe des Schlosses gegen die Tür, richtete aber nichts aus. Rosie schob sie beiseite. »Du hast dein körperliches Training nie besonders ernst genommen, Schwester.« Ihr eigener Tritt hätte jedem Gegner die Knochen gebrochen, doch die Tür hielt ihm trotzdem stand. Rosie ließ sich nicht entmutigen. »Noch ein paar Tritte, dann haben wir's.«

Doch Ferius winkte mich heran. »Mach schon, Jungchen, wo bleibt dein Trick?«

Ich warf zwei Prisen Pulver in die Luft, vollführte die nötigen Gebärden und sagte »*Carath.*« Die Druckwelle riss die Tür und den halben Rahmen heraus. Manchmal übertreibe ich ein bisschen.

Wir stürmten in das geräumige, offene Erdgeschoss. Von dem Anblick, der sich uns dort bot, gefror mir das Blut in den Adern.

Revian schwebte mit ausgestreckten Armen in der Mitte des Raumes einen halben Meter über dem Boden, Ler'danet und der andere Hausmagier lagen zusammengesunken neben ihm. Ihre Gesichter waren verkohlt, die Finger noch im Tod zu Abwehrzaubern verkrümmt. Unweit davon lagen ein Mann und eine Frau (vermutlich Revians Eltern) in ihrem Blut. Man hatte ihnen die Haut abgezogen. Die gewundenen Shadowblack-Male um Revians rechtes Auge glühten wie ein Stern, der reinste Dunkelheit ausstrahlte. Vor ihm stand Seneira mit ausdruckslosem Gesicht und wartete auf ihren Tod.

»Kellen?«, sagte Revian, als er mich sah. Er wirkte wie in Trance.

Ich bewaffnete mich mit der nächsten Sprengladung. Mit mir würde er nicht dasselbe machen wie das, was er den anderen angetan hatte und was er offenbar auch mit Seneira vorhatte! »Lass ab von der Magie, die du anziehst, Revian. Ich warne dich nicht noch mal!«

Er sah mich flehend an. »Wie ist das möglich, Kellen? Ich bin kein Magier! Ich kenne doch gar keine Zaubersprüche!«

Ich konnte die Intensität der Glutmagie spüren, die von ihm ausging, spürte, wie sie sich aufbaute und sich jederzeit in einem Zauber entladen konnte, der für keinen von uns gut ausgehen würde. Dann jedoch fiel mir auf, dass Revian weder die entsprechenden Gebärden vollführte noch eine Formel raunte. Sein Blick flackerte so unstet, dass er unmöglich die für einen Zauber erforderliche Konzentration aufbringen konnte.

»Kellen, er spricht mit mir.«

»Wer spricht mit dir, Revian?«

»Ich weiß nicht ... Er ... Er will dir etwas sagen ...« Revians Mund verzog sich zu einer gepeinigten Grimasse. Die Stimme, mit der er dann sprach, war zwar noch seine, aber der Tonfall war völlig verändert. »Pass gut auf, kleiner Spellslinger! Sieh gut hin, wenn wir uns das Mädchen vornehmen, und wisse, dass wir mit dir dasselbe machen, wenn du dich weiterhin in unsere Angelegenheiten einmischst.«

»Was redet er da?«, wollte Reichis wissen und grub die Krallen in meine Schulter.

»Ich habe keine ...« Ich wandte den Kopf und sah, dass sich das Fell der Baumkatze ganz von selbst sträubte. Die Luft war elektrisch aufgeladen – so wie nach einem Donnerschlag und kurz bevor ... »Nein, nicht!«, rief ich und wandte mich an Ferius und Rosie: »Bringt Seneira sofort hier raus!«

Revian fing meinen Blick auf. Tränen liefen ihm über die Wangen. »Sie zwingen mich dazu, Kellen. Bitte ... bitte mach, dass sie aufhören!«

»Du musst sie selbst daran hindern, Revian. Mach dich nicht zu ihrem Sklaven.«

»Sie sind zu stark! Sag mir, was ich tun soll!«

»Wehr dich! Denk an jemanden, den du lieb hast …« Idiotischerweise zögerte ich. »Denk an Seneira! Denk an eure Liebe. Für sie kannst du stark sein, Revian, das weiß ich.«

Er schaute zu Seneira hinüber und sein Gesicht bekam wieder den gequälten Ausdruck, als sich die schwarzen Male immer wilder und zorniger um sein Auge schlängelten. »Ich versuch's ja, Kellen! Ich versuche es mit aller Macht!«

»Du schaffst es, glaub mir! Lass dich einfach nicht …«

Dann passierten drei Dinge auf einmal: Rosie packte Seneira, rannte zu einem der hohen Fenster, machte einen Satz und drehte sich in der Luft, damit sie mit dem Rücken gegen das Glas prallte. In einem Scherbenregen fielen die beiden nach draußen. Auch ich wurde gepackt und in Richtung Haustür gezerrt. Instinktiv hielt ich Reichis fest, damit er mir nicht von der Schulter rutschte. Revian sah mir nach. Sein Gesicht war zu einer Maske verzerrt, während er gegen die Kräfte ankämpfte, die ihn bezwingen wollten. Man sah ihm an, dass sein Wille bröckelte. Die Anstrengung, der in seinem Inneren lodernden Magie zu widerstehen, musste unvorstellbar sein, und er kämpfte so tapfer, dass ich wünschte, ich hätte ihn länger gekannt und hätte ihm in diesen letzten Sekunden ein besserer Freund sein können. Sein Blick war so … zerknirscht. »Sag ihr, dass ich …«, setzte er an.

Ich sah gerade noch, wie ein Schwall vielfarbigen Feuers aus seinen Händen und dann aus seinem Mund und seinen Augen strömte und wie die Flammen in unsere Richtung züngelten. Dann blieb mir die Luft weg und ich begriff, dass Ferius mich aus der Tür ins Freie gestoßen hatte und ich auf dem Boden lag. Ich hielt Reichis immer noch fest. Einen Augenblick lang schauten wir beide in den Himmel, als hätten wir uns nur kurz ins Gras gelegt, um herumzublödeln, wie wir es manchmal taten. Dann ließ Ferius sich auf uns fallen und schirmte uns mit ihrem Körper gegen die Explosion ab.

Der Krach war so ohrenbetäubend, dass mir sekundenlang Hören und Sehen verging. Danach rollte sich Ferius von mir herunter. Auch sie war ganz benommen. Rosie und Seneira kamen angelaufen. Die Argosi war mit Schnittwunden von der zerbrochenen Fensterscheibe übersät. Seneira dagegen schien unversehrt – bis auf die Tatsache, dass der Junge, von dem sie seit jeher dachte, dass er sie einmal heiraten und ihr Lebensgefährte sein würde, soeben unbegreiflicherweise durch einen Glutzauber umgebracht worden war – und das in einem gegen sämtliche Magie gesicherten Haus.

Ich kam wieder auf die Beine und betrachtete die Ruine von Revians Elternhaus. Es war nicht mehr viel davon übrig.

38

Die Frage

Anschließend machten wir erst einmal, was man in so einer Situation üblicherweise tut. Ferius erholte sich am schnellsten. Nachdem sie sich vergewissert hatte, dass Seneira und ich unverletzt waren, versorgte sie Rosies Wunden. Wir standen alle unter Schock, glaube ich, sogar Reichis, denn er hatte ganz glasige Augen. Er sagte auch ausnahmsweise nichts.

Ich wartete, bis sich der Rauch verzogen hatte, dann betrat ich das Haus wieder. Bald würden die Nachbarn angelaufen kommen, deshalb blieb uns nicht viel Zeit. Ich war immer noch benommen und mein Schädel brummte, aber mich beschäftigte etwas anderes. Das Haus war gegen Magie gesichert gewesen, und doch war ich sicher, den Zauber, den Revian gewirkt hatte, erkannt zu haben.

»Suchst du etwas?«, fragte Seneira. Sie sah verwirrt aus, als wäre ihr eben erst wieder eingefallen, wie man spricht.

Ich ging in die Mitte des Raumes, wo jetzt lauter Schutt lag – dorthin, wo noch vor wenigen Minuten Revian in der Luft geschwebt hatte. »Bleib zurück, Seneira.«

»Die Explosion hat ihn bestimmt zerfetzt«, sagte Rosie und ließ den Blick über die rußgeschwärzte Einrichtung wandern. Es sah aus, als hätten ein Dutzend Blitze gleichzeitig eingeschlagen.

»Nicht unbedingt.«

Die beiden Argosi-Frauen und ich räumten Sandsteinbrocken und Möbeltrümmer beiseite. Schließlich fanden wir Revian. Er war natürlich tot, aber nicht der Blitz hatte ihn getötet.

»Wie kann das sein?«, fragte Seneira. Sie weinte nicht, sie schrie auch nicht. Als hätte sie wieder vergessen, wie man fühlt.

»Ein Glutzauber schützt den Urheber vor seiner Wirkung.«

»Aber der Junge ist doch tot«, wandte Rosie ein.

»Eine Tonne Schutt bringt so ziemlich jeden um, ganz egal, welchen Zauber er wirkt.«

Ferius bückte sich. »Was ist das da?«

Ich kniete mich hin, um ihren Fund näher zu betrachten, aber mein Blick fiel auf Revians Gesicht. Seine Augen standen weit offen, als grübelte er über etwas Unerklärliches nach. Mir ging es nicht anders – denn die Male um sein Auge waren spurlos verschwunden. Neben seinem Kopf lag ein Häufchen Asche. Es sah aber nicht wie der übrige Schutt aus, sondern bestand aus kleinen Körnchen, fast wie schwarzer Sand. »Ihr Ahnen … ich hätte es wissen müssen!«

»Was denn?«, fragte Ferius.

»Das hier …«, ich deutete auf die Male um mein eigenes Auge, »… ist ein Teil von mir. Es hat sich in die Haut eingeätzt. Man kann es nicht entfernen.«

»Aber dieser Kerl, dieser Dexan –«, wollte Ferius widersprechen.

Ich schüttelte den Kopf. »Er hatte Narben. Sieh dir Revians Gesicht an. Seine Haut ist ganz glatt.«

»Dann …«

Ich schloss Revians Augen. Ich hatte ihn kaum gekannt, doch in der Sekunde, bevor er starb, hatte er mich angeschaut, als wäre ich ein Freund, der gekommen war, um ihn zu retten. Ein Freund, der ihm erklären konnte, was mit ihm geschah. Leider war ich erst zu spät darauf gekommen. Ich hatte zu spät begriffen, warum das Ganze so unlogisch war – warum Menschen, die keine Jan'Tep waren, plötzlich eine Krankheit bekamen, die eigentlich nur Magier befiel.

Ich sah Seneira an. »Das ist kein Schwarzschatten!«

»Was denn sonst?«

»Keine Ahnung, aber was es auch ist, es quält die Opfer nicht nur. Es erlaubt jemandem, sie als Anker zu benutzen, um Zauber auch an Orten zu wirken, die durch Abwehrmagie geschützt sind.« Zu Ferius sagte ich: »Jemand hat Revian benutzt, um seine Eltern umzubringen. Aber wer? Ich kann nur eins mit Sicherheit sagen: Es müssen Jan'Tep-Magier dahinterstecken!«

Als Kind hatte ich mich oft gefragt, warum mein Volk eigentlich nicht die Welt beherrschte. Schließlich sind die Jan'Tep mit Abstand die mächtigsten Magier des Kontinents. Welche erbärmlichen Kräfte die Wesire der Berabesk auch von ihrem vielköpfigen Gott verliehen bekamen (oder es zumindest glaubten), was für zaubermächtige Artefakte sich die Generäle der Daroman auch zusammengeschnorrt hatten, um ihr Heer zu verstärken – nichts davon war mit der Macht eines wahren Meistermagiers zu vergleichen.

Ich hatte auch meine Eltern danach gefragt, aber sie hatten immer nur geantwortet, dass ich mich lieber darauf konzentrieren solle, selbst ein Magier zu werden, dann würden sich solche Fragen von allein erledigen. Shalla – die ich nicht danach gefragt hatte, die das Gespräch aber belauscht hatte – hatte behauptet, es läge daran, dass unser Volk allen anderen moralisch überlegen sei. »Außerdem«, hatte sie zynisch hinzugefügt, »wäre es witzlos, die bedeutendste Nation der Welt zu sein, wenn man sich mit niemandem auf Augenhöhe messen kann.«

Von meinem alten Lehrer Osia'phest hatte ich noch am ehesten so etwas wie eine Antwort bekommen. »Unsere Magie ist mächtig, allerdings«, hatte er gesagt und in seinen verstaubten Bücherregalen herumgekramt, »aber unser Fleisch unterscheidet sich nicht von dem anderer Menschen. Was spielt es für eine Rolle, dass der Blitz eines Kriegsmagiers mächtiger ist als ein Schwert oder eine Armbrust, wenn sein Blut aus der Wunde rinnt, die die Klinge oder der Pfeil eines Feindes gerissen hat? Außerdem folgt Magie, wie alles in der Natur, gewissen Gesetzen. So wie ein Schild seinen Träger vor einem Pfeil schützt, so können Abwehrzauber einen Hausbesitzer vor feindlicher Magie schützen.«

Das erklärte, warum unser Volk nicht einfach die Anführer unserer Gegner tötete und ihre Länder eroberte. Die anderen Völker hatten Mittel und Wege gefunden, sich vor unserer Magie zu schützen.

Aber was, wenn man ihre Abwehrzauber außer Kraft setzen konnte?

Was, wenn ein Magier mittels eines menschlichen Ankers in ein gesichertes Haus eindringen konnte? Obwohl der eigentliche Zauber aus der Ferne kam, entfaltete sich die Magie mithilfe des Opfers direkt vor Ort, und damit waren alle Schutzvorkehrungen hinfällig.

»Irgendwas ist hier faul«, brummte Rosie, als sie aufs Pferd stieg.

Was du nicht sagst!

»Hast du einen Verdacht?«, erkundigte sich Ferius.

Rosie nickte. »Die früheren Opfer, die ich mir angeschaut habe ... Eine der Familien lebt in einem Dorf ganz in der Nähe.«

»Also gut«, sagte Ferius. »Kellen, wir beide bringen Seneira jetzt am besten in die Krankenstation der Akademie. Ihr Vater muss wissen, was hier geschehen ist.« Sie erwähnte nicht, dass sich Tynes Zustand verschlechtert hatte.

Ich beugte mich über Reichis. »Alles in Ordnung, Partner?«

Er sah mich verständnislos an, und ich machte mir schon Sorgen, dass unsere Verbindung womöglich abgerissen war, aber dann schüttelte er sich und fauchte: »Wer das auch getan hat ... ich bring ihn um!«

»Vorher möchte ich dich noch um etwas anderes bitten.«

»Was denn?«

»Begleite du Ferius und Seneira. Behalte sie für mich im Auge, ja?«

Er knurrte leise, so wie immer, wenn er ausdrücken wollte, dass er sich mit etwas einverstanden erklärte, obwohl er nicht begeistert davon war.

»Und wo willst *du* hin, Jungchen?«, fragte Ferius.

Mein Blick wanderte durch die offene Haustür bis zu der Wüste am Horizont. »Ich muss mich mal mit jemandem unterhalten.«

Ich hockte im Schneidersitz auf dem Boden und starrte auf den Sand. Teleidos ist eine durchgeplante Stadt voller Gebäude, Gehsteige und sogar hübscher kleiner Parks. Um noch ursprünglichen Sandboden zu finden und die Beschwörung ungestört durchführen zu können, musste ich mich deshalb an den Stadtrand begeben.

Das größte Problem war natürlich, dass der Zauber, den Shalla anwandte, für jemanden mit meinen begrenzten Fähigkeiten viel zu kompliziert war. Und weil ich mein Sandzauber-Band noch nicht entfacht hatte (was mir dank der dauerhaften Versiegelung durch meinen Vater auch niemals gelingen würde), blieben mir

Teile des Zaubers für immer verschlossen. Ich konnte es nur mit einer vereinfachten Version versuchen und hoffen, dass ich Glück hatte.

Wenigstens *einmal* im Leben.

So, wie Shalla es mir erklärt hatte, bestand der Zauber aus mehreren Komponenten – Bestandteilen unterschiedlicher Elemente der Magie, die wie ein Uhrwerk ineinandergriffen. So hatte ich es jedenfalls verstanden. Das würde bedeuten, dass der Zauber, ähnlich wie mein Steckbrief, von einer gewissen Dauer war und lediglich wieder aktiviert werden musste. Shalla hatte erwähnt, dass Atemmagie eine Grundvoraussetzung war. Da das zufällig die einzige Magie war, die mir zur Verfügung stand, fing ich damit an.

»*Tuvan-eh-savan-teh-beranth*«, intonierte ich in der Hoffnung, die Beschwörungsformel richtig in Erinnerung zu haben. Nichts geschah, was allerdings mehrere Gründe haben konnte. Ein Jan'Tep-Zauber besteht immer aus fünf Teilen: aus der fehlerlos gesprochenen Formel; der lebhaften inneren Vergegenwärtigung; der Gebärde; der Einbindung, für die ich den Sand und den lauen Wind benutzte; und schließlich der Willenskraft des Magiers. In diesem letzten Teil war ich besonders schlecht.

»*Tuvan-eh-savan-teh-beranth!*«, wiederholte ich und achtete besonders auf meine Fingerhaltung. Als es wieder nicht klappte, ging ich jede Komponente noch einmal gesondert durch. Wobei es natürlich auch sein konnte, dass ich gar keinen Fehler gemacht hatte, sondern einfach nicht willensstark genug war.

Diese Sorge schwächte dummerweise meine Konzentration, worauf sich auch meine Vergegenwärtigung verflüchtigte. Ich wurde ungeduldig, zumal ich genau wusste, dass Shalla die Beschwörung im Schlaf hingekriegt hätte. Ich sah richtig vor mir, wie sie mich wieder einmal spöttisch und zugleich enttäuscht anschaute, mit ihren ach so makellosen Zügen und ihrer goldblonden Haarflut, die so ganz anders war als die dunklen Zotteln, die meinen Kopf zierten. Vor allem irritierte mich immer ihre Stimme. Sie klang viel erwachsener, als es sich für eine Dreizehnjährige gehörte. Meine kleine Schwester drückte sich stets gewählt aus, jede Silbe klang wie Musik ... Wozu wollte ich mich überhaupt mit ihr in Verbindung setzen? Es kam mir vor, als wäre sie sowieso schon hier.

Oha!

»*Tuvan-eh-savan-teh-beranth*«, rezitierte ich ein letztes Mal.

Mir war nicht aufgefallen, dass der Wind aufgefrischt hatte, aber jetzt wehten mir ein paar Sandkörnchen in die Augen und ließen sie tränen. Als ich wieder auf den Boden schaute, wirbelten die Körner auch dort umher. »Kellen?«, fragte Shallas Gesicht.

»Shalla?«

Ihr Abbild schien verblüfft. »Wie hast du ...?« Doch als ich ihr berichten wollte, wie ich den Zauber bewältigt hatte, änderte das Sandgesicht seinen Ausdruck. »Ach so! Ich habe vergessen, den Zauber zu schließen. *Deshalb* konntest du ihn mit deiner laienhaften Atembeschwörung aktivieren.«

»Richtig«, sagte ich, weil ich mich nicht gleich mit ihr streiten wollte. Schließlich wollte ich etwas von ihr. »Sag mal ... wer aus unserem Clan könnte –«

Sie unterbrach mich sofort und ihre Augen im Sand schauten sich um. »Bei unseren Ahnen, Kellen! Bist du etwa immer noch in Teleidos?«

»Ja, und zwar gibt es hier etwas ...«

»Du musst sofort von dort verschwinden!«, rief sie, und der Wind reagierte mit heftigem Wirbeln auf die verstärkte Zauberkraft. »Habe ich dir nicht gesagt, dass du diesen Ort verlassen sollst?«

»Schon«, erwiderte ich ruhig. »Du wusstest offensichtlich genau, *wann* ich hier abhauen sollte.«

Das Bild im Sand verschwamm ein bisschen, weil sie den Kopf schüttelte. »Nein, das stimmt nicht, Kellen. Ich … vertrau mir einfach. Glaub mir, es nimmt kein gutes Ende, wenn du noch länger dortbleibst.«

»Und warum? Weil es hier gar keine Schwarzschatten-Seuche gibt? Weil unsere *eigenen* Leute dahinterstecken?«

»Es hat nichts mit dir zu tun, Kellen. Bitte verlass diesen abscheulichen Ort!«

So kam ich nicht weiter. Shalla war schon immer sturer gewesen als ich. »Sag mir, was du weißt. Dann gehe ich vielleicht.«

Sie zögerte. Trotz des Windes bewegten sich die Sandkörner nicht mehr. »Ich weiß nicht viel, Kellen, aber als ich mithilfe von Beobachtungszaubern mehr über die Ursache des Schwarzschattens herausfinden wollte, bin ich aus dem, was ich gesehen habe, einfach nicht schlau geworden.«

»Wie meinst du das?«

»Da waren … ich kann es nur umschreiben: *Fäden*. Feine Fäden übernatürlicher Kräfte, die sich von uns bis nach Seven Sands erstrecken. Und als ich sie mir näher ansehen wollte, da …«

»Was? Was war da?«

Shallas Bild im Sand nahm einen merkwürdigen Ausdruck an – den Ausdruck eines Gefühls, das ich von meiner Schwester sonst nicht kannte. Angst. »Jemand hat mich aus der übernatürlichen Ebene herausgedrängt und bewusstlos geschlagen, Kellen. Jemand, der mächtiger war als ich.«

Schon allein, dass Shalla zugab, dass jemand über größere magische Kräfte verfügte als sie, verriet mir, wie ernst die Lage war.

Der Sand strudelte wieder, ihr Gesicht löste sich auf. »Der Zauber, den ich geschaffen habe, damit wir beide uns verständigen können, wird schwächer. Ich traue mich nicht, ihn noch einmal zu wirken. Ich will denjenigen, der hinter dieser Sache steckt, lieber nicht auf mich aufmerksam machen. Keine Ahnung, wann wir beide wieder miteinander Verbindung aufnehmen können, Kellen, aber ich habe dir alles gesagt, was ich weiß. Also halte du auch dein Versprechen und verlasse Teleidos noch heute Abend.«

Ich wies sie nicht darauf hin, dass ich eigentlich überhaupt nichts versprochen hatte, sondern strich nur den Sand glatt und sagte leise: »Pass auf dich auf, Schwesterchen!«

39

Die Zeugin

Der Morgen brach schon an, als ich in Seneiras Elternhaus zurückkehrte. Weil Seneira und Ferius im Krankentrakt der Akademie waren und Rosie sich sonst wo herumtrieb, hatte ich erwartet, allein zu sein. Den ganzen Rückweg über musste ich an Revians Tod denken und überlegte, was ich sagen oder tun konnte, um Seneira darüber hinwegzuhelfen.

Wie sich herausstellte, hätte ich mir den Kopf nicht zerbrechen müssen, denn als ich ankam, waren Seneira und ihr Vater schon wieder zu Hause und saßen am Tisch. Es war etwas noch Schlimmeres geschehen.

»Er ist tot«, sagte Beren. Er war bleich wie ein Geist und hielt sich an seiner Tochter fest, die wiederum ein kleines Stoffpferd umklammerte. Die Hängelampe über ihnen warf flackernde Schatten. »Mein Sohn ist tot.«

Ein abgerissenes Schluchzen drang aus seiner Kehle und er barg das Gesicht im Haar seiner Tochter.

Seneira saß reglos da und streckte nur die Hand aus, um Reichis zu streicheln. Ihr Blick war abwesend und sie machte den Eindruck, als würde sie keinen von uns richtig wahrnehmen.

Als die Tür aufging, drehte ich mich um und sah Rosie hereinkommen. Sie nickte Ferius kurz zu und ging wieder hinaus.

Ich spürte Ferius' Hand auf meiner Schulter. »Komm. Lass den beiden Zeit zum Trauern.«

Draußen wartete Rosie neben einem Pferd, das vor einen einfachen Karren gespannt war. Davor stand eine nervöse junge Frau mit einem kleinen Jungen an der Hand, der ungefähr fünf Jahre alt war. »Sie heißt Adella«, stellte Rosie die Fremde vor.

Der Junge sah Rosie an, als wartete er darauf, dass sie auch ihn vorstellte. Schließlich sagte er: »Und ich heiße Yerek Farssus. Mein Vater heißt Junius Farssus, aber er wohnt nicht mehr bei uns. Meine Schwester heißt ...«

»Wie besessen hier immer alle von ihren Namen sind!« Rosie verzog das Gesicht und wandte sich an Ferius: »Letzte Nacht haben mich diverse Gerüchte nach Lastreida geführt, das ist ein Städtchen ungefähr zwölf Meilen von hier, wo auch die beiden wohnen. Vor gut einem Jahr bekam der Junge hohes Fieber, dann tauchten die dunklen Male um sein rechtes Auge auf.«

Ich beugte mich vor und betrachtete das Gesicht des Kleinen, entdeckte aber nichts – keine Male, nicht einmal hauchfeine Narben wie bei Dexan. Yerek sah mich mit großen Augen an, und ich begriff nicht gleich, dass er Reichis bestaunte, der aus dem Haus gekommen und mir auf die Schulter gesprungen war. »Miezekatze!«, sagte der Junge aufgeregt.

Ihr Ahnen!, fluchte ich innerlich, richtete mich wieder auf und hielt Reichis fest, ehe er Yerek zerfleischen konnte. Manchmal vergisst er, dass Kinder nicht einfach zu kurz geratene Erwachsene sind und von daher besser nicht gebissen werden sollten, wenn er sich über sie ärgert.

»Wie war das, als du krank geworden bist?«, fragte Ferius den Jungen.

»Ich hab geschwitzt und es hat ganz doll wehgetan«, antwortete Yerek und nickte energisch, als wollte er sichergehen, dass wir ihm glaubten. »Ich hab auch einen Dämon gehört. Das war nicht schön.«

»Wir haben verzweifelt nach einem Heilmittel gesucht.« Adella legte schützend den Arm um Yerek. »Nichts hat geholfen ... Nein, es war noch tückischer – alles, was wir dagegen unternommen haben, hat ihn nur noch kränker gemacht.«

»Fast so, als würde die Krankheit spüren, dass sie bekämpft wird«, sagte Rosie, sah dabei aber Ferius an.

»Erzähl weiter«, ermutigte Ferius Adella. »Uns interessiert alles.«

Die junge Frau nickte. »Die Symptome waren so heftig, dass wir schon glaubten, Yerek müsse ...« Sie schaute wieder ihren Sohn an. »Wir haben das Schlimmste befürchtet.« Ihre Miene hellte sich auf. »Aber dann kam ein Mann zu uns, der den Schwarzschatten heilen konnte. Ich wusste nicht mal, dass man die Krankheit so nennt, aber als er sie beschrieb, war es genau das, was Yerek hatte.«

»Wie hieß der Mann?«, fragte ich.

»Soredan«, antwortete sie. »Doktor Soredan.«

»Soredan?«

»Dieser Doktor Soredan ...«, sagte Ferius, »war das zufällig ein großer, gut aussehender Bursche mit dunklem Haar und Dauergrinsen?« Sie deutete auf ihren Kopf. »Und mit so einem Hut?«

Adella nickte. »Nur dass auf seinem Hut lauter komische Zeichen drauf waren.«

»Dexan«, sagte ich. »Es war Dexan.«

Rosie verdrehte die Augen, als wäre das längst sonnenklar.

Anschließend ließ sich Ferius von Adella geduldig den Rest der Geschichte erzählen, wobei sich Yerek immer wieder einmischte, damit auch ja niemand vergaß, dass *er* derjenige war, der das Ganze durchgemacht hatte. Dexan beziehungsweise »Doktor Soredan« hatte behauptet, es handele sich um ein gefährliches und teures Verfahren. Erst hatte er sich hinsichtlich der Kosten nicht festlegen wollen, aber nachdem sich Adella erkundigt hatte, wie viel der Verkauf ihrer Wertsachen einbringen würde, und einige Verwandte angeboten hatten, ihr notfalls etwas Geld zu leihen, war Soredan am nächsten Tag wieder aufgetaucht und hatte einen Preis genannt, der ziemlich genau dieser Summe entsprach. Ein paar Tage später hatte sie das Geld zusammen und Soredan führte sein »Verfahren« durch – das mir sehr nach Hokuspokus klang. Am nächsten Morgen war Yerek geheilt.

»Und jetzt sind wir arm«, brachte Adella ihre Geschichte zu Ende. »Wir mussten unseren Laden verkaufen und ich arbeite jetzt als Wäscherin für die wohlhabenderen Leute in der Stadt, aber das war es mir wert.« Sie zog Yerek an sich. »Für ihn ist mir nichts zu teuer.«

»Freut mich, dass es gut ausgegangen ist«, sagte Ferius ruhig, aber ich spürte, dass sie genauso wütend war wie ich. Sie ging in die Knie und schaute Yerek in die Augen. »Hm. Sieht mir wieder ganz normal aus. Ein bisschen komisch vielleicht noch ….«

»Gar nicht – *du* siehst komisch aus!«, kicherte Yerek aufgedreht und griff nach der weißen Stirnlocke in Ferius' roter Haarpracht.

Adella zeigte auf Seneiras Elternhaus. »Glaubt ihr … ich habe eure Freundin gebeten, uns mitzunehmen, als ich gehört habe, dass hier noch andere an dieser Krankheit leiden. Ich dachte, vielleicht tröstet es sie, wenn ich ihnen erzähle, dass es Hoffnung gibt. Vielleicht können sie sich mit Doktor Soredan in Verbindung setzen und …«

»Ich glaube, er war schon hier«, Ferius drehte sich zu dem Haus um, »aber jetzt ist nicht der … richtige Zeitpunkt für einen Besuch.«

Adella nickte verständnisvoll. »Dann machen wir uns mal wieder auf den Weg. Eure Freundin weiß ja, wo sie uns findet, falls wir doch noch etwas für euch tun können.«

Sie hob Yerek auf den Bock des Karrens, kletterte selbst hinauf und nahm die Zügel. Bevor sie dem Pferd sanft aufs Hinterteil klatschte, winkte sie uns noch einmal zu, dann setzte sich das Tier in Bewegung. Der Karren wendete und rumpelte davon.

»Wie passend, dass die Krankheit ausgerechnet ein paar Tage vor der Ankunft des Heilers ausbricht«, knurrte Ferius grimmig.

»Aber hat Dexan nicht gesagt, dass Beren Männer ausgesandt hat, um ihn zu holen? Er stand ja nicht von allein vor ihrer Tür.«

»Wahrscheinlich hat er dazugelernt.« Ferius deutete mit dem Kinn auf den sich entfernenden Karren. »Wenn man jedes Mal mit derselben Masche ankommt, fliegt man früher oder später auf. Da bezahlt man lieber ein paar Leute dafür, dass sie die Neuigkeit über einen Trickser verbreiten, der den Schwarzschatten kurieren kann. Jemand wie Beren, der Geld und Beziehungen hat, zögert da nicht lange.«

»Du meinst, Dexan wartet irgendwo, bis er geholt wird.«

Sie nickte. »Außerdem kann man mehr Geld verlangen, wenn man es den Leuten nicht so leicht macht.«

»Aber warum hat er Tyne dann nicht geheilt? Warum hat er ihn elend sterben lassen?«

»Vielleicht hat sich sein Zustand zu schnell verschlechtert«, antwortete Ferius und fügte in deutlich schärferem Ton hinzu: »Oder aber ein Vater, der um seinen Sohn trauert, ist eher bereit, noch viel mehr zu zahlen, um seine Tochter nicht auch noch zu verlieren.« Sie schaute wieder Rosie an, und ich spürte, dass ihr Zorn nicht allein Dexan galt. »Das war's dann wohl, oder?«

Rosie nickte. Erst jetzt fiel mir auf, dass sie ihr Bündel bei sich hatte und ihr gesatteltes Pferd ganz in der Nähe angebunden war.

»Moment mal«, sagte ich, »was soll das werden?«

»Hier gibt es keine Seuche. Was auch immer hier vor sich geht und welche Tragödie die Menschen hier auch heimsucht, es ist keine Seuche.«

»Aber … Willst du jetzt etwa einfach weiterziehen?«

»Ja.«

»Das kann nicht dein Ernst sein! Du willst Seneira und ihren Vater im Stich lassen? Und was ist mit den anderen jungen Leuten in der Akademie? Sie …«

»Was mit ihnen geschieht, hat nur mit *ihnen* zu tun und nichts mit der Welt im Ganzen. Wir Argosi …«

»Lass gut sein«, sagte Ferius warnend. »Er kapiert es nicht.«

»Was kapiere ich nicht? Dass sich die Argosi einen Scheißdreck um andere scheren, wenn nicht gerade ›die Welt im Ganzen‹ untergeht?«

»Nein, so ist das nicht, Jungchen.«

»Du verweichlichst ihn«, sagte Rosie ungehalten, und in dem Blick, mit dem sie mich ansah, war nicht die Spur eines schlechten Gewissens zu erkennen. »Der Weg des Donners besagt, dass man nicht jede Quelle des Leidens bekämpfen muss. Als Argosi muss man stets abwägen, wo und wann man sich einmischt. Alles andere ruft nur noch größeres Leid hervor.«

Das klang zwar irgendwie kaltherzig, leuchtete mir aber auch ein. Die Argosi zogen nicht einfach nur durch die Lande und taten Gutes. Sie hielten nach Ereignissen Ausschau, die den Lauf der Welt verändern konnten, wie zum Beispiel eine Seuche. Aber eine Verschwörung, die ein paar Jugendliche und ihre Familien betraf oder sogar die ganze Akademie zum Erliegen brachte? Wohl eher nicht. »Siehst du das auch so?«, fragte ich Ferius.

»Der Pfad der wilden Gänseblümchen hat die Welt noch nie so gesehen wie alle anderen«, kam es von Rosie. »Sie neigt eher dazu … sich einzumischen.«

»Das hast du ganz richtig erkannt«, erwiderte Ferius.

Die beiden Frauen sahen einander lange an. Ich spürte keine Feindseligkeit zwischen ihnen, nicht einmal Enttäuschung – nur eine gewisse Verunsicherung, als wunderten sie sich, dass sie trotz ihrer jahrelangen Bekanntschaft immer noch nicht nachvollziehen konnten, wie die andere dachte.

Schließlich schob Rosie den Fuß in den Steigbügel und schwang sich in den Sattel. »Auf Wiedersehen, Kellen von den Jan'Tep«, verabschiedete sie sich von mir. »Hoffentlich findest du eines Tages einen Pfad, der zu dir passt.«

Dann trieb sie ihr Pferd zu einem gemächlichen Trab an und ritt davon.

»Wenigstens muss ich mich jetzt nicht mehr so mies fühlen«, sagte Reichis, der immer noch auf meiner Schulter hockte.

»Wieso denn mies?«

»Weil ich ihr ein paar Kleinigkeiten stibitzt habe.« Er hatte wohl erwartet, dass ich ihn dafür tadelte, denn er fügte eilig hinzu: »Nichts Großes! Ein paar Münzen, einen kleinen geschnitzten Elefanten, der ziemlich niedlich aussieht, ach ja, und dann noch den Tiegel mit Lahmkraut, den sie immer dabeihat. Man weiß nie, wann man so was mal brauchen kann.«

»Was schnattert er da?«, fragte Ferius.

Ich übersetzte es ihr, und sie spürte wahrscheinlich, dass auch ich keinerlei Gewissensbisse angesichts dieses Diebstahls hatte. »Es bringt nichts, Rosie zu hassen«, sagte sie.

»Ach nein? Warum denn nicht?«

Sie seufzte. »Weil Hass *nie* etwas bringt. Weil es nicht Rosies Schuld ist. Weil sie am Ende womöglich recht hat.« Ferius drehte sich um und ging zum Haus zurück. »Aber vor allem deshalb, weil ich sie schon oft genug hasse, dass es für uns beide reicht.«

40

Der Kuss

In der Nacht wurde ich davon wach, dass vor meiner Zimmertür jemand weinte. Das Weinen war so leise, dass ich erst dachte, ich hätte nur geträumt, aber als ich wacher wurde, erkannte ich, dass ich es mir nicht nur einbildete. Ich schob Reichis behutsam beiseite, damit ich aus dem Bett steigen konnte, und zog rasch Hemd und Hose über. Als ich die Tür öffnete, hockte Seneira davor auf dem Boden, die Arme um die Knie geschlungen.

»Seneira?«

»Entschuldige«, sagte sie mit einer Stimme, der man anhörte, dass sie Schmerzen hatte. »Es tut wieder so schrecklich weh.«

Ich kniete mich neben sie. »Die Male?«

Sie nickte, und trotz der Dunkelheit sah ich, wie sich die schwarzen Linien um ihr Auge schlängelten. »Ich wusste nicht, was ich machen soll«, schluchzte sie. »Ich wollte dich um Hilfe bitten, aber dann habe ich mich nicht getraut zu klopfen. Weggehen konnte ich aber auch nicht. Keine Ahnung, was mit mir los ist. Warum passiert uns das, Kellen? Warum mussten Tyne und Revian sterben? Was habe ich bloß –«

»Es liegt nicht an dir«, sagte ich rasch. Wut stieg in mir auf. Ich verdrängte sie, denn wenn ich wütend war, verschlimmerten sich meine eigenen Anfälle, und damit war Seneira auch nicht geholfen. *Aber ich kriege dich, Dexan, und dann bringe ich dich zum Reden!*

»Hörst du wieder die Stimmen?«, fragte ich etwas ruhiger.

»Sie sind so laut, Kellen. Sie verspotten mich. Sie … sie genießen es, mir wehzutun. Ich kann sie nicht zum Schweigen bringen. Es ist … als würden sie mit mir spielen. Ich spüre, wie sie an meinem Verstand kratzen.« Sie ballte die Fäuste so fest, dass ich ihre Finger auseinanderbiegen musste, damit sie sich nicht die Nägel in die Handflächen bohrte. »Mach, dass sie aufhören, Kellen, bitte!«

»Ich weiß leider nicht, wie«, entgegnete ich und kam mir noch unnützer vor als ohnehin schon.

»Bitte!«

»Es tut mir leid, Seneira, ehrlich, aber ich kann nichts dagegen –«

»Küss sie!«, maunzte Reichis.

Ich drehte mich um. Er hockte hinter mir und seine Augen glänzten im Halbdunkel. »Jetzt nicht!«, blaffte ich ihn an.

»Diesmal mein ich's ernst«, gab er ungerührt zurück. »Du musst die Verbindung kappen und das, was in ihr kratzt und kriecht, verwirren, bevor –«

»Was verstehst du denn schon von Magie! Gar nichts. Du bist eine blöde Baumkatze. Du kannst töten und klauen und –«

»Jetzt hör mir mal gut zu«, knurrte Reichis mit gesträubtem Fell, »ich kann es riechen! Sie benutzen die Male an ihrem Auge, um in sie einzudringen und sich an ihrem Elend und ihrer Angst zu laben. Du musst das Mädel da rausholen.«

»Aber doch nicht, indem ich sie kü-« Ich konnte mich gerade noch rechtzeitig unterbrechen.

»Was sagt er?« Seneira vergrub die Hände in den Haaren.

»Nichts. Er ist ein Dummkopf. Versuch, dich zu entspannen.«

»Geht nicht«, sagte sie und wiegte sich vor und zurück. »Wenn du irgendetwas dagegen tun kannst … ein Zauber oder sonst irgendwas … Hauptsache, es hört auf!«

Ich schielte wieder zu Reichis hinüber. Er meinte es tatsächlich ernst, denn er drohte mir ausnahmsweise nicht mit blutiger Rache, weil ich ihn beleidigt hatte. Widerstrebend berichtete ich Seneira, was er gesagt hatte.

»Soll das ... Soll das ein Scherz sein? Nein, du würdest mit so etwas keine Scherze treiben. So bist du nicht.« Sie krümmte sich. »Ihr Götter der Erde und der Luft ...«

Auf einmal zog sie mein Gesicht dicht an ihres, bis unsere Lippen sich berührten – aber die Berührung war zu fest und abrupt, um zärtlich zu sein, zu gequält, um etwas anderes zu sein als pure Notwendigkeit.

Ich war überrumpelt, machte aber mit und versuchte auf diese Weise, ihre Qualen ein wenig zu lindern. Ich spürte die Anspannung ihrer Gesichtsmuskeln, die Verkrampfung ihres Unterkiefers. Es war eine eigenartige Erfahrung, denn genau genommen war es erst der zweite richtige Kuss meines Lebens.

Langsam, ganz langsam ließ die Anspannung ein wenig nach, das Zittern hörte auf. Ich versuchte, mich von Seneira zu lösen, wollte sie fragen, ob die Schmerzen erträglicher und die Stimmen leiser wurden, aber sie hielt mein Gesicht fest und erlaubte mir nicht, die Arme von ihrer Taille zu lösen.

Ich hörte, wie sich Reichis diskret verzog.

Schließlich sah Seneira mich an, und ich stellte fest, dass ihre Male nun ruhig waren und ihre Stirn sich wieder geglättet hatte. Und ich entdeckte noch etwas anderes in ihrem Gesicht: etwas, das sich, wie ich spürte, auf meinem eigenen widerspiegelte. Wir küssten uns noch einmal, aber diesmal aus einem ganz anderen Grund.

Was mit Angst und Verzweiflung begonnen hatte, wurde etwas Neues, und so saßen wir die nächsten Stunden zusammen im Flur auf dem Boden, küssten uns und redeten zwischendurch über die Menschen, die Seneira verloren hatte, und darüber, was sie ihr bedeutet hatten. Manchmal hielten wir uns auch einfach nur aneinander fest, verbunden durch die sonderbaren Male um unsere Augen, durch Schmerzen, Leid und das verzweifelte Bedürfnis, etwas zu finden, was an die Stelle dieser Gefühle treten konnte.

Zusammen.

41

Der Trickser

Am nächsten Morgen stritt ich mich mit Ferius darüber, wie wir mit Dexan verfahren sollten, während Seneira versuchte, uns zu beschwichtigen. Vergebens.

»Wir können da nicht einfach reinrennen und um uns schlagen, Jungchen! Wir müssen erst überlegen, wie –«

»Dafür haben wir keine Zeit!«, rief ich aufgebracht, was gar nicht gut war, weil ich gerade die Beutel mit dem Sprengpulver nachfüllte, eine Tätigkeit, bei der man sich besser konzentrieren sollte. »Dexan hat gesagt, dass er die Stadt heute Abend verlässt. Wir müssen ihn uns *jetzt* schnappen, bevor er merkt, dass wir ihm auf die Schliche gekommen sind.«

»Wie willst du ihn denn finden?«, fragte Seneira.

»Das wüsste ich auch gern«, sagte Ferius. »Diese Stadt ist viel zu groß, um ...«

Ich hielt ihr meine rechte Handfläche unter die Nase. Selbst in diesem Moment spürte ich den Zauber daran ziehen, den mir Dexan eingepflanzt hatte. »Er wollte, dass ich sein Partner werde. Das hier führt uns geradewegs zu ihm.«

»Und was dann?« Ferius deutete auf meine Pulverbeutel. »Willst du ihn mit Magie besiegen? Er ist schon länger im Geschäft als du, Kellen.«

»Schon, aber ich habe eine Überraschung für ihn.« Ich wandte mich an Seneira. »Gibt es hier zufällig Handschuhe, die mir passen könnten? Vielleicht hat dein Vater welche, oder ...«

Sie nickte und ging hinaus.

»Was hast du vor, Jungchen?«

Statt einer Antwort griff ich mir den Samtbeutel, in dem Reichis sein Diebesgut aufbewahrte.

»He!«, rief die Baumkatze ungläubig, als ich anfing, in ihren Schätzen zu wühlen.

»Ich brauche nur das hier.« Ich zog den Tiegel mit Lahmkraut heraus, den er Rosie stibitzt hatte. »Dexan wird gar nicht dazu kommen, irgendwelche Zauber zu wirken!«

Sobald es dunkel war, folgten Ferius, Reichis und ich dem Ziehen in meiner Handfläche. Es führte uns auf verschlungenen Wegen quer durch die Stadt in ein Viertel, in dem so gut wie keine Laternen oder andere Lichtquellen die Straßen erhellten. Dort entdeckten wir Dexan in einem verlassen wirkenden Gebäude. Er war offensichtlich drauf und dran, die Stadt zu verlassen.

»Du hast mich belogen!«, sagte ich, als wir vor ihm standen.

»Ach ja? Worüber denn?«

»So ziemlich alles.«

Ohne Vorwarnung verpasste ich ihm einen Hieb ins Gesicht. Normalerweise schlage ich niemanden. Es ist nicht gut für die Hände, die ich ja für meine Magie brauche. Aber ich war stinksauer und hatte obendrein Vorsichtsmaßnahmen getroffen.

Dexan rieb sich die Wange. »Im Ernst, Kleiner? Willst du dich jetzt prügeln wie ein dahergelaufener Hinterwäldler?«

»Seven Sands färbt anscheinend auf mich ab. Und wo wir gerade vom Abfärben sprechen – willst du dir nicht endlich das Zeug vom Gesicht wischen?«

Er hob wieder die Hand an die Wange, dann fiel sein Blick auf meine Handschuhe. »Verdammt, Kleiner, du versuchst, einen Spellslinger mit Lahmkraut außer Gefecht zu setzen?«

Ich streifte die Handschuhe ab und tastete nach meinen Pulverbeuteln. »Du machst jetzt sofort alles rückgängig, was du Seneira und den anderen angetan hast!«

»Das würde ich gern tun, Kleiner, aber das würden mir meine Auftraggeber sehr übel nehmen.«

»Wer sind denn deine Auftraggeber?«, mischte sich Ferius ein.

Dexan schüttelte den Kopf. »Tut mir leid, das kann ich euch nicht sagen.«

»Oh doch!« Ich nahm in jede Hand eine Prise Pulver. »Sonst erlebst du nämlich das, was Revian erlebt hat, bevor er in einem Feuerball explodiert ist.«

Dexan hob die Hände. »Na schön, Kleiner, du hast gewonnen.« Dann lächelte er. »Ach nein, doch nicht.« Er führte mit Zeige- und Mittelfinger jeder Hand eine Gebärde aus und sprach eine dreisilbige Beschwörung. Es war eine der mächtigeren Abwandlungen des Atemzaubers, den ich immer benutzte. Im nächsten Augenblick flogen Ferius, Reichis und ich durch die Luft, krachten gegen die Rückwand des Hauses und landeten auf dem Boden.

»Nichts für ungut, Kleiner«, sagte Dexan. »Alles in allem war dein Plan ganz schön raffiniert. Vor allem das Lahmkraut auf den Handschuhen, als du mir eine reingehauen hast.« Er fuhr sich mit der Hand übers Gesicht. Dort lösten sich nicht nur die grünlichen Spuren des Krauts, sondern auch eine fast durchsichtige, wachsähnliche Substanz.

»Du hast dich mit Mesdet-Paste eingerieben, um dich vor dem Kraut zu schützen … aber woher hast du gewusst, dass …«

»Sagen wir einfach, dass ich auch nicht auf den Kopf gefallen bin.«

Ich kam wieder auf die Beine und Reichis sprang mir auf die Schulter. Plötzlich hob er witternd die Nase. »Hier stimmt was nicht, Kellen. Der Hautsack ist nicht allein.«

Dexan lächelte. »Er kann es riechen, was? Ein schlaues kleines Kerlchen. Bestimmt ganz praktisch, wenn du in der Klemme steckst. Aber ich habe auch einen Freund mitgebracht.«

Er berührte das Onyx-Armband an seinem Handgelenk und aus einer dunklen Ecke am anderen Ende des Raums kam ein Wesen mit schuppiger Haut und länglicher Schnauze auf uns zugewatschelt. Ich brauchte einen Augenblick, um zu begreifen, worum es sich handelte, denn bis jetzt hatte ich so etwas nur auf Abbildungen in Büchern gesehen. Wobei es in den Büchern natürlich nicht so groß ausgesehen hatte.

»Mist!« Ferius rappelte sich ebenfalls hoch und holte ihre Stahlkarten heraus. »Jetzt hat der Kerl auch noch ein Krokodil?!«

42

Das Krokodil

Dexan machte einen Schritt auf uns zu. Das Krokodil spürte, dass Gewalt in der Luft lag, und ließ voller Vorfreude die zahnbewehrten Kiefer auf- und zuklappen. Reichis fauchte das Tier an, aber es war nicht seine übliche herausfordernde Kampfansage. Diesmal klang sein Fauchen schrill, fast panisch. Die Baumkatze hatte Angst.

»Woher hast du es gewusst?«, fragte ich noch einmal, um Zeit zu gewinnen. Dabei sah ich mich unauffällig nach irgendetwas um, womit ich Dexan ablenken und uns Gelegenheit zur Flucht verschaffen konnte.

Dexan schenkte mir wieder sein falsches Lächeln und schüttelte kummervoll den Kopf. »Regel Nummer drei, Kleiner: Lass niemals zu, dass dir die Liebe das Hirn vernebelt.«

»Du lügst!« Ich konnte mich kaum zurückhalten, in meine Pulverbeutel zu greifen. »Seneira würde nie –«

»Er will dich bloß ablenken, Jungchen«, warnte mich Ferius. Sie hielt ein halbes Dutzend messerscharfe Stahlkarten aufgefächert in der rechten Hand. »Geh nicht auf seine Spielchen ein.«

Aber ich konnte es nicht dabei bewenden lassen. Die Vorstellung, dass uns Seneira womöglich verraten hatte, dass sie in Wahrheit mit Dexan zusammenarbeitete ... *Er legt es doch nur drauf an, dass du genau das denkst!*

»Dieser falsche Schwarzschatten ...«, sagte ich und legte mir die Worte beim Reden zurecht, »... du kannst sehen, was die Opfer sehen, kannst hören, was sie hören. Die Attacken kommen immer dann, wenn du es willst – weil du sie auslöst, um die Befallenen als Spione zu benutzen.«

Dexan seufzte. »Aus diesem Grund habe ich dir angeboten, mein Partner zu werden, Kleiner. Du hast eine rasche Auffassungsgabe, begreifst schnell, was Sache ist. Wir wären ein unschlagbares Team.«

Vor lauter Zorn und Empörung wurde mir fast schlecht. »*Du* bist die Stimme in Seneiras Ohren! Du bist derjenige, der ihr diese schrecklichen Dinge einflüstert!«

»Das ist jetzt aber nicht ganz fair. Klar, ich habe mich eine Zeit lang gut amüsiert. Die Kleine ist derart eingebildet, dass ich der Verlockung nicht widerstehen konnte, ihr ab und zu einen Dämpfer zu verpassen. Aber nur am Anfang. Danach habe ich sie meinen Kunden überlassen. Die reden jetzt mit ihr, Kellen. Und glaub mir – mit denen willst du dich bestimmt nicht anlegen.«

»Mit wem? Für wen arbeitest du?«

»Regel Nummer vier: Verpfeif niemals einen Kunden.«

Er berührte sein Armband und raunte eine zweisilbige Beschwörung. Sofort tappte das Krokodil mit aufgerissenem Rachen auf uns zu. Reichis' Fauchen klang in meinen Ohren nach, als ich das Pulver in die Luft warf. »*Carath!*«, rief ich und vollführte die vorgeschriebene Gebärde.

Das explodierende Feuer war so heiß, dass ich schon glaubte, ich hätte mir selbst das Gesicht versengt. Reichis hüpfte aufjaulend von meiner Schulter und wälzte sich auf dem Boden, weil sein Fell in Brand geraten war. Erst da begriff ich, was geschehen war: Mein Zauber hatte versagt. Ich starrte auf meine rechte Handfläche, wo der kreisrunde feuerrote Fleck schmerzhaft pochte.

»Tut mir leid, Kleiner«, sagte Dexan gelassen. »Der Zauber, den ich dir verpasst habe, kann noch mehr, als dich nur dort hinzuführen, wo ich dich hinhaben will. Er hält dich auch davon ab, selbst Zauber zu wirken, wenn ich es nicht erlaube.«

Mit einem Satz nach hinten rettete ich mich vor dem schnappenden Krokodilmaul, nur um anschließend mit dem Rücken zur Wand dazustehen und hilflos zusehen zu müssen, wie das Vieh den Rachen weit aufriss, um mir ins Bein zu beißen. Eine Stahlkarte segelte durch die Luft und bohrte sich einen Zentimeter in die Schuppen des Untiers, fiel dann aber zu Boden. Das Krokodil drehte sich kurz um, wandte sich jedoch gleich wieder mir zu.

»Stirb, du widerliches Reptil!«, knurrte Reichis. Seine Sorge um mich überwand anscheinend sowohl seine Angst vor dem Krokodil als auch seinen Überlebenswillen.

»Reichis, nicht!«

Die Baumkatze landete auf dem Rücken des Krokodils und beharkte es mit ihren Klauen. Leider war der Panzer des Scheusals zu dick. Plötzlich ließ es sich auf die Seite fallen und rollte sich auf Reichis drauf. Der jaulte jetzt nicht nur vor Schmerzen, sondern auch vor Panik, weil er am Boden lag, wo er am angreifbarsten war. Zwei weitere Stahlkarten trafen das Vieh, blieben aber auch nicht stecken. »Verdammter Mist!«, hörte ich Ferius fluchen.

Gerade, als das Krokodil nach Reichis schnappen wollte, ließ Ferius das Kartendeck fallen und sprang dem Vieh auf den Rücken. Sie schlang Arme und Beine um seinen gepanzerten Rumpf, damit es sie nicht beißen konnte. Das Krokodil drehte sich instinktiv mehrmals um sich selbst und wollte sie abschütteln, aber Ferius klammerte sich fest und stieß zornig hervor: »Ich. Hasse. Krokodilringen.«

Ich hob so viele Karten auf, wie ich zu fassen bekam, und

passte auf, dass ich mir dabei nicht in die Finger schnitt. Keine Ahnung, wie Ferius es hinbekam, so lässig mit ihnen zu hantieren, ohne sich zu verletzen. Da hatte ich noch einiges zu lernen. »Überlass mir das Kroko!«, rief sie mir zu und versuchte, sich auf dem Tier zu halten, während Reichis wild fauchend und mit gesträubtem Nackenfell um die beiden herumsprang und nach einer Schwachstelle Ausschau hielt, in die er Zähne oder Krallen bohren konnte. »Schnappt euch Dexan!«

Obwohl ich nicht damit rechnete, etwas auszurichten, schleuderte ich eine Karte auf den Trickser. Natürlich hatte er längst einen Schild gewirkt, allerdings keinen besonders widerstandsfähigen, denn die Karte prallte nicht richtig davon ab, sondern fiel nur zur Seite und schließlich zu Boden. »Gib's auf, Kleiner«, sagte er. »Die Argosi und die Baumkatze sind sowieso gleich tot, und das nur deinetwegen.«

Ich schleuderte zwei weitere Karten, und wieder schienen sie nur kurz in der Luft festzustecken, bevor sie abstürzten. Wenn ich Dexan lange genug ablenken konnte, brach sein schwacher Schild vielleicht zusammen. Ich schleuderte erneut zwei Prisen Pulver nach ihm. Die Explosion verbrannte mir die Fingerkuppen, aber auch Dexan zuckte zurück, und ich spürte, dass seine Deckung ins Wanken geriet. Ich hörte Ferius aufstöhnen, konzentrierte mich aber weiter auf meinen Gegner. Nachdem ich die nächste Karte geschleudert hatte, erlebte ich ein kurzes Triumphgefühl, als sie sich in Dexans Oberschenkel bohrte. Er schrie auf, aber er war leider nicht der Einzige.

Ferius lag am Boden und hielt sich den blutenden Arm, den das Krokodil erwischt hatte, doch das Vieh war schon anderweitig beschäftigt. Es hatte Reichis gepackt. Die Baumkratze schrie in Todesangst meinen Namen.

»Da hast du's!« Dexan zog sich mit zusammengebissenen Zähnen die Karte aus dem Bein. »Ich hab's dir ja gesagt.«

»Bitte!«, flehte ich ihn an. Ich konnte den Blick nicht von dem Krokodilmaul abwenden, in dem Reichis zappelte und das sich immer weiter schloss. Gleich würde das Untier die Baumkatze zerquetschen, tat es zu meiner Verwunderung aber nicht. *Warum nicht?* Da entdeckte ich die schwarzen Wirbel in seinen Augen. Dexan hatte die gleiche Magie angewandt wie bei seinen anderen Opfern. Das Krokodil war seinem Willen unterworfen. Reichis winselte und sah mich mit aufgerissenen Augen flehentlich an. »Lass uns einfach laufen«, bat ich Dexan.

»Ich soll euch laufen lassen?« Zum ersten Mal verließ ihn seine aalglatte Selbstgefälligkeit und schlug in flammende Entrüstung um. »Ich habe dir angeboten, mein Partner zu werden, Kellen. Mein *Partner!*«

Er kam mit gekrümmten Fingern auf mich zu, als wollte er mich erwürgen. Ferius griff rasch in ihre Weste. Sie holte das zusammengeschobene Metallrohr heraus, ließ es ausfahren und donnerte es Dexan gegen das Schienbein.

»Aua!«, jaulte er auf.

Ferius holte noch einmal aus, aber Dexans Finger zuckten und das Krokodilmaul schloss sich fester um Reichis. Er schrie wieder auf, Blut quoll aus seinem Fell. Dann verstummte er und wurde vor Angst und Schmerzen ohnmächtig.

»Aufhören!« Ich fiel vor Dexan auf dic Knic. »Sag mir cinfach nur, was ich tun soll!«

Dexans Lächeln kehrte zurück, bloß in einer noch fieseren Variante als die, die ich schon kannte. »Na also. Aber zuallererst …« Er bückte sich und verpasste Ferius einen Boxhieb gegen das Kinn. Weil sie am Boden lag, konnte sie dem Schlag diesmal nicht ausweichen und ihm so die Wucht nehmen. Ihr Kopf flog in den Nacken, ihre Augen wurden glasig, doch auch mir entging nicht, dass sie sich auf einen Gegenangriff vorbereitete. »Versuch's nur!«, warnte Dexan sie. »Dann stirbt die Baumkatze.«

Ferius biss wütend die Zähne zusammen, nickte aber.

Dexan grinste. »Willst du wissen, was du tun musst, um das Vieh zu retten?« Er ging vor Ferius in die Hocke. »Ganz einfach. Bleib genau so liegen und rühr dich nicht.«

Ich verstand nicht, was er vorhatte, aber Ferius schien es zu wissen, denn sie nickte wieder.

Dexan schlug noch einmal zu – so fest, dass seine Faust blutete. »Huch, das tut ja richtig weh!«, sagte er lächelnd und landete den nächsten Schlag. Nach dem dritten konnten Ferius' Augen ihn nicht mehr fixieren. Als er zum vierten Mal zuschlug, wackelte ihr Kopf wie der einer Betrunkenen und ihr Mund blieb offen.

»Aufhören!«, schrie ich.

»Bin gleich fertig.« Dexan versetzte Ferius noch einen Schlag. Danach rührte sie sich nicht mehr.

»Du elender Dreckskerl!«, rief ich. »Warum tust du das?«

Er kam zu mir und musterte mich, als wäre ich ein Kind, das ihn enttäuscht hatte. »Ich hab's dir schon einmal gesagt, Kellen: Für Leute wie uns ist das Leben sehr, sehr hart. Du glaubst, *dir* ist es schlecht ergangen? Ich bin schon seit zehn Jahren auf der Flucht! Kopfgeldjäger, Kriegsmagier ...« Er seufzte in gespielter Entrüstung. »Man muss nur ein heiliges Buch zu viel klauen, schon wird man verstoßen.«

»Aber ... ich dachte, du wirst gejagt, weil du ein Shadowblack bist ... so wie ich.«

Dexan lachte und griff sich ans Auge. Mit Daumen und Zeigefinger zog er etwas ab, das wie Narbengewebe aussah. Die Haut darunter war glatt und unversehrt. »Der Trick funktioniert besser, wenn die Leute glauben, dass ich mich schon selbst geheilt habe.«

»Wenn es dir nur ums Geld geht, warum hast du dann Revian und Tyne umgebracht? Warum bist du ...«

»Weil sie mich erwischt haben!«, rief Dexan aufgebracht, beruhigte sich aber gleich wieder. »Sie haben mich erwischt, Kellen. Die Typen, die auf mich angesetzt waren, hatten es satt, dass ich ihnen jedes Mal entkommen bin, und haben jemand Fähigeren angeheuert. Am liebsten hätten sie mich gleich an Ort und Stelle umgebracht, ohne Verhandlung oder sonst was, und da habe ich ihnen von meiner Entdeckung erzählt – von meiner Methode, die Leute davon zu überzeugen, dass sie mit Shadowblack infiziert sind. Ich habe sogar damit geprahlt, wie lustig es ist, wenn man jemanden dazu benutzt, seine eigene Familie auszuspionieren, und wie viel man für die Heilung verlangen kann.«

Eine dumme Idee, das war sogar mir klar. Zum ersten Mal sah ich Dexan nicht als gerissenen Vagabunden, sondern als nicht besonders hellen Betrüger, der ein paar clevere Tricks auf Lager hatte und vor nichts zurückschreckte. »Du hast dich auf einen Handel mit ihnen eingelassen.«

»Jetzt guck nicht so streng, du undankbarer Bengel. Ich hätte dich schon bei unserer ersten Begegnung erledigen können, und die Argosi und dein Haustier gleich mit. Ich bin kein schlechter Mensch, aber ich muss zu meinem Clan zurück. Ich brauche die Nähe der Oase, um wieder eine Verbindung zur Magie unseres Volkes herzustellen. Die Magier, die mich erwischt haben, meinten, sie könnten meine Verbannung aufheben. Dann könnte ich dieses Drecksland endlich verlassen.«

»Warum bist du dann noch hier? Wenn du ihnen deine Methode verraten hast, können sie doch selbst …«

»So läuft das nicht, Kleiner. Es hat eine Weile gedauert, bis ich mich … tja, ich würde es dir ja sagen, aber damit würde ich gegen Regel Nummer zwei verstoßen.« Er kam näher und ballte wieder die Faust. »Nimm's nicht persönlich, Kleiner. Ich bin auch gegen Gewalt, aber meine Kunden bestehen nun mal darauf.«

Mich musste er nur einmal schlagen, damit ich nicht mehr aufstand.

43

Die Würmer

Als ich wieder zu mir kam, saßen Ferius und ich auf zwei Stühlen und hatten die Hände auf dem Rücken gefesselt. Ferius' Weste und mein Gürtel mit den Pulverbeuteln lagen ein paar Meter weiter weg auf dem Boden. Die Finger taten mir weh, und ich stellte fest, dass sie so zusammengeschnürt waren, dass ich keine Zauber mehr wirken konnte. Immerhin *ein* Lichtblick: Dexan hatte noch nicht begriffen, dass ich ohne meine Pulver nicht viel ausrichten konnte. Wenn es mir gelang, mich zu befreien, konnte ich ihn vielleicht mit einem geschickten Manöver täuschen.

Wenn ich hier jemals rauskomme, muss ich endlich lernen, wie man richtig schwindelt!

Auf dem Tisch vor uns lagen mehrere Gerätschaften aus Metall, aber mein Blick wurde vor allem von einem scharfen Messer angezogen.

»Ich habe versucht, es dir zu erklären, Kleiner.« Dexan nahm einen blauen Glasbehälter mit eingeätzten Silberornamenten von einem Wandbord. »Erinnerst du dich noch an Regel Nummer eins?«

Misch dich nicht in die Angelegenheiten anderer Spellslinger ein. »Rede stets wie ein arroganter Arsch?«

»Ganz schön schlagfertige Antwort. Gewitzt und obendrein mutig«, sagte er lachend, drehte sich dann zu mir um und lächelte mich an. »Zumindest weißt du, wie man so *tut*, als wäre man gewitzt und mutig – und das ist fast genauso gut, oder?«

Ich sah mich wieder suchend um. Reichis war immer noch bewusstlos. Dort, wo ihn das Krokodil gepackt hatte, war sein Fell blutverklebt. Das Riesenvieh trottete am anderen Ende des Raumes auf und ab wie ein Wachtposten, der nur auf den nächsten Angriff wartete. Am liebsten hätte ich es für das, was es angerichtet hatte, umgebracht, aber das strudelnde Schwarz in seinen Augen verriet, dass es im Grunde nichts dafür konnte. Es war Dexans Sklave und musste ihm gehorchen. Ein Grund mehr, dem Kerl endlich den Garaus zu machen.

»Ich bin neugierig«, sagte er und stellte das Glas auf den Tisch. »Wie bist du darauf gekommen, dass es kein Schwarzschatten ist?«

»Revian«, antwortete ich. »Als ich mir seine Leiche angeschaut habe, waren die Male verschwunden, und neben seinem Kopf lag ein Häufchen schwarzer Asche. Der echte Schwarzschatten ist aber in die Haut eingeätzt und kann nicht einfach abfallen.«

Das schien ihn zu beeindrucken. »Sag ich doch ... ganz schön gewitzt.« Als er die Hand hob, hielt er etwas ungefähr zehn Zentimeter Langes, Glänzendes zwischen Daumen und Zeigefinger. Ich zuckte instinktiv zurück, weil ich an eine Waffe dachte, aber es war eine kleine, silberne Zange. »Und du hast ganz recht. Es ist kein Schwarzschatten, aber es ist auch kein Fluch. Es ist viel ... raffinierter.«

Er legte die Zange auf den Tisch, öffnete dann umständlich das blaue Glas, als folgte er einem vorgeschriebenen Ritual, und zeigte mir den Inhalt. Erst hielt ich es für ein zähes schwarzes Öl, das sich bewegte, weil er das Glas beim Öffnen geschüttelt hatte, aber dann erkannte ich ein Knäuel aus einzelnen, sich windenden Fäden. »Das sind Egel beziehungsweise Plattwürmer«, erklärte er. »Vor ein paar Jahren habe ich ein ganzes Nest unweit der Berge in einem Feld mit glasiger Lavaschlacke entdeckt.« Er schürzte angewidert die Lippen. »Widerliche Viecher. Beinahe hätte ich sie vor lauter Ekel weggesprengt.«

»Und warum hast du es nicht getan?« Ich ekelte mich ebenfalls. Mir wurde fast schlecht.

»Ich habe ein Buch, eine alte Jan'Tep-Schwarte, die einem Mann gehörte, der vor einiger Zeit hier in der Gegend gestorben ist. Darin wird ein Zauber erwähnt, von dem ich noch nie gehört hatte. Erst habe ich mich nicht groß dafür interessiert, aber dann habe ich die Abbildung der Lebewesen gesehen, die man dafür benötigt.« Dexan tauchte die Zange in den Behälter, zog einen Wurm heraus und ließ ihn vor meinen Augen zappeln. »In dem Buch heißen sie *Obandiria neheris*, aber ich nenne sie Obsidian-Würmer. Hässliche Dinger, was?« Er drückte den Wurm mit der Zange auf den Tisch, griff nach dem Messer und schnitt ihn mittendurch. Ein feiner schwarzer Nebel stieg auf. »Nicht einatmen!«, sagte er warnend. »Sonst ist dir ein paar Stunden lang kotzübel.«

»Was soll das alles?«

»Schon mal einen Wurm durchgeschnitten, Kleiner?«, fragte er zurück. »Echt ulkige Geschöpfe sind das. Manche sterben dabei nicht – es werden einfach zwei Würmer draus. Aber mein Freund *Obandiria neheris* hat noch mehr drauf. Die beiden Hälften ... sie bleiben irgendwie miteinander verbunden, selbst wenn sie Hunderte Meilen voneinander entfernt sind.« Er hielt eine Wurmhälfte mit der Zange hoch. »Als Erstes nehmen wir diesen kleinen Burschen und schließen ihn in Onyx ein.« Er schwenkte ein Armband aus unregelmäßigen schwarzen Perlen, das genauso aussah wie das, mit dessen Hilfe er das Krokodil befehligte. »Pass gut auf, Kellen!« Er hielt den Wurm an das Armband ... und unter meinem gebannten Blick glitt das widerliche Vieh Zentimeter für Zentimeter in den Stein hinein, bis es verschwunden war.

»Wie ist das möglich?«, fragte ich staunend.

Dexan zuckte die Achseln. »Wer weiß? Die unterirdischen Metalle in manchen Gegenden dieses Kontinents haben seltsame Auswirkungen auf einige Lebewesen.« Er deutete mit dem Kinn auf Reichis. »Dein Freund ist ein gutes Beispiel. Oder findest du es etwa natürlich, wie er sich verhält?«

»Sammelst du gleich Geld für deine kleine Tiernummer?«, fragte Ferius mit schwerer Zunge und blinzelte krampfhaft, um wieder klar zu sehen. Auch sie hielt Ausschau nach einer Fluchtmöglichkeit.

»Ach, du bist auch wieder wach«, sagte Dexan. »Das ist ja schön.« Er packte die andere Wurmhälfte mit der Zange. »Und weil du so ein gescheites Bürschchen bist, Kellen, hast du bestimmt schon erraten, was wir jetzt mit dieser Hälfte machen?«

Ich konnte den Blick nicht von dem zappelnden Vieh abwenden. *Bitte lasst nicht zu, dass er mir das antut, ihr Ahnen!* Peinlicherweise entschlüpfte mir ein Angstlaut.

Dexan musste wieder lachen. »Komm schon, Kleiner, jetzt stell dich nicht so an! Wie lautet Regel Nummer eins? Misch dich nie, absolut *nie* in die Angelegenheiten eines anderen Spellslingers ein. Außerdem habe ich erfahren, dass für deinen Vater die Chancen nicht schlecht stehen, der neue Clanfürst zu werden.« Doch dann ging er mit der Wurmhälfte in der Zange zu Ferius hinüber. »Diese Argosi-Nervensäge dagegen ... hat eigentlich überhaupt keine Freunde, oder, Schätzchen?«

Ferius erschrak sichtlich, riss sich aber sofort wieder zusammen und gab sich so gelassen wie immer. »Glaubst du wirklich, dass du so am besten dabei wegkommst? Weil *ich* nämlich glaube, dass du dir eine gute Gelegenheit durch die Lappen gehen lässt.«

Ich hatte schon oft erlebt, wie sich Ferius aus riskanten Situationen rausgequatscht hatte, und noch öfter, wie sie einen

Widersacher dazu brachte, sich selbst in eine Lage zu bringen, in der sie ihn überwältigen konnte. Dexan allerdings ließ sich nicht von ihr beeindrucken. »Bei mir brauchst du mit deinem Argosi-Quatsch gar nicht erst anzufangen. Ich lasse mich nicht von dir kirre machen.« Er packte mit der freien Hand ihren Unterkiefer. »Ich bin kein schlechter Mensch. Ich bringe niemanden um, es sei denn, mir bleibt keine andere Wahl. Ich bin eigentlich ein harmloser Kerl, der sich mit ein paar Zaubersprüchen und ein paar Tricks über Wasser hält.« Damit legte er ihr den Wurm direkt unter dem rechten Auge aufs Gesicht.

Ferius wollte das Vieh abschütteln, aber Dexan hielt sie eisern fest. Zuerst passierte überhaupt nichts. Der Wurm kroch um ihre Augenhöhle herum – aber dann bohrte sich plötzlich ein Ende in ihre Haut, und Ferius Parfax stieß einen so gellenden Schrei aus, als fräße sich der Obsidian-Schmarotzer direkt in ihre Seele.

Sie schrie sehr lange.

Ich brüllte Dexan an, beschwor ihn, den Wurm wieder herauszuziehen. Ich stieß alle möglichen Drohungen aus, aber auch das half nichts. Irgendwann muss er mich vorübergehend außer Gefecht gesetzt haben, denn als ich wieder zu mir kam, waren wir draußen vor der Höhle und unsere Fesseln waren verschwunden. Ferius torkelte stolpernd umher.

»Es hält noch ein paar Stunden an«, sagte Dexan. »Erst ist man wie betrunken, dann setzt das Fieber ein. Du brauchst gar nicht zu versuchen, es zu senken, Kellen, dadurch wird es nur noch schlimmer. Am besten lässt du der Natur ihren Lauf.«

»Und was dann?«

»Dann gehört deine Freundin mir.«

Ich fuhr herum und wollte ihm eine reinhauen, aber entweder

war er zu schnell oder ich war zu schwerfällig, denn ich verfehlte ihn um Längen. Stattdessen verpasste er mir eine kräftige Ohrfeige. »Hör zu, Kleiner, von jetzt an läuft es folgendermaßen: Du tust alles, was ich dir sage, wann ich es dir sage und genau so, wie ich es haben will. Möchtest du wissen, was dir blüht, wenn du nicht spurst?« Er strich über sein neues Armband, und der Wurm darin wand sich, als würde er durch die schwarzen Steinperlen schwimmen. Ferius schrie wieder auf. Ihre Augen blickten glasig und das Geschöpf, das sich in ihr eingenistet hatte, zappelte unter der Haut.

»Aufhören!«, rief ich und stürzte mich auf Dexan. Er machte lässig einen Schritt zur Seite und ich fiel der Länge nach hin.

Dann ließ er das Armband los und Ferius' Schreie verstummten. »Das kann ich so oft machen, wie ich will, Kellen, ganz egal, wo ich bin. Ich kann deiner Freundin mittels Seidenmagie so grässliche Albträume schicken, dass es ihr vorkommt, als würde ihr jemand Teile ihres Gehirns rausschneiden. Ich kann auch noch ganz andere Dinge tun, grausame Dinge. Dinge, die ich nur ungern täte ... es sei denn, du zwingst mich dazu, indem du dich mir widersetzt.« Er packte mich am Kragen und zerrte mich hoch. »Und vielleicht, wenn ihr beide euch ein, zwei Jahre lang gut benehmt, bin ich so nett und vernichte den Wurm mit einer der Methoden, die ich entwickelt habe. Dann ist deine Freundin wieder frei.« Er schüttelte mich unsanft. »Haben wir uns jetzt verstanden, Kellen aus dem Hause Ke?«

Ferius hätte die Nähe genutzt und ihn niedergeschlagen. Sie hätte irgendetwas Kluges gesagt, hätte irgendeinen Ausweg aus dieser unmöglichen Situation gefunden. Ich dagegen sagte nur: »Ja. Ja, ich hab's verstanden.«

»Gut.« Er hielt mir ein zusammengefaltetes Stück Papier unter die Nase und steckte es dann in meine Hemdtasche. »Richte Beren aus, das hier ist das letzte Angebot meines Kunden.«

Damit ging er davon. Er konnte mir unbesorgt den Rücken zukehren, denn er brauchte nicht zu fürchten, dass ich mich noch einmal auf ihn stürzen würde.

Dexan hatte gewonnen.

Auf ganzer Linie.

Der WEG der STEINE

DER WEG DER STEINE

Der Weg der Argosi ist der Weg der Steine.

Stein gibt nicht nach und weicht nicht von der Stelle. Er birst eher in Abertausend Stücke, als sich vom Willen eines anderen formen zu lassen. So wie die Steine weichen auch die Argosi niemals von ihren Pfaden ab. Mag sich der Weg noch so unvorhersehbar krümmen und winden, so lassen sie sich doch nicht beeinflussen. Deshalb gibt ein Argosi, der seinen Pfad kennt, niemals auf. Niemals.

44

Der Weg der Feiglinge

Ich taumelte wie ein halb toter Betrunkener die Straße entlang. Jeder Schritt fühlte sich an, als könnte es der letzte sein, und dabei musste ich auch noch Ferius mitschleppen, die sich selbst kaum auf den Beinen halten konnte. Sie war schwerer, als sie aussah. Oder ich war schwächer, als ich dachte.

»Was iss'n los, Jungchen?«, nuschelte sie noch unverständlicher als sonst. »So'n Tanz hab ich dir aber nich beigebracht!«

Die Hitze ging wie in Wellen von ihr aus. In ihr wütete das Fieber, Schweiß durchtränkte ihre Kleidung. Ich musste an jedem Baum anhalten, um zu verschnaufen. Sie sah aus, als ... als stimmte irgendetwas ganz und gar nicht mit ihr. Unter ihrer geröteten Haut ringelte sich der schwarze Wurm um ihr rechtes Auge, während sich sein anderes Ende immer tiefer in ihr Gehirn bohrte. Dexans »Kunden« hatten ihm angeblich einen Zauber beigebracht, der die Male unkenntlich machte, aber bei Ferius hatte er ihn absichtlich nicht angewendet. Wir sollten wissen, dass der Wurm da war. Es genügte ihm nicht, Ferius zu infizieren – auch alle anderen sollten sehen, dass er sie gebrandmarkt hatte.

Ich fröstelte, weil ich mein Hemd ausgezogen und eine Schlinge daraus gemacht hatte, in der ich Reichis tragen konnte. Der kleine Kerl war immer noch ohne Bewusstsein und lag wie ein Häufchen Elend in dem Tragetuch. Aus seinen Wunden sickerte immer noch Blut.

Am schwarzen Horizont vor uns zeigte sich nach und nach ein gelborangener Streifen. Ich war so erledigt, dass ich Ferius und Reichis am liebsten einfach fallen gelassen und mich neben sie auf die Erde gelegt hätte. Vielleicht würde ja jemand des Weges kommen und uns allen ein gnädiges Ende bereiten ... Ich hatte die beiden – und nicht nur sie – ins Unglück gestürzt, und die Vorstellung, von nun an mit dieser Schuld leben zu müssen, war unerträglich. Keine Ahnung, was mich weiterstolpern ließ. Vielleicht das Gefühl, dass Seneira und ihr Vater erfahren mussten, dass ich alles vermasselt hatte. Dann konnten sie mir ins Gesicht spucken und mich davonjagen.

Noch ehe wir an der Haustür waren, kamen die beiden herausgestürzt.

»Kellen!«, rief Seneira und half mir sofort, Ferius zu stützen.

»Kommt erst mal rein«, sagte ihr Vater und legte mir den Arm um die Schultern. Die freundliche Geste ließ meine Beine endgültig wegsacken. Beren hielt mich fest und fing mit einer Hand den Zettel auf, der aus meiner Hemdtasche glitt. »Keine Sorge, ich hab dich«, sagte er und verzog das Gesicht unter meiner Last.

Seneira nahm mir behutsam das improvisierte Tragetuch mit Reichis ab. »Immerhin atmet er gleichmäßig«, sagte sie. »Ich kümmere mich um ihn. Ich kümmere mich um euch alle.«

Die beiden waren so um uns besorgt, dass sie sich gar nicht erkundigten, was passiert war. Ob ich mein Versprechen, ihnen zu helfen, eingelöst oder ob ich die Hoffnungen ihrer Familie, in Frieden weiterzuleben, vernichtet hatte.

Das gab mir endgültig den Rest.

Wir wurden alle drei in ein Gästezimmer gebracht. Beren und Seneira legten Ferius aufs Bett und versorgten unsere Wunden. Sie mussten Ferius die Hände am Bettpfosten festbinden, weil sie immer wieder versuchte, sich am Auge zu kratzen, und Beren fürchtete, sie könnte ihre Sehkraft schädigen.

»Wir müssen sie davon abhalten«, sagte er und betrachtete die Male. »Dieser ... Wurm ... er scheint sich jedes Mal, wenn sie reibt oder kratzt, noch tiefer hineinzubohren. Ich habe ernste Befürchtungen, dass er sie umbringt.«

Er ging hinaus und kam mit einem Fläschchen zurück, das eine klare Flüssigkeit enthielt. »Ein Beruhigungsmittel aus unserer Krankenabteilung«, sagte er und goss einen Löffel davon in ein großes Glas Wasser. »Davon wird sie schlafen.«

»Vielen Dank«, sagte ich. »Vielen Dank für alles.«

Er streichelte mir die Wangen – eine eigenartige Geste, ein geistesabwesender Beweis der Zuneigung. So hatte er wahrscheinlich Tausende Male seinem Sohn die Wange gestreichelt. Jetzt lebte Tyne nicht mehr, und Berens eigene Wangen waren gerötet und nass von Tränen, die womöglich nie mehr versiegen würden.

Ich suchte noch nach tröstenden Worten, als er die Hand zurückzog und mich matt anlächelte. »Dir geht's bestimmt bald besser«, sagte er und ging zu Reichis hinüber, den Seneira neben Ferius aufs Bett gelegt hatte und sanft kraulte. Beren beugte sich über ihn. »Ein tapferer kleiner Kerl, was?«

Der tapferste kleine Kerl der Welt!, hätte ich am liebsten erwidert, wenn ich nicht befürchtet hätte, gleich wieder loszuheulen.

Beren richtete sich wieder auf. »Kellen?«

Ich sah ihn an. »Ja?«

Er bedeutete mir, dass ich ihm folgen sollte. »Wir beide müssen uns mal unterhalten.«

Wir saßen am kleinen Küchentisch. Beren bot mir etwas zu trinken an, aber ich lehnte dankend ab. Er nickte, als hätte das irgendeine Bedeutung für ihn.

»Ich habe etwas in deiner Hemdtasche gefunden«, sagte er und hielt den gefalteten Zettel hoch. Ich hatte ganz vergessen, dass Dexan ihn mir zugesteckt hatte. *Das letzte Angebot seiner Kunden.*

»Was steht drauf?«

»Nichts.«

Ich dachte, ich hätte mich verhört. »Wie ... nichts?«

Berens Gesicht sah auf einmal noch faltiger und erschöpfter aus. »Es ist eine Nachricht an mich. Sie wollen, dass die Akademie geöffnet bleibt, dass ich den Mund halte und weiter meiner Arbeit nachgehe.«

»Was haben sie denn davon?«

»Ich weiß es nicht und inzwischen ist es mir auch egal.« Beren zerknüllte den Zettel und warf ihn auf den Tisch. »Sie verlangen außerdem, dass du und deine Argosi-Freundin sofort hier verschwindet.«

»Komisch, dass sie sich überhaupt Gedanken darüber machen, was wir tun und lassen«, sagte ich. »Ich bin doch keine Bedrohung für sie.«

Berens Blick wurde hart. »Gräme dich nicht, mein Junge. Schmollen ist etwas für Kleinkinder, damit hilfst du niemandem. Ich brauche aber deine Unterstützung. Aus irgendeinem Grund wollen sie, dass ihr diese Gegend verlasst.«

Ich nickte. Ja, darum ging es offenbar. »Gut. Sobald Ferius wieder transportfähig ist, brechen wir auf. Noch heute Abend. Darf ich ... darf ich mich noch von Seneira verabschieden?«

Beren schüttelte den Kopf. »Lieber nicht.«

Ich hätte es mir denken können, aber dann überraschte er mich. »Du musst Seneira mitnehmen.«

»*Mitnehmen?* Warum das?«

»Weil die Akademie nicht geöffnet bleibt. Ich habe schon mit den Vorbereitungen zur Schließung begonnen. Die Schüler verlassen die Stadt, sobald ich Vorsorge getroffen habe, dass sie wohlbehalten in ihre Heimatländer gelangen. Ein paar Lehrer bleiben wahrscheinlich hier, aber das sollen sie selbst entscheiden. Unsere Schüler müssen in Sicherheit gebracht werden, bevor dieser Dexan und seine Auftraggeber auch ihnen etwas antun können.«

»Aber dann …«

Beren schnitt mir das Wort ab. »Um die Konsequenzen kümmere ich mich, wenn es so weit ist. Aber wenigstens meine Tochter soll eine Chance haben. Wobei – selbst wenn sie sich dem Einfluss unserer Feinde entziehen könnte … Wo sie auch hinkommt, werden die Leute glauben, dass sie den Schwarzschatten hat. Dann muss sie wieder weglaufen, sich verstecken und es woanders versuchen.«

Weglaufen, sich verstecken und es woanders versuchen … Er hatte ganz offensichtlich keinen blassen Schimmer, was das für Seneira bedeuten würde. Er nahm meine Hand. »Du kannst ihr dabei helfen. Nein«, berichtigte er sich, »ihr könnt euch *gegenseitig* helfen. Sie mag dich sehr, Kellen. Eines Tages verliebt sie sich vielleicht sogar in dich.«

»Ich glaube nicht, dass …«

»Mir ist klar, dass ich viel von dir verlange, mein Junge. Dass du von jetzt auf gleich dein restliches Leben nach meiner Tochter ausrichten sollst. Aber ich bitte dich trotzdem darum.« Er riss sich sichtlich zusammen, doch sein Kinn zitterte. Die nächsten Worte waren nur noch ein Flüstern: »Sie haben mir meinen Sohn genommen, Kellen. Lass nicht zu, dass sie mir auch noch meine Tochter rauben.«

Ich kam mir irgendwie fehl am Platz vor. Dieser mächtige, einflussreiche Mann sprach mit mir, als wäre er ein Bettler, der mich um etwas Kleingeld anflehte. Schlimmer war jedoch, dass ich das, worum er mich bat, für völlig unrealistisch hielt. »Seneira verlässt Euch nicht. Ich kann es mir jedenfalls nicht vorstellen.«

Er riss sich zusammen und lachte leise auf. »Ja, sie ist ein eigensinniges Mädchen, das ist wohl wahr.« Er wurde wieder ernst. »Ich habe schon mit ihr gesprochen, Kellen. Geh zu ihr. Sie erwartet dich.«

Ich traf Seneira in ihrem Zimmer an. Auf dem Bett lag ein kleiner Reisekoffer. Sie begutachtete eine gewebte Bluse und legte sie dann hinein. »Ist das zu viel?«, fragte sie. Sie klang weder traurig noch wütend, und ich hörte auch kein anderes Gefühl heraus – als hätte sie tatsächlich die Fähigkeit verloren, überhaupt noch etwas zu empfinden.

»Zu viel was?«

Sie deutete auf den Koffer. »Viele Leute reisen mit mehr Gepäck, aber mir ist klar, dass für uns etwas anderes gilt.«

»Seneira ... dein Vater muss mit Dexan und seinen Auftraggebern eine Abmachung treffen. Er muss sich mit ihnen einigen, damit –«

»Er wird nicht betteln. Nicht, wenn er die anderen Schüler dadurch einem Risiko aussetzt. Mein Vater tut das, was er für richtig hält und was für seine Mitmenschen das Beste ist.« Sie schloss den Kofferdeckel. »Wir beide müssen es genauso machen.«

»Wie meinst du das?«

Seneira richtete sich hoch auf. »Du hast selbst gesagt, dass Dexan bloß ein Handlanger ist. Und ich glaube nicht, dass seine Auftraggeber sich trauen, meinen Vater umzubringen – selbst wenn er die Akademie schließt. Jedenfalls nicht, wenn er ihnen noch anderweitig nützlich sein kann. Mein Vater ist klug und er ist stark. Er hat in einer Stadt, die kein Mensch kannte, und in einem Land, für das sich kein Mensch interessierte, eine weithin bekannte Lehranstalt aufgebaut.« Ihre Miene veränderte sich. »Aber wenn ich hierbleibe, hat er *keine* Chance. Nicht, wenn mich jemand so benutzt, wie der arme Revian benutzt wurde ... und Tyne auch. Deshalb muss ich weg von hier, weit weg, damit mich diese verbrecherischen Magier nicht mehr erreichen können.«

Ich ertappte mich dabei, dass ich sie ungläubig anstarrte. Wo waren ihr Mut und ihre Streitlust geblieben? Die Intelligenz, die im kleinsten Zucken ihrer Lippen aufblitzte, das Mitgefühl, das allen um sie herum galt? Abgesehen davon fiel mir zum ersten Mal auf, wie hell ihre Haut war. Sie hatte sich nie lange in der grellen Sonne aufhalten müssen, ihre Hände waren weich und glatt von einem Leben, das nicht von harter Arbeit, sondern von geistiger Betätigung geprägt war. Eigentlich war sie wie ich, beziehungsweise so, wie ich vor ein paar Monaten gewesen war, als ich noch nicht alles verloren hatte und lernen musste, mit so gut wie nichts auszukommen.

»Es ist nicht so, wie du vielleicht glaubst«, entgegnete ich. »Das Leben als Vogelfreier ist weder ruhmreich noch spannend – es ist schrecklich! Die meisten Tage sind sterbenslangweilig ... wenn man nicht wieder mal fliehen und um sein Leben fürchten muss. Streuner und Vagabunden sind nirgendwo gern gesehen, nicht mal hier in den Grenzlanden – und nach allem, was ich von Ferius gehört habe, ist es woanders noch schlimmer. So ein Leben wünscht sich niemand, Seneira! Du hast ... wie lange? Du hast ein *paar Tage* mit Rosie verbracht, die noch dazu auf dich aufgepasst hat. Stell dir vor, das geht wochenlang so – jahrelang!«

Sie ließ diese Litanei über die Schrecken des Lebens auf der Straße geduldig über sich ergehen, dann erwiderte sie: »Du hast ganz bestimmt mit allem recht, aber weißt du, was ich glaube?«

»Was denn?« Sie nahm meine Hände, und dann gab sie mir, als kämpfte sie sich verzweifelt vom Grund eines tiefen, dunklen Sees an die Oberfläche, einen langen Kuss. »Ich glaube, jedes Leben ist lebenswert, solange man es mit jemandem teilen kann.«

45

Fusel

Seneira hatte ihre restlichen Sachen schnell gepackt. Wenn man immer unterwegs ist, kann man nur so viel mitnehmen, wie man tragen kann. Wir hätten sofort aufbrechen können, mussten aber warten, denn Ferius kämpfte immer noch mit dem Wurmfieber.

»Na, Kellen?«, fragte sie und öffnete die Augen einen Spalt, als ich in ihr Zimmer kam, »kommst du mich befreien?« Sie zerrte an ihren Fesseln. »Kannst du mich bitte losbinden? Ich hab einen Mordsdurst.«

»Die Fesseln sollen verhindern, dass du dich selbst verletzt.«

»Blödsinn. Wieso sollte ich mich selbst verletzen, wo's doch schon jede Menge andere Leute auf mich abgesehen haben? Mach die Dinger ab.«

»Schlaf erst noch ein bisschen, damit du –«

»Damit ich was, Jungchen? Mich an diesen Kriecher unter meinem Auge gewöhne?« Sie zerrte wieder an den Fesseln. »Binde mich los, Kellen. Ich kratz mir schon nicht das Auge aus. Ich brauch es noch.«

Da ich wusste, dass ich mich ihr ohnehin nicht lange widersetzen konnte, tat ich ihr den Gefallen. Sie setzte sich schwankend auf. »Wo sind meine Stiefel?«

»Ferius, ich muss mit dir reden. Ich muss dir von unserem Plan erzählen.«

Sie lächelte ein bisschen überheblich. »*Unserem* Plan? Dann leg mal los.«

Ich erklärte ihr, was Beren tun wollte und was wir anderen am Abend vorhatten.

»Hört sich vernünftig an«, sagte sie. »Durchdacht. Ein hervorragender Plan. Aber wo sind jetzt meine Stiefel?«

Ihr Ton beunruhigte mich. »Du begleitest uns, Ferius. Du, ich, Seneira und Reichis verlassen heute Abend die Stadt, bevor –«

»Das ist *euer* Plan, nicht meiner. Du und das Mädchen ...«, ihr Blick fiel auf Reichis, der immer noch zusammengeringelt auf dem Bett schlief,»... und die Baumkatze, wenn sie mitwill, ihr haut so schnell wie möglich von hier ab. Aber auf meiner Tanzkarte steht noch ein gewisser junger Mann, den ich gern ein für alle Mal unschädlich machen würde.«

»Spinnst du? Dexan bringt dich um!« Ich ging zu einer Kommode, nahm einen kleinen Spiegel von seinem Ständer und hielt ihn ihr vors Gesicht. »Siehst du das Ding unter deinem Auge? Dadurch kann er dir brutale Schmerzen zufügen! Wenn in die Armbänder, die er trägt, irgendwelche Einklangs- oder Anziehungszauber gewirkt sind, merkt er sofort, wenn du dich ihm näherst. Du kommst keine fünfzig Schritt an ihn heran, dann bist du tot!«

Sie tat so, als betrachtete sie ihr Spiegelbild und müsste sich die Frisur richten. »Schätze mal, dann ist das eben so. Vielleicht lohnt sich's ja, drauf zu wetten ... falls du einen Dummen findest, der mitwettet.«

Sie hatte mir gar nicht zugehört. Ferius verfiel wieder in ihre alte Gewohnheit, so zu tun, als wäre alles nur ein großer Witz, als müsste sie sich einfach nur vor Dexan hinstellen und könnte ihn schon zum Aufgeben überreden oder sonst wie überlisten. »Komm mit uns!«, sagte ich beschwörend. »Wir vier können es schaffen, wenn wir nur ...«

Sie erhob sich und stand sichtlich wacklig auf den Beinen, wollte sich aber nicht von mir helfen lassen. »Jungchen, seit Monaten versuche ich dir beizubringen, was es bedeutet, ein Argosi zu sein. Es hat nichts mit irgendwelchen Tricks oder Fähigkeiten zu tun, es ist nicht einmal eine Philosophie. Es ist ein Pfad, Kellen. Das ist es, was einen Argosi ausmacht. Finde deinen Pfad und weiche niemals davon ab.« Sie streifte ihre schwarze Lederweste über und holte den Flachmann heraus. »Und *mein* Pfad verläuft nun mal geradewegs durch diesen elenden Drecksack.«

»Tu's nicht!«, flehte ich und fing fast an zu heulen. Ja, kann sein, dass ich ein bisschen dick auftrug, aber mein Auftritt sollte sie schließlich überzeugen.

Sie sah mich mit schief gelegtem Kopf an, dann fuhr sie mir durchs Haar. »Du kannst echt komisch sein, weißt du das?« Sie schraubte die Flasche auf und nahm einen großen Schluck. »Schnapp dir das Mädel und verdufte. Ich geh tanzen – aber richtig.«

»Könnt ihr beide vielleicht mal die Klappe halten?«, ächzte Reichis. »Ich möchte hier in Ruhe sterben.«

»Wie geht's ihm?«, fragte Ferius.

»So weit ganz gut«, antwortete ich. »Seneira hat seine Wunden versorgt. Ihrer Meinung nach sind sie nur oberflächlich.«

»Freut mich.« Sie nahm noch einen tüchtigen Schluck, schraubte den Flachmann zu und steckte ihn wieder ein.

»Du lässt dich von nichts und niemandem aufhalten, was?«, fragte ich resigniert.

Sie lächelte. »Ganz recht. Und wenn du mir auch nur ein bisschen Respekt entgegenbringst, dann verstehst du, dass ...« Sie schaute sich verwirrt um und ließ sich wieder aufs Bett fallen. »Huch ... wieso dreht sich das Zimmer plötzlich?«

»Muss das Fieber sein«, sagte ich.

Ferius sah zum Nachttisch hinüber, auf dem das Fläschchen

mit dem Schlafmittel stand. Etwa zwei Teelöffel davon fehlten. »Verdammt, Kellen ... habt ihr mir was in meinen Fusel gemischt?«

Ich nickte.

»Das ... Das ist ...« Sie kippte nach hinten, und ich konnte sie gerade noch so hindrehen, dass ihr Kopf auf dem Kissen landete. Mit zugefallenen Augen nuschelte sie: »Du bist echt der mieseste Lehrling, den ich je hatte.«

Reichis schüttelte sich, dann inspizierte er seine Wunden. »Und jetzt? Werfen wir die Argosi auf einen Karren und hauen ab?«

Ich hatte nicht übel Lust dazu. Der Gedanke, mit Seneira woanders ein neues Leben anzufangen, zog mich so unwiderstehlich an wie Eisenmagie. Aber was wäre ich für ein Mann gewesen und was für ein Leben hätte ich Seneira bieten können, wenn ich meine Freunde im Stich ließ? »Wir laufen nicht mehr weg«, sagte ich entschlossen. »Ferius hat recht: Ein Argosi kneift nicht.«

»Eine Baumkatze auch nicht. Ich dachte bloß ...«

Ich zeigte auf die schwarzen Male um Ferius' Auge. »Es ist so gut wie sicher, dass Dexan mitkriegt, wenn Ferius sich ihm nähert – durch die Verbindung mit dem Wurm. Er würde sie umbringen, bevor sie die erste Karte nach ihm schleudern kann.«

Reichis schüttelte sich wieder. Sein Fell war jetzt nicht mehr grau mit Silberstreifen, sondern schwarz mit roten Sprenkeln. »Das heißt, wir beide ...«

»Richtig. Du und ich, Partner.«

Er schien zu überlegen, ob er sich vielleicht lieber einen neuen Geschäftspartner suchen sollte, der ihn nicht alle fünf Minuten in Lebensgefahr brachte. Ich hätte es ihm nicht übel genommen. Er konnte ja nichts dafür, dass wir so in der Klemme saßen. Doch nachdem ich eine Weile gewartet hatte, hielt ich es nicht mehr aus. Die Vorstellung, die Sache ohne ihn durchziehen zu müssen, war so erschreckend, dass ich beinahe die Nerven verloren hätte. »Und?«, fragte ich gespannt. »Wie sieht's aus?«

Er stellte sich auf die Hinterbeine und betrachtete erst die Wunden auf seiner Flanke und dann mich. »Diesmal murkse ich dieses widerliche Krokodil ab, ich schwör's!«

46

Flüstermagie

Wieder machten wir uns auf den Weg zum Stadtrand und von dort in den üppigen Sumpfwald, der in diesem trockenen Klima eigentlich gar nicht hätte wachsen dürfen. Ich war schon so an die weite Wüstenlandschaft von Seven Sands gewöhnt, dass mir das dichte Laub, das einen hier von allen Seiten bedrängte, unheimlich und bedrohlich vorkam.

»Du bist also zurückgekommen, weil du mit meinen Geistern sprechen willst, Spellslinger?«

Ich versuchte festzustellen, wo die Stimme herkam, wieder ohne Erfolg. »Ich brauche deine Hilfe, Mamma Flüster. Ich brauche deine Magie.«

Sie kam hinter einem Baum hervor. Ein junges Mädchen, das sich aber an diesem seltsamen, bedrohlichen Ort wohlzufühlen schien. Sie schüttelte den Kopf und hätte dabei beinahe ihren verbeulten Hut verloren. »Ich hab's dir doch schon gesagt, Spellslinger – Mamma Flüster verfügt über keine Magie. Sie tuschelt nur mit den Geistern, und manchmal hören sie ihr zu.«

»Jemand sollte dieser Mamma Flüster mal sagen«, maunzte Reichis auf meiner Schulter, »dass sie wie eine alte Oma redet.«

Sie legte den Kopf schief und lachte. »Und jemand sollte der Baumkatze mal sagen, dass sie wie ein Grenzlandbandit redet, dem ein paar Zähne fehlen.«

»Verstehst du ihn etwa?« Mit Ausnahme der Fürstinwitwe war mir noch niemand begegnet, der mit Reichis' Maunzen und Fauchen etwas anfangen konnte.

»Wie gesagt, ich verfüge über keinerlei Magie. Aber die Geister erzählen mir so manches.«

Ich ging zu ihr hin und kniete vor ihr nieder, ergriff ihre kleine Hand. Ich hatte keine Ahnung, ob ich mich damit bei ihr beliebt machte oder ob sie mich gleich umbringen würde, aber ich spürte, dass eine solche Geste jetzt angebracht war. »Ich *muss* den Mann aufhalten, der hinter der Shadowblack-Seuche steckt, aber er versteckt sich. Ob mir deine Geister wohl dabei helfen würden, ihn aufzuspüren?«

Sie entzog mir die Hand. »Es sind nicht *meine* Geister. Sie gehören nur sich selbst. Wenn du ihre Hilfe wünschst, musst du sie freundlich darum bitten.«

»Zeigst du mir, wie?«

»Hmmm ...«, machte sie nachdenklich, drehte sich einmal im Kreis und rief mit lauter Stimme: »Sind hier irgendwelche Geister, die mit diesem Spellslinger reden wollen? Er ist ganz in Ordnung, glaube ich, nur manchmal ein bisschen begriffsstutzig.«

Nicht gerade die beste Werbung für meine Tugenden.

»Na, was ist? Ich habe gefragt, ob ein paar Geister hier sind, die Mitleid mit dem Jungen haben? Die ihm vielleicht einen besseren Pfad durch diese hässliche Welt zeigen möchten?«

»Können wir –«

Sie warf mir einen bösen Blick zu und ich hielt die Klappe. Sie drehte sich weiter im Kreis, die Arme ausgestreckt wie der Pfeil einer Wetterfahne, und pfiff und raunte in die Abendluft. »Aha!«, sagte sie schließlich und nickte. »Jetzt höre ich einen. Ja, ja. Einen starken Geist. Mutig. Wenn auch ein bisschen unvernünftig ...« Sie öffnete die Augen wieder und sah mich an. »Aber das war zu erwarten.«

»Äh ... danke.«

»Jetzt müssen wir dir beibringen, wie du dich mit ihm unterhältst, ja? Ich muss dir zeigen, wie man mit Geistern flüster-flüster-flüstert.« Sie ergriff meinen Unterarm und musterte ihn, sah mein einziges entfachtes Band. »Du kannst ein bisschen Atemmagie wirken, Spellslinger?«

»Ein bisschen.«

»Das ist gut. Sehr gut. Der Geist ist nämlich eine Sasutzei, ein Windgeist. Die mögen Atemmagie am liebsten – lieber als die anderen gemeinen Elementzaubereien, mit denen ihr Jan'Tep so gern herumstümpert.« Sie kniff die Augen zu schmalen Schlitzen zusammen. »Aber du musst lernen, *richtig* zu flüstern! Es geht dabei nicht um bloße Worte. Das kann jeder. Flüstern ist etwas ganz anderes. Glaubst du, du kriegst das hin?«

Wie sollte ich eine Frage beantworten, die ich kaum verstand? Aber ich ahnte, dass meine Antwort ihr und dem Geist wichtig war. »Jemand hat meiner Freundin etwas Schlimmes angetan, aber nicht nur ihr, sondern auch anderen Leuten. Ich fürchte ... Ich fürchte, dass sich eine Katastrophe anbahnt. Ich muss wissen, was da los ist, damit ich es verhindern kann.«

Mamma Flüster zuckte die Achseln. »Was willst du mir damit sagen?«

»Dass ich zu allem bereit bin, wenn es meiner Freundin hilft. Also lass uns nicht noch mehr kostbare Zeit verplempern und zeig mir endlich, wie dieser verdammte Zauber geht!«

Das junge Mädchen, das sich Mamma Flüster nannte, machte erst große Augen, dann legte es den Kopf in den Nacken und lachte zum Himmel empor. »Haha, die Geister werden dich mögen, Spellslinger. Das mit dem Flüstern kriegst du bestimmt einwandfrei hin.«

Trotz ihres hinterwäldlerischen Hokuspokus hatte Mamma Flüster in einem Punkt recht: Flüstermagie war nicht mit den Beschwörungen zu vergleichen, die ich kannte. Der eigentliche Zauber – wenn man ihn so nennen will – bestand nicht aus Silben oder Formeln, sondern aus kaum hörbaren Atemzügen durch den halb geschlossenen Mund. Zwischendurch musste man leise durch die Zähne pfeifen.

»Du machst es falsch«, sagte sie streng.

»Wieso? Ich mache alles genau so, wie du es mir gezeigt hast.«

Sie schüttelte ungeduldig den Kopf. »Das machen nur Dummköpfe. Hör auf, so sein zu wollen wie alle anderen. Das Flüstern muss aus dem Bauch kommen, aus *deinen* Wünschen, aus *deinem* Vorsatz, das zu tun, was du dir vorgenommen hast.« Sie drohte mir mit dem Zeigefinger. »Lügner können die Geister nicht leiden. Also hör auf, ihnen etwas vorzumachen, indem du so tust, als wärst du ich.«

Das klang einleuchtend.

Oder auch nicht.

»Frag die Sasutzei einfach, was du von ihr wissen willst«, raunte Mamma Flüster etwas freundlicher. »Das ist der ganze Zauber.«

»Ich möchte gern wissen, wo die Obsidian-Würmer leben«, sagte ich in die Nachtluft hinein. »Wo sie herkommen.«

Sie boxte mir erstaunlich fest gegen den Arm. »Nicht mit Worten! Du sollst flüstern!«

»Aber du hast doch eben gesagt ...«

»Gesagt, gesagt ... Schluss mit dem *Sagen*! Die Geister mögen keinen Lärm. Deshalb kommen sie hierher, wo es schön still ist und keine Menschen sind. Sie wollen nicht, dass du mit ihnen redest. Du musst *flüstern!*«

Wenn ich die Frage nur hätte flüstern müssen, wäre es ja einfach gewesen, aber als ich es versuchte, boxte sie mich wieder. »Das ist nur leise geredet.«

Wohl oder übel probierte ich etwas anderes. Diesmal versuchte ich, meinen Wunsch nur zu *denken*, aber nicht, indem ich mir Worte oder Bilder vorstellte, sondern indem ich mich auf mein Verlangen konzentrierte, die Würmer zu verstehen, sie in ihrer natürlichen Umgebung zu sehen. Dabei veränderte sich meine Atmung ganz von selbst, und auf einmal konnte ich ohne Worte flüstern. Ich ließ meinen Wunsch für sich sprechen.

»So ist's recht«, sagte Mamma Flüster lobend. »Jetzt hast du den Bogen raus, kleiner Trickser.«

»Irgendwas passiert hier gerade«, knurrte Reichis, »aber was?«

»Du sei still, Meister Baumkatze. Für dich interessieren sich die Geister nicht.«

»Ich fühle mich nicht anders als vorher«, erwiderte ich, doch da fing mein rechtes Auge – das nicht vom Schwarzschatten befallen war – zu jucken an. Erst war es nur wie ein sanfter Luftzug, der mich kitzelte, doch die Empfindung wurde immer stärker, bis es sich anfühlte, als würde jemand Eis auf meinem Augapfel schmelzen. »Was passiert da mit mir?«

»Du wolltest etwas *sehen*, und die Sasutzei versucht, es dir zu zeigen.«

Ich blinzelte heftig, aber da ließ das unangenehme Gefühl plötzlich nach und ich sah wieder das Graugrün der Bäume und Gräser. Ich sah aber noch etwas anderes: einen spinnwebfeinen schwarzen Faden, der vor mir in der Luft glitzerte. Der Faden kam von Osten her, von der Stadt, und er führte nach Westen, immer weiter, bis er nicht mehr zu erkennen war. »Was ist das?«

»Du wolltest den schwarzen Würmern folgen. Die Sasutzei zeigt dir den Faden, der die beiden Hälften verbindet.«

»Heißt das, ich soll dem Faden folgen?«

»Kann sein«, antwortete Mamma Flüster, »aber vielleicht wäre das auch zu naheliegend.«

»Wie meinst du das jetzt wieder?«

»Sieh dich doch mal um, Spellslinger.«

Das tat ich und stellte fest, dass nicht nur ein einziger schwarzer Faden sichtbar geworden war, sondern Dutzende. Sie waren überall, führten durch uns hindurch und über uns hinweg. »Wie konnte Dexan derart viele Würmer in seine Opfer einpflanzen? Das muss doch eine gewaltige Panik auslösen!«

Mamma Flüsters kindliches Gesicht verdüsterte sich. »Sie sind zu gerissen, diejenigen, die hinter diesen schmutzigen Tricks stecken.« Sie tippte mir auf die Schläfe. »Sie präsentieren dir und der Argosi ein, zwei Opfer, damit ihr glaubt, ihr wisst, was vor sich geht. Die anderen Infizierten verschleiern sie mithilfe ihrer Magie, damit ihr nicht erkennt, welches Ausmaß ihr schändliches Treiben schon angenommen hat.«

Demnach ging es nicht nur um Erpressung oder Rache. Dexans Auftraggeber planten Größeres. »Ich muss los«, sagte ich. »Ich muss den Fäden folgen und die Verantwortlichen finden.«

»Dann geh«, erwiderte sie. »Du trägst den Geist jetzt in dir.« Kichernd tippte sie mir erst auf den linken und dann auf den rechten Wangenknochen. »Jetzt hast du den Schwarzschatten im einen Auge und die Sasutzei im anderen!«

Reichis beschnupperte neugierig mein Gesicht, bis ich seine Nase wegschob. »Und wie lange bleibt diese … Sasutzei bei mir?«, erkundigte ich mich. Mir war ein bisschen mulmig bei der Vorstellung, dass sich ein unbekannter Geist in meinem Auge eingenistet hatte. Ich hatte mit den verstörenden Visionen schon genug Ärger.

»Sie bleibt so lange bei dir, wie du ihr Interesse wachhältst, Junge. Flüstere ab und zu mit ihr, dann offenbart sie dir vielleicht Dinge, die anderen verborgen bleiben. Aber sieh dich vor und wünsch dir nichts Falsches, Spellslinger. Wenn die Sasutzei zornig wird, ist mit ihr nicht zu spaßen.«

Na toll. Ein zorniger Geist im Auge hatte mir gerade noch gefehlt.

»Geh jetzt!« Mamma Flüster schob mich mit ihren Kinderhänden weg. »Geh mit deinen lärmenden Problemen in deine lärmende Welt. Geh und sei ein Held.« Sie sah sich wie suchend um. »Oder vielleicht stirbst du auch einfach. Ich kann's dir nicht sagen.«

47

Die Fäden

»Was wollen wir denn schon wieder hier?«, fragte Reichis, als wir vor dem hohen Turm der Akademie standen.

Es hatte Stunden gedauert, den Fäden aus dem Walddickicht quer durch die Stadt zu folgen. Dabei konnte ich die Fäden oft gar nicht erkennen, aber wenn ich stehen blieb und flüsterte, gewährte mir die Sasutzei in meinem rechten Auge wieder einen Blick darauf. Ich zählte über zehn der schwarzen, hauchdünnen Gespinste – und alle führten zum Turm.

»Was haben Dexans Auftraggeber mit der Akademie vor?«, überlegte ich halblaut.

Reichis kletterte an meinem Bein hoch und sprang mir auf die Schulter. »Vielleicht wollen sie erreichen, dass die Schule zumacht. Da hätten sie aber auch einfach Beren abmurksen können, statt ihre Zeit damit zu verplempern, eine Horde dummer Kinder zu verseuchen.«

»Die Jugendlichen, die zum Lernen hierherkommen, sind nicht dumm«, widersprach ich und dachte an Cressia, Lindy, Toller und die anderen. »Sie sind klug und ehrgeizig. Sie kommen aus den –« Ich stockte.

Reichis stupste mir die Pfote in die Wange. »Ja? Aus den was?«

Ich hatte eigentlich sagen wollen, dass die Schüler aus den besten Familien des Kontinents kamen, aber das stimmte nicht ganz. Sie stammten alle aus reichen und einflussreichen Familien: Höflinge aus Daroman, hohe Geistliche der Berabesk, Kaufleute aus Gitabria … »Ihr Ahnen! Es ist genau andersrum: Die Fäden führen nicht *zur* Akademie hin – sie gehen von ihr aus!«

»Was soll das jetzt wieder heißen?«, wollte Reichis wissen.

Eine Glocke ertönte und in dem gewaltigen Turm wurde es lebendig. Kurz darauf strömten Hunderte junger Leute heraus und eilten dorthin, wohin Schüler nach dem Unterricht so eilen. Wahrscheinlich waren etliche von ihnen von Obsidian-Würmern befallen, ohne es zu ahnen, und schrieben ihre Symptome lediglich einem vorübergehenden Fieber zu.

Der arme Beren. Er hatte einen Leuchtturm der Hoffnung und des Friedens erschaffen wollen – einen Ort, an dem junge Menschen von überallher nicht nur die von ihnen gewählten Fächer studieren, sondern auch Seven Sands und seine Bewohner kennenlernen konnten. Sie sollten Gemeinsamkeiten mit ihnen entdecken und nach der Rückkehr in ihre jeweilige Heimat deren Forderung nach Eigenständigkeit unterstützen. Dexans Auftraggeber dagegen hatten es darauf abgesehen, dass die Schüler etwas ganz anderes mit nach Hause nahmen. »Tyne hat immer wieder gesagt, er würde bei seinen Anfällen ausgehorcht, aber inzwischen glaube ich, er meinte eigentlich, dass jemand *durch ihn hindurch* gehorcht hat.«

»Dexan kann also mithilfe der Würmer die Familien seiner Opfer ausspionieren?« Reichis pfiff durch die Zähne. »Mit diesen Informationen könnte man so einiges anstellen.«

Ich nickte. »Es ist sogar noch schlimmer. Erinnerst du dich daran, wie sie Revian als Anker benutzt haben? Durch ihn konnten sie Glutzauber wirken, obwohl das Haus hervorragend gesichert war.«

»Und wenn die Schüler, denen Dexan Würmer eingepflanzt hat, in ihre Heimatländer zurückkehren …«

»Dann werden sie zu Spionen in ihrem eigenen Volk. Vielleicht sogar zu Attentätern.«

Reichis knurrte dumpf. »Und was unternehmen wir dagegen?«

»Dieses Armband ... Das Onyx-Armband, das Dexan mit Ferius' anderer Wurmhälfte bestückt hat ... Er muss noch mehr davon haben, eines für jedes seiner Opfer. Wenn wir herausfinden, wo er sie versteckt hat, könnten wir die Armbänder vernichten.«

»Guter Plan«, sagte Reichis, »aber bis jetzt war er leider schlau genug, sein Versteck vor uns geheim zu halten.«

Ich konzentrierte mich auf den Wunsch und bat die Sasutzei flüsternd um Führung. Ja, so weit war es schon mit mir gekommen: Ich flehte meinen eigenen Augapfel um Hilfe an und kam mir nicht mal albern dabei vor! Die Fäden der Obsidian-Würmer erschienen wieder, aber jetzt erkannte ich, dass manche davon heller schimmerten und in ein und dieselbe Richtung führten. »Ich glaube, ich habe seine Spur!«

»Prima. Dann müssen wir uns nur noch an einem Krokodil vorbeischleichen, um gegen einen Typen anzutreten, der nur deswegen noch nicht kurzen Prozess mit uns gemacht hat, weil er uns nicht ernst nimmt.«

Ich schüttelte den Kopf. »Beim letzten Mal bin ich es falsch angegangen. Ich wollte ihn mit Magie besiegen, aber darin ist er mir überlegen.«

»Und diesmal?«

Ich grinste die Baumkatze an. »Was hältst du von einem kleinen Einbruch?«

Wir folgten den glitzernden schwarzen Fäden bis zu den Hügeln vor der Stadt und entdeckten mehrere Höhlen. Auf einmal ergab sich ein schlüssiges Bild. Wahrscheinlich holte Dexan aus diesen

Höhlen das Gestein, aus dem er seine Armbänder herstellte. Und bestimmt gab es hier auch Erzadern, die es den Zauberjägern erschwerten, ihn aufzustöbern. Andererseits hatten sie ihn ja schon aufgestöbert, weshalb es keine Rolle mehr spielte, wie gut sein Versteck war.

Reichis und ich erkundeten die nähere Umgebung der Höhlen, bis wir uns alle Aus- und Eingänge eingeprägt hatten.

»Bist du bereit, Partner?«

Er sprang auf meine Schulter. »Weißt du was, Kellen? Ich bin ziemlich sicher, dass du uns damit umbringst. Und das nur, weil du Ferius und ein paar Fremde retten willst, obwohl das so gut wie aussichtslos ist.«

»Meinst du? Na und?«

Ich spürte etwas Weiches an der Wange. Reichis – *Reichis!* – schmiegte sich an mich. »Von daher glaube ich so langsam, dass du vielleicht doch ganz in Ordnung bist, Kleiner.«

48

Der Einbruch

»Ich hab's gleich.« Reichis drehte an den Einstellscheiben des Schlosses herum, mit dem der Hintereingang zu Dexans Versteck gesichert war.

»Das hast du schon gesagt. Sechsmal.«

Er stand auf den Hinterbeinen, weil er sonst nicht an das Schloss herangekommen wäre. »Fängst du schon wieder an?«, knurrte er über die Schulter.

»Entschuldige.«

Er machte weiter. Ich hatte einen Kreis aus Kupferdraht um uns gezogen, um eventuelle Warnzauber außer Kraft zu setzen. Das hoffte ich jedenfalls.

Endlich hatte Reichis das Schloss knackt. Wir ließen es im Drahtkreis liegen.

Doch als ich die Höhle betreten wollte, zupfte mich Reichis am Hosenbein. »Was ist denn?«, fragte ich.

Er zeigte mit der Pfote auf den Boden gleich hinter dem Eingang. Erst sah ich nichts, doch als ich mich auf seine Höhe bückte, konnte ich einen dünnen Draht ausmachen, der quer vor den Eingang gespannt war. »Stolperdraht«, erklärte Reichis, hüpfte mit einem Satz darüber und verschwand im Dunkeln. »He, Kellen«, hörte ich ihn rufen, »das musst du dir ansehen! Das ist echt raffiniert! Hier verlaufen sechs Drähte über den Boden, und wenn du auch nur einen auslöst, setzt ein kleiner Hebel einen Flaschenzug in Bewegung, der mit einem riesigen –«

»Kannst du den Mechanismus ausschalten?«

Kurze Pause. »Ja, klar, aber willst du denn nicht wissen, wie das Ding funktioniert? Das mit der Klinge ist echt cool ausgetüftelt, die haut dir nämlich – *Zack!* – den Kopf ab und so weiter.«

»Vielleicht ein andermal.«

»Selber schuld.«

Kurz darauf ertönte ein lautes Scheppern, bei dem mir fast das Herz stehen blieb. »Reichis?«

»Ja?« Er streckte den Kopf nach draußen.

»Was war das?«

»Ein drei Meter langes Schwert, das runtergekracht ist. Was dachtest du denn?«

Jetzt wagte auch ich mich nach drinnen und tastete so lange umher, bis ich eine Leuchtglaskugel entdeckt hatte, die an der Wand hing. Ich konzentrierte mich darauf, und nach ein, zwei Sekunden gelang es mir, ein schwaches, aber doch recht hilfreiches Licht hervorzurufen.

»Hübsch hier«, sagte Reichis.

Er meinte es durchaus ernst. Was eine feuchte Höhle hätte sein müssen, stellte sich als luxuriöser Saal mit Böden und Wänden aus glänzendem Marmor heraus, wie man ihn eher im Haus eines wohlhabenden Jan'Tep erwartet hätte. Hier und dort standen Vitrinenschränke mit Büchern, Amuletten und Kunstgegenständen. Es gab sogar ein Badezimmer. Reichis war natürlich von der Wanne hingerissen. »Wahnsinn! Die ist ja riesig!« Er drehte schon am Hahn herum. »Sogar fließendes Wasser!« Er hüpfte vom Wannenrand und huschte an dem Kupferrohr entlang bis zu einem kleinen Holzofen. »He, Kellen, schmeiß das Ding mal für mich an, ja?«

»Spinnst du? Wir sind hier gerade *eingebrochen* und du willst baden?«

Die Baumkatze schnüffelte den Raum ab. »Nur, wenn ich ein paar Kekse finde. Sonst nicht.«

»Komm mit!«, sagte ich streng. »Wir müssen die Armbänder finden. Danach kaufe ich dir so viele Kekse, wie du futtern kannst, versprochen.«

»Abgemacht«, sagte Reichis und schob halblaut ein »Blödmann!« nach.

Wir machten uns daran, den Saal mit seinen Möbeln und Kuriositäten zu durchsuchen. Ich staunte, dass sich Dexan, den ich mir immer als Vagabunden vorgestellt hatte, hier offenbar auf Dauer niedergelassen hatte.

»Schon was entdeckt?«, rief ich Reichis zu.

Er hockte auf einer Vitrine. »Hier gibt's einfach viel zu viel Zeug, Kellen. Frag doch mal den komischen Geist in deinem Auge.«

Ich schüttelte den Kopf. Ich hatte es heimlich schon ein paarmal probiert, aber die Sasutzei reagierte nicht. Vielleicht hemmte sie einer von Dexans Schutzzaubern. Auch als ich mir das Auge rieb, spürte ich nichts. Hatte ich den Geist auf dem Weg hierher zu oft um Hilfe gebeten, sodass er sich gelangweilt von mir abgewandt hatte?

»Wie wär's mit einem von deinen magischen Jan'Tep-Knallern?«, fragte Reichis.

Ich verkniff mir das Lachen. »Hast du mich schon mal einen Suchzauber wirken sehen?«

»Man wird ja wohl noch träumen dürfen«, brummelte er und kramte weiter in den Schubladen.

Wir hatten eine volle Stunde lang Dexans elegantes Zuhause durchsucht und in einen ziemlichen Saustall verwandelt, als die Leuchtglaslampe in meiner Hand plötzlich flackernd erlosch.

»He, ich brauch Licht!«, schimpfte Reichis.

Leider gelang es mir nicht, die Lampe wieder anzuzünden, und ich ahnte auch, warum. Das runde, rote Mal in meiner Handfläche stach und brannte. Dexan blockierte meine Magie.

»Ich habe dir doch erklärt, dass der Zauber nach ein paar Tagen von allein verfliegt«, sagte er da auch schon und kam zur Tür herein. »Hättest du so lange gewartet, hättest du vielleicht eine Chance gehabt.«

Instinktiv tastete ich nach meinen Pulverbeuteln, hielt aber inne, als das Brennen in meiner Handfläche noch stärker wurde.

»Du willst doch nicht wieder damit anfangen, oder?« Dexan seufzte theatralisch. »Weißt du was, Kellen? Ich verstehe es selbst nicht, aber obwohl du mir solchen Ärger eingebrockt hast, fällt es mir immer noch schwer, dich zu hassen.«

»Wie nett!«, maunzte Reichis und kletterte auf den nächsthöheren Vitrinenschrank, um sich von oben auf Dexan zu stürzen. »Richte ihm aus, das beruht nicht auf Gegenseitigkeit.«

»Allerdings kann ich dir nicht durchgehen lassen«, fuhr Dexan fort, »dass du ständig gegen Regel Nummer eins verstößt.«

Ich holte Ferius' Stahlkarten heraus. Wenigstens gegen die konnte Dexan nichts ausrichten.

»Du hättest das Angebot annehmen sollen, mein Lehrling zu werden.« Dexan vollführte mit der Rechten eine flüchtige Gebärde, diesmal sah ich sein Armband aufschimmern. Verhornte Krallen klackerten über den Marmorboden, ein wuchtiger Schwanz schleifte hinterher.

»Na toll!«, sagte Reichis. »Er hat wieder sein elendes Krokodil dabei.«

49

Der Kampf

»Weißt du, was dein Fehler ist?« Gefolgt von dem Riesenvieh, kam Dexan auf mich zu.

»Ein schlechtes Gespür für den richtigen Moment?«

Er schüttelte den Kopf. »Selbstüberschätzung.«

»Wie kommst du denn darauf?«

Seine Finger nahmen die Haltung für den Lichtblitzzauber ein, den er schon gegen Revians Hausmagier eingesetzt hatte. Ich wusste nicht, wie es sich anfühlte, wenn man davon erwischt wurde – und ich wollte es auch lieber nicht herausfinden. Er spürte mein Unbehagen. »Du redest dir ein, du wärst etwas Besseres als ein Spellslinger, aber damit liegst du falsch. Du und ich, wir sind nun mal Verbannte. Geächtete. Wir müssen uns auf unser bisschen Magie und unseren Grips verlassen. Wenn du das vergisst – wenn du glaubst, du könntest dich den Argosi anschließen oder dich in ein reiches Mädchen verlieben und bei ihr und ihrem Papa einziehen, dann verlierst du den *einzigen* Vorteil, den du hast.«

»Nämlich?«

»Dass du weißt, wie es wirklich auf der Welt zugeht.«

Er kam noch einen Schritt näher. Seine Finger behielten die Haltung für den Zauber bei, die Perlenschnur an seinem Handgelenk schimmerte wieder. Das Krokodil riss das Maul auf und stieß ein Fauchen aus, bei dem sich mir der Magen umdrehte.

Auf dem Hinweg hatten Reichis und ich überlegt, wie wir das Untier außer Gefecht setzen konnten. Wir waren auf zwei Möglichkeiten gekommen, die beide nicht sonderlich vielversprechend waren. Schließlich hatte sich Reichis für eine davon entschieden.

Ich wich zurück. »Du täuschst dich, Dexan. Jetzt bin ich noch ein Verbannter wie du, aber das muss nicht so bleiben.«

Er schüttelte missbilligend den Kopf. »Noch im Angesicht des Todes weigerst du dich zu begreifen, dass jemand wie du und ich sich nicht mehr als das hier ...«, er breitete die Arme aus, »... erhoffen kann. Ein bescheidener Wohlstand, ein netter Unterschlupf, vielleicht ein bisschen Komfort – zumindest bis unsere eigenen Leute uns aufspüren und es uns wieder wegnehmen.«

»Klingt nach einem ziemlich einsamen Leben«, entgegnete ich und wich noch weiter zurück.

»Das Leben eines Tricksers, Kellen. Alle anderen wollen uns entweder umbringen oder ausnutzen. Das Mädchen, das dir so gut gefällt? Selbst wenn du sie heilen könntest, würde sie dich früher oder später sitzen lassen. Warum sollte sich jemand wie sie mit einem Gesetzlosen abgeben, der noch dazu mit dem Schwarzschatten verflucht ist? Und diese Frau, Ferius? Sie ist eine Argosi, und die Argosi sind nun mal Einzelgänger – einer wie der andere. Klar, sie duldet dich eine Zeit lang als Gefährten, aber dieser ›Pfad‹, von dem sie immer redet? Der führt sie an Orte, die du gar nicht sehen willst, und bevor du bis drei gezählt hast, lässt sie dich sitzen und du siehst sie nie wieder.« Er lachte in sich hinein. »Du hast ja noch nicht mal ein vernünftiges Schutztier! Nur eine Baumkatze, die wahrscheinlich alles klaut, was sie in die Pfoten kriegt.«

»Das hab ich gehört!«, maunzte Reichis entrüstet.

Plötzlich schoss etwas Kleines, Glänzendes durch die Luft und prallte mit hellem Klingeln gegen Dexans Stirn. Es war die Glocke des Amuletts, das wir hatten kaufen wollen.

Ich nutzte die Ablenkung, um eine Karte zu schleudern. Ich hatte auf Dexans Hals gezielt, aber das war eine dumme Idee, denn er bot kein großes Ziel. Trotzdem schlitzte ihm die Karte immerhin die Wange auf und ich erntete einen lauten Aufschrei. Dann hetzte er das Krokodil auf mich.

Das Vieh setzte sich in Bewegung, und ich wich zurück, machte mich für das von Reichis so getaufte »Blutmaulmanöver« bereit. Als das Krokodil das Maul aufriss, schleuderte ich eine Stahlkarte. Sie prallte von seinen Zähnen ab und fiel zu Boden, aber ich schleuderte eine zweite hinterher – und die saß. Das Untier biss instinktiv zu und stieß ein lautes Gebrüll aus, als sich die scharfen Kanten in seinen weichen Gaumen bohrten.

Leider war Dexan nur kurz abgelenkt und gebärdete sofort wieder den Blitzzauber. Dann begann er, die Formel zu sprechen. Nur noch wenige Silben trennten mich von einem unerfreulichen Ende.

Reichis sprang von seinem Vitrinenschrank und breitete Vorder- und Hinterläufe so weit aus, dass seine Flughäute Dexan die Sicht nahmen. Dann krallte sich die Baumkatze an seinem Gesicht fest.

Das Krokodil klappte hektisch das Maul auf und zu und versuchte, die Karte loszuwerden. Diese Atempause nutzte ich, rannte an ihm vorbei und warf mich gegen Dexan. »Jetzt, Reichis!«, rief ich.

Die Baumkatze stieß sich von Dexans Gesicht ab und ich riss ihn zu Boden. Es war äußerst befriedigend, zur Abwechslung mal der Angreifer zu sein und nicht immer derjenige, der verprügelt wurde, aber leider war Dexan zwei Köpfe größer als ich und gut zwanzig Kilo schwerer. Es dauerte nicht lange, bis er mich abgeworfen hatte, und ich prallte schmerzhaft mit dem Rücken gegen eine Vitrine, die ihrerseits umkippte und deren Glastüren in tausend Splitter barsten.

»Du kleiner Mistkerl!«, fauchte Dexan und kam wieder auf die Beine. »Du denkst wohl, nur weil ich ein Spellslinger bin, kann ich nicht kämpfen?«

Ich rappelte mich ebenfalls hoch. »Ich glaube dir schon, dass du dich prügeln kannst, aber in letzter Zeit halte ich mehr vom *Tanzen.*« Ich hielt ihm die flache Hand hin, damit er sah, was ich ihm unbemerkt entwendet hatte.

Dexan warf einen kurzen Blick auf sein Handgelenk und stellte fest, dass das Armband, mit dem er das Krokodil befehligte, verschwunden war. Er wollte sich auf mich stürzen, aber ich duckte mich unter ihm weg und warf Reichis das Armband zu. Die Baumkatze machte einen Luftsprung und fing es mit dem Maul auf – und das Krokodil, das Dexan jetzt nicht mehr gehorchen musste, ging zornschnaubend auf uns alle drei los.

»Bist du sicher, Reichis?«, vergewisserte ich mich und zückte vorsichtshalber wieder eine Stahlkarte, auch wenn ich bezweifelte, dass das Krokodil noch einmal auf meine List hereinfallen würde.

»Meins!«, knurrte Reichis, sprang dem Krokodil auf den Kopf und krallte sich an seinen Schuppen fest.

Baumkatzen sind schlechte Verlierer, außerdem ist Reichis ein großer Freund von Vergeltungsmaßnahmen. Als sich das Krokodil wieder zu Boden warf, um den ungebetenen Reiter abzuschütteln, machte Reichis einen Luftsprung. Das Krokodil schnappte nach ihm und Reichis schleuderte ihm das Armband in den Rachen.

Erst hörte man es krachen, als die gewaltigen Kiefer die Steinperlen zermalmten, dann hielt das Krokodil wie erstarrt inne. Das schwarze Strudeln in seinen Augen kam zum Stillstand und das Vieh sah uns zum ersten Mal überhaupt mit einigermaßen klarem Blick an. Was würde jetzt passieren? Würde es einfach tot umfallen oder weitertoben? Wenn Reichis recht hatte, müsste das Krokodil, sobald es von seinen magischen Banden befreit war, seinen Zorn gegen den Mann richten, unter dem es so lange gelitten hatte.

Ausnahmsweise hatten wir Glück.

Das Krokodil tappte zielstrebig auf Dexan zu. Der wich stolpernd zurück und kramte hektisch in seiner Tasche. Er holte ein gläsernes Figürchen heraus, zerdrückte es und zog eine Grimasse, weil ihm die Splitter in die Hand schnitten. Das Krokodil brach zusammen. Blut tropfte ihm aus Augen und Maul.

»Das ist der Unterschied zwischen uns beiden, Kellen«, sagte Dexan und wischte sich die Glassplitter von der Hand. »Wir sind beide Trickser, wir sind beide gerissen, aber ich habe deutlich mehr Erfahrung als du. Hast du wirklich geglaubt, ich hätte nichts in der Hinterhand, falls ich mal die Kontrolle über dieses Biest verliere?« Er hob beide Hände und bläuliche Blitze zuckten um seine Finger.

»Es gibt noch einen anderen Unterschied zwischen uns beiden, Dexan«, konterte ich. »Ich habe nämlich …«

Ich brachte den Satz nicht zu Ende, denn im selben Augenblick stürzte Dexan wie ein Stein zu Boden. Hinter ihm standen Ferius und Seneira – und Ferius schob ihre ausziehbare Metallstange wieder zusammen. »Ich wollte euch nicht unterbrechen, Jungchen«, sagte sie. »Wolltest du noch etwas sagen?«

»Allerdings.« Ich bückte mich und ließ Reichis über meinen Arm auf meine Schulter klettern, dann ging ich zu Ferius und Seneira hinüber. »Ich wollte eben sagen, dass der Unterschied zwischen mir und Dexan der ist, dass *ich* Freunde habe.«

Ferius grinste breit. »Freunde, soso. Warum bist du dann einfach ohne uns abgehauen?«

»Weil du mir nie erlaubt hättest, die Sache auf meine Weise durchzuziehen.«

»Da hast du verdammt recht, denn ich hätte gewusst, dass die Sache so ausgeht.«

Ich nickte. »Und ich habe gewusst, dass du mir wieder mal aus der Patsche hilfst.«

50

Die Vernichtung der Würmer

Nach kurzer Suche hatten wir ein Stück Kupferdraht gefunden, mit dem wir Dexan fesseln konnten. Ich umwickelte auch seine Finger sorgfältig, so wie er es zuvor bei mir gemacht hatte. Auf diese Weise konnte er keinerlei magische Gebärden mehr ausführen.

»Die Armbänder findest du nie, Kleiner, und wenn du hundert Jahre suchst! Also sei lieber nett zu mir, sonst dauern die Verhandlungen sehr, sehr lange.«

Seine Arroganz hätte mich beinahe verleitet, ihn zu schlagen. Stattdessen versuchte ich, mich flüsternd mit dem Geist in meinem rechten Auge zu verständigen, doch die Sasutzei blieb weiterhin stumm. »Was willst du haben?«, wandte ich mich an Dexan.

»Warte.« Reichis kletterte auf meine Schulter. »Lass mich mal was ausprobieren.«

»Was denn?«

»Hör einfach zu und mach genau das, was ich dir sage.«

Er erläuterte mir seinen Plan, und obwohl ich nicht wusste, inwiefern uns das weiterhelfen sollte, folgte ich seinen Anweisungen. Ich packte Dexan am Kragen und grinste ihn, so fies ich konnte, an. »Du bist ein Trottel, weißt du das, Dexan? Glaubst du wirklich, wir hätten unser Leben aufs Spiel gesetzt, wenn wir nicht wüssten, wo du die Armbänder versteckt hast? Wir hatten sie längst an uns genommen, bevor du reingekommen bist. Ehrlich gesagt wundere ich mich, dass du etwas so Wertvolles an einem derart naheliegenden Ort versteckt hast.«

Er wirkte kurz verunsichert, dann lachte er. »Tut mir echt leid, aber du schwindelst grottenschlecht, Kleiner.«

»Stimmt«, maunzte Reichis. »Das war grauenvoll.« Er sprang von meiner Schulter und huschte über den Teppich zur hinteren Wand des Saales. »Andererseits ist das Pokergesicht dieses Schwachkopfs genauso erbärmlich wie deins.«

»Worum geht es gerade?«, wollte Seneira wissen.

»Baumkatzenmagie«, antwortete Reichis knapp und überließ es mir, alles andere zu erklären, während er an einem Regal emporkletterte und mit den Krallen die Wand abklopfte.

»Als ich behauptet habe, dass wir das Versteck schon gefunden haben, hat Dexan kurz hier hingeschaut«, sagte ich.

»Ich habe ihn auch beobachtet, aber seine Augen haben sich überhaupt nicht bewegt«, wandte Seneira ein.

Mir war ehrlich gesagt auch nur ein kurzes Flackern in seinem Blick aufgefallen, aber zum Glück war Reichis in dieser Beziehung aufmerksamer als wir. »Hier ist es!«, rief er aufgeregt. Ferius fesselte Dexan weiter und Seneira und ich gingen zu Reichis hinüber. In der linken Ecke der hinteren Höhlenwand entdeckte ich eine leichte Unebenheit, an der mir erst nichts Besonderes auffiel. Als ich sie aber befühlte, war das vermeintliche Gestein weich wie ein Seidentuch und gab nach. Ich steckte die Hand in die entstandene Öffnung und ertastete ein Holzkistchen von der Größe eines alten Buches. Als ich es herauszog, fiel der Stoff wieder vor die Öffnung und verschmolz fugenlos mit der Wand ringsum. In dem Kistchen lagen über zwanzig Onyx-Armbänder, in denen sich jeweils etwas Dunkles ringelte: Die anderen Hälften der Obsidian-Würmer, die mittels Magie mit ihren Gegenstücken in den Augenhöhlen von Dexans Opfern verbunden waren. In jedes Armband war der Name des jeweiligen Wurmträgers eingeritzt.

Ich suchte das Armband mit Ferius' Namen heraus. »Bitte sehr!«, sagte ich und überreichte es ihr. Seneira nahm mir das Kistchen aus der Hand und suchte nach ihrem Armband.

Normalerweise lässt sich Ferius ihre Gefühle nicht anmerken. Egal, ob sie wütend, glücklich, traurig oder ängstlich ist, sie gibt sich immer gelassen und selbstzufrieden. Jetzt aber verzerrte unbändiger Zorn ihre Züge, und ich begriff, was Ferius Parfax eigentlich ausmachte: Weder in dieser noch in der nächsten Welt war ihr irgendetwas wichtiger als ihre Freiheit. *Das* war der Pfad der wilden Gänseblümchen.

Wortlos nahm sie das Armband und warf es auf den Boden. Dann zertrat sie es mit dem Stiefelabsatz und zermalmte die Splitter zu Staub, wobei sie einen Schmerzensschrei ausstieß. Der Wurm unter ihrem Auge wand sich erst, dann erbebte er heftig und zerplatzte schließlich in tausend schwarze, sandkorngroße Teilchen. Als Ferius in ihrem Wüten innehielt, rann das, was von dem Wurm noch übrig war, aus ihrem Auge wie Blut aus einer Wunde. Energisch wischte sie die Reste ab, bis nichts mehr zu sehen war, dann drehte sie sich zu Dexan um. Ich glaube, sie hätte ihn trotz ihres Argosi-Gelübdes an Ort und Stelle umgebracht, wenn Seneira nicht plötzlich aufgeschrien hätte.

»Ich finde es nicht! Wo ist meins?«

Sie wühlte verzweifelt in dem Kistchen.

»Tut mir leid, Kleine«, sagte Dexan, und es klang beinahe ehrlich. »Dein Armband haben meine Auftraggeber vor drei Tagen abholen lassen – durch einen Falken, so unwahrscheinlich sich das anhört. Ich sollte ihm das Armband ums Bein binden, dann ist er zu seinem Herrn zurückgeflogen.«

»Aber warum? Warum ausgerechnet *ich?*«

»Weil es sich lohnt. Du bist die Tochter eines einflussreichen

Diplomaten, die eines Tages selbst Diplomatin sein wird. Sie haben dich und ein paar andere für ... besondere Aufgaben vorgesehen. Schätze mal, du kannst ihnen noch nützlich sein.«

Seneira drehte sich zu mir um, und ihr Blick flehte mich an, ihr zu versichern, dass alles wieder in Ordnung kommen würde. »Es muss noch eine andere Möglichkeit geben«, wandte ich mich an Dexan. »Du hast gesagt – ja, damit geprahlt –, dass du Methoden kennst, wie man die Würmer vernichten kann. Und zwar *mehrere* Methoden, nicht nur eine.«

»Da hast du dich wohl verhört, Kleiner. Ohne das Armband kannst du nichts ausrichten.«

Du? Wieso sagte er nicht: »... kann *ich* nichts ausrichten«?

Reichis kam herbei und beschnupperte Dexan. »Der Kerl lügt.« Er witterte noch einmal, dann knurrte er. »Er verschweigt uns etwas.«

Keine Ahnung, woher er das wusste, aber weil es unsere einzige Hoffnung war, bohrte ich nach. »Die Baumkatze meint, dass du uns etwas verschweigst.«

»Vielleicht solltest du das Denken nicht einem dummen Tier überlassen«, konterte er.

Reichis sträubte knurrend das Fell. »Lass mich doch mal fünf Minuten mit ihm allein, Kellen!«

Ich funkelte Dexan so drohend an, wie ich konnte – was vermutlich nicht besonders einschüchternd war. »Vielleicht hast du recht. Vielleicht wittert Reichis auch nur den Gestank eines Mannes, der unschuldige Kinder als Sklaven und Spione missbraucht. Ich entschuldige mich im Voraus, falls er sich getäuscht haben sollte.« Ich sah Reichis an, der mordlustig die Zähne bleckte. »Du bist doch immer so wild auf Augäpfel. Jetzt hast du endlich mal die Gelegenheit, welche zu fressen. Nur zu!«

Die Baumkatze schlich an Dexan heran, als wäre der Spellslinger eine Maus, die es mit einem Tatzenhieb zu erledigen galt, und kletterte knurrend an ihm hoch. Dexan wollte ihn abschütteln, aber die Baumkatze krallte sich fest. Ferius suchte meinen Blick. Sie hatte sich wieder beruhigt, und ich sah ihr an, dass sie uns nicht erlauben würde, Dexan zu foltern. Aber wenn Reichis es drauf anlegt, kann er eine überzeugende Vorführung liefern. Kaum hatte er Dexan über die zugekniffenen Augen geschleckt, flehte der Trickser auch schon um Gnade. »Hör auf, ich erzähle euch alles! Aber nehmt das Vieh weg!«

»Dann lass ihn mal auspacken, Reichis.«

Die Baumkatze war sichtlich enttäuscht. »Dazu braucht er doch wohl nicht *beide* Augen!«

Aber Dexan sprudelte schon los: »Es gibt tatsächlich noch eine andere Methode, den Wurm loszuwerden, aber sie ist riskant. Außerdem müsst ihr mir erst etwas versprechen.«

»Was denn?«

»Dass ihr mich laufen lasst und ich drei Armbänder mitnehmen darf. Das Leben ist hart und vielleicht muss ich mir irgendwann mal die Gunst von jemand Einflussreichem erkaufen.«

Ferius setzte ihm den Stiefel auf die Brust. »Jetzt hör mir mal gut zu! Du zwingst nie wieder einem Kind deinen Willen auf. Du heilst das Mädchen, und dafür darfst du dein elendes Leben weiterführen, solange die Erde dich auf ihrem Rücken duldet. Ein besseres Angebot kriegst du nicht.«

Dexan setzte zu einer verächtlichen Erwiderung an, aber dann wurde er unter Ferius' durchdringendem Blick plötzlich ganz klein. Sie hat das irgendwie drauf – keine Ahnung, wie sie es macht, denn es ist keine Magie, aber normal ist es auch nicht. Jedenfalls bin ich noch niemandem begegnet, der ihrem Blick lange hätte standhalten können. »Einverstanden«, sagte Dexan und sah wieder mich an. »Aber halt mir diese Irre und die verfluchte Baumkatze vom Leib!« Dann richtete er den Blick auf Seneira. »Es tut ein bisschen weh.«

»Ist mir egal«, erwiderte sie und zitterte vor Zorn und Angst. »Ich will nur dieses Ding loswerden!«

»Weißt du, wie die Jan'Tep magische Bänder versiegeln?«, wandte sich Dexan an mich.

Die Frage überraschte mich, und beim bloßen Gedanken an das, was mir meine Eltern angetan hatten, wurde mir übel. Ich nickte stumm.

»Es funktioniert ganz ähnlich. Die Prozedur ist ziemlich aufwendig. Man benötigt einen Atemzauber, um den Fluss der Tinte zu kanalisieren, damit der Patient nicht stirbt.« Er deutete mit dem Kinn auf seine Fesseln. »Darum nimmst du mir die jetzt besser ab, bevor meine Finger steif werden.«

Doch als ich anfangen wollte, die Knoten zu lösen, sagte Seneira plötzlich laut: »Nein!« Alle drehten sich zu ihr um. »Du sagst, dass dafür ein Zauber erforderlich ist? Dann möchte ich, dass Kellen ihn durchführt.« Sie berührte das tätowierte Band an meinem Unterarm. »Du beherrschst doch Atemmagie, oder?«

Genau genommen war Atemmagie die einzige Art Zauber, die ich beherrschte, aber das hier war etwas anderes. »Seneira, ich habe die Prozedur, von der er spricht, noch *nie* durchgeführt. Die Arbeit mit magischer Tinte ist gefährlich. Ich möchte nicht, dass du dabei blind wirst oder Schlimmeres!«

»Darauf lasse ich es ankommen. Dieser Mensch fasst mich nicht noch einmal an – nicht, wenn es auch anders geht.« Sie ergriff meine Hand. »Bitte, Kellen! Ich vertraue darauf, dass du mir nicht wehtust.«

Na toll. Jetzt musste ich es mir nur noch selbst zutrauen.

51

Der Eingriff

Seneira und ich saßen uns in Dexans verwüsteter Höhle gegenüber. Zwischen uns hatte ich einen kleinen Tisch mit den erforderlichen Gerätschaften sowie eine rot und eine blau brennende Feuerschale gestellt. Darüber blubberten und brodelten zwei Glasbehälter mit verschiedenen Metalltinten. »Bist du so weit?«, fragte ich.

Seneira nickte. »Du kannst anfangen.« Ihre Stimme klang fest, aber in ihren Augen war die Angst deutlich zu lesen. Sie wusste nur zu gut, dass das, was nun folgen würde, äußerst schmerzhaft war.

Ich war mit Dexan jeden Schritt dreimal durchgegangen und hatte darauf geachtet, dass er dabei kein einziges Detail veränderte. Ferius behielt ihn im Auge, während Reichis, der sich um Dexans Hals gelegt hatte, ihm grässliche Drohungen ins Ohr maunzte. Ferius nickte zustimmend und tat so, als würde sie jedes Wort verstehen, was vielleicht sogar stimmte. Vermutlich ist Reichis manchmal ganz schön berechenbar.

Ich tauchte die erste Nadel in das Gefäß mit dem flüssigen Kupfer. Dexan hatte nicht gelogen. Der Eingriff ähnelte tatsächlich dem Versiegeln, wie es meine Eltern bei mir vorgenommen hatten. Deshalb wollten sich meine Hände abwechselnd vor Zorn verkrampfen oder vor Furcht zittern. Der kritische Teil war der Atemzauber, mit dem der Tintenfluss gelenkt werden musste. Sobald die Nadel ins Fleisch eindrang, musste ich das geschmolzene Metall in den Wurm einleiten und ihn töten, ohne das umliegende Gewebe zu verletzen … oder Seneira für immer zu blenden. Aber wenn sie nicht den Rest ihres Lebens unter Kontrolle desjenigen stehen wollte, der hinter diesem ganzen widerwärtigen Plan steckte, hatte sie keine andere Wahl.

Als ich mich mit der Nadel ihrem Auge näherte, zuckte sie zurück. »Warte, Kellen.«

Ich dachte schon, der Mut hätte sie verlassen, aber sie sagte: »Ich kann sie spüren … die Magier, die den anderen Teil des Wurmes haben. Sie versuchen, durch mich zu sprechen.«

»Wehr sie ab«, sagte ich. »Es dauert nicht lange, versprochen.«

»Nein. Ich werde es ihnen erlauben. Vielleicht liefern sie uns einen Hinweis darauf, wer sie sind.«

Ich hatte schon einmal miterlebt, wie es aussah, wenn sich ihre Peiniger in ihrem Verstand breitmachten. Der Anblick der Qualen, die sich auf ihrem Gesicht abgezeichnet hatten, war kaum auszuhalten gewesen. »Sie werden sich nicht verraten, Seneira. Sie wollen einfach nur –«

Sie schüttelte den Kopf. »Trotzdem. Vielleicht hast du recht und wir erfahren überhaupt nichts, aber ich muss es versuchen.«

»Warum?«

Seneira ergriff meine Hand und brachte mich dazu, die Nadel wegzulegen. »Weil ich will, dass du ihnen etwas von mir ausrichtest.«

»Hallo, Kellen.« Es war noch Seneiras Stimme, aber die Aussprache und die Mundbewegungen gehörten jemand oder etwas ganz anderem.

Ich antwortete nicht, sondern beobachtete nur ihr Gesicht, prägte mir jedes Zucken der Lippen ein, jedes kaum merkliche Heben der Augenbrauen und Kräuseln der Mundwinkel.

»Na los!«, sagte sie. »Spiel nicht das bockige Kind. Du hast doch bestimmt eine Menge Fragen.«

»Nein.«

»Wirklich nicht? Das bezweifle ich doch sehr.«

Ich lachte. Auch, um mein eigenes Unbehagen zu verbergen, weil ich mitansehen musste, wie Seneira missbraucht wurde. »Du verrätst mir doch sowieso nicht, wer du bist, und ich weiß auch schon, was du uns mitteilen willst.«

Seneira kniff argwöhnisch die Augen zusammen. »Was denn?«

»Du willst mir ein Geschäft vorschlagen.« Ich nickte dem gefesselten Dexan zu. »So eins, wie du es ihm angeboten hast.«

Ein Lächeln kroch über Seneiras Gesicht. »Nein, ein viel besseres! Es stimmt, dass wir Dexan erlaubt hätten, seine Magie in einer Jan'Tep-Oase aufzufrischen, aber dir würden wir ein großzügigeres Angebot machen.«

»Meine Begnadigung«, sagte ich, denn ich hatte schon darauf gewartet. »Die Aufhebung der Belohnung, die auf meinen Kopf ausgesetzt ist.«

»Die Möglichkeit, keine Angst vor Verfolgung mehr haben zu müssen und in deine Heimat zurückkehren zu können. Freiheit statt Gefangenschaft. Bequemlichkeit statt Angst.« Seneira beugte sich vor. »Leben statt Tod.«

Ich ließ jedes einzelne Wort auf mich wirken, dann entgegnete ich: »Vielen Dank.«

Sie legte den Kopf schief. »Nicht so eilig! Erst sollst du wissen, was wir dafür von dir verlangen. Du hörst sofort auf, die Nase in unsere Angelegenheiten zu stecken. Du verschwindest hier und erzählst niemandem, was dir der Geisterzauber der kleinen Sumpfhexe offenbart hat – wen wir schon alles unter unsere Kontrolle gebracht haben. Und du erledigst Dexan, damit er nicht weitererzählen kann, was er weiß.«

Der letzte Vorschlag klang verlockend, aber ... »Ach, lieber nicht.«

Seneiras Gesicht verzerrte sich vor Wut. »Versuch nicht, mit uns zu handeln, Kleiner. Du –«

»Nein, du hast mich missverstanden. Ich habe mich vorhin nicht für dein Angebot bedankt, sondern für den Hinweis auf deine Identität.«

»Ach so?«

Ich nickte. »Mir war klar, dass nur ein hochrangiger Magier solche Zauber wirken kann, wie ihr sie hier in Teleidos eingesetzt habt. Und nur jemand mit großem Einfluss konnte so viele Kopfgeldjäger auf Dexan ansetzen. Nur ein Obermagier besitzt derartige Macht und Autorität. Aber entscheidend war, dass du gesagt hast, ich dürfe *in meine Heimat* zurückkehren.«

»Glaubst du uns etwa nicht?«

»Im Gegenteil, es passt alles wunderbar zusammen. Es ist nur so, dass kein anderer Jan'Tep-Clan als mein eigener mir dieses Angebot machen kann. Und es erklärt auch, wieso du mit dem gleichen Akzent sprichst wie ich.« Ich beugte mich ebenfalls vor und sah Seneira ins Gesicht. Aus ihren Augen blickten mich unsere Feinde an. »Ihr seid die Obermagier meines eigenen Clans.«

Noch ehe sie etwas darauf erwidern konnten, stellte ich mir ihre Gesichter vor: Ra'meth (falls er noch lebte), Te'oreth, An'atria, Ven'asp. Hoffentlich steckte Osia'phest nicht auch mit drin, denn ich hatte den Alten immer gemocht. Ich kippte den Inhalt des Holzkistchens auf den Tisch. Dann nahm ich einen kleinen Hammer, den ich bei Dexans Sachen gefunden hatte, und schlug die verbliebenen Armbänder in Stücke.

Seneira riss die Augen auf und knirschte zornig mit den Zähnen. Ihre Hand streckte sich nach meinem Hals aus, aber sie selbst war auch noch da und hatte noch ihren eigenen Willen. »Wir töten das Mädchen vor deinen Augen!«, verkündete die Stimme in einem anderen Ton, viel tiefer jetzt. Die Drohung hallte in der Höhle wider. »Wir schicken Glutmagie durch sie hindurch und bringen sie um und dich auch und alle, die bei euch sind.«

In Seneiras Augen flammte ein rotes Leuchten mit Spuren eines eisigen Blaus darin auf, als ballte sich ein Blitz in einer Feuerkugel zusammen. Ich fürchtete schon, dass wir unsere Widersacher zu sehr provoziert hatten, doch da wurde das Leuchten schwächer und Seneira sagte mit schweißnasser Stirn: »Ganz. Bestimmt. Nicht.«

Sie war *unglaublich*. Sie hatte dem Willen der Magier getrotzt und sich geweigert, ihnen als Anker für ihren Zauber zu dienen. Weil mir aber klar war, dass sie das nicht lange durchhalten konnte, richtete ich jetzt ihre Botschaft aus: »Verschwindet aus Seven Sands, ihr Obermagier. Ihr könntet es sonst bereuen.«

Das Leuchten erlosch vollends, doch als ich schon dachte, die Magier hätten sich zurückgezogen, entgegnete die tiefe Stimme noch: »Es gibt eine besondere Hölle für jene, die ihr eigenes Volk verraten, Kellen aus dem Hause Ke. Du bringst Schande über alle, die dich geliebt haben.«

Irgendetwas an diesen Worten beunruhigte mich – als könnte ich etwas Geschriebenes nicht entziffern oder eine juckende Stelle nicht kratzen. »Ich habe meinem Volk nie Böses gewollt«, erwiderte ich und blickte in die schwarzen Strudel in Seneiras Augen, die meine Antwort über endlose Meilen hinweg zu meinen Feinden übertrugen. »Trotzdem werde ich eines Tages herausfinden, wer ihr seid, und dann seid ihr fällig.«

Seneira öffnete den Mund, als wollte sie widersprechen, doch dann ballten sich ihre Fäuste. »Das genügt. Mehr brauchen wir von dir nicht zu hören.« Sie blinzelte und sah mich an. Ihre Augen waren wieder grün und voller Tränen. »Jetzt bin ich so weit! Brenn dieses Grauen aus mir heraus, Kellen.«

Ich tauchte die Nadel wieder in das geschmolzene Kupfer, und in der nächsten Stunde tat ich, was getan werden musste. Es war schwierig und riskant, und ihre Schreie, wenn sich der Wurm unter ihrer Haut wand, waren kaum zu ertragen. Aber ich ließ mich nicht beirren und brachte die magische Prozedur zu Ende. Dank Seneiras Tapferkeit blieb ich konzentriert, meine Hand zitterte nicht.

Als ich fertig war, wurde das, was von dem Wurm noch übrig war, als Aschekrümel von ihren Tränen herausgespült, und sie wischte es mit dem Ärmel weg. Dann war sie eine Weile ganz still, bis sie schließlich sagte: »Ich danke dir, Kellen.«

Eigentlich hätte ich froh sein müssen, dass sie erlöst war – und auch, weil alles viel schlimmer hätte ausgehen können. Stattdessen war ich nur wütend. Meine eigenen Leute – mein eigener Clan! – hatten ihr das angetan und taten es den anderen, deren Armbänder sie horteten, immer noch an. Sie verseuchten Unschuldige mit einer neuen Art von Shadowblack, dem finstersten Erbe meines Volkes. Die schwarzen Male um mein eigenes Auge begannen zu schwelen, bis sie so heiß waren wie mein kochender Zorn. Mein linkes Auge blinzelte krampfhaft und bei jedem Blinzeln hatte ich eine Vision – von Feuer und Vernichtung, Mord und Verwüstung, und von mir selbst, wie ich meine Feinde erbarmungslos vernichtete. Sie bei lebendigem Leib verbrannte. Sie tötete. Und tötete. Und tötete.

»Ist ja gut«, hörte ich Seneira leise sagen. Ich war aufgesprungen. Sie stand neben mir, hatte den Kopf auf meine Schulter gelegt und hielt mich fest, als wollte ein Sturm mich fortreißen. »Ist ja gut.«

Ich löste mich, so sanft ich konnte, aus ihrer Umarmung. Die

Dunkelheit brannte immer noch hinter meinem linken Auge. »Bleib lieber auf Abstand«, sagte ich.

»Wieso denn?«, fragte sie unbeeindruckt.

»Weil ich den Schwarzschatten habe. Den echten Schwarzschatten – nicht das, was man dir eingepflanzt hat. In mir ist … etwas Schreckliches, das nur darauf lauert, herauszukommen. Ich weiß nicht, wie lange ich es noch bändigen kann. Ich bin nicht der, für den du mich hältst.«

Sie streckte die Hand nach meinem Gesicht aus. Ich zuckte zurück, aber sie fuhr mit dem Finger die gewundenen schwarzen Linien um mein Auge nach. »Vielleicht bist du ja auch nicht der, für den du dich hältst, Kellen.« Sie nahm ihre Hand wieder weg. »Eins weiß ich aber ganz genau.«

»Was denn?«

Sie gab mir einen Kuss auf die Wange. »Dass du ein viel besserer Mensch bist, als du glaubst.«

Wenn jemand so etwas zu mir sagt, bin ich immer sprachlos.

Seneira umarmte mich noch einmal. »Und jetzt komm. Mein Vater hat bestimmt längst gemerkt, dass wir weg sind, und macht sich Sorgen.«

»Ich kann nicht mitkommen«, erwiderte ich und spürte die Erschöpfung nahen, die sich nach jedem Anfall einstellte. »Ich muss die Höhle weiter durchsuchen. Vielleicht hat Dexan hier noch mehr Armbänder versteckt.«

»Einverstanden, aber danach kommst du gleich zu uns. Mein Vater möchte sich bestimmt bei dir bedanken.«

Ich nickte wohl oder übel.

Ferius, Reichis und ich verbrachten die nächsten Stunden damit, Dexans Sachen zu durchwühlen, was ihm überhaupt nicht passte. Ferius entdeckte ein Heft, in dem die Namen und Familienverhältnisse seiner Opfer aufgelistet waren, dazu jeweils ein

Vermerk, wessen Armband schon im Besitz von Dexans Auftraggebern war.

»Sie finden dich«, drohte er mir, als wir aufbrechen wollten. »Du hast keine Ahnung, wie es in der Welt zugeht, Kellen.«

»Willst du jetzt damit angeben, was für ein erfolgreiches Leben du als Spellslinger geführt hast?«, fragte Ferius belustigt.

»Das ist kein Leben!«, erwiderte Dexan grimmig. »Du flüchtest von einem Ort zum anderen und hoffst, dass dich nicht irgendein Kopfgeldjäger im Schlaf ermordet. Du scharrst im Dreck und hältst nach irgendetwas Ausschau, das dir beim nächsten Kampf einen Vorteil verschaffen könnte. Niemand traut dir und auch du traust niemandem.« Er sah mich an. »Glaub mir, Kleiner, du wirst es noch bereuen, dass du ihr Angebot nicht angenommen hast. Diese Magier, wer sie auch sein mögen ... sie werden dich umbringen.« Er zerrte an seinen Fesseln. »Falls ich dich nicht vorher erwische.«

Ich ging an ihm vorbei und hob seinen schwarzen Grenzerhut mit den metallischen Glyphen auf dem Band vom Boden auf.

»Was willst du damit?«, wollte er wissen.

Ich setzte den Hut auf. Weil er zu groß war, rutschte er mir ins Gesicht und sah wahrscheinlich lächerlich aus, aber das war mir egal. »Man nennt es den Weg des Wassers, Dexan. Du wolltest mich umbringen, dafür darf ich deinen Hut behalten.«

52

Das Angebot

Erst beantworteten wir Seneiras Vater unzählige Fragen. Dann vertilgten wir ein Abendessen, das damit endete, dass mir Reichis überschwängliche Komplimente zurülpste, die ich unverzüglich dem Koch ausrichten sollte, und schließlich senkte sich Stille über das Haus. Seneira und ihr Vater schienen entschlossen, mir und Ferius gegenüber eine tapfere Fassade zu wahren, aber man sah den Schmerz über Tynes Tod in jedem Blick, den sie wechselten.

»Tja«, sagte Ferius schließlich, »es wird schon spät und der Junge hier braucht dringend seinen Schönheitsschlaf. Ich schätze, wir sollten so langsam ...«

»Eigentlich«, unterbrach Beren sie und legte die Hände auf den Tisch, »wollte ich mich noch kurz mit Kellen in meinem Arbeitszimmer unterhalten.«

Ich sah keinen Grund, mich zu weigern. Von Seneira wusste ich, dass niemand das Arbeitszimmer ihres Vaters betreten durfte. Darum nahm ich an, dass diese kleine Privatunterhaltung so etwas wie eine Ehre sein sollte. Oder ein Trostpreis.

»Hübsche Schätze gibt's hier!«, keckerte Reichis gedämpft und ließ den Blick über die Figuren und Kunstgegenstände in den dunklen Eichenregalen wandern. »Wirklich *sehr* hübsch.«

Ich hatte ihn angewiesen, draußen zu warten, aber er lässt sich nicht gern etwas sagen. »Hör auf zu geiern!« Ich gab ihm einen sanften Tritt in den Hintern.

Beren nahm in einem üppig gepolsterten Sessel Platz und deutete auf einen zweiten. »Du bist ein bemerkenswerter junger Mann, Kellen von den Jan'Tep«, sagte er, als ich mich gesetzt hatte.

»Kellen Argos«, verbesserte ich ihn, obwohl auch das in meinen Ohren nicht mehr richtig klang. Aber ich wollte auf keinen Fall mit einem der Magier verwechselt werden, deren grausame Machenschaften Seven Sands beinahe zugrunde gerichtet hätten.

Beren nickte. »Selbstverständlich, selbstverständlich.« Er nahm eine Kristallglasflasche von einem Tischchen, goss den Inhalt – goldbraun wie dunkler Bernstein – in zwei Gläser und reichte mir eines. »Pazione«, sagte er, als müsste mich das Wort ehrfürchtig erschauern lassen.

Ich nahm einen kleinen Schluck. Man muss bedenken, dass sich meine Erfahrung mit Alkohol darauf beschränkte, erst ein einziges Mal betrunken gewesen zu sein – und zwar unmittelbar vor meinem Auftritt vor den Obermagiern meines Clans, die mir ihr Urteil verkünden sollten. Trotzdem war das hier das erstaunlichste Getränk, das ich je gekostet hatte. Es schmeckte wie Pfirsichsaft mit einem Gewürz, das erst auf der Zunge brannte, ihr dann Kühlung verschaffte und dann wieder brannte, ehe die Flüssigkeit schließlich mit einer wohltuenden, tröstlichen Wärme durch die Kehle rann.

Reichis, der von der Sessellehne aus über meine Schulter spähte, beschnupperte das Glas und forderte prompt: »Ich auch!«

Die Vorstellung, eine Baumkatze aus meinem Glas trinken zu

lassen, kam mir unkultiviert – wenn nicht sogar unhygienisch – vor, aber bei allen Höllen: Der kleine Racker war vor wenigen Stunden beinahe von einem Krokodil gefressen worden! Widerstrebend hielt ich ihm das Glas hin. Er tunkte die Pfote hinein und schleckte sie ab. »Hmmm – lecker!«, schnurrte er und schüttelte sich leicht. Dann nahm sein Fell eine bernsteinbraune Färbung an, die fast genauso leuchtete wie der Inhalt des Glases. Er tauchte die Pfote noch dreimal in den Pazione, ehe ich ihm das Glas wegnahm. Ein betrunkener Reichis war in dieser Runde bestimmt keine gute Idee.

Obwohl es ein bisschen eklig ist, aus einem Glas zu trinken, in das eine Baumkatze ihre Pfote gesteckt hat, nahm ich noch einen Schluck. Er schmeckte sogar noch besser als der erste.

Beren war meine Verwunderung nicht entgangen. »Mein kleiner Privatvorrat«, sagte er und nahm selbst einen großen Schluck. Dann stellte er das Glas auf die Armlehne seines Sessels und fuhr fort: »Ich glaube, der Pazione ist das Teuerste, was ich mir je geleistet habe. Abgesehen von der Akademie natürlich.«

»Was wird denn jetzt aus der Akademie?«

Er seufzte. »Das weiß ich noch nicht, Kellen. Du kannst dir nicht vorstellen, wie kostspielig es ist, den Betrieb aufrechtzuerhalten. Das Geld, das man aufbringen muss, um die besten Lehrer und Meister zu überreden, hierher in die Grenzlande zu kommen ... die Boten, die wir ausschicken müssen, um einflussreiche Familien aus Darome, Berabesk, Gitabria und sogar ein paar Jan'Tep zu überzeugen ... Man muss sich um so viel kümmern.« Er lehnte sich zurück und sah plötzlich sehr erschöpft aus. »Darüber hinaus kostet es viel Zeit und Mühe, mein eigenes Volk davon zu überzeugen, dass die Akademie keine Bedrohung für ihren Lebenswandel darstellt. Und ich muss natürlich auch für die Sicherheit der Schüler und Lehrkräfte sorgen.« Er fing meinen Blick auf. »Dabei könntest du mir helfen.«

»Ich?«

»Aber ja! Du bist klug und steckst voller guter Einfälle. Du bist viel zäher, als du aussiehst, und viel zäher, als du glaubst. Ich würde die Akademie mit einem wesentlich besseren Gefühl wiedereröffnen, wenn ich wüsste, dass du mit von der Partie bist, Kellen.«

Aus unerfindlichen Gründen kapierte ich nicht, worauf er hinauswollte. Dabei war ich nicht betrunken, und ich war ziemlich sicher, dass der Pazione nicht vergiftet war, aber das, was er mir da anbot, wollte mir einfach nicht in den Kopf. »Ich würde dich als Schüler aufnehmen«, fuhr er angesichts meiner verwirrten Miene fort. »Natürlich ohne Schulgeld. Das wird alles übernommen. Du könntest ein bedeutender Militärstratege werden oder ein berühmter Erfinder von Apparaturen aller Art oder – warum auch nicht – ein Philosoph, falls du das möchtest! Ich wäre dir sehr dankbar für deine Unterstützung.«

Vor meinem geistigen Auge tauchten Bilder auf, wie ich durch die Marmorflure der Akademie wandelte, wie ich in den prächtigen Klassenräumen ganz selbstverständlich neben meinen hochbegabten Altersgenossen Platz nahm, die aus aller Herren Länder hierhergekommen waren. Berühmte Lehrer würden ihre Weisheit und ihr überragendes Wissen mit uns teilen. Anschließend würden sie leicht belustigt verfolgen, wie wir, die Anführer von morgen, über hochphilosophische Fragen diskutierten. Konstruktionen und Erfindungen konnte ich mir für mich gut vorstellen, aber tatsächlich war Philosophie das Fach, das mich am meisten faszinierte. Bei meinem Volk werden ausländische Philosophen sogar dann respektiert, wenn sie über keinerlei Magie verfügen. Genau genommen wurde Zauberei früher sogar als »Naturphilosophie« bezeichnet.

Doch in den Grenzlanden lernt man eines sehr schnell: Im Leben gibt es nichts umsonst. »Ihr habt von der Sicherheit der Schüler gesprochen. Heißt das, ich soll eine Art Aufpasser sein?«

»Nicht offiziell. So, wie ich es mir denke, könnten wir schon durch deine bloße Anwesenheit sicherer leben.« Er warf Reichis einen skeptischen Blick zu. »Zusammen mit deiner erstaunlichen Baumkatze – vorausgesetzt, sie bleibt nüchtern.«

Erst jetzt fiel mir auf, dass Reichis schon wieder die Pfote in mein Glas steckte. »Du hättest ja austrinken können«, lallte er und schaute mich mit glasigen Augen an.

Beren hüstelte höflich und ich drehte mich wieder zu ihm um. »Es geht mir nur darum, dass ich mich ab und zu an dich wenden darf, wenn ich den Eindruck habe, dass in der Akademie irgendetwas Unnatürliches vor sich geht ... etwas, das dein wacher Geist eher erkennt als mein eigener.«

»Und was ist mit Ferius?«

Berens Gesicht nahm einen eigenartig mitfühlenden Ausdruck an. »Die Argosi sind Wanderer, Kellen, sie halten sich nie lange am selben Ort auf. Ich glaube, du weißt das, und ich glaube auch, dir wird bald klar werden, dass das Leben mehr zu bieten hat, als immer nur der Straße zu folgen, die sich gerade vor einem auftut.«

Ich nippte erneut an dem bernsteinfarbenen Getränk. Wieder jagte ein Sinneseindruck den nächsten, bis sich das warme, tröstliche Gefühl einstellte – das genaue Gegenteil davon, auf kalter, harter Erde zu schlafen und zu grübeln, wann man wohl das nächste Mal überfallen würde.

Berens Angebot war verlockender, als er ahnte. In Sicherheit zu leben, einen Ort zu haben, an dem man sich wohlfühlte, sich nicht ständig davor zu fürchten, was hinter der nächsten Wegbiegung lauern könnte ... Als Vogelfreier war ich eine echte Niete. Ich schätzte Sicherheit und Bequemlichkeit, und ich hätte gern etwas studiert, was mir sinnvoll vorkam.

»Um etwas muss ich dich allerdings noch bitten«, sagte Beren, der offenbar spürte, dass ich seinem Vorschlag nicht abgeneigt war.

»Worum denn?«

»Um Seneira.«

»Das verstehe ich nicht«, erwiderte ich verdutzt.

»Ich glaube doch.« Er setzte sich kerzengerade hin und sah aus, als wappnete er sich für einen Kampf.

»Sie ist ... Seneira ist übertrieben treu. Wenn sie einmal ihr Herz an etwas gehängt hat ...« Er machte immer wieder kleine Pausen, was mir komisch vorkam, denn eigentlich war ich sicher, dass er sich die ganze Unterhaltung im Voraus zurechtgelegt hatte. »Wie du weißt, hat sie Revian geliebt ... sie hat ihn schon geliebt, als die beiden noch Kinder waren. Unsere Familien hatten die Hochzeit fürs nächste Jahr verabredet, und selbst als sich herausstellte, dass er ... nun, er hat sie ebenfalls geliebt, aber vielleicht auf andere Art ...«

»Damit will er sagen, dass der Junge andere Jungs lieber mochte«, warf Reichis ein und gönnte sich noch eine Pfote Pazione.

»Das dachte ich mir schon.«

Beren dachte, ich hätte mit ihm gesprochen. »Revian war ein außergewöhnlicher junger Mann. Ich wäre stolz gewesen, ihn als Sohn zu haben, nicht so sehr als Schwiegersohn. Es wäre nur eine halbe Ehe gewesen. Seneiras Mutter und ich ... bevor sie von uns gegangen ist ... Wenn man einmal eine große Liebe erfahren hat – eine Liebe, die das ganze Leben verändert, dann ... dann wünscht man sich für seine Kinder das Gleiche.«

Ich wusste nicht, was ich dazu sagen sollte, aber Beren fuhr fort: »Meine Tochter dagegen ... Sie ist unbeugsam wie Stahl und steht unter allen Umständen zu ihrem Wort. Sie hätte auf jeden Fall zu Revian gehalten.« Er sah mir in die Augen. »Genauso, wie sie jetzt zu dir halten würde, obwohl sie im Gegensatz zu dir keinen Schwarzschatten hat und obwohl es bedeuten würde, dass du ihr die Zukunft verwehrst, die auf sie wartet.« Er beugte sich vor und sein Blick ließ mich nicht los. »Du wärst hier in der Akademie gut aufgehoben, Kellen. Wir würden für deine Sicherheit sorgen, so wie du mithelfen könntest, für unsere zu sorgen. Ich biete dir ein gutes Leben an, mein Sohn. Aber du musst Seneira freigeben, damit sie das Schicksal finden kann, das zu ihr passt.«

Reichis knurrte. Erst wunderte ich mich, aber dann begriff ich, dass er spürte, wie mir zumute war. Am liebsten hätte ich Beren das Glas ins Gesicht geworfen und ihn angebrüllt, ihm gesagt, wohin er sich sein Angebot stecken konnte. Tatsächlich war ich kurz davor, aber ich las keine Häme in seinem Blick, keine Verachtung.

Er erhob sich, und auch ich stand auf. »Denk heute Abend darüber nach. Morgen Vormittag wollen die Honoratioren der Stadt eine Parade zu deinen Ehren abhalten, ein Zeichen ihrer Dankbarkeit für alles, was du für uns getan hast.« Er gab mir die Hand. »Wie du dich auch entscheidest, Kellen, es war mir eine besondere Ehre, dich kennengelernt zu haben.«

Da tat ich etwas Dummes – etwas so Peinliches, dass ich nur annehmen kann, dass es aus einer tiefen Verzweiflung kam, die ohne mein Wissen in mir gebrodelt hatte: Ich umarmte ihn.

Ohne zu zögern zog Beren mich an sich, als wäre es das Normalste der Welt, als hätten wir einander schon unser Leben lang gekannt. Worauf ich mich nur noch elender fühlte. Beren war kein übergriffiger Patriarch. Er war einfach nur ein Vater, der vor ein paar Tagen seinen Sohn verloren hatte; ein Vater, der seine Tochter nicht bewusst bevormunden, sondern dafür sorgen wollte, dass sie ungehindert den Weg zu ihrem eigenen Glück fand.

Wie gern hätte ich selbst so einen Vater gehabt.

53

Der Pfad

Ich hatte vor, die Entscheidung über mein Leben und die Akademie am nächsten Morgen zu treffen – nach der Feier oder der Parade oder was die Honoratioren auch für uns vorbereitet haben mochten. Bei den Jan'Tep gibt es keine Paraden, aber Ferius erklärte mir, derlei Veranstaltungen dienten dazu, die Menschen zufrieden zu stimmen. Reichis war der Meinung, es sei bestimmt eine gute Gelegenheit, um ein paar reichen Leuten in die Tasche zu greifen, und ich? Ich freute mich einfach darauf, mal wieder so richtig auszuschlafen – in einem Bett mit Seidenlaken und weichen Kissen.

Behaglichkeit. Nicht jedermanns Sache, aber ich habe absolut nichts dagegen.

Kaum war ich gemütlich weggedöst, spürte ich eine Hand auf meinem Arm. Ganz kurz dachte ich, es könnte Seneira sein, aber noch ehe ich mir darüber klar wurde, was ich davon halten sollte, hörte ich einen breiten Grenzerdialekt in mein Ohr raunen: »Raus aus den Federn, Jungchen! Höchste Zeit, dass ich verdufte. Die Straße ruft.«

»Die Straße kann nicht rufen, Ferius«, brummte ich, schüttelte ihre Hand ab, drehte mich auf die andere Seite und vergrub mich tiefer in den Kissen. »Sie schläft, wie alle anderen auch.«

Obwohl ich mir alle Mühe gab, wieder wegzudämmern, wartete ich doch insgeheim auf eine schlagfertige Erwiderung. Als sie ausblieb, setzte ich mich auf und rieb mir verschlafen die Augen. Und als ich sie öffnete, war Ferius schon weg.

»Wassnlos?«, murmelte Reichis und reckte sich neben mir, wobei er die Vorderläufe so weit von sich streckte, als hätte er im Traum fliegende Falken gejagt.

Ich antwortete nicht, denn mir ging plötzlich auf, dass ich in letzter Zeit ziemlich oft gemein zu Ferius gewesen war. Sie hatte allen Grund, sich von mir zu trennen. Nachdem sich die Sache mit der Schwarzschatten-Seuche aufgeklärt hatte, war sie offenbar so weit, sich auf ihre Weise von mir zu verabschieden. Jedenfalls hatte sie, was das »Verduften« betraf, nur von sich gesprochen.

Ich sprang aus dem Bett und schüttelte Reichis dabei tüchtig durch. Er fauchte mich an und ging sofort in Angriffshaltung – mit gespreizten Krallen und aufgerissenen, wenn auch noch verquollenen Augen. »Wer ist da? Wer wagt es, den heiligen Traumschlaf einer Baumkatze zu stören? Zeig dich, du Stück Aas!«

»Immer langsam«, sagte ich, zog hastig ein Hemd über und schlüpfte in meine Hose. »Und pack deine Sachen.« Damit meinte ich den Samtbeutel mit seinem Diebesgut, der auffallend praller war als bei unserer Ankunft.

»Hauen wir wieder mal ab?« Er schielte sehnsüchtig zum Bett hinüber, aber als er wieder zu mir hochblinzelte, merkte ich, dass er begriffen hatte, was los war. »Oder verabschieden wir uns bloß von Ferius?«

»Ich ...« Ich stopfte meine eigenen Habseligkeiten in mein Bündel und warf es über die Schulter, dann zog ich die Stiefel an und stülpte mir Dexans Hut auf den Kopf. »Weiß ich auch nicht, aber komm jetzt.«

Er nahm seinen Beutel ins Maul und sprang auf meine Schulter.

Ich huschte auf Zehenspitzen zur Treppe, denn ich wollte auf keinen Fall jemanden wecken. Doch als ich an Seneiras Zimmer vorbeikam, blieb ich kurz stehen und überlegte, ob ich mich hineinschleichen und von ihr verabschieden sollte.

»Zu gruselig«, maunzte mir Reichis ins Ohr.

Womit er wahrscheinlich recht hatte.

Also die Treppe hinunter und zur Hintertür hinaus, wo Ferius mit verschränkten Armen an ihrem Pferd lehnte. Vom roten Punkt ihres Rauchstängels ringelte sich ein dünner Rauchfaden zum Sternenhimmel empor. »Wolltest du wirklich ohne mich verschwinden?«, fragte ich.

Sie deutete nur wortlos mit dem Kinn in Richtung Stall, wo ein zweites Pferd wartete.

Reichis lief sofort hin, hüpfte auf den Pferderücken und streckte sich auf seinem Lieblingsplatz direkt vor dem Sattel aus. Anschließend warnte er das arme Tier, ihn ja nicht durchzurütteln.

Unschlüssig drehte ich mich noch einmal zu Seneiras weiß getünchtem Elternhaus um – mit seiner Verheißung eines üppigen Frühstücks und überschwänglichen Huldigungen durch die Städter, ganz abgesehen vom großzügigen Angebot ihres Vaters, mein Leben in der Obhut der Akademie zu verbringen. Ein Ort zum Leben, die Möglichkeit zu studieren, und eine Aufgabe, die mich zu einem angesehenen Mitglied der Gesellschaft machte: Kellen, der Verteidiger der Akademie. Gut, an dem Namen konnte ich ja noch ein bisschen feilen.

Was dagegen hatte mir Ferius anzubieten? Endlos lange Straßen, geheimnisvolles Grenzlandgerede, unbequeme Lebensbedingungen und eine Zukunft ohne klares Ziel. Keine Versprechungen, was aus mir werden könnte. Im Grunde war die Entscheidung ganz einfach … und auch wieder nicht. Vielleicht deshalb nicht, weil mir Ferius schon so oft das Leben gerettet hatte – oder aber die albernen Lehrstunden im Tanzen, Musikmachen und Großtun trugen allmählich Früchte. Doch vor allem wollte ich ihr deswegen nicht Lebewohl sagen, weil Ferius Parfax – so verrückt sie auch sein mochte – schlicht der ungewöhnlichste und tollkühnste Mensch war, dem ich je begegnet war. Wenn ich hierblieb, würde ich nie wieder jemanden kennenlernen wie sie, da war ich sicher.

Als hätte sie meine Unentschlossenheit gespürt, ließ Ferius den Rauchstängel fallen, trat ihn mit dem Stiefelabsatz aus und schwang sich aufs Pferd. Ich ging zu meinem Reittier und blieb davor stehen. »Was meinst du?«, fragte ich Reichis. »Wollen wir uns ihr anschließen und noch mehr Ärger bekommen?«

»Ist mir so was von egal«, brummte er und steckte den Kopf unter seine Flughaut. »Ich schlafe.«

Ferius' Pferd hatte sich schon in Bewegung gesetzt. Ich stellte den Fuß in den Steigbügel und hievte mich in den Sattel.

Als ich sie eingeholt hatte, fragte ich: »Warum müssen wir unbedingt mitten in der Nacht aufbrechen? Die Stadt will doch zu unseren Ehren eine Parade oder so was abhalten!«

Sie sah stur geradeaus. »Ja und? Was hätten wir davon?«

»Keine Ahnung. Für mich hat noch nie jemand eine Parade abgehalten. Wahrscheinlich hätten uns alle Leute zugejubelt und uns versichert, wie toll wir sind. Seneiras Vater meinte, wenn jemand Großes für die Akademie geleistet hat, bekommt er eine Gedenktafel oder sogar ein Standbild.«

Der Anflug eines Grinsens huschte über ihr Gesicht. »Wenn du es so beschreibst ... klingt es sogar noch langweiliger, als ich dachte.«

»Was ist mit Seneira? Ich konnte mich nicht mal von ihr verabschieden!«

Ich fand, das war ein gutes Gegenargument. Ich meine, warum muss man abhauen, ohne sich noch einmal mit dem Menschen auszusprechen, der einem etwas bedeutet? Aber Ferius fragte bloß: »Was hat Seneira zuletzt zu dir gesagt?«

Ich überlegte. »Ich glaube, sie hat gesagt: ›Du bist ein besserer Mensch, als du glaubst.‹«

»Also, wenn du mich fragst, sind das ziemlich gute Abschiedsworte, Jungchen.«

Diese einfache Wahrheit legte sich wie eine kalte, einsame Nacht auf mich. Seneira musste jetzt ihr eigenes Leben leben: eine Zukunft voller bedeutender Persönlichkeiten, diplomatischer Missionen und wichtiger Verhandlungen. Sie würde jemanden kennenlernen, der kein von den Jan'Tep ausgestoßener Streuner war, auf dessen Kopf kein Preis stand und der keinen Fluch um das linke Auge trug. Jemanden, der ihr ein anständiges Leben bieten konnte. Jemanden, der nicht ich war.

Ja, Seneira hatte sich tatsächlich von mir verabschiedet.

»Abgesehen davon ...«, fuhr Ferius fort, »willst du wirklich eine mordsgroße Gedenktafel bis nach Gitabria mitschleppen?«

»Gitabria?« Allein das Wort schmeckte unangenehm auf der Zunge. Bedrohlich. »Da wollen wir hin?«

»Ich schon, Jungchen. Laut Dexans Aufzeichnungen kommen die meisten Akademieschüler, die mit diesen verflixten Würmern nach Hause zurückgekehrt sind, von dort. Jemand muss sich um sie kümmern, bevor die Typen, die die anderen Hälften haben, sie für ihren magischen Hokuspokus missbrauchen. Dieser Unfug muss ein Ende haben, bevor das Ganze richtig unschön wird.« Jetzt endlich drehte sie sich zu mir um. »Na? Wollen wir den Burschen Feuer unterm Hintern machen?«

Hokuspokus ... Unfug ... das hörte sich an, als würden sich kleine Kinder zanken. In Wirklichkeit ging es um einen Zusammenschluss skrupelloser Jan'Tep-Magier; um eine Verschwörung, die sich womöglich über den ganzen Kontinent erstreckte;

um Zauberer, die so mächtig waren, dass sie jeden, der sich ihnen in den Weg stellte, vernichten konnten.

Ferius hielt den Blick unverwandt auf mich geheftet, während die Pferde auf der sandigen Straße in sanften Trab fielen. Sie wartete auf meine Antwort. »Also, Jungchen? Hast du dich entschieden, was du werden willst, wenn du mal groß bist?«

Hinter der flapsigen Formulierung stand die Frage, die mich schon seit meiner Flucht aus meiner Heimat quälte. Damals hatte ich mir nichts sehnlicher gewünscht, als meinem Volk zu entfliehen, das mich am liebsten tot gesehen hätte. Ich wollte irgendwo eine Zuflucht finden oder meinetwegen auch einen Pfad, der mich irgendwohin führte, wo ich keine Angst mehr zu haben brauchte. Vor allem aber hatte ich mich nach jemandem gesehnt, der mir sagen konnte, wer ich eigentlich war und was aus mir werden sollte. Als ich den Blick senkte, stellte ich zu meiner Verwunderung fest, dass auch Reichis mich gespannt beobachtete.

Ich gab mir einen Ruck. »Mein Leben lang wollte ich immer nur ein Jan'Tep-Magier werden, so wie mein Vater und meine Mutter. Meine Tage damit verbringen, neue Zauber zu erlernen und zu erproben, eines Tages vielleicht sogar Obermagier werden. Das kann ich ein für alle Mal vergessen, oder?«

»Schätze schon«, antwortete Ferius knapp.

»Und wahrscheinlich werde ich auch nie ein richtiger Argosi, oder?«

»Das hängt von dir ab …« Sie zögerte kurz, dann setzte sie hinzu: »Aber wohl eher nicht.«

»Und Dexan, der einzige andere Spellslinger, dem ich bis jetzt begegnet bin, ist ein Lügner und Dieb.«

»He!«, knurrte Reichis. »Hör auf, Lügner und Diebe zu beleidigen.«

Mein Pferd schüttelte den Kopf und hätte die Baumkatze beinahe abgeworfen. Reichis maunzte ihm einen Schwall Drohungen ins Ohr. Prompt bäumte sich das Pferd so wild auf, dass ich mich am Sattel festklammern musste und Reichis doch noch hinunterpurzelte. Das Pferd beruhigte sich und wartete ab, bis die Baumkatze wieder ihren Platz eingenommen hatte. Anscheinend war jetzt einiges klargestellt.

Mein Blick wurde vom Sand angezogen, dessen Quarzkörnchen so rein waren, dass sie den Nachthimmel wie eine riesengroße Sternkarte aus unzähligen winzigen Lichtern widerspiegelten. Ein jedes Licht führte zu einem anderen Ziel – aber keines verlangte, dass ich ihm folgte und dafür alle anderen vernachlässigte.

»Wahrscheinlich bleibe ich immer ein Jan'Tep«, sagte ich schließlich, »auch wenn mein Volk nichts mehr von mir wissen will.« Als ich es aussprach, spürte ich, wie sich in meiner Brust ein Knoten löste. »Aber ich schätze mal, dass ich irgendwie auch ein Argosi bin. Wie soll ich sonst mit meinen Tanzstunden weitermachen?«

Ferius grinste und lenkte ihr Pferd näher an meines heran. »Und Musikmachen bringe ich dir auch noch bei.« Sie nahm die kleine Gitarre vom Rücken und gab sie mir. »Na los, Jungchen, spiel uns was!«

»Wie denn? Du hast mir noch gar nicht gezeigt, wie man darauf spielt!«

»Weil ich die Hoffnung habe, dass du von allein drauf kommst.«

Ich ließ die Zügel los und klimperte ein paar Akkorde, wie ich es bei Ferius gesehen hatte. Es hörte sich ziemlich schauerlich an, aber ich ließ mich nicht entmutigen. »Tja, und ein Spellslinger muss ich wohl auch bleiben, solange mir gewisse Leute nach dem Leben trachten.«

Sie nickte. »Richtig.«

Ich wollte mich gerade an einer kleinen Melodie versuchen, als mir jemand aufs Knie klopfte. Es war Reichis, seine drohende Miene war unmissverständlich. »Ist ja gut«, sagte ich und hörte auf zu spielen, »wahrscheinlich muss ich auch noch lernen, ein bisschen Baumkatze zu sein.«

»Allerdings!« Er rollte sich wieder zusammen. »Wenn ich alles euch zwei Schwachköpfen überlasse, setzen wir bloß immer wieder unser Leben aufs Spiel, ohne dass etwas dabei herausspringt.«

»Was meint er?«, erkundigte sich Ferius. Als ich es übersetzt hatte, sagte sie: »Wie kommst du denn darauf? Immerhin hat Kellen jetzt einen schicken neuen Hut.«

Reichis klappte ein Auge auf, musterte mich und schloss das Auge wieder. »Stimmt. Der Hut ist echt klasse.«

Wir ritten gemächlich, aber unbeirrt durch die Nacht, mit dem Sternenhimmel über uns und dem glitzernden Sand unter uns. Ab und zu schlug ich ein paar stümperhafte Akkorde auf der Gitarre an und wir sangen abwechselnd dazu – sogar Reichis. Wir dachten uns alberne Lieder aus, die von unseren Abenteuern berichteten, und feuerten uns dabei gegenseitig an. Manchmal, zum Beispiel als Ferius zwischendurch ein leises Klagelied für Revian anstimmte – einen jungen Mann, den ich kaum gekannt, aber dessen Tod sich in meine Seele eingebrannt hatte –, musste ich sogar weinen, fast so, als wäre ich ein Mensch wie alle anderen. Aber meistens lachten wir über unsere Heldentaten, denn im Grunde gaben wir drei die verrückteste Truppe ab, die Seven Sands je gesehen hatte. Und in dieser langen Nacht der Lieder, des Lachens und der Tränen fand ich irgendwann mich selbst.

Ich bin Kellen Argos. Ich bin der Pfad der unzähligen Sterne.

Danksagung

Den zweiten Band einer Reihe zu schreiben, kann ein riskanter Weg sein, voller Fußangeln und anderer Fallen. Zu meinem Glück haben mir etliche freundliche Argosi-Streuner geholfen, auf dem rechten Pfad zu bleiben.

Der Weg des Donners

Schriftsteller werden oft gefragt, wo sie ihre Ideen hernehmen, worauf wir meistens etwas antworten wie: »Ähm … na ja, überall … also … Nächste Frage, bitte!« Entscheidender als die zündende Idee ist jedoch, dass man sie in die richtige Form bringt. Zu diesem Zweck bespreche ich meine Ideen mit folgenden Experten:

- meiner lieben und unendlich verständnisvollen Frau Christina de Castell;
- meinem gelegentlichen Schreibpartner und weisem Ratgeber Eric Torin;
- meiner Freundin und Weggefährtin auf der langen Reise des Romaneschreibens, Kim Tough.

Der Weg des Wassers

Ich halte meine Ideen also fest und schreibe eine Rohfassung – und dann? Wie kann ich den Fluss der Geschichte (mehr oder weniger geschickt) lenken, um sie zu verbessern? Es gibt keinen Kompass für Schriftsteller, darum muss man immer wieder nach dem Weg fragen. Ich bin den folgenden klugen Menschen sehr dankbar für ihre Ratschläge:

- meiner Lektorin Felicity Johnson, die mir nie vorschreibt, was ich tun soll, und es trotzdem irgendwie hinbekommt, dass ich immer das mache, was sie für richtig hält;
- meiner Verlegerin Jane Harris, der nicht nur ein Titel für den dritten Band eingefallen ist, sondern die mich auch überredet hat, dem armen Kellen ein bisschen Romantik zu gönnen;
- dem scharfsinnigen *Dramatica*-Fachmann Jim Hull von narrativefirst.com;
- der stets begeisterungsfähigen (und gelegentlich mordlüsternen) menschlichen Verkörperung der Baumkatze, Nazia Khatun;
- der gewitzten und gescheiten Simone Hay. Ich gelobe, in den nächsten Band noch mehr Kämpfe einzubauen!

Der Weg der Steine
Eine seltsame Magie sorgt dafür, dass sich sämtliche losen Fäden eines Manuskripts irgendwann zu etwas Handfestem, Logischem verknüpfen – vorausgesetzt, die richtigen Leute nehmen sich der Sache an. Mein Dank hierfür gebührt:

- Talya Baker, die mir geholfen hat, mein Geschreibsel in zusammenhängende Sätze zu gießen;
- Melissa Hyde, die nicht nur Tippfehler, sondern auch Handlungslücken aufgespürt hat;
- Sam Hadley für seine herausragenden Illustrationen (und dafür, dass ich jetzt endlich weiß, wie Seneira aussieht!);
- Nick Stearn, der nicht nur die Einbände wunderschön gestaltet, sondern den ganzen Prozess auch noch unglaublich unterhaltsam erscheinen lässt;
- Jamie Taylor, der aus all diesen Einzelteilen das Buch erschaffen hat, das ihr jetzt in der Hand haltet.

Der Weg des Windes

Zu den traurigsten Wahrheiten der Buchwelt gehört die Tatsache, dass viele Bücher nie gelesen werden, weil die Leser nie von ihnen hören. Zu meinem Glück haben sich einige Meister ihres Fachs dafür eingesetzt, dass die Welt auf *Spellslinger* aufmerksam wird:

- meine wunderbare Agentin Heather Adams (und ihr fast genauso wunderbarer Ehemann Mike Bryan);
- der kühne und furchtlose Mark Smith, der mir immer noch einen Privatjet schuldet;
- Annabel Robinson, Sophie Goodfellow und alle anderen vom FMcM-Team, die zum Start von *Spellslinger* ordentlich Dampf gemacht haben;
- das hervorragende Vertriebsteam von Bonnier Zaffre, das es inzwischen bestimmt satthat, immer wieder erklären zu müssen: »Also, es ist eine Art Western, aber mit Magie und ohne Cowboys … dafür gibt es eine sprechende Baumkatze. Was eine Baumkatze ist? Also …«
- wenn ihr dieses Buch in einer anderen Sprache als Englisch lest, macht euch bitte klar, dass sich geniale Übersetzer sehr darum bemüht haben, meine weitschweifige Prosa so zu bearbeiten, dass sie in eurer Sprache flüssig und verständlich klingt;
- wobei die Übersetzer das Buch nie in die Finger bekommen hätten, wenn Ruth Logan und Ilaria Tarasconi nicht mit List und Tücke Verlage in vielen Ländern dazu überredet hätten, selbst Spellslinger zu werden;
- und natürlich danke ich den zahllosen Rezensenten, Bloggern und Buchhändlern, die sich freundlicherweise die Mühe gemacht haben, das Buch zu lesen, sich beeilt haben, ihre Druck- und Web-Termine einzuhalten und die Leser mit Kellen, Ferius und Reichis bekannt zu machen. Ich wünsche euch allen eine eigene Baumkatze!

Der Pfad der unzähligen Sterne
Der wahre Zauber eines Buches entfaltet sich natürlich nur dann, wenn sich die Leser Zeit nehmen, der Geschichte zu folgen, sie mit ihrer eigenen Fantasie auszuschmücken und anschließend Freunde und Verwandte damit bekannt zu machen. Erst dadurch, dass wir andere mit unserer Begeisterung anstecken, erwacht ein Buch richtig zum Leben. Darum gilt mein ewiger Dank allen, die sich dafür eingesetzt haben.

Wer mir schreiben möchte, erreicht mich unter
www.decastell.com oder folgt mir auf Twitter @decastell